BLAKE CROUCH

Gestohlene Erinnerung

GOLDMANN
Lesen erleben

Blake Crouch

Gestohlene Erinnerung

Roman

GOLDMANN

Die Originalausgabe erschien 2019 unter dem Titel »Recursion«
bei Crown, an imprint of the Crown Publishing Group,
a division of Penguin Random House LLC, New York.

MIX
Papier aus verantwortungsvollen Quellen
FSC® C014496
FSC
www.fsc.org

Penguin Random House Verlagsgruppe FSC® N001967

1. Auflage
Taschenbuchausgabe September 2021

Redaktion: Kerstin von Dobschütz
Umschlaggestaltung: UNO Werbeagentur, München
Umschlagmotiv: FinePic®, München
Th · Herstellung: ik
Satz: GGP Media GmbH, Pößneck
Druck und Bindung: GGP Media GmbH, Pößneck
Printed in Germany
ISBN: 978-3-442-49231-2
www.goldmann-verlag.de

Besuchen Sie den Goldmann Verlag im Netz

Für Jacque

BUCH EINS

Zeit ist nichts als eine Erinnerung, die entsteht.

Vladimir Nabokov

BARRY

2. November 2018

Barry Sutton hält in der Feuerwehrzufahrt am Haupteingang des Poe Buildings. Einem Art-déco-Hochhaus, das im Schein der Fassadenbeleuchtung weiß strahlt. Er steigt aus seinem Crown Vic, läuft quer über den Gehweg und stürmt durch die Drehtür in die Lobby.

Der Nachtwächter steht vor der Reihe der Aufzüge und hält ihm eine Tür auf. Barry eilt auf ihn zu, und seine Schritte hallen über den Marmorboden.

»Welcher Stock?«, fragt Barry, als er den Aufzug betritt.

»Einundvierzig. Wenn Sie oben ankommen, gehen Sie nach rechts und den ganzen Korridor entlang.«

»Gleich treffen noch mehr Polizisten ein. Sagen Sie denen, sie sollen sich zurückhalten, bis ein Signal von mir kommt.«

Der Aufzug saust in einem Tempo nach oben, das man bei dem Alter des Gebäudes nicht erwartet hätte, und nach ein paar Sekunden knackt es in Barrys Ohren. Als die Tür sich schließlich öffnet, sieht er das Schild einer Anwaltskanzlei vor sich. Hier und da brennt Licht, aber der Korridor liegt zum großen Teil im Dunkeln. Er läuft über den Teppichboden, vorbei an stillen Büros, einem Besprechungsraum, einem Pausenraum, einer Bibliothek. Der Korridor endet an einem Empfangsbereich, der zum größten Büro gehört.

Im Dämmerlicht verschwimmen die Farben aller Details in

Grautönen. Ein ausladender Mahagonischreibtisch, begraben unter Akten und Unterlagen. Ein runder Tisch, bedeckt von Notizblöcken und Bechern mit kaltem, bitter riechendem Kaffee. Eine Bar mit Spülbecken, gut bestückt mit Flaschen von teuer aussehendem Scotch. Ein beleuchtetes Aquarium mit einem kleinen Hai und mehreren tropischen Fischen summt am anderen Ende des Raums.

Als Barry sich der Glastür nähert, schaltet er sein Telefon stumm und zieht sich die Schuhe aus. Er greift nach dem Türknauf, öffnet behutsam die Tür und schlüpft hinaus auf die Terrasse.

Die Wolkenkratzer der Upper East Side schimmern wie mystische Bauten durch die Nebelschleier. Der Lärm der Stadt ist laut und nah – Autohupen hallen zwischen den Gebäuden wider, und in der Ferne rasen Krankenwagen zu irgendwelchen anderen Tragödien. Die Spitze des Poe Buildings ragt keine fünfzehn Meter über ihm auf – eine Krone aus Glas und Stahl und gotischem Mauerwerk.

Die Frau sitzt neben einem verwitterten Wasserspeier mit dem Rücken zu Barry auf der Brüstung und lässt die Füße über die Kante baumeln.

Er schiebt sich näher heran, es sind etwa fünf Meter Entfernung zwischen ihm und ihr, und die nassen Bodenplatten durchfeuchten seine Socken. Wenn er nah genug herankommen kann, ohne dass sie ihn bemerkt, wird er sie von der Kante zurückreißen, ehe sie weiß, was …

»Ich kann Ihr Rasierwasser riechen«, sagt sie, ohne sich umzudrehen.

Er bleibt stehen.

Jetzt schaut sie sich um und sagt: »Noch ein Schritt, und ich bin weg.«

Im matten Licht ist es schwer zu sagen, aber sie scheint um

die vierzig zu sein. Sie trägt einen dunklen Blazer und einen dazu passenden Rock, und anscheinend sitzt sie schon eine ganze Weile hier draußen, denn ihr Haar klebt feucht vom Nebel an ihrem Kopf.

»Wer sind Sie?«, fragt sie.

»Barry Sutton. Ich bin Detective beim Raubdezernat des NYPD.«

»Die schicken jemanden vom Raub…?«

»Ich war zufällig in der Nähe. Wie heißen Sie?«

»Ann Voss Peters.«

»Darf ich Sie Ann nennen?«

»Natürlich.«

»Gibt es jemanden, den ich für Sie anrufen kann?«

Sie schüttelt den Kopf.

»Ich gehe hier zur Seite, damit Sie sich nicht den Hals verrenken, wenn Sie mich ansehen.«

Barry entfernt sich in einen Winkel, der ihn ebenfalls an den Rand der Terrasse bringt, zweieinhalb Meter weit neben ihr. Er wirft einen Blick über die Kante, und seine Eingeweide krampfen sich zusammen.

»Okay, lassen Sie hören«, sagt sie.

»Wie bitte?«

»Sind sie nicht hier, um es mir auszureden? Tun Sie Ihr Bestes.«

Er hat sich im Aufzug an sein Anti-Selbstmord-Training erinnert und entschieden, was er zu ihr sagen würde. Jetzt jedoch ist er sich nicht mehr so sicher. Sicher ist nur, dass er eiskalte Füße hat.

»Ich weiß, in diesem Augenblick kommt Ihnen alles hoffnungslos vor, aber das ist nur ein Augenblick, und Augenblicke vergehen.«

Ann starrt an der Flanke des Gebäudes entlang senkrecht

nach unten auf die Straße einhundertzwanzig Meter tief unter ihr. Ihre Hände liegen flach auf dem Stein, der vom sauren Regen der Jahrzehnte verwittert ist. Sie braucht sich nur noch abzustoßen. Er vermutet, dass sie die nötigen Bewegungen im Geiste ablaufen lässt und sich auf Zehenspitzen dem Gedanken nähert, es zu tun, sobald der Druck groß genug ist.

Er sieht, dass sie fröstelt.

»Darf ich Ihnen meine Jacke geben?«, fragt er.

»Ich bin ziemlich sicher, dass Sie nicht näher kommen wollen, Detective.«

»Warum nicht?«

»Ich habe FMS.«

Barry widersteht dem Drang wegzulaufen. Natürlich hat er vom False Memory Syndrome schon gehört, dem Erinnerungsverfälschungssyndrom, aber er hat bisher noch niemanden gekannt oder nur gesehen, der daran leidet. Nie dieselbe Luft geatmet. Er weiß nicht, ob er jetzt noch versuchten sollte, sie zu packen. Er will nicht einmal in ihrer Nähe sein. Nein, scheiß drauf. Wenn sie zum Sprung ansetzt, wird er versuchen, sie zu retten, und wenn er sich dabei ansteckt, ist das nicht zu ändern. Solche Risiken geht man ein, wenn man Polizist wird.

»Wie lange schon?«, fragt er.

»Eines Morgens vor ungefähr einem Monat war ich plötzlich nicht zu Hause in Middlebury, Vermont, sondern in einem Apartment hier in der Stadt. Ich hatte rasende Kopfschmerzen und schreckliches Nasenbluten. Zuerst hatte ich keine Ahnung, wo ich war, aber dann erinnerte ich mich … auch an *dieses* Leben. Hier und jetzt. Ich bin ledig. Investmentbankerin. Ich lebe unter meinem Mädchennamen. Aber ich habe …« Sie kämpft sichtbar mit ihren Emotionen. »Ich habe Erinnerungen an mein anderes Leben in Vermont. Ich war die Mutter eines neunjährigen Jungen namens Sam. Ich hatte zusammen mit meinem Mann, Joe Behrman, eine Landschaftsgärtnerei. Ich war Ann Behrman. Wir waren so glücklich, wie man es mit Fug und Recht sein darf.«

»Wie fühlt sich das an?« Barry macht verstohlen einen Schritt auf sie zu.

»Wie fühlt sich was an?«

»Ihre falschen Erinnerungen an das Leben in Vermont.«

»Ich erinnere mich nicht nur an meine Hochzeit. Ich erinnere mich an den Streit über die Form unserer Torte. Ich erinnere mich an die kleinsten Details unseres Hauses. An unseren Sohn. An jeden Augenblick seiner Geburt. An sein Lachen, das Muttermal auf seiner linken Wange. An seinen ersten Schultag, und wie er nicht wollte, dass ich wegging. Aber wenn ich versuche, mir Sam vorzustellen, ist sein Bild schwarz-weiß. Seine Augen haben keine Farbe. Ich sage mir, dass sie blau waren, aber ich sehe nur in Schwarz. Alle Erinnerungen an dieses Leben sind grau getönt, wie Standbilder aus einem Film noir. Sie kommen mir echt vor, aber es sind spukhafte Phantomerinnerungen.« Sie verliert die Fassung. »Alle glauben, FMS besteht nur aus falschen Erinnerungen an die großen Momente des Lebens, aber was viel mehr schmerzt, sind die kleinen Momente. Ich erinnere mich nicht nur an meinen Mann. Ich erinnere mich daran, wie sein Atem roch, wenn er sich morgens im Bett zu mir umdrehte. Wie er jedes Mal vor mir aufstand, um sich die Zähne zu putzen. Ich wusste dann, er würde zurückkommen und versuchen, mit mir zu schlafen. Das sind die Dinge, die mich umbringen. Die winzigen, aber perfekten Details, an denen ich erkenne, dass sie passiert sind.«

»Und was ist mit diesem Leben?«, fragt Barry. »Hat es keinen Wert für Sie?«

»Vielleicht bekommen manche Leute FMS und bevorzugen

ihre neuen Erinnerungen vor den falschen, aber in diesem Leben gibt es nichts, was ich haben will. Ich habe mich bemüht, vier lange Wochen lang. Ich kann mich nicht mehr verstellen.« Tränen hinterlassen Spuren von Wimperntusche. »Mein Sohn hat nie existiert. Verstehen Sie das? Er ist nur eine wunderbare Fehlzündung in meinem Gehirn.«

Barry wagt noch einen Schritt auf sie zu, aber diesmal bemerkt sie es.

»Kommen Sie nicht näher.«

»Sie sind nicht allein.«

»Scheiße, ich bin mutterseelenallein.«

»Ich kenne Sie erst seit ein paar Minuten, und ich werde am Boden zerstört sein, wenn Sie springen. Denken Sie doch an die Leute in Ihrem Leben, die Sie lieben. Stellen Sie sich vor, was sie empfinden werden.«

»Ich habe Joe aufgespürt«, sagt Ann.

»Wen?«

»Meinen Mann. Er wohnt in einer Villa auf Long Island. Er tat, als kenne er mich nicht, aber ich weiß, dass er mich erkannte. Er hat ein völlig anderes Leben. Er ist verheiratet – keine Ahnung, mit wem. Ich weiß nicht, ob er Kinder hat. Er tat, als wäre ich verrückt.«

»Das tut mir leid, Ann.«

»Es schmerzt zu sehr.«

»Hören Sie, ich war auch schon da, wo Sie jetzt sind. Ich wollte alles beenden. Und jetzt stehe ich hier und sage Ihnen, ich bin froh, dass ich es nicht getan habe. Ich bin froh, dass ich die Kraft hatte, es durchzustehen. Dieser Tiefpunkt ist nicht das Buch Ihres Lebens. Er ist nur ein Kapitel.«

»Was ist Ihnen denn passiert?«

»Ich habe meine Tochter verloren. Das Leben hat auch mir das Herz gebrochen.«

Anns Blick ist auf die Skyline gerichtet. »Haben Sie Fotos von ihr? Sprechen Sie noch über sie mit anderen?«

»Ja.«

»Wenigstens hat sie einmal existiert.«

Darauf weiß er keine Antwort.

Ann schaut zwischen ihren Beinen nach unten. Sie streift einen ihrer Pumps ab.

Sieht ihm nach, als er hinunterfällt.

Dann schickt sie den zweiten hinterher.

»Ann, bitte.«

»In meinem vorigen, meinem falschen Leben ist Joes erste Frau, Franny, vor fünfzehn Jahren von diesem Gebäude gesprungen. Genau gesagt, von dieser Terrasse. Sie hatte klinische Depressionen. Ich weiß, dass er sich die Schuld daran gegeben hat. Bevor ich sein Haus auf Long Island verließ, habe ich ihm gesagt, ich würde heute Abend vom Poe Building springen, genau wie Franny. Es klingt albern und verzweifelt, aber ich habe gehofft, er würde heute hier oben auftauchen und mich retten. Wie er es in ihrem Fall nicht getan hat. Als Sie kamen, dachte ich im ersten Moment, er wäre es, aber er hat nie Rasierwasser benutzt.« Sie lächelt wehmütig und sagt: »Ich habe Durst.«

Barry wirft einen Blick durch die Terrassentür in das dunkle Büro und sieht zwei Streifenpolizisten, die einsatzbereit an der Empfangstheke stehen. Er schaut zu Ann hinüber. »Warum kommen Sie nicht von der Brüstung herunter, und wir gehen hinein und besorgen Ihnen ein Glas Wasser?«

»Würden Sie mir eins bringen?«

»Ich kann sie nicht allein lassen.«

Sie zittert, und er sieht plötzliche Entschlossenheit in ihren Augen.

Sie schaut ihn an. »Es ist nicht Ihre Schuld«, sagt sie. »Es hat von Anfang an so enden müssen.«

»Ann, nein …«
»Mein Sohn ist ausradiert worden.«
Und mit lässiger Anmut gleitet sie von der Brüstung.

HELENA

22. Oktober 2007

Als sie um sechs Uhr morgens unter der Dusche steht und versucht, wach zu werden, während das heiße Wasser über ihre Haut strömt, hat Helena plötzlich das intensive Gefühl, genau diesen Augenblick schon einmal erlebt zu haben. Das ist nichts Neues. Déjà-vu-Erlebnisse plagen sie, seit sie zwanzig war. Außerdem ist an diesem Augenblick unter der Dusche nichts Besonderes. Sie fragt sich, ob Mountainside Capital ihren Antrag schon begutachtet hat. Es ist eine Woche her, dass sie ihn abgegeben hat, und inzwischen hätte sie etwas hören müssen. Sie hätten sie zumindest zu einem Meeting eingeladen, wenn sie interessiert wären.

Sie brüht eine Kanne Kaffee auf und macht sich ihr übliches Frühstück – schwarze Bohnen, drei Eier *over easy*, mit Ketchup beträufelt. Dann setzt sie sich zum Essen an den kleinen Tisch am Fenster und sieht zu, wie der Himmel über ihrem Viertel am Rand von San José sich mit Licht füllt.

Sie hat seit über einem Monat keinen Tag Zeit für die Wäsche gehabt, und die schmutzigen Sachen liegen wie ein Teppich auf dem Boden ihres Schlafzimmers. Sie wühlt darin, bis sie ein T-Shirt und eine Jeans gefunden hat, in denen sie das Haus verlassen kann, ohne sich in Grund und Boden zu schämen.

Das Telefon klingelt, als sie sich die Zähne putzt. Sie spuckt, spült sich den Mund aus und ist beim vierten Klingeln am Telefon in ihrem Schlafzimmer.

»Wie geht's meinem Mädchen?«

Sie muss immer lächeln, wenn sie die Stimme ihres Vaters hört.

»Hey, Dad.«

»Ich dachte schon, ich hätte dich verpasst. Im Labor wollte ich dich nicht stören.«

»Nein, es ist okay. Was gibt's denn?«

»Ich habe an dich gedacht. Hast du eine Antwort auf deinen Antrag?«

»Nein, noch nichts.«

»Ich habe ein wirklich gutes Gefühl dabei.«

»Ich weiß nicht. Das Leben in dieser Stadt ist hart. Jede Menge Konkurrenz. Jede Menge wirklich clevere Leute auf der Suche nach Geld.«

»Aber die sind nicht so clever wie mein Mädchen.«

Sie kann den Glauben ihres Vaters an sie nicht ertragen. Nicht an einem Morgen wie diesem, wenn das Gespenst des Scheiterns drohend vor ihr aufragt, hier in diesem kleinen, schmutzigen Schlafzimmer eines Hauses mit kahlen, schmucklosen Wänden, in dem seit über einem Jahr niemand mehr zu Besuch gewesen ist.

Sie wechselt das Thema. »Wie ist das Wetter?«

»Hat letzte Nacht geschneit. Der erste Schnee dieses Winters.«

»Viel?«

»Drei, vier Zentimeter. Aber die Berge sind weiß.«

Sie sieht sie vor sich – die Front Range der Rockies, die Berge ihrer Kindheit.

»Wie geht's Mom?«

Er zögert ganz kurz. »Deiner Mutter geht es gut.«

»Dad.«

»Was?«

»Wie geht's Mom?«

Sie hört, wie er langsam ausatmet. »Wir hatten schon bessere Tage.«

»Ist alles okay mit ihr?«

»Ja. Sie ist oben und schläft.«

»Was ist passiert?«

»Nichts weiter.«

»Erzähl's mir.«

»Gestern Abend nach dem Essen haben wir Gin Rommé gespielt, wie wir es immer tun. Und sie hat einfach … sie kannte die Regeln nicht mehr. Saß am Küchentisch, starrte in ihre Karten, und die Tränen liefen ihr übers Gesicht. Wir spielen seit dreißig Jahren zusammen.«

Sie hört, wie er die Hand auf den Hörer legt.

Er weint, Tausende Meilen weit weg.

»Dad, ich komme nach Hause.«

»Nein, Helena.«

»Ihr braucht meine Hilfe.«

»Wir haben hier viel Unterstützung. Heute Nachmittag gehen wir zum Arzt. Wenn du deiner Mutter helfen willst, beschaff dir die Finanzierung und bau deinen Stuhl.«

Sie will es ihm nicht sagen, aber bis der Stuhl so weit ist, werden noch Jahre vergehen. *Lichtjahre.* Er ist ein Traum, eine Fata Morgana. Zum jetzigen Zeitpunkt versucht sie nur, lange genug zu überleben, um jemanden zu finden, der ihre Vision versteht.

Ihre Augen füllen sich mit Tränen. »Du weißt, ich tue das für sie.«

»Ich weiß, Schatz.«

Einen Moment lang schweigen sie beide und bemühen sich

zu weinen, ohne dass der andere es merkt. Aber sie scheitern jämmerlich. Mehr als alles andere möchte sie ihm sagen, dass es klappen wird, aber das wäre gelogen.

»Ich rufe an, wenn ich heute Abend nach Hause komme«, sagt sie.

»Okay.«

»Bitte sag Mom, ich hab sie lieb.«

»Das sag ich ihr. Aber sie weiß es schon.«

Vier Stunden später, tief im Innern des Neurowissenschaftlichen Komplexes in Palo Alto, studiert Helena die Abbildung der Erinnerung einer Maus an Angst – fluoreszierend beleuchtete Neuronen, miteinander verbunden durch ein Spinnennetz von Synapsen –, als der Fremde in der Tür ihres Büros steht. Über den Rand ihres Monitors hinweg sieht sie einen Mann in Chinos und einem weißen T-Shirt, der sie ein wenig zu strahlend anlächelt.

»Helena Smith?«, fragt er.

»Ja?«

»Ich bin Jee-woon Chercover. Haben Sie einen Augenblick Zeit für mich?«

»Dies ist ein abgesichertes Labor. Sie dürfen hier unten nicht sein.«

»Ich bitte um Entschuldigung für die Störung, aber ich glaube, Sie werden hören wollen, was ich zu sagen habe.«

Sie könnte ihn bitten zu gehen oder die Security rufen. Aber er sieht nicht bedrohlich aus.

»Okay«, sagt sie, und plötzlich dämmert ihr, dass dieser Mann ihr Büro sieht, das einem Schlachtfeld gleicht, der Traum einer Sammelwütigen – fensterlos, eng, mit angestrichenen Hohlblockwänden, und die klaustrophobische Wirkung wird noch verstärkt durch die Aufbewahrungsboxen aus Wellpappe, die sich einen Meter hoch und einen halben Meter tief um ihren Schreibtisch stapeln, vollgestopft mit Tausenden von Abstracts und Artikeln. »Entschuldigen Sie das Durcheinander. Ich hole Ihnen einen Stuhl.«

»Ich mach's schon.«

Jee-woon zieht einen Klappstuhl heran und setzt sich ihr gegenüber. Sein Blick wandert über die Wände, die fast verschwinden unter hochauflösenden Bildern von Mäuseerinnerungen und den neuronalen Funken im Gehirn von Demenz- und Alzheimerkranken.

»Was kann ich für Sie tun?«, fragt sie.

»Mein Arbeitgeber ist sehr angetan von dem Artikel über Erinnerungsabbildungen, den Sie in *Neuron* veröffentlicht haben.«

»Hat Ihr Arbeitgeber einen Namen?«, fragt sie.

»Na ja, das kommt darauf an.«

»Worauf?«

»Auf den Verlauf dieses Gesprächs.«

»Wieso sollte ich ein Gespräch mit jemandem führen, von dem ich nicht einmal weiß, für wen er spricht?«

»Weil Ihr Stanford-Stipendium in sechs Wochen ausläuft.«

Sie zieht eine Braue hoch.

»Mein Boss bezahlt mich sehr gut dafür, dass ich alles über die Leute weiß, die er interessant findet«, entgegnet er.

»Ihnen ist aber klar, dass es total gruselig klingt, was Sie da sagen, oder?«

Jee-woon greift in seine Ledermappe und nimmt ein Dokument in einer marineblauen Hülle heraus.

Ihr Antrag.

»Natürlich!«, sagt sie. »Sie kommen von Mountainside Capital!«

»Nein. Und die werden Sie auch nicht finanzieren.«

»Und woher haben Sie das dann?«

»Das ist unwichtig. Niemand wird Sie finanzieren.«

»Woher wissen Sie das?«

»Weil das hier«, er wirft ihren Förderungsantrag auf das Chaos auf ihrem Schreibtisch, »das hier zu zaghaft ist. Es ist nur ein klein wenig mehr als das, was Sie in den letzten drei Jahren in Stanford getan haben. Die Idee ist nicht groß genug. Sie sind achtunddreißig, und das ist in der akademischen Welt wie anderswo neunzig. Eines Morgens in nicht allzu ferner Zeit werden Sie aufwachen und erkennen, dass Sie Ihre besten Tage hinter sich haben. Dass Sie vergeudet haben, was …«

»Ich glaube, Sie sollten jetzt gehen.«

»Ich will Sie nicht beleidigen. Ihr Problem, wenn ich das sagen darf, besteht darin, dass Sie nicht wagen zu verlangen, was Sie wirklich haben wollen.«

Sie erkennt, dass dieser Fremde sie aus irgendeinem Grund zu ködern versucht. Sie weiß, sie sollte nicht anbeißen, aber sie kann nicht anders.

»Und warum wage ich nicht zu verlangen, was ich wirklich haben will?«

»Weil das, was sie wirklich haben wollen, die Bank sprengen würde. Sie brauchen keinen siebenstelligen Betrag. Was Sie brauchen, ist neun-, vielleicht zehnstellig. Sie brauchen ein Team von Programmierern, das Ihnen hilft, einen Algorithmus für komplexe Erinnerungskatalogisierung und -projektion zu entwickeln. Die Infrastruktur für Menschenversuche.«

Sie starrt ihn über den Schreibtisch hinweg an. »Ich habe in diesem Antrag kein Wort über Menschenversuche geschrieben.«

»Was ist, wenn ich Ihnen sage, wir geben Ihnen alles, was Sie wollen? Unbegrenzte Mittel? Wären Sie interessiert?«

Ihr Herz schlägt immer schneller.

So soll es gehen?

Sie denkt an den Fünfzig-Millionen-Dollar-Stuhl, von dessen Konstruktion sie geträumt hat, seit ihre Mutter angefangen hat, das Leben zu vergessen. Seltsamerweise hat sie ihn im Geiste nie komplett fertig gesehen, sondern immer nur als technische Zeichnung in der Gebrauchsmusteranmeldung, die sie eines Tages einreichen wird: *immersive Plattform zur Projektion langfristiger, expliziter episodischer Erinnerungen.*

»Helena?«

»Wenn ich Ja sage, sagen Sie mir dann, wer Ihr Boss ist?«

»Ja.«

»Ja.«

Er sagt es ihr.

Ihr Unterkiefer klappt fast bis auf den Schreibtisch herunter, und Jee-woon zieht ein weiteres Papier aus seiner Tasche und reicht es über die Aufbewahrungsboxen hinweg.

»Was ist das?«, fragt sie.

»Eine Anstellungs- und Vertraulichkeitsvereinbarung. Nicht verhandelbar. Aber ich glaube, Sie werden die finanziellen Bedingungen sehr großzügig finden.«

BARRY

4. November 2018

Das Café liegt an einer malerischen Stelle am Ufer des Hudson im Schatten des West Side Highways. Barry ist fünf Minuten zu früh da, aber Julia sitzt bereits an einem Tisch unter einem Sonnenschirm. Sie umarmen einander kurz und behutsam, als wären sie beide aus Glas.

»Schön, dich zu sehen«, sagt er.

»Ich freue mich, dass du kommen wolltest.«

Sie setzen sich. Ein Kellner kommt vorbei und nimmt ihre Bestellung auf.

»Wie geht's Anthony?«, fragt Barry.

»Großartig. Er hat alle Hände voll zu tun mit der Umgestaltung der Lobby im Lewis Building. Und wie ist es bei dir?«

Er erzählt ihr nichts von dem Selbstmord, den er vorgestern Abend nicht verhindern konnte. Stattdessen plaudern sie, bis der Kaffee kommt.

Es ist Sonntag, und der Brunch ist in vollem Gange. Jeder Tisch um sie herum sprudelt von Unterhaltung und Gelächter, nur sie beide trinken ihren Kaffee ruhig im Schatten des Sonnenschirms.

Es gibt nichts und alles zu sagen.

Ein Schmetterling flattert um Barrys Kopf herum, bis er ihn sanft wegwedelt.

Manchmal, spät nachts, malt er sich ausführliche Gespräche

mit Julia aus. Dann sagt er alles, was all die Jahre in seinem Herzen geschwärt hat – der Schmerz, die Wut, die Liebe –, und dann hört er zu, wenn sie das Gleiche tut. So reinigen sie die Luft, bis er sie endlich versteht und sie ihn auch.

Aber von Angesicht zu Angesicht fühlt es sich niemals richtig an. Er bringt es nicht über sich zu sagen, was er auf dem Herzen hat, das sich immer verkrampft und verschlossen anfühlt, umhüllt von Narbengewebe. Aber die Unbeholfenheit stört ihn nicht mehr so sehr wie früher. Er hat seinen Frieden mit dem Gedanken gemacht, dass ein Teil des Lebens darin besteht, seinen Fehlschlägen ins Auge zu sehen. Manchmal sind diese Fehlschläge andere Menschen.

»Was täte sie wohl heute?«, sagt Julia.

»Ich hoffe, sie würde hier bei uns sitzen.«

»Ich meine, beruflich.«

»Ah. Sie wäre natürlich Anwältin.«

Julia lacht. Eins der großartigsten Geräusche, die er je gehört hat – und er weiß nicht, wann er es das letzte Mal gehört hat. Ein schönes, niederschmetterndes Erlebnis. Ein geheimes Fenster zu der Person, die er einmal kannte.

»Sie hat sich über alles gestritten«, sagt Julia. »Und sie hat immer gewonnen.«

»Wir waren aber auch leichte Gegner für sie.«

»Einer von uns jedenfalls.«

»Ich?«, fragt er mit gespielter Entrüstung.

»Mit fünf hatte sie dich als das schwächste Glied identifiziert.«

»Weißt du noch, wie sie uns überredet hat, mit ihr das Rückwärtseinfahren in die Zufahrt zu üben?«

»Sie hat *dich* überredet …«

»Und dann hat sie meinen Wagen durch das Garagentor gefahren.«

Julia lacht schnaubend. »Sie war so aufgebracht.«

»Nein, verlegen.« Eine halbe Sekunde lang lebt die Erinnerung vor seinem geistigen Auge auf. Zumindest ein Teil davon. Meghan am Steuer seines alten Camry, dessen vordere Hälfte das Garagentor durchbrochen hat, und sie, wie sie mit rotem Gesicht und strömenden Tränen das Steuer so fest umklammert hat, dass ihre Fingerknöchel weiß wurden. »Sie war hartnäckig und gescheit, und sie hätte etwas Interessantes aus ihrem Leben gemacht.« Er trinkt seinen Kaffee aus und gießt sich noch eine Tasse aus der Edelstahl-Cafetière ein, die sie sich teilen.

»Es ist schön, über sie zu reden«, sagt Julia.

»Ich bin froh, dass ich es endlich kann.«

Der Kellner kommt und nimmt ihre Essensbestellung auf, und der Schmetterling kehrt zurück und landet auf der Tischplatte neben Barrys gefalteter Serviette. Breitet die Flügel aus. Spreizt sich. Barry versucht, die Idee zu vertreiben, dass es Meghan ist, die ihn ausgerechnet heute verfolgt. Das ist natürlich eine alberne Vorstellung, aber der Gedanke bleibt. Wie neulich, als ein Zaunkönig ihn acht Blocks weit durch NoHo verfolgt hat. Oder wie bei dem Spaziergang mit seinem Hund im Washington Park, als ein Marienkäfer immer wieder auf seinem Handrücken landete.

Das Essen kommt, und Barry stellt sich vor, dass Meghan bei ihnen am Tisch sitzt. Die harten Kanten des Teenageralters glatt geschliffen. Das ganze Leben noch vor sich. Er kann ihr Gesicht nicht sehen, sosehr er sich auch bemüht – nur ihre Hände, die ständig in Bewegung sind, wenn sie spricht, genau wie ihre Mutter sich bewegt, wenn sie aus irgendeinem Grund zuversichtlich und begeistert ist.

Er hat keinen Hunger, aber er zwingt sich zum Essen. Irgendetwas scheint Julia zu beschäftigen, aber sie stochert nur in den

Überresten ihrer Frittata, und er trinkt einen Schluck Wasser, beißt in sein Sandwich und starrt zum Fluss hinüber.

Der Hudson entspringt aus einem kleinen Bergsee in den Adirondacks namens Lake Tear of the Clouds. Sie waren einmal im Sommer dort, als Meghan acht oder neun war. Haben im Tannenwald gezeltet, den Sternschnuppen zugesehen und versucht zu begreifen, dass dieser winzige Bergsee die Quelle des Hudson sein sollte. Das ist eine Erinnerung, von der er beinahe besessen ist.

»Du siehst nachdenklich aus«, sagt Julia.

»Ich dachte gerade an unseren Ausflug zum Lake Tear of the Clouds. Erinnerst du dich?«

»Natürlich. Wir haben zwei Stunden gebraucht, um in diesem Sturzregen das Zelt aufzubauen.«

»Ich dachte, es war klares Wetter.«

Sie schüttelt den Kopf. »Nein. Wir haben die ganze Nacht im Zelt gefroren, und keiner von uns konnte schlafen.«

»Bist du da sicher?«

»Dieser Ausflug war das Fundament meines Nie-wieder-Wildnis-Grundsatzes.«

»Stimmt.«

»Wie konntest du das vergessen?«

»Ich weiß es nicht.« Tatsache ist, dass es ihm ständig passiert. Er schaut oft zurück, lebt mehr in seinen Erinnerungen als in der Gegenwart und verändert sie oft, um sie schöner zu machen. Um sie perfekt zu machen. Für ihn ist Nostalgie ein Betäubungsmittel wie Alkohol. Schließlich sagt er: »Vielleicht war die Erinnerung daran, mit meinen Frauen die Sternschnuppen zu beobachten, einfach die bessere.«

Sie wirft ihre Serviette auf den Teller und lehnt sich zurück. »Ich bin kürzlich an unserem alten Haus vorbeigefahren. Wow, es hat sich verändert. Tust du das auch manchmal?«

»Ab und zu.«

Tatsächlich fährt er jedes Mal an ihrem alten Haus vorbei, wenn er in Jersey irgendetwas zu tun hat. Er und Julia haben es ein Jahr nach Meghans Tod bei einer Zwangsvollstreckung verloren, und heute hat es kaum noch Ähnlichkeit mit ihrem alten Zuhause. Die Bäume sind höher, voller, grüner. Über der Garage ist ein Stockwerk hinzugefügt worden, und jetzt wohnt dort eine junge Familie. Die ganze Fassade ist mit Stein verkleidet worden, und neue Fenster sind dazugekommen. Die Einfahrt ist verbreitert und neu gepflastert worden. Die Schaukel, die an der alten Eiche hing, hat man schon vor Jahren entfernt, aber die Initialen, die er und Meghan unten in den Stamm geschnitzt haben, sind noch da. Er hat sie letztes Jahr berührt, nachdem er aus irgendeinem Grund gefunden hatte, eine Taxifahrt nach New Jersey um zwei Uhr morgens nach einem Abend mit Gwen und den anderen vom Zentralen Raubdezernat sei eine gute Idee. Die neuen Eigentümer riefen die Polizei und meldeten einen Landstreicher in ihrem Vorgarten. Ein Cop aus Jersey City erschien. Barry war sturzbetrunken, aber er wurde nicht verhaftet. Der Polizist wusste von Barry, und er wusste auch, was ihm passiert war. Er rief ein neues Taxi und half Barry auf den Rücksitz. Er bezahlte das Fahrgeld nach Manhattan im Voraus und ließ ihn fahren.

Der Wind, der vom Wasser herüberweht, hat eine kühle Schärfe, und die Sonne scheint warm auf seine Schultern – ein angenehmer Kontrast. Touristenboote fahren auf dem Fluss auf und ab. Der Verkehrslärm auf dem Highway über ihnen reißt nicht ab. Die Kondensstreifen von Tausend Flugzeugen ziehen sich kreuz und quer über den Himmel. Es ist Spätherbst in der Stadt, einer der letzten schönen Tage des Jahres.

Er denkt an den Winter, der bald kommt. Dann wird wieder ein Jahr vergangen sein und ein neues auf dem Hauklotz liegen, und die Zeit vergeht schneller und immer schneller. Das Leben heute hat kein bisschen Ähnlichkeit mit dem, was er in jüngeren Jahren erwartet hat, als er noch in dem Wahn lebte, man könne es steuern. Nichts kann man steuern. Man kann es nur ertragen.

Die Rechnung kommt, und Julia will bezahlen, aber er nimmt sie an sich und wirft seine Kreditkarte auf den Tisch.

»Danke, Barry.«

»Danke für die Einladung.«

»Lass uns nicht wieder ein Jahr warten, bis wir uns sehen.« Sie hebt ihr Glas mit Eiswasser. »Auf unser Geburtstagsmädchen.«

»Auf unser Geburtstagsmädchen.« Er spürt, wie sich die Trauer in seiner Brust verdichtet, aber er atmet hindurch, und als er wieder spricht, klingt seine Stimme beinahe normal. »Sechsundzwanzig Jahre alt.«

Nach dem Brunch geht er zum Central Park. Die Stille in seinem Apartment kommt ihm vor wie eine Drohung an Meghans Geburtstag. Die letzten fünf sind nicht gut gelaufen.

Julia zu sehen bringt ihn immer durcheinander. Noch lange nach dem Ende ihrer Ehe hat er gedacht, seine Ex fehle ihm. Er werde nie über sie hinwegkommen. Oft träumte er von ihr, und dann weckte ihn der Schmerz ihrer Abwesenheit, der ihn bei lebendigem Leib verzehrte. Die Träume – halb Erinnerungen, halb Fantasien – verletzten ihn tief, denn in ihnen erschien sie ihm wie die Julia von früher. Ihr Lächeln. Das spontane Lachen. Die Leichtigkeit des Seins. Sie war wieder die Frau, die ihm sein Herz gestohlen hatte. Während des darauffolgenden Morgens ging sie ihm nicht aus dem Kopf. Die Totalität des Verlustes starrte ihn unverwandt an, bis der emotionale Kater des Traums ihn schließlich aus seinen Klauen entließ wie ein

Nebel, der sich langsam hebt. Einmal sah er Julia im Kielwasser eines solchen Traums; auf der Party einer alten Freundin lief er ihr unerwartet über den Weg. Zu seiner Überraschung fühlte er nichts, als sie auf der Veranda steif miteinander plauderten. Ihre Anwesenheit zerschnitt die Entzugserscheinungen nach dem Traum. Er wollte sie nicht. Das war eine befreiende Offenbarung, so vernichtend sie auch wirkte. Befreiend, weil sie bedeutete, dass er diese Julia nicht liebte. Er liebte die, die sie früher war. Vernichtend, weil die Frau, die durch seine Träume spukte, wirklich fort war. So unerreichbar wie die Toten.

Die Bäume im Park wechseln nach dem harten Frost in den letzten Nächten die Farbe. Das Laub strahlt in spätherbstlicher Pracht.

Er findet ein Fleckchen in dem Waldstück namens Ramble, wo er sich Schuhe und Socken auszieht und sich an einen makellos schräg geneigten Baum lehnt. Er zieht sein Smartphone aus der Tasche und versucht, die Biografie zu lesen, mit der er sich jetzt schon fast ein Jahr plagt, aber es fällt ihm schwer, sich darauf zu konzentrieren.

Ann Voss Peters verfolgt ihn. Wie sie lautlos von der Kante fiel, starr und aufrecht. Es hat fünf Sekunden gedauert, und er hat nicht weggeschaut, als sie auf dem Lincoln Town Car aufschlug, der unten am Randstein parkte.

Wenn er sich nicht das Gespräch mit ihr durch den Kopf gehen lässt, kämpft er mit der Angst. Prüft seine Erinnerungen, testet ihre Wahrheitstreue. Fragt sich …

Woran würde ich erkennen, dass sich eine verändert hat? Wie würde sich das anfühlen?

Rote und orangegelbe Blätter wehen durch die Sonnenstrahlen herunter und sammeln sich um ihn herum im lichtgetüpfelten Schatten. Von seiner hohen Warte zwischen den Bäumen aus sieht er die Leute, die auf den Wegen unterwegs sind und am See entlangschlendern. Die meisten sind in Gruppen, aber ein paar sind auch allein wie er.

Auf seinem Telefon erscheint eine Textnachricht von seiner Freundin Gwendoline Archer, der Leiterin des Hercules Teams, eines Anti-Terror-Sondereinsatzkommandos innerhalb der Notfalleinsatzeinheit des NYPD.

Musste heute an dich denken. Alles okay?

Er antwortet:

Ja. Habe eben Julia getroffen.

Wie war das?

Gut. Schwer. Was machst du gerade?

Bin eben ein bisschen rumgefahren. Trinke jetzt was im Isaac's. Lust auf Gesellschaft?

O ja. Bin unterwegs.

Es sind vierzig Minuten zu Fuß zu der Bar in der Nähe von Gwens Apartment in Hell's Kitchen, deren einziger erkennbarer Vorzug in ihrer fünfundvierzigjährigen Langlebigkeit besteht. Kratzbürstige Barkeeper schenken langweilige amerikanische Biere aus, und es gibt keinen Whiskey, den man nicht in jedem Laden für unter dreißig Dollar die Flasche bekommt. Die Toiletten sind ekelhaft, und man findet dort immer noch Kondomautomaten mit Inhalt. In der Musikbox läuft ausschließlich Rock der 70er und 80er, und wenn niemand Geld einwirft, gibt es auch keine Musik.

Gwen sitzt am hinteren Ende der Bar. Sie trägt Biker-Shorts

und ein verschossenes Brooklyn-Marathon-T-Shirt, und als Barry herankommt, wischt sie auf einer Dating-App nach links.

»Ich dachte, das hättest du aufgegeben«, sagt er.

»Eine Zeit lang habe ich dein Gender überhaupt aufgegeben, aber mein Therapeut sitzt mir im Nacken und meint, ich soll es noch mal versuchen.«

Sie rutscht vom Hocker herunter und umarmt ihn. Der leichte Schweißgeruch von ihrer Fahrt verbindet sich mit den Resten von Duschgel und Deodorant, und das Resultat erinnert an Salzkaramell.

»Danke, dass du dich um mich kümmerst«, sagt er.

»Du solltest heute nicht allein sein.«

Sie ist fünfzehn Jahre jünger als er, Mitte dreißig und mit einem Meter neunzig die größte Frau, die er persönlich kennt. Mit ihrem kurzen blonden Haar und den skandinavischen Zügen ist sie nicht gerade schön, aber majestätisch, oft auch streng, ohne es zu wollen. Er hat ihr einmal gesagt, sie habe das Gesicht einer ruhenden Monarchin.

Kennengelernt und befreundet haben sie sich vor ein paar Jahren bei einem Bankraub, der sich zu einer Geiselnahme entwickelte. Am darauffolgenden Weihnachtsfest landeten sie dann miteinander im Bett, und das war einer der peinlicheren Augenblicke in Barrys Dasein. Es war auf einer der vielen Festtagspartys bei der New Yorker Polizei, und der Abend war für sie beide außer Kontrolle geraten. Er wachte um drei Uhr morgens in ihrem Apartment auf, und das Zimmer drehte sich immer noch. Sein Fehler war, dass er sich hinausschleichen wollte, ohne dass er schon wieder einen klaren Kopf hatte. Er übergab sich neben ihrem Bett auf den Boden und war dabei, alles wieder sauber zu machen, als Gwen aufwachte und ihn anschrie: »Ich wische deine Kotze morgen weg. Hau einfach ab!« An Sex kann er sich nicht erinnern – ob sie welchen hatten oder es nur versuchten –, und er kann nur hoffen, dass sie die gleiche barmherzige Erinnerungslücke hat.

Wie auch immer, keiner von beiden hat es seitdem noch einmal angesprochen.

Der Bartender kommt, um Barrys Bestellung aufzunehmen, und bringt Gwen noch einen Wild Turkey. Sie trinken und albern ein Weilchen herum, und als Barry schließlich spürt, dass die Welt sich lockert, sagt Gwen: »Ich hab gehört, du hattest Freitagabend einen FMS-Suizid.«

»Ja.«

Er erzählt ihr detailliert, was vorgefallen ist.

»Sei ehrlich«, sagt sie. »Wie ausgeflippt bist du?«

»Na ja, ich hab mich gestern im Internet zum FMS-Fachmann ausgebildet.«

»Und?«

»Vor acht Monaten hat die Seuchenkontroll- und Präventionsbehörde im Nordosten vierundsechzig Fälle identifiziert, die Ähnlichkeiten aufwiesen. In jedem dieser Fälle klagte ein Patient über akute falsche Erinnerungen. Und es ging nicht nur um eine oder zwei, sondern um eine vollständig imaginierte alternative Geschichte, die sich über weite Bereiche ihres Lebens bis zum aktuellen Augenblick erstreckte. Meistens über Monate oder Jahre. In Einzelfällen sogar über Jahrzehnte.«

»Und sie verlieren die Erinnerung an ihr wirkliches Leben?«

»Nein, sie haben plötzlich *zwei Versionen* von Erinnerungen. Die eine ist wahr, die andere nicht. In einigen Fällen hatten die Patienten das Gefühl, ihre Erinnerungen und ihr Bewusstsein seien von einem Leben in ein anderes gewandert. In anderen erlebten die Patienten den plötzlichen Flash-in von falschen Erinnerungen aus einem Leben, das sie nie gehabt hatten.«

»Und was ist die Ursache?«

»Das weiß niemand. Man hat bei den Betroffenen nicht eine einzige physiologische oder neurologische Abnormalität erkennen können. Das einzige Symptom sind die falschen Erinnerungen selbst. Ach, und ungefähr zehn Prozent der Leute, die es bekommen, bringen sich um.«

»O Gott.«

»Die Zahl könnte noch höher sein. Viel höher. Dies ist nur das Ergebnis der bekannten Fälle.«

»Die Selbstmordrate in den fünf Stadtbezirken ist dieses Jahr hoch.«

Barry zieht den Blick des Barkeepers auf sich und signalisiert ihm, dass er noch eine Runde bringen soll.

»Ist es ansteckend?«, fragt Gwen.

»Da konnte ich keine eindeutige Antwort finden. Die Seuchenbehörde hat kein Pathogen gefunden. Durch Blut oder Luft wird also anscheinend kein Krankheitserreger übertragen. Aber ein Artikel im *New England Journal of Medicine* enthält die Spekulation, es verbreite sich über das soziale Netzwerk eines Trägers.«

»Wie Facebook? Wie kann das …?«

»Nein, ich meine, wenn jemand mit FMS infiziert ist, können einige der Leute, die er kennt, infiziert werden. Ihre Eltern haben die gleichen falschen Erinnerungen, aber in einem geringeren Maß. Ihre Brüder, Schwestern, guten Freunde. Es gab die Fallgeschichte eines Mannes, der eines Morgens aufwachte und sich an ein völlig anderes Leben erinnerte, in dem er mit einer anderen Frau verheiratet war, in einem anderen Haus wohnte, andere Kinder hatte und in einem anderen Beruf arbeitete. Aus seinen Erinnerungen rekonstruierte man die Gästeliste seiner Hochzeit – an die er sich erinnerte, die aber nie stattgefunden hatte. Vierzehn Personen von dieser Liste konnte man ausfindig machen, und auch sie erinnerten sich allesamt an die Hochzeit, die nie stattgefunden hatte. Schon mal was vom Mandela-Effekt gehört?«

»Ich weiß nicht. Kann sein.«

Die nächste Runde kommt. Barry trinkt seinen Old Grand-Dad und spült ihn mit einem Coors herunter. Das Licht, das durch die Fenster hereinfällt, schwindet. Der Abend dämmert.

»Anscheinend«, sagt Barry, »erinnern sich Tausende von Menschen, dass Nelson Mandela in den 80er-Jahren im Gefängnis gestorben ist. Aber er hat bis 2013 gelebt.«

»Davon hab ich gehört. Das ist wie die Sache mit den Berenstain-Bären.«

»Keine Ahnung, was das ist.«

»Weil du zu alt bist.«

»Leck mich am Arsch.«

»Das waren Kinderbücher, als ich klein war, und viele Leute erinnern sich, dass sie *Die Berenstein-Bären* hießen – S-T-E-I-N –, aber tatsächlich wurden sie mit A geschrieben: Berenstain.«

»Komisch.«

»Beängstigend eher, denn ich erinnere mich tatsächlich an Berenstein.« Gwen kippt ihren Whiskey herunter.

»Außerdem – und niemand weiß, ob das etwas mit FMS zu tun hat – registriert man eine zunehmende Zahl von Déjà-vu-Erlebnissen«, sagt Barry.

»Was bedeutet das?«

»Die Leute haben, manchmal in einem lähmenden Ausmaß, das Gefühl, ganze Abschnitte ihres Lebens noch einmal zu erleben.«

»Das passiert mir manchmal.«

»Mir auch.«

»Hat dein Suizid nicht gesagt, die erste Frau ihres Ehemanns sei auch vom Poe Building gesprungen?«, fragt Gwen.

»Doch. Warum?«

»Ich weiß nicht. Klingt einfach … unwahrscheinlich.«

Barry sieht sie an. In der Bar ist es allmählich voll und laut.

»Worauf willst du hinaus?«, fragt er.

»Vielleicht hatte sie ja kein False Memory Syndrome. Vielleicht war dieses Luder einfach verrückt. Vielleicht solltest du dir nicht so sehr den Kopf zerbrechen.«

Drei Stunden später sitzt er betrunken in einer anderen Bar. Es ist der holzgetäfelte feuchte Traum eines Bierliebhabers mit präparierten Büffel- und Hirschschädeln am den Wänden und einer Million Zapfhähnen vor den indirekt beleuchteten Regalen.

Gwen will mit ihm essen gehen, aber die Empfangsdame sieht, wie er schwankend vor ihrem Pult steht, und will ihnen keinen Tisch geben. Als sie wieder draußen sind, fühlt es sich an, als habe die Stadt sich aus der Verankerung gerissen, und Barry konzentriert sich laserscharf darauf zu verhindern, dass die Gebäude sich drehen, während Gwen seinen rechten Arm festhält und ihn die Straße hinunterbugsiert.

Er merkt plötzlich, dass sie Gott-weiß-wo an einer Straßenecke stehen und mit einem Polizisten sprechen. Gwen zeigt ihm ihre Dienstmarke und erklärt ihm, dass sie dabei ist, Barry nach Hause zu bringen, aber Angst hat, er könnte sich im Taxi übergeben.

Dann gehen sie stolpernd weiter. Das futuristische nächtliche Blitzen des Times Square wirbelt herum wie ein kitschiger Jahrmarkt. Er sieht eine Uhr – 23:22 –, und er fragt sich, in welches schwarze Loch die letzten sechs Stunden gefallen sind.

»'ch will nich nach Hause«, sagt er zu niemandem.

Als Nächstes starrt er auf eine Digitaluhr, die 04:15 anzeigt. Es fühlt sich an, als habe ihm jemand im Schlaf den Schädel eingeschlagen, und seine Zunge ist trocken wie ein Stück Leder. Er ist nicht in seinem Apartment. Er liegt auf dem Sofa in Gwens Wohnzimmer.

Er versucht zurückzuschauen und den Abend mit Klebstreifen zusammenzusetzen, aber die einzelnen Teile sind zersplittert. Er erinnert sich an Julia und an den Park. An die erste Stunde in der ersten Bar mit Gwen. Aber danach ist alles düster und durchzogen von bitterer Reue.

Sein Herz klopft in seinen Ohren. Seine Gedanken überschlagen sich.

Dies ist die einsame Stunde der Nacht, und sie ist ihm nur allzu vertraut – die Stadt schläft, aber er nicht, und alles, was er in seinem Leben bereut, wütet mit unerträglicher Intensität in seinem Kopf.

Der Gedanke an seinen Vater, der starb, als er selbst noch jung war, und an die hartnäckige Frage: *Hat er gewusst, dass ich ihn liebte?*

Und Meghan. Immer wieder Meghan.

Als kleines Mädchen war seine Tochter überzeugt, dass in der Aussteuertruhe am Fußende ihres Bettes ein Ungeheuer wohnte. Tagsüber kam sie nie auf diesen Gedanken, aber wenn die Sonne unterging und er sie für die Nacht zugedeckt hatte, rief sie unweigerlich nach ihm. Dann lief er in ihr Zimmer, kniete neben ihrem Bett nieder und erinnerte sie daran, dass nachts immer alles furchterregend aussah.

Das ist eine Illusion. Ein Streich, den die Dunkelheit uns spielt.

Wie merkwürdig, dass er sich Jahrzehnte später und in einem Leben, das so weit von seinem geplanten Kurs abgekommen war, auf der Couch im Apartment einer Freundin wiederfand und seine Ängste mit derselben Logik zu besänftigen suchte, die er vor all den Jahren bei seinem Kind angewandt hatte.

Morgen früh sieht alles besser aus.

Wenn es hell ist, kommt auch die Hoffnung zurück.

Die Verzweiflung ist oft eine Illusion, ein Streich, den die Dunkelheit uns spielt.

Und er schließt seine Augen und tröstet sich mit der Erinnerung an den Campingausflug zum Lake Tear of the Clouds. Zu diesem perfekten Augenblick.

Dort funkelten die Sterne.

Er würde für immer dableiben, wenn er könnte.

HELENA

1. November 2007

Tag 1

Ihr Magen krampft sich zusammen, als sie sieht, wie die nordkalifornische Küste am Horizont versinkt. Sie sitzt hinter dem Piloten unter den dröhnenden Rotorblättern, und das Meer strömt hundertfünfzig Meter tief unter den Helikopterkufen vorbei.

Es ist kein guter Tag auf See. Die Wolken hängen tief, und das Wasser ist grau mit weißen Spitzen. Je weiter sie sich vom Land entfernen, desto dunkler wird die Welt.

Durch die vom Regen streifige Frontscheibe des Hubschraubers sieht Helena, wie weit vor ihnen etwas Gestalt annimmt – ein Gerüst, das aus dem Wasser ragt, immer noch eine oder zwei Meilen weit entfernt.

Sie spricht in ihr Mikrofon. »Ist es das?«

»Ja, Ma'am.«

Sie beugt sich vor, so weit der Schultergurt es gestattet, und verfolgt mit großer Neugier, wie der Hubschrauber seinen Anflug beginnt. Er fliegt jetzt langsam und senkt sich auf den Koloss aus Eisen, Stahl und Beton hinab, der auf drei Beinen im Meer steht wie ein gigantischer Dreifuß. Der Pilot drückt das Steuerhorn nach vorn, und der Helikopter legt sich auf die Seite zu einer langsamen Linkskurve um das Gerüst herum, dessen

Hauptplattform ungefähr zwanzig Stockwerke hoch über dem Meeresspiegel liegt. Ein paar Kräne ragen noch über den Seiten heraus – Überbleibsel aus den Tagen der Gas- und Ölbohrinsel. Davon abgesehen sind alle industriellen Anlagen ab- oder umgebaut worden. Auf der Hauptplattform sieht Helena ein Baseballfeld. Einen Swimmingpool. Ein Treibhaus. Außen herum führt eine Laufstrecke.

Sie landen auf einem Helipad. Die Turbinenwelle läuft langsamer, und durch ihr Fenster sieht Helena einen Mann in einer gelben Bomberjacke, der auf den Hubschrauber zugelaufen kommt. Während er die Kabinentür öffnet, fummelt sie an den Befestigungen ihres Dreipunktgurts herum, bis sie endlich aufgehen.

Der Mann hilft ihr aus dem Hubschrauber auf die Stufe und dann auf die Landefläche, und sie folgt ihm zu einer Treppe, die vom Helipad hinunter auf die Hauptplattform führt. Der Wind pfeift durch ihr Hoodie und das T-Shirt, und als sie an der Treppe ist, verstummt der Hubschrauberlärm und hinterlässt nur die gähnende Stille der offenen See.

Von der letzten Stufe treten sie hinunter auf die ausgedehnte Betonfläche, und da sieht sie ihn. Er kommt quer über die Plattform auf sie zu.

Ihr Herz setzt einmal aus.

Sein Bart ist zerzaust, und sein dunkles Haar weht wild im Wind. Er trägt Jeans und ein verblichenes Sweatshirt, und er ist unverkennbar Marcus Slade – Erfinder, Philanthrop, Industriemagnat, Gründer von mehr bahnbrechenden Technologiefirmen, als sie aufzählen kann, und das auf so unterschiedlichen Gebieten wie Cloud Computing, Mobilität, Raumfahrt und KI. Er ist einer der reichsten und einflussreichsten Menschen der Welt. Ein Highschool-Abbrecher. Und erst vierunddreißig Jahre alt.

Er lächelt. »Wir machen es!«

Seine Begeisterung beruhigt ihre Nerven, und als sie einander gegenüberstehen, weiß sie nicht genau, was von ihr erwartet wird. Ein Händedruck? Eine höfliche Umarmung? Slade nimmt ihr die Entscheidung ab und drückt sie herzlich an sich.

»Willkommen auf Fawkes Station.«

»Fawkes?«

»Guy Fawkes – Sie erinnern sich? Die Pulververschwörung? *Remember, remember, the fifth of November?*«

»Ach so. Klar. Wegen der Erinnerung?«

»Weil die Zerstörung des Status quo mein Ding ist. Sie müssen frieren. Gehen wir hinein.« Sie steuern auf einen fünfstöckigen Aufbau am anderen Ende der Plattform zu.

»Nicht ganz das, was ich erwartet habe«, sagt Helena.

»Ich hab's vor ein paar Jahren von ExxonMobil gekauft, als das Ölfeld erschöpft war. Erst hatte ich vor, hier ein neues Zuhause für mich einzurichten.«

»Eine Festung der Einsamkeit, meinen Sie?«

»Absolut. Aber dann wurde mir klar, dass ich hier leben und die Anlage zugleich als perfekte Forschungseinrichtung nutzen konnte.«

»Wieso perfekt?«

»Da gibt's eine Million Gründe, aber zu den entscheidenden gehören Privatsphäre und Sicherheit. Ich arbeite auf einer ganzen Reihe von Gebieten, auf denen Industriespionage zum Alltag gehört, und wenn man eine kontrollierte Umgebung braucht, findet sich wohl nichts Besseres als das hier, oder?«

Sie gehen am Swimmingpool vorbei, der für den Winter abgedeckt worden ist. Die Plane flattert heftig im Novemberwind.

»Als Erstes möchte ich Ihnen danken. Und zweitens – warum ich?«

»Weil Sie eine Technologie im Kopf haben, die die Menschheit verändern könnte.«

»Inwiefern?«

»Was ist kostbarer als unsere Erinnerungen? Sie definieren, wer wir sind, und formen unsere Identität.«

»Außerdem wird es im nächsten Jahrzehnt einen Milliarden-Dollar-Markt für Alzheimer-Medikamente geben«, sagt sie.

Marcus lächelt nur.

»Nur damit Sie es wissen«, sagt sie. »Mein Hauptziel ist es, den Menschen zu helfen. Ich suche eine Möglichkeit für ein verfallendes Gehirn, Erinnerungen aufzubewahren, die es selbst nicht mehr hervorholen kann. Eine Zeitkapsel für das Kerngedächtnis.«

»Ich verstehe. Aber wüssten Sie einen Grund, weshalb das nicht ein philanthropisches und zugleich ein kommerzielles Unternehmen sein kann?«

Sie kommen am Eingang eines großen Treibhauses vorbei. Die Glaswände sind innen beschlagen, und Kondenswasser tropft an ihnen herunter.

»Wie weit draußen sind wir hier?«, fragt sie und schaut über die Plattform hinweg auf das Meer, wo eine schwere graue Wolke sich auf sie zuwälzt.

»Hundertdreiundsiebzig Meilen. Wie würden Ihre Verwandten und Freunde die Neuigkeit aufnehmen, dass Sie kurz davor sind, über den Rand der Erde zu fallen, um supergeheime Forschung zu betreiben?«

Sie weiß nicht genau, was sie darauf antworten soll. In letzter Zeit spielte sich ihr Leben unter den Leuchtstoffröhren von Labors ab und drehte sich um die Verarbeitung von Rohdaten. Sie hat es nie geschafft, die nötige Fluchtgeschwindigkeit zu entwickeln, um dem unwiderstehlichen Gravitationsfeld ihrer Arbeit zu entkommen – wegen ihrer Mom, aber wenn sie ehrlich ist, auch wegen ihr selbst. Nichts gibt ihr das Gefühl, lebendig zu sein, wie die Arbeit es tut, und mehr als einmal hat sie sich schon gefragt, ob das bedeutet, dass etwas mit ihr nicht stimmt.

»Ich arbeite viel, eigentlich mache ich nichts anderes«, sagt sie. »Deshalb gab es nur sechs Leute, denen ich es erzählen konnte. Mein Dad hat geweint, aber er weint immer. Niemand war wirklich überrascht. Gott, das klingt erbärmlich, was?«

Slade schaut sie an und sagt: »Ich glaube, Work-Life-Balance ist etwas für Leute, die nicht wissen, warum sie hier sind.«

Darüber muss sie nachdenken. Auf der Highschool und dem College hat man sie immer wieder ermuntert, ihre Leidenschaft zu finden – einen Grund dafür, aufzustehen und zu atmen. Nach ihrer Erfahrung haben nur wenige Leute je die *Raison d'Être* gefunden.

Wovon Lehrer und Professoren ihr nie erzählt haben, ist die dunkle Seite der Suche nach einem Ziel. Der Teil, der dich verzehrt. Der deine Beziehungen und dein Glück zerstört. Eintauschen würde sie es trotzdem nicht. Sie weiß nicht, welche Person sie sonst sein soll.

Sie nähern sich dem Eingang des Aufbaus.

»Warten Sie eine Sekunde«, sagt Slade. »Schauen Sie.« Er deutet auf die Nebelwand, die über die Plattform kriecht. Die Luft wird kalt und still. Helena kann nicht einmal mehr bis zum Helipad sehen. Das Herz einer Wolke hat sie erfasst.

Slade sieht sie an. »Möchten Sie mit mir die Welt verändern?«

»Darum bin ich hier.«

»Gut. Dann schauen wir uns an, was ich für Sie gebaut habe.«

BARRY

5. November 2018

NEW YORK CITY POLICE DEPARTMENT
24TH PRECINCT, 151TH WEST 100TH ST.
NEW YORK, NY 10025

* CHIEF OF POLICE*	TELEFON
JOHN R. POOLE	(212) 555-18-1811

[X]VORLÄUFIGER BERICHT
[ ]ERGÄNZENDER BERICHT

CSRR	DATUM	ZEIT	Tag	ORT
01457C	11.07.03	21:30	FR	2000 WEST 106ND, 41. STOCK

POLIZEILICHE SCHILDERUNG

ICH, POLICE OFFICER RIVELLI, WURDE WEGEN EINES DROHENDEN SUIZIDS ZUR DACHTERRASSE DES BÜROS DER HUILTQUIST LLC IM POE BUILDING GERUFEN. ICH TRAF EINE FRAU AN, DIE AUF DER BRÜSTUNG DER DACHTERRASSE STAND. ICH GAB MICH ALS POLIZIST ZU ERKENNEN UND BAT SIE HERUNTERZUKOMMEN. SIE WEIGERTE SICH UND WARNTE MICH, NÄHER ZU KOMMEN, DA SIE SONST SPRINGEN WERDE. ICH FRAGTE SIE NACH IHREM NAMEN, UND SIE GAB AN, SIE HEISSE FRANNY BEHRMAN [WEISS/

WEIBLICH, GEB. 06.12.63, WOHNHAFT 509 EAST 110TH ST.]. SIE SCHIEN NICHT UNTER DEM EINFLUSS VON ALKOHOL ODER DROGEN ZU STEHEN. ICH FRAGTE, OB ICH JEMANDEN FÜR SIE ANRUFEN KÖNNE, UND SIE VERNEINTE. ICH FRAGTE, WARUM SIE IHREM LEBEN EIN ENDE MACHEN WOLLE. SIE ANTWORTETE, NICHTS KÖNNE SIE GLÜCKLICH MACHEN, UND IHR MANN UND IHRE FAMILIE SEIEN OHNE SIE BESSER DRAN. ICH VERSICHERTE IHR, DIES SEI NICHT DER FALL.

DARAUFHIN ANTWORTETE SIE NICHT MEHR AUF MEINE FRAGEN, SONDERN BEMÜHTE SICH ANSCHEINEND, DEN MUT ZUM SPRUNG AUFZUBRINGEN. ICH WOLLTE VERSUCHEN, SIE MIT KÖRPERLICHEM EINSATZ VON DER DACHKANTE ZURÜCKZUHOLEN, ALS MICH EIN FUNKSPRUCH VON POLICE OFFICER DECARLO ERREICHTE, DER MIR MITTEILTE, MRS BEHRMANS EHEMANN [JOE BEHRMAN, WEISS/MÄNNLICH, GEB. 12.03.61, WOHNHAFT 509 EAST 110TH ST.] KOMME MIT DEM AUFZUG HERAUF, UM SEINE FRAU ZU SEHEN. DIES TEILTE ICH MRS BEHRMAN MIT.

MR BEHRMAN ERSCHIEN AUF DEM DACH, NÄHERTE SICH SEINER FRAU UND ÜBERREDETE SIE, VON DER BRÜSTUNG AUF DIE TERRASSE ZURÜCKZUKEHREN.

ICH BEGLEITETE MR UND MRS BEHRMAN HINUNTER ZUR STRASSE, WO SIE MIT EINEM RETTUNGSWAGEN ZUR UNTERSUCHUNG ZUM SISTERS OF MERCY HOSPITAL GEBRACHT WURDE.

BERICHT PO RIVELLI DIENSTHABENDER OFFICER SGT DAWES

Barry sitzt mit einem scheußlichen Kater an seinem Schreibtisch im Großraumbüro und liest den Bericht des Polizisten zum dritten Mal. Er geht seinem Verstand in jeder Hinsicht gegen den Strich, denn er ist das genaue Gegenteil von dem, was Ann Voss Peters ihm über ihren Mann und seine erste Frau erzählt hat. Sie dachte, Franny sei gesprungen.

Er legt den Bericht zur Seite, weckt seinen Monitor aus dem Stand-by und loggt sich in die Datenbank der New Yorker Straßenverkehrsbehörde ein. Es pocht hinter seinen Augen.

Seine Suche nach Joe und Franny Behrman erbringt als letzte bekannte Adresse 6 Pinewood Lane in Montauk.

Er sollte das alles auf sich beruhen lassen Er sollte FMS und Ann Voss Peters vergessen und sich den schwankenden Stapeln aus Unterlagen und offenen Fallakten widmen, die sich auf seinem Schreibtisch türmen. Es gibt hier kein Verbrechen, das seiner Zeit wert wäre. Nur ein paar … Unstimmigkeiten.

Aber Tatsache ist, er ist jetzt ungeheuer neugierig.

Er ist seit dreiundzwanzig Jahren Detective, weil er Rätsel liebt, und dieses hier, diese Kette von widersprüchlichen Ereignissen, raunt ihm verlockend ins Ohr – eine Abweichung, die er zwanghaft richtigstellen muss.

Er riskiert eine Abmahnung, wenn er mit seinem Crown Vic in einer Angelegenheit, die eindeutig nicht in der Zuständigkeit der Polizei liegt, bis ans Ende von Long Island fährt. Aber mit diesen Kopfschmerzen würde er sowieso nicht so weit fahren.

Also ruft er die MTA-Website auf und studiert die Fahrpläne.

In knapp einer Stunde geht ein Zug von der Penn Station nach Montauk.

HELENA

18. Januar 2008 – 29. Oktober 2008

Tag 79

Das Leben auf Slades ausgemusterter Ölbohrinsel ist, als würde man für den Aufenthalt in einem Fünf-Sterne-Resort bezahlt, der einem zufällig auch als Büro dient. Jeden Morgen wacht sie im obersten Stock des Aufbaus auf, wo die Quartiere der Besatzung liegen. Sie hat ein geräumiges Eck-Apartment mit Fenstern, die vom Boden bis zur Decke reichen und deren Scheiben aus regenabweisendem Glas bestehen. Sie atomisieren die Wassertropfen, sodass ihr Blick auf das endlose Meer selbst bei schlechtestem Wetter völlig klar bleibt. Einmal in der Woche putzt das Hauspersonal ihr Apartment und holt die Wäsche ab. Ein Koch mit einem Michelin-Stern bereitet die meisten Mahlzeiten zu, oft mit frisch gefangenem Fisch und Obst und Gemüse aus dem Treibhaus.

Marcus besteht darauf, dass sie an fünf Tagen in der Woche Sport treibt, damit ihre Stimmung gut und ihr Verstand scharf bleibt. In der ersten Etage befindet sich ein Fitnessstudio, das sie bei schlechtem Wetter nutzt. An den seltenen ruhigen Wintertagen joggt sie auf der Bahn, die um die Plattform herumführt. Das Laufen macht ihr die größte Freude, denn es fühlt sich an, als jogge sie auf dem Dach der Welt.

Ihr Forschungslabor hat eine Grundfläche von fast Tausend

Quadratmetern – es füllt den gesamten dritten Stock des Aufbaus aus –, und sie hat in den letzten zehn Wochen mehr Fortschritte gemacht als in den ganzen fünf Jahren an der Stanford University. Sie bekommt hier alles, was sie braucht. Sie muss keine Rechnungen bezahlen, keine Beziehungen pflegen. Sie kann sich voll und ganz auf ihre Forschung konzentrieren.

Bis jetzt hat sie die Erinnerungen von Mäusen manipuliert und dabei mit speziellen Zellclustern gearbeitet, die gentechnisch auf Lichtempfindlichkeit spezialisiert waren. Wenn ein Zellcluster etikettiert und mit einer gespeicherten Erinnerung assoziiert war (beispielsweise mit der Erinnerung an einen Stromschlag), dann reaktivierte sie die Erinnerung der Maus an ihre Angst, indem sie die lichtempfindlichen Zellcluster mit einem speziellen optogenetischen Laser reizte, der durch Filamente in den Schädel der Maus geleitet wurde.

Aber ihre Arbeit auf der Ölplattform ist eine ganz andere Sache.

Helena leitet die Gruppe, die sich mit dem Hauptproblem beschäftigt, das zufällig auch ihr eigenes Spezialgebiet ist: mit dem Markieren und Katalogisieren der Neuronencluster, die mit einer speziellen Erinnerung verbunden sind, um dann ein digitales Modell des Gehirns zu konstruieren, das ihnen ermöglicht, Erinnerungen zu verfolgen und zu kartieren.

Im Prinzip ist es nichts anderes als das, was sie mit den Mäusehirnen getan hat, nur eben unendlich viel komplexer.

Die Technologie, mit der die anderen drei Teams sich beschäftigen, ist schwierig, aber nicht bahnbrechend – avantgardistisch, ja, aber mit den richtigen Leuten und mit Marcus' unerschöpflichem Konto sollten sie in der Lage sein, ohne ernsthafte Hindernisse voranzukommen.

Helena hat zwanzig Mitarbeiter, die in vier Gruppen arbeiten. Sie selbst leitet das Kartierungsteam. Das Abbildungsteam hat die Aufgabe, eine Möglichkeit zu finden, neuronales Feuern zu filmen, ohne dass man einem Menschen einen Laser durch die Schädeldecke ins Hirn schiebt. Sie sind bei einem Gerät angekommen, das eine fortgeschrittene Form der Magnetoenzephalographie, kurz MEG, anwendet. Ein SQUID (ein *Superconducting Quantum Interference Device*, also eine supraleitende Quanteninterferenzeinheit) erfasst winzige Magnetfelder, hervorgerufen durch individuelle Neuronen, die im menschlichen Gehirn feuern, so weit, dass die Position jedes einzelnen Neurons bestimmt werden kann. Sie nennen es MEG-Mikroskop.

Das Reaktivierungsteam baut einen Apparat, der im Wesentlichen aus einem riesigen Netzwerk aus elektromagnetischen Stimulatoren besteht, das sich wie eine Schale um den Schädel legt und in punktgenauer dreidimensionaler Präzision die Hunderte Millionen von Neuronen erfasst, die nötig sind, um eine Erinnerung zu reaktivieren.

Und die Abteilung Infrastruktur schließlich baut den Stuhl für Menschenversuche.

Heute war ein guter Tag. Vielleicht sogar ein großer Tag. Sie ist mit Slade zusammengekommen, mit Jee-woon und den Projektmanagern, um die Fortschritte durchzusprechen, und alle sind dem Plan voraus. Es ist vier Uhr nachmittags gegen Ende Januar, einer jener seltenen Wintertage, die warm sind und blau. Die Sonne taucht ins Meer und färbt Wolken und See mit Rosa- und Grautönen, wie Helena sie noch nie gesehen hat. Sie sitzt am Rand der Plattform, schaut nach Westen und lässt die Beine über dem Wasser baumeln.

Sechzig Meter tief unter ihr wogt die Dünung, und die Wellen krachen gegen die mächtigen Beine dieser Festung im Meer.

Sie kann nicht fassen, dass sie hier ist.

Sie kann nicht fassen, dass dies ihr Leben ist.

Tag 225

Das MEG-Mikroskop ist fast fertig, und der Reaktivierungsapparat ist so weit gediehen, wie es möglich ist, bevor das Kartierungsteam das Katalogisierungsproblem gelöst hat. Helena ist frustriert, weil es so lange dauert. Beim Abendessen mit Slade in seiner Palastsuite spricht sie offen mit ihm: Das Team versagt, weil sie vor einem brutalen Problem stehen. Seit sie von Mäusegehirnen zu menschlichen Gehirnen aufgestiegen sind, reicht die Computerleistung, mit der sie arbeiten, nicht mehr aus, um etwas so ungeheuer Komplexes wie die menschliche Gedächtnisstruktur zu kartieren. Wenn sie keinen Ausweg findet, haben sie einfach nicht genug Rechenleistung, um die Arbeit zu bewältigen.

»Schon mal von D-Wave gehört?«, fragt Slade, als Helena einen Schluck Weißburgunder nimmt, den besten Wein, den sie je getrunken hat.

»Tut mir leid, nein.«

»Das ist eine Firma draußen in British Columbia. Vor einem Jahr haben sie den Prototyp eines Quantenprozessors vorgestellt. Sein Anwendungsgebiet ist hoch speziell, aber ideal für das Problem mit den riesigen Datenmengen, vor dem wir beim Kartieren stehen.«

»Wie teuer ist das?«

»Billig ist es nicht, aber ich war an der Technologie interessiert und habe deshalb im letzten Sommer ein paar der fortgeschrittenen Prototypen für künftige Projekte bestellt.«

Er lächelt, und die Art, wie er sie über den Tisch hinweg mustert, gibt ihr das beunruhigende Gefühl, dass er vielleicht mehr über sie weiß, als ihr lieb ist. Über ihre Vergangenheit, ihre Psyche. Was sie umtreibt. Aber sie kann ihm kaum verdenken, wenn er tatsächlich ein paar Häute der Zwiebel abgeschält hat. Er investiert Jahre und Millionen in ihren Kopf.

Durch das Fenster hinter ihm sieht sie einen einzelnen Lichtpunkt, meilenweit draußen auf dem Meer, und nicht zum ersten Mal wird ihr bewusst, wie mutterseelenallein sie hier sind.

Tag 270

Die Mittsommertage sind lang und sonnig, und die Arbeit ist zum Erliegen gekommen, weil sie auf die Ankunft der beiden *Quantum-Annealing*-Rechner warten. Helena vermisst ihre Eltern verzweifelt, und ihre allwöchentlichen Gespräche sind inzwischen ein Höhepunkt ihres Daseins hier geworden. Die Entfernung hat eine merkwürdige Wirkung auf die Beziehung zu ihrem Vater. So nah hat sie sich ihm seit Jahren nicht mehr gefühlt – zuletzt vielleicht vor der Highschool. Die kleinsten Details des Lebens in Colorado haben plötzlich Bedeutung. Sie saugt alle Einzelheiten in sich auf, je langweiliger, desto besser.

Ihre Wochenendwanderungen in den Ausläufern der Berge. Die Wettermeldungen über den Restschnee in den Höhenlagen. Ein Konzert, das sie in Red Rocks gesehen haben. Die Befunde des Neurologen ihrer Mom in Denver. Filme, die sie gesehen haben. Bücher. Der Klatsch der Nachbarschaft.

Die meisten Updates bekommt sie von ihrem Dad.

Manchmal ist ihre Mom klar. Dann ist sie wie früher, und sie unterhalten sich, wie sie es immer getan haben.

Aber öfter kommt es vor, dass Dorothy Mühe hat, ein Gespräch zu führen.

Helena empfindet ein irrationales Heimweh nach allem, was mit Colorado zu tun hat. Nach dem weiten Blick von der Terrasse ihrer Eltern über die Prärie bis zu den Flatirons, dem Beginn der Rocky Mountains. Nach der Farbe Grün, denn das einzige Laub, das man hier auf der Plattform sehen kann, wächst in dem kleinen Garten im Treibhaus. Aber hauptsächlich nach ihrer Mutter, denn dies muss für sie die beängstigendste Zeit ihres Lebens sein.

Am schwersten fällt es ihr, dass sie niemandem von den Einzelheiten ihres Stuhls erzählen kann, der gewaltige Fortschritte macht. Die ganze Arbeit unterliegt einer eisernen Geheimhaltungsvereinbarung, und sie hat den Verdacht, dass Slade all ihre Gespräche abhört. Natürlich hat er es bestritten, als sie ihn danach gefragt hat, aber ihr Verdacht bleibt bestehen.

Aus Geheimhaltungsgründen dürfen keine Besucher auf die Plattform, und Mitglieder der Besatzung bekommen, von familiären oder medizinischen Notfällen abgesehen, erst Landurlaub, wenn ihr Vertrag ausläuft.

Es hat sich eingebürgert, dass der Mittwochabend gesellig verbracht wird, damit sich so etwas wie Kameraderie am Arbeitsplatz entwickeln kann. Das ist eine Herausforderung für Helena, eine Hardcore-Introvertierte, die bis vor Kurzem das Leben einer einsamen Wissenschaftlerin geführt hat. Sie spielen Paintball, Volleyball und Basketball draußen auf der Plattform, sie grillen am Pool und trinken Bier aus Fässern, die das Versorgungsschiff anliefert. Sie hören laute Musik und betrinken sich. Manchmal wird sogar getanzt. Sportplätze und Grillbereich sind von hohen Glaswänden umgeben, um den fast immer kräftig wehenden Wind abzuhalten. Trotzdem muss man oft laut schreien, um gehört zu werden.

Bei schlechtem Wetter treffen sie sich im Gemeinschaftsflügel der Cafeteria zu Brettspielen, und manche spielen auch Verstecken zwischen den Aufbauten.

Da sie praktisch für alle auf der Bohrinsel außer für Slade der Chef ist, widerstrebt es ihr, sich mit den Leuten ihres Teams allzu sehr anzufreunden. Aber sie lebt hier in einer Wasserwüste, die bis über den Horizont reicht, und ist zwanzig Stockwerke über dem Meeresspiegel gestrandet. Freundschaft und

Intimität zu verschmähen könnte sie leicht in die psychische Isolation führen.

Beim Versteckspiel in einer Wäschekammer im obersten Stock fickt sie Sergei, einen genialen Elektroingenieur und wunderschönen Mann, der sie beim Racquetball jedes Mal vernichtend schlägt. Sie stehen zu dicht nebeneinander, als die Sucher an ihrem Versteck vorbeilaufen, und plötzlich küsst sie ihn und zieht ihn an sich, und er reißt ihr die Shorts herunter und drückt sie an die Wand.

Marcus hat Sergei aus Moskau kommen lassen. Er ist, vielleicht mehr als alle anderen, ein lupenreiner Wissenschaftler und auf jeden Fall der ehrgeizigste.

Aber ihre »Plattformliebe« ist er nicht. Das wäre Rajesh, der Software-Ingenieur, den Slade vor der Ankunft der D-Ware engagiert hat. Sein Blick hat etwas Warmes, Ehrliches, das sie anzieht. Er spricht leise und ruhig und ist hochintelligent. Gestern beim Frühstück hat er vorgeschlagen, einen Buchclub zu gründen.

Tag 302

Die Quantenrechner kommen auf einem riesigen Containerschiff. Es ist wie am Weihnachtsmorgen; alle stehen an Deck und schauen entsetzt und fasziniert zu, wie der Kran der Bohrinsel Computerpower im Wert von dreißig Millionen Dollar sechzig Meter hoch auf die Hauptplattform hievt.

Tag 312

Das Kartieren geht weiter, die neuen Prozessoren laufen, und der Code wird geschrieben, der ein Gedächtnis kartiert und seine neuronalen Koordinaten in den Reaktivierungsapparat lädt. Das Gefühl, nicht vorwärtskommen zu können, ist vorbei, der neue Schwung ist spürbar, und Helenas Stimmung wechselt von Einsamkeit zu Begeisterung. Slades Vorausschau erfüllt sie mit Staunen, nicht nur auf der Makroebene, wo er die Ungeheuerlichkeit ihrer Vision vorausgesehen hat, sondern noch eindrucksvoller im Detail – beispielsweise, dass er das perfekte Werkzeug für die Verarbeitung der riesigen Datenmengen kannte, die mit dem Kartieren des menschlichen Gedächtnisses verbunden sind. Und er hat gewusst, dass ein Rechner nicht genügen würde. Er hat zwei gekauft.

Bei ihrem wöchentlichen Abendessen mit Slade teilt sie ihm mit, dass sie, wenn sie weiter in diesem Tempo vorankommen, in einem Monat den ersten Menschenversuch unternehmen können.

Er strahlt. »Im Ernst?«

»Im Ernst. Und nur, damit Sie es wissen, ich werde die Erste sein, die es ausprobiert.«

»Bedaure. Viel zu gefährlich.«

»Wie kommen Sie zu dieser Entscheidung?«

»Auf Tausend verschiedenen Wegen. Außerdem wären wir ohne Sie verloren.«

»Marcus, ich bestehe darauf.«

»Hören Sie, darüber können wir später reden, aber jetzt lassen Sie uns feiern.«

Er geht zu seinem Weinkühlschrank und holt eine Flasche '47er Cheval Blanc heraus. Er braucht einen Augenblick, um den empfindlichen Korken herauszuziehen, und dann gießt er den Wein in eine kristallene Karaffe.

»Davon gibt's auf der Welt nicht mehr viel«, sagt er.

Helena atmet den süßen, würzigen Duft der alten Trauben ein, und im selben Augenblick ist ihre Vorstellung von dem, was Wein sein kann, unwiderruflich verändert.

»Auf Sie und auf diesen Augenblick.« Slade stößt sanft mit ihr an.

Der Wein schmeckt wie jeder Wein, den sie je getrunken hat, gern geschmeckt hätte, und die Skala dessen, was gut, groß und überragend ist, justiert sich in ihrem Kopf neu.

Der Wein ist wie aus einer anderen Welt.

Warm, schwer, opulent, atemberaubend frisch.

Gekochte rote Früchte, Blumen, Schokolade und …

»Ich wollte Sie noch etwas fragen.« Slade reißt sie aus ihren Gedanken.

Sie blickt ihn über den Tisch hinweg an.

»Warum das Gedächtnis? Sie haben sich doch offensichtlich schon damit befasst, bevor Ihre Mom krank wurde.«

Sie lässt den Wein in ihrem Glas kreisen und sieht ihrer beider Spiegelbild in den zweigeschossigen Fenstern, hinter denen der dunkle Ozean liegt.

»Weil das Gedächtnis … alles ist. Physikalisch ausgedrückt ist eine Erinnerung nichts als eine spezifische Kombination von Neuronen, die zusammen feuern – eine Symphonie aus neuronaler Aktivität. Aber tatsächlich ist sie der Filter zwischen uns und der Realität. Sie glauben, Sie schmecken diesen Wein und hören meine Worte *in der Gegenwart*, aber es gibt nichts dergleichen. Die neuralen Impulse von Ihren Geschmacksnerven und Ihren Ohren werden in Ihr Gehirn gesendet, das sie verarbeitet und in Ihrem funktionierenden Gedächtnis ablegt. Wenn Sie wissen, dass Sie etwas erleben, liegt es daher schon in der Vergangenheit. Es ist eine Erinnerung.« Helena beugt sich vor und schnippt mit den Fingern. »Schon das, was Ihr Gehirn leistet, um einen derart simplen Reiz zu verarbeiten, ist unglaublich. Die visuellen und auditorischen Informationen erreichen Ihre Augen und Ohren mit unterschiedlicher Geschwindigkeit. Ihr Gehirn wartet auf den langsamsten Teil dieses Reizes, um ihn zu verarbeiten, sortiert die neuralen Eingaben in der richtigen Reihenfolge und erlaubt Ihnen, sie zusammen als gleichzeitiges Ereignis zu erleben – ungefähr eine halbe Stunde nach dem, was tatsächlich passiert ist. Wir glauben, wir erleben die Welt direkt und unmittelbar, aber alles, was wir erleben, ist eine sorgfältig editierte, laufzeitverzögerte Rekonstruktion.«

Sie lässt ihn einen Moment lang darauf kauen und nimmt noch einen Schluck von dem prachtvollen Wein.

»Und was ist mit Blitzlichterinnerungen?«, fragt Slade. »Super-lebendige Erinnerungen, erfüllt von extremer persönlicher Bedeutung und starken Emotionen?«

»Ja, damit wären wir bei einer anderen Illusion, beim Paradox der scheinbaren Gegenwart. Was wir als ›Gegenwart‹ betrachten, ist in Wirklichkeit nicht ein Augenblick. Es ist ein Abschnitt der jüngsten Zeit, und zwar ein beliebiger. Meistens die letzten zwei, drei Sekunden. Aber pumpen Sie eine Ladung Adrenalin in Ihren Kreislauf, bringen Sie Ihre Amygdala auf Touren, und Sie erschaffen diese hyper-lebendige Erinnerung, in der die Zeit scheinbar langsamer läuft oder ganz stehen bleibt. Wenn Sie die Art und Weise verändern, wie Ihr Gehirn ein Ereignis verarbeitet, verändern Sie auch die Dauer des ›Jetzt‹. Tatsächlich verschieben Sie den Punkt, an dem die Gegenwart zur Vergangenheit wird. Auch auf diese Weise wird das Konzept der Gegenwart zur Illusion, bestehend aus Erinnerungen und konstruiert durch unser Hirn.«

Helena lehnt sich zurück. Ihre Begeisterung macht sie verlegen, und sie spürt, dass ihr der Wein zu Kopf steigt. »Darum das Gedächtnis«, sagt sie. »Darum Neurowissenschaft.« Sie tippt sich an die Schläfe. »Wenn wir die Welt verstehen wollen, müssen wir damit anfangen, dass wir verstehen – wirklich verstehen –, wie wir sie erleben.«

Slade nickt. »›Es ist klar, dass der Verstand die Dinge nicht unmittelbar weiß, sondern erst durch die Intervention durch die Vorstellungen, die er von ihnen hat.‹«

Helena lacht überrascht. »Sie haben John Locke gelesen.«

»Na und? Weil ich Techniker bin, habe ich noch nie ein Buch in der Hand gehabt? Sie reden davon, mithilfe der Neurowissenschaft den Schleier über der Wahrnehmung zu durchdringen und die Realität zu sehen, wie sie wirklich ist.«

»Was *per definitionem* unmöglich ist. Wir mögen noch so genau verstehen, wie unsere Wahrnehmung funktioniert, wir werden unseren Beschränkungen letzten Endes niemals entgehen.«

Slade lächelt nur.

Tag 364

Mit ihrem Ausweis betritt Helena die dritte Etage und geht durch einen hell erleuchteten Korridor zum zentralen Testsaal. Sie ist so nervös wie an ihrem ersten Tag hier, und ihr Magen hat nur einen Kaffee und ein paar Stückchen Ananas zum Frühstück akzeptiert.

Über Nacht hat die Infrastrukturabteilung den Stuhl, den sie gebaut haben, aus der Werkstatt in den Testsaal transportiert, auf dessen Schwelle sie jetzt steht. John und Rachel sind dabei, den Stuhl am Boden zu verschrauben.

Sie hat gewusst, dass dies ein emotionaler Augenblick sein würde, aber den Stuhl zum ersten Mal zu sehen ist ein so intensives Erlebnis, dass es sie fast umwirft. Bis jetzt hat das Erzeugnis ihrer Arbeit aus Bildern von Neuronenclustern bestanden, aus komplizierten Software-Programmen und einem Riesenhaufen Ungewissheit. Aber der Stuhl ist ein Ding. Etwas, das sie berühren kann. Die physikalische Manifestation des

Ziels, das sie über zehn lange Jahre hinweg angestrebt hat, angetrieben von der Erkrankung ihrer Mutter.

»Wie findest du ihn?«, fragt Rachel. »Slade hat uns die Pläne verändern lassen, um dich zu überraschen.«

Helena wäre wegen dieser eigenmächtigen Änderung wütend auf Slade gewesen, wenn das, was sie da gebaut hatten, nicht so perfekt gewesen wäre. Aber sie ist überwältigt. In ihrer Vorstellung war der Stuhl immer ein zweckmäßiger Apparat gewesen, ein Mittel zum Zweck. Was sie für sie gebaut haben, ist kunstvoll und elegant und erinnert an einen Eames Chair aus einem Stück.

Die beiden Ingenieure schauen sie an und versuchen zweifellos, ihre Reaktion einzuschätzen und zu sehen, ob ihre Chefin mit ihrer Arbeit zufrieden ist.

»Ihr habt euch selbst übertroffen«, sagt sie.

Am Mittag ist der Stuhl vollständig installiert. Das MEG-Mikroskop, das nahtlos auf die Kopfstütze montiert ist, sieht aus wie ein überhängender Helm. Das Kabelbündel, das herauskommt, führt durch die Rückenlehne zu einem Port am Boden, und der Gesamteindruck ist der eines eleganten Objekts mit sauberen Konturen.

Helena hat sich gegen Slade als erste Benutzerin des Stuhls durchgesetzt, indem sie für sich behalten hat, wie hoch die Zahl der Synapsen sein würde, um eine Erinnerung richtig zu reaktivieren. Slade leistete natürlich Widerstand und wandte ein, ihr Verstand und ihr Gedächtnis seien viel zu wertvoll, um dieses Risiko einzugehen, aber weder er noch sonst jemand hatte die Chance, diesen Streit zu gewinnen.

Und so lässt sie sich um dreizehn Uhr sieben auf das weiche Leder sinken und lehnt sich zurück. Lenore, eine der Bildgebungstechnikerinnen, senkt das Mikroskop vorsichtig auf Helenas Kopf. Das Innenpolster schmiegt sich weich um ihr Gesicht, und Lenore schließt den Kinngurt. Slade schaut aus einer Ecke des Raums zu und hat eine Videokamera in der Hand. Er grinst breit, als ob er die Geburt seines ersten Kindes filmte.

»Fühlt sich das okay an?«, fragt Lenore.

»Ja.«

»Dann schließe ich dich jetzt ein.«

Lenore öffnet zwei in die Kopfstütze eingelassene Fächer und faltet eine Reihe von Teleskopstangen aus Titan heraus, die sie außen in das Gehäuse des Mikroskops schraubt, um es zu stabilisieren.

»Jetzt versuch, deinen Kopf zu bewegen«, sagt sie.

»Ich kann nicht.«

»Was ist es für ein Gefühl, in Ihrem Stuhl zu sitzen?«, fragt Slade.

»Irgendwie würde ich mich gern übergeben.«

Helena sieht zu, wie alle den Testsaal verlassen und sich nach nebenan in einen Kontrollraum begeben, der visuell durch eine Glaswand mit dem Testsaal verbunden ist. Gleich darauf kommt Slades Stimme aus einem Lautsprecher in der Kopfstütze. »Können Sie mich hören?«

»Ja.«

»Wir werden jetzt die Beleuchtung dimmen.«

Dann sieht sie nur noch die Gesichter ihres Teams, mattblau leuchtend im Licht von einem Dutzend Monitore.

»Versuchen Sie, sich zu entspannen«, sagt Slade.

Sie atmet tief durch die Nase ein und langsam wieder aus, als die geometrisch über ihr angeordneten SQUID-Detektoren leise zu summen anfangen, ein sanftes Vibrieren, das sich anfühlt wie Milliarden von Nano-Massagen auf ihrer Kopfhaut.

Sie hatten endlos darüber debattiert, welche Art von Erinnerung die erste auf ihrer Karte sein sollte. Etwas Einfaches? Etwas Komplexes? Neu? Alt? Glücklich? Tragisch? Gestern ist

Helena zu dem Schluss gekommen, dass sie das Nachdenken übertreiben. Wie definiert man überhaupt eine »einfache« Erinnerung? Gibt es das angesichts der Conditio humana? Der Albatros zum Beispiel, der heute Morgen auf der Plattform gelandet ist, als sie beim Laufen war, ist ein bloßes Gedankenflackern, das eines Tages in das Ödland der Vergessenheit wandern wird, wo alte Erinnerungen sterben. Aber diese enthält den Geruch des Meeres. Die weißen, nassen Federn, die in der Sonne des frühen Morgens glitzern. Ihr Herzklopfen nach der Anstrengung des Laufens. Der kalte Schweiß, der über ihre Rippen hinunterläuft und in ihren Augen brennt. Die Frage, die sich in diesem Augenblick stellte: wo der Vogel in der endlosen Gleichförmigkeit der See sein Zuhause sah.

Wenn also jede Erinnerung ein Universum enthält, was bedeutet dann »einfach«?

»Helena?« Das ist Slades Stimme. »Sind Sie so weit?«

»Ja.«

»Sie haben eine Erinnerung ausgewählt?«

»Ja.«

»Dann zähle ich jetzt von fünf herunter, und wenn Sie den Ton hören … erinnern Sie sich.«

BARRY

5. November 2018

Im Sommer gibt es im Zug nur Stehplätze, denn er ist rappelvoll mit Manhattanites auf dem Weg in die Hamptons. Aber jetzt ist November, die stahlgrauen Wolken drohen mit dem ersten Schnee des Winters, und Barry hat den Waggon der Long Island Railroad beinahe völlig für sich allein.

Er starrt aus dem Fenster und sieht durch die schmutzige Scheibe zu, wie die Lichter von Brooklyn verschwinden. Die Lider werden ihm schwer.

Als er aufwacht, ist es Nacht geworden. Beim Blick aus dem Fenster sieht er Dunkelheit, Lichtpunkte und sein Spiegelbild in der Scheibe.

Montauk ist die letzte Station, und kurz vor acht steigt er aus dem Zug in den eiskalten Regen, der in Schleiern durch das Licht der Straßenlaternen weht. Er zieht den Gürtel seines Trenchcoats fest und schlägt den Kragen hoch. Sein Atem dampft in der kalten Luft. Er geht am Gleis entlang bis zum Bahnhofsgebäude, das für die Nacht bereits geschlossen ist, und steigt in das Taxi, das er vom Zug aus bestellt hat.

Mit dem Ende der Saison ist in der Innenstadt von Montauk schon fast alles geschlossen. Er war vor zwanzig Jahren einmal hier, mit Julia und Meghan, im Trubel eines Sommerwochenendes, als sich die Urlauber in den Straßen und an den Stränden drängten.

Die Pinewood Lane ist eine abgelegene, sandüberstäubte Straße, rissig und bucklig von Baumwurzeln. Nach einer halben Meile erfassen die Scheinwerfer des Taxis ein verschlossenes Einfahrtstor. Eine Tafel mit der römischen Zahl »VI« ist an einem der beiden Steinpfeiler befestigt.

»Fahren Sie bis an die Sprechanlage«, sagt er zu seinem Fahrer.

Der Wagen rollt langsam weiter, und Barrys Fenster versinkt surrend in der Tür.

Barry streckt die Hand hinaus und drückt auf den Knopf. Er weiß, dass sie zu Hause sind. Vor der Abfahrt von New York hat er angerufen und sich als FedEx-Mitarbeiter ausgegeben, der eine Spätzustellung vereinbaren wollte.

Eine Frau meldet sich. »Behrman.«

»Hier ist Detective Sutton vom New York Police Department. Ist Ihr Mann zu Hause, Ma'am?«

»Ist alles in Ordnung?«

»Ja. Ich muss nur mit ihm sprechen.«

Nach einer kurzen Pause hört er gedämpfte Stimmen. Dann kommt eine Männerstimme aus dem Lautsprecher. »Joe hier. Worum geht's?«

»Das würde ich Ihnen lieber persönlich sagen. Und unter vier Augen.«

»Wir wollten gerade zu Abend essen.«

»Ich bitte um Entschuldigung für die Störung, aber ich bin eben erst mit dem Zug hier angekommen.«

Die private Zufahrt windet sich einspurig durch Gras- und Waldland sanft bergauf zu einem Haus auf einer flachen Anhöhe. Von Weitem sieht es aus, als sei das Haus vollständig aus Glas. Es leuchtet wie eine Oase aus Licht in der Nacht.

Barry bezahlt den Taxifahrer bar und gibt ihm zwanzig Dollar extra, damit er auf ihn wartet. Dann steigt er aus und geht im Regen die Eingangstreppe hinauf. Die Haustür schwingt auf, als er oben ist. Joe Behrman sieht älter aus als auf seinem Führerscheinfoto. Sein Haar hat silberne Strähnen, und sein von der Sonne beschädigtes Gesicht ist gerade so schwer, dass die Kinnbacken herabhängen.

Franny war würdevoller gealtert.

Über drei lange Sekunden hinweg weiß er nicht, ob sie ihn hereinbitten werden, aber schließlich weicht Franny einen Schritt zurück, lächelt gezwungen und lässt ihn in ihr Haus.

Das offene Raumkonzept ist ein Wunder der Ausgewogenheit von Design und Behaglichkeit. Bei Tag, stellt er sich vor, bieten die Fenster ringsum einen spektakulären Ausblick auf das Meer und den Wald der Umgebung. Der Duft aus dem Backofen in der Küche erfüllt das Haus und erinnert Barry daran, wie es war, ein Essen von Anfang an zuzubereiten, statt es in der Mikrowelle heiß zu machen oder sich von Fremden in Plastiktüten bringen zu lassen.

Franny drückt ihrem Mann die Hand und sagt: »Ich stelle alles ins Warmhaltefach.« Dann wendet sie sich an Barry. »Darf ich Ihnen den Mantel abnehmen?«

Joe führt Barry nach hinten in ein Arbeitszimmer. Es hat eine Fensterwand, die drei anderen Wände sind mit Büchern bedeckt. Sie setzen sich einander gegenüber vor den Gaskamin, und Joe sagt: »Ich muss Ihnen mitteilen, es ist ein bisschen beunruhigend, zum Abendessen einen unangemeldeten Besuch von einem Kriminalpolizisten zu bekommen.«

»Tut mir leid, wenn ich Sie erschreckt habe. Sie sind aber nicht in Schwierigkeiten oder so etwas.«

Joe lächelt. »Das hätten Sie vielleicht gleich sagen sollen.«

»Ich komme gleich dazu. Vor fünfzehn Jahren ist Ihre Frau in den einundvierzigsten Stock des Poe Buildings an der Upper West Side hinaufgefahren und …«

»Es geht ihr jetzt viel besser. Sie ist ein ganz anderer Mensch.«

Etwas wie Ärger oder Angst flackert in Joes Gesicht, und er ist ein bisschen rot geworden. »Warum sind Sie hier? Was wollen Sie in meinem Haus, wenn ich einen friedlichen Abend mit meiner Frau verbringen will, und wühlen in unserer Vergangenheit herum?«

»Als ich vor drei Tagen auf dem Heimweg war, wurde über Funk ein Selbstmordversuch gemeldet. Ich bin hingefahren und traf eine Frau an, die auf der Brüstung im einundvierzigsten Stock des Poe Buildings saß. Sie erklärte, sie leide an FMS. Sie wissen, was das ist?«

»Es hat mit falschen Erinnerungen zu tun.«

»Sie beschrieb mir ein ganzes Leben, das es nie gegeben hatte. Sie hatte einen Mann und einen Sohn. Sie wohnten in Vermont. Hatten zusammen eine Landschaftsgärtnerei. Sie sagte, ihr Mann heiße Joe. Joe Behrman.«

Joe starrt ihn an und rührt sich nicht.

»Ihr Name war Ann Voss Peters. Sie dachte, Franny sei da, wo sie saß, *gesprungen*. Sie sei hergekommen und habe mit Ihnen gesprochen, erzählte sie, aber Sie hätten sie nicht erkannt. Sie habe diese Brüstung ausgesucht, weil sie hoffte, Sie würden kommen und sie retten, um wiedergutzumachen, dass Sie Franny nicht gerettet hätten. Aber offenbar waren Anns Erinnerungen falsch, denn Sie *haben* Franny gerettet. Ich habe heute Nachmittag den Polizeibericht gelesen.«

»Und was ist aus Ann geworden?«

»Ich konnte sie nicht retten.«

Joe schließt die Augen und öffnet sie wieder. »Was wollen Sie von mir?« Seine Stimme ist kaum mehr als ein Flüstern.

»Kannten Sie Ann Voss Peters?«

»Nein.«

»Woher kannte Ann dann Sie? Woher wusste sie, dass Ihre

Frau dort oben gewesen war, weil sie sich umbringen wollte? Warum glaubte sie, dass sie Ihre Frau gewesen war? Und dass Sie beide einen Sohn namens Sam gehabt hatten?«

»Ich habe keine Ahnung, aber ich möchte Sie jetzt bitten zu gehen.«

»Mr Behrman …«

»Bitte. Ich habe Ihre Fragen beantwortet. Ich habe nichts Unrechtes getan. Gehen Sie.«

Barry weiß nicht, warum, aber er ist sicher, dass Joe Behrman lügt.

Er steht auf, zieht eine Visitenkarte aus der Tasche und legt sie auf den Tisch zwischen ihnen. »Ich hoffe, Sie rufen mich an, wenn Sie es sich anders überlegen.«

Joe antwortet nicht. Er steht nicht auf und sieht Barry nicht einmal an. Er verschränkt die Hände auf dem Schoß – Barry weiß, dass er ihr Zittern unterdrückt – und starrt konzentriert ins Kaminfeuer.

Auf der Rückfahrt nach Montauk ruft Barry seine Bahn-App auf und wirft einen Blick auf den Fahrplan. Er dürfte noch Zeit genug haben, etwas zu essen und um 21:50 den Zug zurück in die Stadt zu erwischen.

Das Imbisslokal ist fast leer. Er setzt sich auf einen Hocker an der Theke, und noch immer rauscht das Adrenalin von der Unterredung mit Joe durch seine Adern.

Bevor sein Essen kommt, tritt ein Mann mit kahl rasiertem Schädel ein und setzt sich an einen der Tische. Er bestellt einen Kaffee und liest dann etwas auf seinem Smartphone.

Nein.

Er *tut* so, als läse er.

Aber sein Blick ist zu wachsam, und die Wölbung seiner Lederjacke lässt vermuten, dass er ein Schulterholster trägt. Barry erkennt die verhüllte Anspannung eines Polizisten oder eines Soldaten. Sein Blick kommt nie zur Ruhe, huscht ständig hin und her und verarbeitet, was er sieht, obwohl sein Kopf sich nicht bewegt. Eine Gewohnheit, die man nicht mehr ablegen kann.

Aber er sieht Barry nicht an.

Du bist einfach paranoid.

Barry hat seine *Huevos rancheros* halb aufgegessen und denkt über Joe und Franny Behrman nach, als ein stechender Schmerz hinter seinen Augen aufblitzt.

Er bekommt Nasenbluten, und als er das Blut mit einer Serviette auffängt, drängen sich völlig andere Erinnerungen an die letzten drei Tage in seinen Kopf. Er war am Freitagabend auf der Fahrt nach Hause, aber er hat keinen Funkspruch wegen eines Selbstmordversuchs empfangen. Er ist nicht in den einundvierzigsten Stock des Poe Buildings hinaufgefahren und keiner Ann Voss Peters begegnet. Hat nie gesehen, wie sie von der Brüstung fiel. Hat nie den Polizeibericht über Franny Behrmans Selbstmordversuch gelesen, hat nie eine Zugfahrkarte nach Montauk gekauft und nie mit Joe Behrman gesprochen.

Aus einer bestimmten Perspektive betrachtet hat er eben noch in seinem Ruhesessel in seinem Zwei-Zimmer-Apartment in Washington Heights gesessen und sich ein Basketballspiel angesehen, und jetzt sitzt er plötzlich mit blutender Nase in einem Imbisslokal in Montauk.

Als er versucht, sich diesen alternativen Erinnerungen zu stellen, spürt er, dass sie sich anders anfühlen als alle Erinnerungen, die er je gehabt hat. Sie sind leblos und statisch und in Schwarz- und Grautöne gehüllt, genau wie Ann Voss Peters es beschrieben hat.

Hat sie mich angesteckt?

Seine Nase blutet nicht mehr, aber jetzt zittern seine Hände.

Er wirft Geld auf die Theke, geht hinaus in die Nacht und bemüht sich, Ruhe zu bewahren, aber er taumelt.

Es gibt so wenige Dinge in unserem Dasein, bei denen wir darauf vertrauen können, dass sie uns ein Gefühl der Dauerhaftigkeit geben wie der Boden unter unseren Füßen. Menschen lassen uns im Stich. Wir selbst lassen uns im Stich. Das alles hat er schon erlebt. Aber woran kann man sich von Augenblick zu Augenblick festhalten, wenn Erinnerungen sich einfach verändern? Was ist dann noch real? Und wenn »nichts« die Antwort ist, wo stehen wir dann?

Er fragt sich, ob er verrückt wird. Fühlt es sich so an, wenn man den Verstand verliert?

Bis zum Bahnhof sind es vier Blocks. Autos sind nicht unterwegs, die Stadt ist wie ausgestorben, und als Geschöpf der Stadt, die niemals schläft, findet er die Stille in diesem Kaff außerhalb der Saison zermürbend.

Er lehnt sich an einen Laternenpfahl und wartet darauf, dass die Türen des Zugs sich öffnen. Mit ihm zusammen sind nur vier Leute auf dem Bahnsteig, den Mann aus dem Imbiss eingeschlossen.

Die Regentropfen, die auf seine Hände fallen, werden zu Graupel. Seine Finger sind eiskalt, aber das ist ihm recht so.

Die Kälte ist das Einzige, was ihn mit der Realität verbindet.

HELENA

31. Oktober 2008 – 14. März 2009

Tag 366

Zwei Tage nach der ersten Erprobung des Stuhls sitzt Helena im Kontrollraum, umgeben vom Bildgebungsteam, und starrt auf den großen Monitor, der ein statisches 3D-Bild ihres Gehirns zeigt. Verschiedene Blautöne repräsentieren die synaptische Aktivität.

»Die räumliche Auflösung ist atemberaubend, Leute«, sagt sie. »Besser, als ich es mir je hätte träumen lassen.

»Wart's ab«, sagt Rajesh.

Er drückt auf die Leertaste, und das Bild erwacht zum Leben. Neuronen leuchten auf und verblassen wie eine Trillion Glühwürmchen an einem Sommerabend. Wie erlöschende Sterne.

Während die Erinnerung abläuft, vergrößert Rajesh das Bild auf die Ebene einzelner Neuronen. Elektrische Blitze reichen von Synapse zu Synapse. Er verlangsamt die Darstellung, sodass man die Spanne einer Millisekunde verfolgen kann, und noch immer ist die Komplexität unfassbar.

Als die Erinnerung zu Ende ist, sagt er: »Du hast versprochen, uns zu erzählen, was wir da gesehen haben.«

Helena lächelt. »Ich war sechs Jahre alt. Mein Vater hat mich zum Fliegenfischen an einen Bach im Rocky Mountain National Park mitgenommen, den er liebte.«

»Kannst du konkret sagen, woran genau du dich in diesen fünfzehn Sekunden erinnert hast«, fragt Rajesh. »War es der ganze Nachmittag? Oder bestimmte Augenblicke?«

»Ich würde es als Blitze bezeichnen, die in ihrer Gesamtheit den emotionalen Ertrag dieser Erinnerung umfassen.«

»Zum Beispiel?«

»Das Plätschern des Wassers auf den Steinen im Bachbett. Gelbes Espenlaub, das in der Strömung schwimmt und aussieht wie Goldmünzen. Die rauen Hände meines Vaters, die eine Fliege an den Haken binden. Das Warten auf einen Fisch, der anbeißt. Im Gras an der Uferböschung zu liegen und ins Wasser hinunterzuschauen. Ein strahlend blauer Himmel und das Sonnenlicht, das in Splittern durch die Bäume herabfällt. Ein zappelnder Fisch in den Händen meines Vaters, der mir den roten Fleck an seinem Hals zeigt und mir erklärt, dass man ihn deshalb als Cutthroat-Forelle bezeichnet. Und der Angelhaken, der sich an diesem Nachmittag durch meinen Daumen gebohrt hat.« Helena hält den Daumen hoch und zeigt ihnen die kleine weiße Narbe. »Er ließ sich wegen des Widerhakens nicht herausziehen, und deshalb hat mein Vater die Haut mit dem Messer aufgeschnitten. Ich weiß, ich habe geweint, und er hat mir gesagt, ich solle stillhalten, und als der Haken schließlich draußen war, hielt er meinen Daumen ins eiskalte Wasser, bis er taub wurde. Ich sah das Blut, das aus dem Schnitt in die Strömung floss.«

»Was ist dein emotionaler Bezug zu dieser Erinnerung?«, fragt Rajesh. »Weshalb du sie ausgesucht hast?«

Helena schaut ihm in die großen dunklen Augen. »Der Schmerz durch den Haken. Aber hauptsächlich, weil es meine liebste Erinnerung an meinen Vater ist. Es war der Augenblick, in dem er durch und durch er selbst war.«

Tag 370

Sie setzen Helena abermals auf den Stuhl, und sie muss die Erinnerung wieder und wieder aufrufen. Sie zergliedern sie in einzelne Segmente, bis Rajeshs Team in der Lage ist, einzelne synaptische Muster spezifischen Augenblicken zuzuweisen.

Tag 420

Der erste Reaktivierungsversuch findet an Helenas zweitem Weihnachtsabend auf der Plattform statt. Sie setzen sie auf den Stuhl und stülpen ihr den Helm auf, in den ein Netz von elektromagnetischen Stimulatoren eingelassen ist. Sergei hat die synaptischen Koordinaten eines einzelnen Segments aus Helenas Erinnerung an das Fliegenfischen einprogrammiert. Das Licht im Testsaal wird gedimmt, und Helena hört Slades Stimme im Kopfhörer der Nackenstütze.

»Sind Sie so weit?«

»Ja.«

Sie haben gemeinsam entschieden, Helena nicht zu sagen, wann der Reaktivierungsapparat gestartet wird oder welches Erinnerungssegment sie ausgesucht haben, weil zu befürchten ist, dass sie die Erinnerung unabsichtlich selbst aktiviert, wenn sie damit rechnet.

Helena schließt die Augen und beginnt mit der Übung, die ihren Kopf von allen Gedanken befreit. Das hat sie jetzt eine Woche lang trainiert. Sie sieht sich, wie sie einen Raum betritt. In der Mitte steht eine Bank, wie man sie in einem Kunstmuseum findet. Sie setzt sich hin und betrachtet die Wand vor ihr. Vom Boden zur Decke wechselt die Farbe dieser Wand in unmerklichen Schritten in sanften Schattierungen von Weiß zu Schwarz. Sie fängt unten an und lässt den Blick langsam an der Wand hinaufwandern und nimmt die Farbe eines Abschnitts aufmerksam zur Kenntnis, bevor sie zum nächsten übergeht, und jeder Bereich ist um eine Idee dunkler als der vorige …

Der plötzliche Stich eines Angelhakens, der sich in ihren Daumen bohrt. Ein Schmerzensschrei aus ihrem Mund, ein roter Blutstropfen, der um den Haken herausquillt, als ihr Vater auf sie zustürzt.

»Habt ihr es laufen lassen?«, fragt Helena, und das Herz klopft ihr bis zum Hals.

»Haben Sie etwas gespürt?«, fragt Slade.

»Ja, soeben.«

»Beschreiben Sie es.«

»Ein lebhafter Erinnerungsflash, wie der Haken meinen Daumen durchbohrt. Wart ihr das?«

Im Kontrollraum bricht Jubel aus.

Helena fängt an zu weinen.

Tag 422

Sie fangen an, die autobiografischen Erinnerungen der gesamten Besatzung der Bohrinsel aufzuzeichnen und zu katalogisieren, und dabei beschränken sie sich streng auf blitzlichtartige Erinnerungen.

Tag 424

Lenore lässt ihre Erinnerung an den Morgen des 28. Januar 1986 aufzeichnen.

Sie war acht Jahre alt und beim Zahnarzt. Die Praxisleiterin hatte einen Fernseher mitgebracht und im Wartezimmer aufgestellt, wo Lenore mit ihrer Mutter auf ihren Termin wartete und sich einen Bericht über den historischen Shuttle-Start anschaute, bei dem das Raumschiff über dem Atlantik explodierte.

Die Information, die in ihrem Gedächtnis am stärksten codiert war, betraf den kleinen Fernseher auf einem fahrbaren Ständer. Die Filmaufnahmen der weißen Wolkenschleifen nach der Explosion. Ihre Mutter, die sagte: »O mein Gott.« Die ernste Besorgnis in Dr. Hunters Blick. Und eine der Zahnhygienikerinnen, die aus den hinteren Räumen kam und auf den Bildschirm starrte, während ihre Tränen unter die OP-Maske liefen, die sie noch trug.

Tag 448

Rajesh erinnert sich an den Tag, an dem er seinen Vater das letzte Mal sah, bevor er nach Amerika ging. Sie waren auf einer Safari gewesen, nur sie beide, im Spiti-Tal hoch oben im Himalaya.

Er erinnert sich an den Geruch der Yaks. An die harte Intensität der Hochgebirgssonne. Die scharfe Kälte des Flusses. Das Schwindelgefühl in der sauerstoffarmen Luft auf viertausend Metern Höhe. Alles war braun und karg, und nur die Seen glänzten wie hellblaue Augen. Die Tempel mit ihren leuchtend bunten Gebetsfahnen und die hohen, von strahlend weißem Schnee bedeckten Gipfel.

Aber vor allem erinnert er sich an die Nacht, in der sein Vater ihm eröffnete, was er wirklich über das Leben dachte, über Rajesh, seine Mutter, über alles. Es war ein flüchtiger Augenblick der Verletzlichkeit, als die beiden vor einem erlöschenden Lagerfeuer saßen.

Tag 452

Sergei sitzt auf dem Stuhl und erinnert sich an den Augenblick, als ein Motorrad gegen das Heck seines Wagens raste. An den plötzlichen Zusammenprall von Metall auf Metall und daran, wie er durch das Seitenfenster sah, wie das Motorrad in einem Salto über den Highway flog. An die Angst, das Entsetzen, den Geschmack von Rost in der Kehle, an das Gefühl, dass die Zeit plötzlich im Schneckentempo weiterlief.

Daran, wie er seinen Wagen mitten auf der verkehrsreichen Moskauer Straße zum Stehen brachte und ausstieg, an den Geruch von Öl und Benzin aus dem zerschmetterten Motorrad und an den Biker, der mitten auf der Straße saß, die Lederhose bis auf die Haut zerfetzt, und verdattert auf seine Hände starrte, deren Finger fast alle abgerissen waren, und schreiend versuchte aufzustehen, als er Sergei sah und sich auf ihn stürzen wollte. Wie er dann wieder schrie, als sein schrecklich verrenktes Bein den Dienst verweigerte.

Tag 500

Es ist einer der ersten gemäßigten Tage des Jahres. Den ganzen Winter über ist ein Sturm nach dem anderen über die Plattform hinweggerast, was selbst Helenas Toleranzschwelle für klaustrophobisch beengte Arbeitsbedingungen auf eine harte Probe stellte. Aber heute ist es warm, der Himmel ist blau, und die See umgibt die Bohrinsel mit ruhigem Funkeln.

Sie und Slade spazieren entspannt auf der Laufbahn um die Plattform.

»Was sagen Sie zu den Fortschritten, die wir gemacht haben?«, fragt er.

»Ich bin begeistert. Es geht sehr viel schneller, als ich gehofft habe. Ich finde, wir sollten etwas publizieren.«

»Wirklich.«

»Ich würde gern anfangen, mit dem, was wir gelernt haben, das Leben der Menschen zu verändern.«

Er sieht sie an, und er wirkt schlanker und muskulöser als bei ihrer ersten Begegnung. Aber sie hat sich auch verändert. Sie ist körperlich so gut in Form wie noch nie in ihrem Leben, und noch nie war ihre Arbeit so fesselnd.

Slades Beteiligung an ihrer Arbeit hat all ihre Erwartungen übertroffen. Seit ihrer Ankunft auf der Bohrinsel ist er nur ein Mal fort gewesen, und er hat an jedem Schritt der Entwicklung in allen Einzelheiten teilgenommen. Er und Jee-woon sind bei jedem Meeting dabei gewesen und haben bei allen wesentlichen Entscheidungen beratend mitgewirkt. Sie hatte angenommen, dass ein so viel beschäftigter Mann wie er nur sporadisch mitarbeiten würde, aber er ist genauso besessen wie sie.

»Sie sprechen vom Publizieren«, sagt er jetzt, »und ich habe das Gefühl, wir stehen vor einer Wand.« Sie biegen um die Nordostkurve der Laufbahn und wenden sich nach Westen. »Die Reaktivierung einer Erinnerung ist ein enttäuschendes Erlebnis.«

»Ich bin schockiert, dass Sie das sagen. Jeder, der sich der Reaktivierung unterzogen hat, berichtet von einem Erinnerungserlebnis, das weit lebendiger und intensiver ist als jede selbst produzierte Erinnerung. Die Reaktivierung weckt sämtliche vitalen Reize, manchmal so weit, dass intensiver Stress entsteht. Sie haben die medizinischen Protokolle gesehen. Sie haben Ihre eigenen Erinnerungen zünden sehen. Sie sind anderer Ansicht?«

»Ich bestreite nicht, dass es ein intensiveres Erlebnis ist als die Erinnerungen, die ich selbst produziere, aber es ist nicht annähernd so dynamisch, wie ich gehofft hatte.«

Sie spürt, dass ihr die Zornesröte ins Gesicht steigt. »Wir kommen in atemberaubendem Tempo voran und erzielen wissenschaftliche Durchbrüche in unserem Verständnis von Erinnerungen und Engrammen, die die Welt erhellen könnten, wenn Sie mir erlauben würden, sie zu publizieren. Ich will anfangen, das Gedächtnis von Personen zu kartieren, die im dritten Stadium der Alzheimer-Krankheit sind, um die Erinnerungen, die wir für sie aufbewahrt haben, zu reaktivieren, wenn sie das fünfte Stadium erreichen. Was ist, wenn das der Weg zur synaptischen Regeneration ist? Zur Heilung? Zumindest könnten wir die zentralen Erinnerungen einer Person konservieren, deren Gehirn sie im Stich lässt.«

»Geht es Ihnen dabei um Ihre Mom, Helena?«

»Selbstverständlich! Sie wird im nächsten Jahr einen Punkt erreichen, an dem es bei ihr keine Erinnerungen mehr gibt, die man kartieren könnte. Was glauben Sie, was ich hier tue? Warum, glauben Sie, habe ich mein Leben diesem Projekt gewidmet?«

»Mir gefällt Ihre Leidenschaft, und ich möchte diese Krankheit auch ausrotten. Aber zuerst will ich die *immersive Plattform zur Projektion langfristiger, expliziter episodischer Erinnerungen.*«

Das ist exakt der Titel der Patentanmeldung, von der sie vor Jahren geträumt und die sie immer noch nicht eingereicht hat.

»Woher wissen Sie von meiner Patentschrift?«

Statt zu antworten, stellt er noch eine Frage. »Finden Sie, das, was Sie bisher gebaut haben, kann man wenigstens annähernd als immersiv bezeichnen?«

»Ich habe alles, was ich habe, für dieses Projekt gegeben.«

»Bitte reagieren Sie nicht so defensiv. Die Technologie, die

Sie entwickelt haben, ist perfekt. Ich will Ihnen nur helfen, daraus alles zu machen, was möglich ist.«

Sie sind jetzt an der Nordwestecke und biegen nach Süden ab. Auf dem Volleyball-Court spielen die Teams von Bildgebung und Kartierung gegeneinander. Rajesh sitzt an der frischen Luft neben dem mit einer Persenning bedeckten Swimmingpool und arbeitet an einem Aquarell. Sergei übt Zielwerfen auf dem Basketball-Court.

Slade bleibt stehen und sieht Helena an. »Weisen Sie die Infrastrukturabteilung an, einen Deprivationstank zu bauen, der möglichst alle Sinneseindrücke blockiert. Sie werden die Arbeit mit Sergei koordinieren müssen, um einen Weg zu finden, den Reaktivierungsapparat für eine Testperson, die im Tank schwimmt, wasserdicht und stabil zu machen.«

»Warum?«

»Weil Sie dann eine Erinnerungsreaktivierung erreichen können, wie ich sie mir vorstelle: reines Heroin.«

»Woher wollen Sie denn wissen …?«

»Und wenn Sie das erreicht haben, finden Sie einen Weg, den Herzschlag einer Testperson zu stoppen, die sich im Deprivationstank befindet.«

Sie schaut ihn an, als hätte er den Verstand verloren.

»Je mehr Stress der Körper während der Reaktivierung erfährt, desto intensiver erlebt er die Erinnerung. Tief vergraben in unserem Gehirn sitzt die reiskorngroße Zirbeldrüse, die eine Rolle bei der Produktion einer Chemikalie namens Dimethyltryptamin oder DMT spielt. Sie haben davon gehört?«

»Das ist eins der stärksten bekannten Psychedelika.«

»In winzigen Dosen wird DMT nachts in unserem Gehirn freigesetzt und ist verantwortlich für unsere Träume. Aber im Augenblick des Todes entlässt die Zirbeldrüse eine regelrechte Flut von DMT in unseren Organismus. Das ist so was wie ein

Räumungsverkauf. Es ist der Grund dafür, dass Menschen Dinge sehen, wenn sie sterben – beispielsweise einen Tunnel, in dem sie auf ein Licht zurasen, oder ihr ganzes Leben, das vor ihren Augen vorüberzieht. Für eine immersive traumartige Erinnerung brauchen wir größere Träume. Oder, wenn Sie so wollen, viel mehr DMT.«

»Niemand weiß, was unser Bewusstsein erlebt, wenn wir sterben. Sie können nicht wissen, dass dies irgendeine Wirkung auf die Tiefe der Erinnerung haben wird. Vielleicht bringen wir nur jemanden um.«

»Wann sind Sie eine solche Pessimistin geworden?«

»Wer soll sich denn freiwillig zum Sterben für dieses Projekt melden? Was meinen Sie?«

»Wir erwecken sie wieder zum Leben. Befragen Sie Ihr Team. Ich zahle gut für das Risiko. Und wenn sich nicht genug Leute für die Versuche melden, sehe ich mich anderswo um.«

»Würden Sie denn freiwillig in den Deprivationstank steigen und erlauben, dass man Ihren Herzschlag stoppt?«

Slade lächelt finster. »Wenn das Verfahren perfektioniert ist? Auf jeden Fall. Dann, und nur dann, können Sie Ihre Mutter auf die Plattform bringen und meine komplette Einrichtung und Ihr ganzes Wissen einsetzen, um ihre Erinnerungen zu kartieren und zu speichern.«

»Marcus, bitte …«

»Dann, und nur dann.«

»Aber sie hat nur noch wenig Zeit.«

»Dann machen Sie sich an die Arbeit.«

Sie sieht ihm nach, als er weggeht. Bis jetzt hat es immer weit genug unter der Oberfläche ihres Bewusstseins gelegen, um es zu ignorieren, aber jetzt starrt es ihr ins Gesicht. Sie weiß nicht, wie es sein kann, aber Slade weiß Dinge, die er nicht wissen dürfte, die er unmöglich wissen kann – die kompletten Einzelheiten ihrer Vision der Erinnerungsprojektion bis hinunter zum Titel ihres Patentantrags, den sie eines Tages gestellt hätte. Irgendwie hatte er gewusst, dass die Quantenprozessoren das Kartierungsproblem lösen würden. Und jetzt diese irre Idee, den Herzschlag zu stoppen, um das Immersionserlebnis zu vertiefen. Noch beunruhigender sind die kleinen Andeutungen, dir er fallen lässt, fast als wollte er ihr zu verstehen geben, dass er Dinge weiß, die er nicht wissen sollte. Als wollte er, dass es sie beunruhigt, wie groß seine Macht und sein Wissen sind. Sollten diese Spannungen bestehen bleiben, denkt sie plötzlich, könne der Tag kommen, an dem Slade ihren Zugang zum Erinnerungsspeicher sperrt. Vielleicht kann sie Raj überreden, ihr für alle Fälle ein zweites, geheimes Nutzerkonto einzurichten.

Zum ersten Mal, seit sie einen Fuß auf die Plattform gesetzt hat, fragt sie sich, ob sie hier in Gefahr ist.

BARRY

5. – 6. November 2018

»Sir? Entschuldigung, Sir?«

Barry wacht auf und öffnet die Augen. Einen Moment lang ist alles verschwommen, und fünf Sekunden lang ist er desorientiert und hat keine Ahnung, wo er ist. Dann wird ihm die schaukelnde Bewegung des Zuges bewusst. Lichter ziehen vor dem Fenster auf der anderen Seite des Ganges vorbei. Vor ihm schwebt das Gesicht des nicht mehr ganz jungen Schaffners.

»Darf ich Ihren Fahrschein sehen?«, fragt der Mann mit einer Höflichkeit, die zu einer anderen Zeit eingeübt wurde. Barry wühlt in seinem Mantel, bis er sein Telefon unten in einer Innentasche findet. Er ruft die Bahn-App auf und hält dem Schaffner das Display entgegen, damit er den Barcode scannen kann.

»Danke, Mr Sutton. Tut mir leid, dass ich Sie geweckt habe.«

Der Schaffner geht weiter in den nächsten Wagen, und Barry sieht, dass sein Display vier entgangene Anrufe anzeigt – alle mit der Vorwahl 934.

Und ein Anruf ist auf der Voicemail gelandet.

Er tippt auf die Playtaste und hält das Telefon ans Ohr. »*Hi, hier ist Joe … Joe Behrman. Äh … können Sie mich bitte zurückrufen, wenn Sie das hier hören? Ich muss wirklich mit Ihnen reden.*«

Barry ruft sofort zurück, und Joe meldet sich vor dem zweiten Klingeln. »Detective Sutton?«

»Ja.«

»Wo sind Sie?«

»Im Zug zurück nach New York.«

»Sie müssen verstehen, dass ich niemals gedacht hätte, jemand könnte es herausfinden. Sie haben mir versprochen, es würde nicht passieren.«

»Wovon reden Sie?«

»Ich hatte Angst.« Jetzt weint Joe. »Können Sie zurückkommen?«

»Joe, ich sitze im Zug. Aber Sie können jetzt mit mir sprechen.«

Einen Moment lang atmet der Mann schwer ins Telefon. Es klingt, als weinte im Hintergrund eine Frau, aber Barry ist nicht sicher.

»Ich hätte es nicht tun sollen«, sagt Joe. »Das weiß ich jetzt. Ich hatte ein großartiges Leben mit einem wunderbaren Sohn, aber ich konnte nicht in den Spiegel schauen.«

»Warum nicht?«

»Weil ich nicht für sie da war und weil sie gesprungen ist. Ich konnte mir nicht verzeihen, dass ich …«

»Wer ist gesprungen?«

»Franny.«

»Was reden Sie da? Franny ist nicht gesprungen. Ich habe sie eben in Ihrem Haus gesehen.«

Durch das Knistern der Verbindung hört Barry, wie Joe die Fassung vollends verliert.

»Joe, kannten Sie Ann Voss Peters?«

»Ja.«

»Inwiefern?«

»Ich war mit ihr verheiratet.«

»Was?«

»Es ist meine Schuld, dass Ann gesprungen ist. Ich habe eine Kleinanzeige gesehen. Sie lautete: ›Möchtest du noch einmal von vorn anfangen?‹ Dabei stand eine Telefonnummer, und ich habe angerufen. Ann hat Ihnen gesagt, dass sie das False Memory Syndrome hatte?«

»Ja.« *Und jetzt habe ich es auch.* »Hört sich an, als hätten Sie es vielleicht auch. Ich höre, es macht in sozialen Kreisen die Runde.«

Joe lacht, aber es ist ein Lachen voller Reue und Selbsthass. »FMS ist nicht das, was die Leute glauben.«

»Sie wissen, was FMS ist?«

»Natürlich.«

»Sagen Sie es mir.«

Es wird still, und einen Moment lang vermutet Barry, er habe sein Funknetz verloren.

»Joe, sind Sie noch da?«

»Ja.«

»Was ist FMS?«

»Leute wie ich, die getan haben, was ich getan habe. Und es wird nur noch schlimmer.«

»Warum?«

»Ich …« Er macht eine lange Pause. »Ich kann es nicht erklären. Es ist irrsinnig. Sie müssen es selbst sehen.«

»Wie kann ich das?«

»Nachdem ich diese Nummer angerufen hatte, haben sie mich per Telefon befragt, und dann haben sie mich in ein Hotel im Manhattan gebracht.«

»Es gibt eine Menge Hotels in Manhattan, Joe.«

»Aber keins wie dieses. Man kann nicht einfach hingehen. Man wird von *ihnen* eingeladen. Der einzige Zugang führt durch eine Tiefgarage.«

»Kennen Sie die Adresse?«

»East 50th, zwischen Lexington und Third. Im selben Block gibt es ein 24-Stunden-Restaurant.«

»Joe …«

»Das sind mächtige Leute. Franny hatte einen Zusammenbruch, als sie sich erinnerte, und sie haben es gewusst. Sie sind gekommen. Sie haben mich bedroht.«

»Wer sind ›sie‹?«

Er bekommt keine Antwort.

»Joe? Joe?«

Joe hat aufgelegt.

Barry ruft noch einmal an, aber er landet sofort auf der Voicemail.

Er schaut aus dem Fenster und sieht nichts als Dunkelheit, gelegentlich unterbrochen vom vorüberziehenden Licht eines Hauses oder Bahnhofs.

Er betrachtet noch einmal die alternativen Erinnerungen, die ihm beim Essen gekommen sind. Sie sind noch da. Was sie enthalten, ist nie passiert, aber sie fühlen sich so real an wie alle übrigen Erinnerungen, und das kann er nicht in Einklang bringen.

Er sieht sich im Waggon um und stellt fest, dass er der einzige Fahrgast ist. Er hört nichts als den gleichmäßigen Rhythmus des Zuges auf dem Gleis.

Seine Finger streichen über den Stoffbezug des Sitzes.

Er klappt seine Brieftasche auf und betrachtet seinen New Yorker Führerschein und dann die Dienstmarke der New Yorker Polizei.

Er holt tief Luft und sagt sich: *Du bist Barry Sutton. Du sitzt im Zug von Montauk nach New York City. Deine Vergangenheit ist deine Vergangenheit. Sie kann sich nicht verändern. Real ist dieser Augenblick. Der Zug. Die Kälte der Fensterscheibe. Die*

Regentropfen, die auf der anderen Seite herunterlaufen. Und du. Es gibt eine logische Erklärung für deine falschen Erinnerungen und für das, was Joe und Ann Voss Peters passiert ist. Für alles. Es ist ein Rätsel, das gelöst werden muss. Und du bist sehr gut im Lösen von Rätseln.

Lauter Bullshit.

Er hat im ganzen Leben noch nie so viel Angst gehabt.

Als er aus der Penn Station kommt, ist es schon nach Mitternacht. Schnee rieselt und liegt schon zwei oder drei Zentimeter hoch auf der Straße.

Er schlägt den Kragen hoch, klappt seinen Schirm auf und geht von der 34th nach Norden.

Straßen und Gehwege sind verlassen.

Der Schnee dämpft die Geräusche von Manhattan, und es ist still wie selten.

Als er eine Viertelstunde zügig gegangen ist, erreicht er die Kreuzung 8th Avenue und West 50th Street, und quer über die Avenues geht er weiter in östlicher Richtung. Es wird noch kälter, denn er geht dem Unwetter entgegen, und er hält den Schirm schräg wie einen Schild gegen Wind und Schnee.

An der Lexington Avenue bleibt er stehen und lässt drei Schneepflüge vorbei. Auf der anderen Straßenseite leuchtet eine rote Neonschrift:

McLachan's Restaurant
Breakfast
Lunch
Dinner
Täglich geöffnet
24 Stunden

Barry geht hinüber und bleibt unter der Leuchtschrift stehen. Schneeflocken wehen durch das rote Licht, und er denkt, das muss das 24-Stunden-Lokal sein, von dem Joe am Telefon gesprochen hat.

Er läuft jetzt seit fast vierzig Minuten durch die Stadt und fängt allmählich an zu frieren. Der Schnee durchfeuchtet seine Schuhe. Neben dem Restaurant kommt er an einer Nische vorbei, in der ein Obdachloser hockt. Er hat die Arme um die Knie geschlungen und wiegt sich murmelnd vor und zurück. Danach kommen ein kleiner Supermarkt, ein Schnapsladen, eine Boutique mit luxuriöser Damenbekleidung und eine Bank. Alle diese Geschäfte sind über Nacht geschlossen.

Kurz vor der nächsten Ecke bleibt er vor einer dunklen Einfahrt stehen. Sie führt wie ein Tunnel in das Kellergeschoss eines neogotischen Gebäudes, das zwischen zwei höheren Wolkenkratzern aus Stahl und Glas klemmt.

Er lässt den Schirm sinken und geht durch die Einfahrt hinunter in das matt beleuchtete Tiefgeschoss. Nach knapp fünfzehn Metern endet der Tunnel an einem Garagentor aus profilverstärktem Stahl. Über einem Tastenfeld daneben hängt eine Überwachungskamera.

Scheiße. Wie es aussieht, ist hier das Ende der Fahnenstange für diese Nacht. Er wird morgen wiederkommen, die Einfahrt beobachten und sehen, ob hier jemand kommt oder …

Sein Herz setzt einmal aus, als er hört, wie ein Getriebe sich in Bewegung setzt. Er dreht sich um und sieht, wie das Garagentor sich langsam vom Boden hebt. Licht von der anderen Seite schiebt sich über den Boden und hat bereits die Spitzen seiner nassen Schuhe erreicht.

Gehen?

Bleiben?

Vielleicht ist er hier gar nicht an der richtigen Adresse.

Das Tor ist halb offen und fährt immer noch hoch. Auf der anderen Seite ist niemand.

Er zögert, aber dann tritt er über die Schwelle in eine bescheidene Tiefgarage mit einem Dutzend Autos.

Seine Schritte hallen über den Betonboden, und Halogenlampen brennen unter der Decke.

Er sieht einen Aufzug und daneben eine Tür, die vermutlich zu einem Treppenhaus führt.

Über der Aufzugtür leuchtet ein Licht auf.

Eine Glocke ertönt.

Barry duckt sich hinter einen Lincoln MKX und beobachtet durch die getönten Scheiben der Beifahrerfenster, wie die Aufzugtür sich öffnet.

Die Kabine ist leer.

Verdammt, was ist das?

Er sollte gar nicht hier sein. Nichts von alldem hat irgendetwas mit seiner aktuellen Arbeit zu tun, und soweit er sehen kann, ist keine Straftat begangen worden. Formal gesehen ist *er* widerrechtlich hier.

Scheiß drauf.

Die Aufzugwände sind aus glattem, konturlosem Metall, und der ganze Aufzug wird anscheinend von irgendwo anders gesteuert.

Die Tür schließt sich.

Der Fahrstuhl fährt nach oben.

Barry hat Herzklopfen.

Er schluckt zweimal, um den Druck in seinen Ohren zu lindern, und nach dreißig Sekunden hält der Aufzug erzitternd an.

Das Erste, was er hört, als die Tür sich öffnet, ist Miles Davis – eins der perfekten langsamen Stücke von *Kind of Blue*, das wie ein einsames Echo durch die Lobby eines Hotels weht.

Er verlässt den Fahrstuhl und betritt den Marmorboden. Überall sieht er düstere Holzvertäfelungen. Ledersofas, schwarz lackierte Stühle. Ein Hauch von Zigarrenrauch in der Luft.

Der Raum erscheint zeitlos.

Geradewegs vor sich sieht er eine unbesetzte Rezeption, dahinter altertümliche Briefkästen, wie sie in einer anderen Zeit in Gebrauch waren. An der Ziegelwand über allem prangen die Lettern *HM*.

Er hört das zarte Klingeln von Eiswürfeln in einem Glas und dann Stimmen von einer Bar vor einer Reihe von Fenstern. Zwei Männer sitzen auf ledergepolsterten Hockern und unterhalten sich, während eine Barfrau in schwarzer Weste Gläser poliert.

Als Barry auf die Bar zugeht, wird der Zigarrenduft stärker, und Rauchdunst hängt in der Luft.

Barry klettert auf einen der Hocker und lehnt sich an die massive Mahagonitheke. Draußen vor den Fenstern sind die Gebäude und Lichter der Stadt von weißen Schleiern umhüllt.

Die Bartenderin kommt herüber.

Sie ist schön – dunkle Augen und früh ergrautes Haar, mit Lackstäbchen hochgesteckt. Auf ihrem Namensschild steht TONYA.

»Was trinken Sie?«, fragt Tonya.

»Kann ich einen Whiskey bekommen?«

»Denken Sie an etwas Spezielles?«

»Das Haus entscheidet.«

Sie geht weg und schenkt ihm ein Glas ein, und Barry wirft einen Blick zu den Männern, die ein paar Hocker weiter am Tresen sitzen. Sie trinken Bourbon aus einer halb leeren Flasche, die vor ihnen steht.

Der, der ihm am nächsten sitzt, ist schätzungsweise Anfang siebzig. Er hat graues schütteres Haar und sieht so ausgemergelt aus, dass man auf eine tödliche Erkrankung schließen kann. Rauch kräuselt sich von der Zigarre in seiner Hand hinauf und duftet wie Regen in der Wüste.

Der andere Mann ist eher in Barrys Alter – ein nichtssagendes, glatt rasiertes Gesicht und müde Augen. »Wie lange sind Sie hier, Amor?«, fragt er den älteren Mann.

»Ungefähr eine Woche.«

»Haben sie Ihnen schon ein Datum genannt?«

»Ja. Morgen, um genau zu sein.«

»Was Sie nicht sagen. Gratuliere.«

Sie stoßen miteinander an.

»Nervös?«, fragt der Jüngere.

»Na ja, ich denke schon an das, was auf mich zukommt. Aber sie bereiten einen wirklich gründlich auf alles vor.«

»Ohne Anästhesie – ist das wahr?«

»Leider, ja.«

»Wann sind Sie angekommen?«

»Gestern.« Amor pafft an seiner Zigarre.

Tonya kommt mit dem Whiskey und stellt das Glas vor Barry auf eine Serviette mit der goldgeprägten Inschrift HOTEL MEMORY.

»Haben Sie schon entschieden, was Sie tun werden, wenn Sie zurückgekehrt sind?«, fragt der jüngere Mann.

Barry nimmt einen kleinen Schluck von seinem Scotch. Sherry, Karamell, Trockenfrüchte und Alkohol.

»Ich habe ein paar Ideen.« Amor hebt die Hand mit der Zigarre. »Schluss hiermit.« Er deutet auf seinen Whiskey. »Weniger davon. Ich war Architekt, und es gab ein Gebäude, das ich nie versucht habe zu bauen. Das habe ich immer bereut. Hätte mein Magnus Opus werden können. Und Sie?«

»Ich weiß es nicht genau. Ich habe ein so schlechtes Gewissen.«

»Warum?«

»Ist es nicht selbstsüchtig, was wir tun?«

»Es sind *unsere* Erinnerungen. Niemand sonst hat einen Anspruch darauf.« Amor kippt den Rest seines Whiskeys herunter. »Ich gehe jetzt lieber in die Falle. Morgen ist ein großer Tag.«

»Ja, ich auch.«

Sie rutschen von ihren Hockern herunter, wechseln einen Händedruck und wünschen einander Glück. Barry sieht ihnen nach, als sie von der Bar zum Aufzug gehen.

Als er sich wieder zur Theke umdreht, sieht die Barfrau ihn an.

»Was ist das hier, Tonya?«, fragt er, aber seine Lippen fühlen sich merkwürdig an, und die Worte kommen träge und schwerfällig aus seinem Mund.

»Sir, Sie sehen nicht gut aus.«

Etwas löst sich hinter seinen Augen.

Ihm fehlt plötzlich alle Kraft.

Er schaut auf sein Glas. Er sieht Tonya an.

»Vince bringt Sie auf ein Zimmer«, sagt sie.

Barry steigt leicht schwankend von seinem Hocker herunter, und als er sich umdreht, blickt er in die toten Augen des Mannes aus dem Imbisslokal in Montauk. Der Mann hat ein kunstvolles Tattoo am Hals: zwei Frauenhände, die ihn strangulieren.

Barry greift nach seiner Pistole, aber es ist, als bewegte er sich in einem Sirupfass. Vince' Hände greifen bereits unter seinen Mantel, öffnen mit geschickten Fingern das Schulterholster mit seiner Dienstwaffe und schieben sie hinten in den Bund seiner Jeans. Dann wühlt er Barrys Telefon aus seiner Tasche und wirft es zu Tonya hinüber.

»Ich bin vom NYPD«, lallt Barry.

»Da war ich auch mal.«

»Wo bin ich hier?«

»Das werden Sie noch erfahren.«

Die Benommenheit wird immer stärker.

Vince packt Barry beim Arm und führt ihn zu den Aufzügen vor der Rezeption. Er ruft per Knopfdruck einen Aufzug heran und schleift Barry hinein.

Als Nächstes stolpert Barry durch einen Hotelkorridor, und die Welt schmilzt um ihn herum zusammen.

In Schlangenlinien torkelt er über den weichen roten Teppichboden, vorbei an Wandleuchten aus antiken Lampen, die ihr altertümliches Licht auf die Wandtäfelung zwischen den Türen werfen.

Die Nummer 1414 wird durch einen Spot an der gegenüberliegenden Wand auf die Tür projiziert und wandert in einer langsamen Acht um das Guckloch herum.

Vince schließt die Tür auf, führt Barry hinein und stößt ihn auf das breite Bett. Barry rollt sich wie ein Embryo zusammen.

Er verliert zusehends das Bewusstsein und denkt: *Jetzt hast du es verkackt, was?*

Die Zimmertür fällt ins Schloss.

Er ist allein und kann sich nicht bewegen.

Die Lichter der verschneiten Stadt sickern durch die dünnen Gardinen vor den Fenstern, und das Letzte, was er sieht, bevor er wegdämmert, sind die prächtigen Schuppen im Dach des Chrysler Buildings, die wie Edelsteine durch den Schneesturm leuchten.

Sein Mund ist ausgetrocknet,

Der linke Arm tut weh.

Die Umgebung kristallisiert sich langsam vor seinen Augen heraus, und er sieht wieder schärfer.

Er sitzt zurückgelehnt in einem Ledersessel – schwarz, elegant, ultramodern –, aber er ist angeschnallt. Gurte umschließen seine Fuß- und Handgelenke, einer spannt sich um seinen Leib, einer um die Brust. In seinem linken Unterarm steckt eine Infusionskanüle – daher der Schmerz –, und neben dem Sessel steht ein Wagen aus Chromstahl, von dem der Plastikschlauch kommt, der mit seinem Blutkreislauf verbunden ist.

Die Wand vor ihm ist verdeckt von einem Computerterminal und verschiedenen medizinischen Apparaten sowie – zu seinem beträchtlichen Entsetzen – einem Reanimationswagen. Versteckt in einer Nische auf der anderen Seite des Zimmers sieht er einen glatten weißen Gegenstand, in dem Schläuche und Kabel verschwinden. Er sieht aus wie ein riesiges Ei.

Ein Mann, den Barry noch nie gesehen hat, sitzt auf einem Hocker neben ihm. Er hat einen langen, wilden Bart und leuchtend blaue Augen, die Intelligenz ausstrahlen. Ihr Blick ist unbehaglich intensiv.

Barry öffnet den Mund, aber er ist noch zu benommen, um ein Wort hervorzubringen.

»Immer noch groggy?«

Barry nickt.

Der Mann drückt auf einen Knopf irgendwo auf dem Wagen neben Barrys Sessel. Barry sieht, wie eine klare Flüssigkeit durch den Infusionsschlauch in seinen Arm fließt. Es wird heller im Zimmer, und Barry ist sofort hellwach, als habe man ihm einen Espresso injiziert. Mit dem Bewusstsein kommt die Angst zurück.

»Besser?«, fragt der Mann.

Barry versucht, den Kopf zu bewegen, aber der ist fixiert, und er kann ihn in keine Richtung auch nur einen Millimeter bewegen.

»Ich bin Polizist«, sagt er.

»Ich weiß. Ich weiß eine ganze Menge über Sie, Detective Sutton – unter anderem, dass Sie großes Glück haben.«

»Was wollen Sie damit sagen?«

»Wegen Ihrer Vergangenheit habe ich beschlossen, Sie nicht umzubringen.«

Ist das gut? Oder spielt dieser Mann mit ihm?

»Wer sind Sie?«, fragt Barry.

»Das ist nicht so wichtig. Ich werde Ihnen das größte Geschenk Ihres Lebens machen. Das größte Geschenk, das ein Mensch sich je erhoffen könnte. Wenn Sie nichts dagegen haben«, fuhr er fort, und seine Höflichkeit war paradoxerweise erschreckend, »würde ich Ihnen noch ein paar Fragen stellen, bevor wir anfangen.«

Barry wird mit jedem Augenblick wacher. Die Benommenheit vergeht, und das letzte Stück seiner Erinnerungen kehrt zurück – wie er durch den Hotelkorridor und in Zimmer 1414 taumelt.

»Waren Sie dienstlich im Haus von Joe und Franny Behrman?«

»Woher wissen Sie, dass ich da war?«

»Beantworten Sie einfach meine Frage.«

»Nein. Aus privater Neugier.«

»Wusste jemand unter Ihren Kollegen oder Vorgesetzten von Ihrer Fahrt nach Montauk?«

»Nein, niemand.«

»Haben Sie mit irgendjemandem über Ihr Interesse an Ann Voss Peters und Joe Behrman gesprochen?«

Er hat am Sonntag mit Gwen über FMS gesprochen, aber er ist sicher, dass niemand von diesem Gespräch wissen kann. Also lügt er.

»Nein.«

Barry hat das GPS seines Telefons eingeschaltet. Er hat keine Ahnung, wie lange er besinnungslos war, aber er vermutet, dass es immer noch früh am Dienstagmorgen ist. Im Dienst würde seine Abwesenheit erst spät am Nachmittag auffallen. Theoretisch also noch stundenlang nicht. Er hat keine Termine. Keine Drinks- oder Essensverabredungen. Es kann mehrere Tage dauern, bis seine Abwesenheit auf irgendjemandes Radar ein Signal auslöst.

»Man wird mich suchen«, sagt er.

»Aber man wird Sie nie finden.«

Barry atmet langsam ein und stemmt sich gegen die aufsteigende Panik. Er muss diesen Mann überreden, ihn freizulassen, aber er hat nichts als Worte und Logik.

»Ich weiß nicht, wer Sie sind«, sagt er. »Ich habe keine Ahnung, worum es hier geht. Aber wenn Sie mich jetzt freilassen, werden Sie nie wieder von mir hören. Das verspreche ich Ihnen.«

Der Mann steht von seinem Hocker auf und geht zu dem Computerterminal. Vor dem großen Monitor bleibt er stehen und tippt etwas auf der Tastatur. Nach einer Weile bemerkt Barry, wie der Apparat, der mit seinem Kopf verbunden ist, kaum hörbar zu sirren anfängt. Es klingt wie die Flügel einer Mücke.

»Was ist das?«, fragt er, und sein Herz schlägt ein bisschen schneller. Angst vernebelt seine Gedanken. »Was haben Sie mit mir vor?«

»Erzählen Sie mir, wie Sie Ihre Tochter das letzte Mal lebend gesehen haben.«

Weiß glühende Wut packt Barry. Er zerrt an den Gurten und bemüht sich mit aller Kraft, den Kopf aus der Umklammerung, die ihn festhält, zu lösen. Das Leder knarrt, und sein Kopf bewegt sich keinen Millimeter. Schweißperlen treten auf sein Gesicht und laufen ihm in die Augen. Sie brennen salzig, aber er kann sie nicht wegwischen.

»Ich bringe Sie um«, sagt er.

Der Mann beugt sich zu ihm herunter. Sein Gesicht ist nur eine Handbreit entfernt, und in seinen Augen brennt eine kalte blaue Flamme. Barry riecht teures Rasierwasser und die saure Röstnote von Kaffee in seinem Atem.

»Ich will mich nicht über Sie lustig machen«, sagt der Mann. »Ich versuche, Ihnen zu helfen.«

»Fuck you.«

»Sie sind in *mein* Hotel gekommen.«

»Ja, und sicher haben Sie Joe Behrman genau eingeschärft, was er sagen soll, um mich herzulocken.«

»Vorschlag: Wir machen diese Entscheidung so einfach wie möglich. Sie geben mir eine ehrliche Antwort, wenn ich Ihnen eine Frage stelle, oder Sie sterben da, wo Sie sitzen.«

An den Sessel gefesselt bleibt Barry nichts anderes übrig, als mitzuspielen und weiterzuleben, bis er irgendwo einen Ausweg sieht, eine Chance, sich zu befreien, und sei sie noch so klein.

»Okay.«

Der Mann hebt den Kopf zur Decke und sagt: »Computer, starte die Sitzung.«

Eine weibliche Computerstimme antwortet: *Neue Sitzung beginnt jetzt.*

Der Mann sieht Barry in die Augen.

»Und jetzt erzählen Sie mir, wie Sie Ihre Tochter das letzte Mal gesehen haben, und lassen Sie kein einziges Detail aus.«

HELENA

29. März 2009 – 20. Juni 2009

Tag 515

Sie steht im Vorraum der westlichen Ladebucht der Aufbauten und zieht den Reißverschluss ihres Schlechtwetteranzugs hoch. Der Wind, der vor der Tür tost, klingt wie eine dunkle Geisterstimme. Den ganzen Morgen über gab es Böen von bis zu einhundertzwanzig Kilometern pro Stunde, stark genug, um jemanden von ihrer Größe von der Plattform zu wehen.

Sie zerrt die Tür auf, sieht hinaus in eine graue Welt aus seitwärts treibenden Regenschleiern und hängt den Karabinerhaken ihres Gurtzeugs an das Drahtseil, das sich quer über die Plattform spannt. Obwohl sie mit starkem Wind gerechnet hat, ist sie nicht vorbereitet auf die wütende Kraft, die sie fast von den Füßen reißt. Sie stemmt sich dagegen, spannt die Muskeln und tritt hinaus.

Die Plattform ist von grauem Dunst verhüllt. Helena hört nur das wütende Rasen des Windes, und nadelspitze Regentropfen prasseln wie kleine Stahlkugeln gegen die Kapuze ihrer Jacke.

Sie braucht zehn Minuten, um die Plattform zu überqueren. Schritt für Schritt kämpft sie mühsam um ihr Gleichgewicht. Endlich erreicht sie ihren Lieblingsplatz auf der Bohrinsel – die Nordwestecke –, und sie setzt sich hin und lässt die Beine über die Kante baumeln. Zwanzig Meter hohe Wellen krachen gegen die Pfeiler der Plattform.

Die beiden letzten Mitglieder der Infrastrukturabteilung haben die Insel gestern verlassen, bevor der Sturm aufkam. Ihre Leute hatten nicht nur Einwände gegen Slades neue Direktive, »Leute im Deprivationstank einzuschließen und ihr Herz stillstehen zu lassen«. Sie und Sergei ausgenommen haben sie allesamt gekündigt und verlangt, sofort zum Festland gebracht zu werden. Wenn sie Gewissensbisse hat, weil sie geblieben ist, denkt sie an ihre Mom und an andere wie sie, aber das ist ein schwacher Trost.

Aber sie ist auch ziemlich sicher, dass Slade sie ohnehin nicht gehen lassen würde.

Jee-woon war zum Festland geflogen, um Personal für das medizinische Team und neue Techniker für den Bau des Deprivationstanks zu suchen. Helena ist mit Slade und einer Rumpfmannschaft allein auf der Bohrinsel.

Hier draußen auf der Plattform ist es, als schreie die Welt ihr ins Ohr.

Sie hebt das Gesicht zum Himmel und schreit zurück.

Tag 598

Jemand klopft an ihre Tür. Sie tastet in der Dunkelheit umher, knipst die Lampe an und steigt in einer Pyjamahose und einem schwarzen Tanktop aus dem Bett. Der Wecker auf ihrem Schreibtisch zeigt 09:50 Uhr.

Sie geht durch das Wohnzimmer zur Tür und drückt auf den Knopf an der Wand, der die Verdunklungsrollos hochfahren lässt.

Slade steht im Korridor. Er trägt Jeans und ein Hoodie, und sie hat ihn seit Wochen nicht mehr gesehen.

»Scheiße«, sagt er. »Ich habe Sie geweckt.«

Sie blinzelt im grellen Licht der Leuchtstofflampen unter der Decke.

»Darf ich reinkommen?«, fragt er.

»Habe ich eine Wahl?«

»Bitte, Helena.«

Sie geht einen Schritt zurück und lässt ihn eintreten, und dann folgt sie ihm durch die kurze Diele, vorbei am Bad und ins Wohnzimmer.

»Was wollen Sie?«, fragt sie.

Er setzt sich in einen übergroßen Polstersessel vor dem Fenster, hinter dem das Meer sich endlos dehnt.

»Ich höre, Sie essen nicht, und Sie trainieren nicht«, sagt er. »Sie waren seit Tagen nicht mehr draußen und haben mit niemandem gesprochen.«

»Warum darf ich nicht mit meinen Eltern sprechen? Warum lassen Sie mich nicht weg?«

»Es geht Ihnen nicht gut, Helena. In Ihrem psychischen Zustand ist nicht gewährleistet, dass Sie die nötige Verschwiegenheit wahren.«

»Ich habe Ihnen gesagt, ich will weg. Meine Mutter ist in einer Klinik. Ich weiß nicht, wie es ihr geht. Mein Dad hat seit einem Monat meine Stimme nicht mehr gehört. Sicher macht er sich Sorgen …«

»Ich weiß, im Moment können Sie es nicht verstehen, aber ich rette Sie vor sich selbst.«

»Oh, *fuck you.*«

»Sie sind ausgestiegen, weil Ihnen die Richtung nicht passte, die ich mit diesem Projekt eingeschlagen habe. Ich habe Ihnen lediglich Zeit gegeben, sich noch einmal zu überlegen, ob Sie wirklich alles wegwerfen wollen.«

»Es war *mein* Projekt.«

»Und *mein* Geld.«

Ihre Hände zittern. Vor Angst. Vor Wut.

»Ich möchte nicht weitermachen«, sagt sie. »Sie haben meinen Traum zerstört. Sie haben verhindert, dass ich versuche, meiner Mom und anderen zu helfen. Ich will nach Hause. Werden Sie mich weiterhin gegen meinen Willen hier festhalten?«

»Natürlich nicht.«

»Ich kann also gehen?«

»Erinnern Sie sich, was ich Sie an Ihrem ersten Tag hier gefragt habe?«

Sie schüttelt den Kopf, und ihr kommen die Tränen.

»Ich habe Sie gefragt, ob Sie die Welt mit mir verändern wollen. Wir stehen auf den Schultern der brillanten Arbeit, die Sie geleistet haben, und ich bin heute Morgen gekommen, um Ihnen zu sagen, dass wir fast so weit sind. Vergessen Sie alles, was in der Vergangenheit passiert ist. Lassen Sie uns zusammen über die Ziellinie laufen.«

Sie starrt ihn über den Couchtisch hinweg an, und die Tränen rollen über ihr Gesicht.

»Was empfinden Sie?«, fragt er. »Sprechen Sie mit mir.«

»Ich habe das Gefühl, Sie haben mir das ganze Projekt gestohlen.«

»Ganz im Gegenteil. Ich bin eingestiegen, als Ihre Vision ins Wanken kam. Das ist die Aufgabe eines Partners. Und heute ist der größte Tag in meinem und in Ihrem Leben. Dafür haben wir gearbeitet. Und deshalb bin ich heraufgekommen. Der Deprivationstank ist fertig. Der Reaktivierungsapparat ist reduziert worden, damit er hineinpasst. In zehn Minuten starten wir einen neuen Test, und es wird ein großes Erlebnis.«

»Wer ist die Testperson?«

»Das ist doch gleichgültig.«

»Mir nicht.«

»Nur ein Typ, der zwanzigtausend die Woche dafür bekommt, dass er das ultimative Opfer für die Wissenschaft bringt.«

»Und Sie haben ihm gesagt, wie gefährlich diese Forschung ist?«

»Er ist sich der Risiken voll bewusst. Hören Sie, wenn Sie nach Hause wollen, packen Sie Ihre Sachen und seien Sie heute Mittag um zwölf am Helipad.«

»Und mein Vertrag?«

»Sie haben mir drei Jahre zugesagt. Also ist es Vertragsbruch. Sie verlieren Ihr Honorar, die Gewinnbeteiligung, alles. Sie kannten die Regeln, als Sie unterschrieben haben. Aber wenn Sie zu Ende bringen wollen, was wir angefangen haben, kommen Sie jetzt mit mir ins Labor. Dieser Tag wird in die Annalen eingehen.«

BARRY

6. November 2018

Festgeschnallt in diesem Sessel hat Barry das Gefühl, einen Albtraum zu erleben. »Es war der 25. Oktober«, sagt er. »Vor elf Jahren.«

»Was fällt Ihnen als Erstes ein, wenn Sie daran denken?«, fragt der Mann. »Was ist das mächtigste Bild oder Gefühl dabei?«

Barry verheddert sich in einen höchst merkwürdigen Widerstreit von Emotionen. Er möchte diesem Mann die Knochen zerschlagen, aber der Gedanke an Meghan an jenem Abend droht ihn zu zerbrechen.

Er antwortet mit monotoner Stimme. »Wie ich ihre Leiche gefunden habe.«

»Verzeihen Sie, wenn ich mich nicht klar ausgedrückt habe. Nicht, nachdem sie verschwunden ist. Vorher.«

»Als ich das letzte Mal mit ihr gesprochen habe.«

»Darüber möchte ich mit Ihnen sprechen.«

Barry blickt starr durch das Zimmer und knirscht mit den Zähnen.

»Bitte fahren Sie fort, Detective Sutton.«

»Ich sitze im Sessel in meinem Wohnzimmer und sehe die Baseball World Series im Fernsehen.«

»Wissen Sie noch, wer gespielt hat?«

»Red Sox gegen Rockies. Zweites Spiel. Das erste hatten die

Sox gewonnen. Sie haben die Serie am Ende mit vier Siegen für sich entschieden.«

»Wer war Ihr Favorit?«

»Das war mir eigentlich egal. Ich glaube, ich wollte die Rockies gewinnen sehen, damit die Serie interessant blieb. Warum tun Sie das hier? Was für einen Zweck …«

»Sie sitzen also in Ihrem Sessel …«

»Und wahrscheinlich trinke ich ein Bier.«

»Hat Julia mit Ihnen vor dem Fernseher gesessen?«

O Gott. Er kennt ihren Namen.

»Nein. Ich glaube, sie hat in unserem Schlafzimmer ferngesehen. Wir hatten schon zu Abend gegessen.«

»Als Familie?«

»Das weiß ich nicht mehr. Wahrscheinlich.« Barry spürt plötzlich einen Druck in der Brust, so intensiv, dass er ihm fast den Atem nimmt. »Ich habe seit Jahren nicht mehr über diesen Abend gesprochen.«

Der Mann sitzt auf seinem Hocker, streicht sich mit den Fingern durch den Bart und mustert ihn kühl.

»Ich sehe Meghan aus dem Flur hereinkommen. Ich weiß nicht mehr genau, was sie anhatte, aber aus irgendeinem Grund sehe ich sie in Jeans und einem türkisfarbenen Pullover, den sie immer trug.«

»Wie alt ist Ihre Tochter da?«

»Sie wird in zehn Tagen sechzehn. Sie bleibt vor dem Couchtisch stehen – daran erinnere ich mich genau –, genau zwischen mir und dem Fernseher, und sie stemmt die Hände in die Hüften und macht ein gespielt strenges Gesicht.«

Tränen füllen seine Augenwinkel.

»Es ist immer noch schrecklich emotional für Sie«, stellt der Mann fest. »Das ist gut.«

»Bitte«, sagt Barry. »Bitte zwingen Sie mich nicht.«

»Fahren Sie fort.«

Barry atmet durch und ringt um sein Gleichgewicht.

»Es war das letzte Mal, dass ich meiner Tochter in die Augen gesehen habe«, sagt er schließlich. »Und ich wusste es nicht. Ich habe mir immer wieder den Hals verrenkt, damit ich um sie herum auf den Fernseher schauen konnte.«

Er will vor diesem Mann nicht weinen. Mein Gott, alles, aber nicht das.

»Erzählen Sie weiter.«

»Sie fragte, ob sie ins Dairy Queen gehen dürfe. Da ging sie meistens ein- oder zweimal in der Woche hin – auf ein Eis oder einen Milkshake, um ihre Hausaufgaben zu machen und sich mit ihren Freundinnen zu treffen. Ich stellte die üblichen Fragen. Hat ihre Mutter es erlaubt? Nein, sie sei gleich zu mir gekommen. Sind die Hausaufgaben fertig? Nein, aber sie wollte sich unter anderem dort mit Mindy treffen, ihrer Partnerin im Biologielabor, um über ein gemeinsames Projekt zu sprechen. Wer wird sonst da sein? Ich höre eine Liste von Namen, die ich fast alle kenne. Ich erinnere mich, dass ich auf die Uhr sah – es war halb neun, und das Spiel war noch nicht lange im Gange –, und ich sagte, sie dürfe gehen, müsse aber spätestens um zehn zu Hause sein. Sie fing an zu diskutieren und trug ihre Argumente für elf Uhr vor. ›Morgen ist Schule‹, sagte ich. ›Du weißt, wann Zapfenstreich für dich ist.‹ Schließlich gab sie auf und ging zur Tür. Ich erinnere mich, dass ich ihr nachrief, als sie hinausging, und ihr sagte, dass ich sie liebte.«

Die Tränen fließen über, und er zittert vor Erregung, aber die Gurte halten ihn im Sessel fest.

»In Wahrheit weiß ich gar nicht, ob ich ihr nachrief«, sagt er. »Wahrscheinlich habe ich es nicht getan, sondern einfach weiter ferngesehen und nicht wieder an sie gedacht, bis zehn Uhr kam und ging und ich mich fragte, warum sie noch nicht zu Hause war.«

»Computer, Sitzung beenden«, sagt der Mann und sieht Barry an. »Danke, Barry.«

Er beugt sich vor und wischt Barry die Tränen mit dem Handrücken aus dem Gesicht.

»Was sollte das alles?«, fragt Barry zermürbt. »Das war schlimmer als jede körperliche Folter.«

»Ich zeige es Ihnen.«

Der Mann drückt wieder auf eine Taste irgendwo auf seinem Apparatewagen.

Barry wirft einen Blick auf den Schlauch an seinem Arm und sieht wieder eine klare Flüssigkeit, die in seine Ader strömt.

HELENA

20. Juni 2009

Tag 598

Der Mann ist groß und drahtig, und sein dünner Arm ist streifig von Einstichspuren. Auf seine linke Schulter ist der Name *Miranda* eintätowiert, und das Tattoo sieht frisch aus; die Haut ist rot und entzündet. Er trägt eine silberne Schädelkappe, die seinen Kopf umgibt wie eine Mütze und nur wenig dicker ist, und ein zweites Objekt, so groß wie ein Whiteboard-Tafellöscher ist an seinem linken Unterarm befestigt. Davon abgesehen steht er nackt vor einem weißen, muschelartigen Ding, das an ein Ei erinnert. Ein Mann und eine Frau warten neben einem Reanimationswagen in den Kulissen.

Helena sieht das alles durch einen Einwegspiegel. Sie sitzt an der Hauptkonsole im benachbarten Kontrollraum zwischen Marcus Slade und Dr. Paul Wilson, dem Projektmanager des medizinischen Teams. Links neben Slade sitzt Sergei, das einzige Mitglied der ursprünglichen Crew, das noch an Bord ist.

Jemand berührt ihre Schulter. Sie dreht sich um und sieht Jee-woon, der soeben hereingekommen ist und hinter ihr Platz genommen hat.

Er beugt sich vor und flüstert ihr ins Ohr: »Ich bin wirklich froh, dass du entschieden hast, doch noch dazuzukommen. Das Labor ist ohne dich nicht das Gleiche.«

Slade schaut hinüber zu Sergei, der ein hochaufgelöstes Bild des Schädels der Testperson auf seinem Monitor studiert.

»Wie sieht es mit den Reaktivierungskoordinaten aus?«, fragt Slade.

»Startklar.«

Slade wendet sich an den Arzt. »Paul?«

»Ich bin so weit, wenn Sie es auch sind.«

Slade drückt eine Taste an seinem Headset. »Reed«, sagt er, »auf unserer Seite sind wir alle bereit. Steigen Sie doch jetzt einfach ein.«

Der drahtige Mann bewegt sich nicht sofort. Er steht nur fröstelnd da und starrt durch die offene Luke in den Tank. Die Beleuchtung gibt seiner Haut einen bläulichen Schimmer; nur die Einstichnarben sind ein rot leuchtender Kontrast zu der kränklichen Blässe.

»Reed? Können Sie mich hören?«

»Ja.« Die Stimme des Mannes kommt aus vier Lautsprechern, die in den Ecken des Kontrollraums stehen.

»Sind Sie bereit anzufangen?«

»Es ist bloß … Was ist, wenn es wehtut? Ich weiß nicht hundertprozentig genau, was ich erwarten soll.«

Er schaut in den Einwegspiegel, hager und ausgemergelt. Seine Rippen stechen durch die fahle Haut.

»Erwarten Sie das, worüber wir gesprochen haben«, sagt Slade. »Dr. Wilson sitzt hier neben mir. Möchten Sie etwas sagen, Paul?«

Der Mann mit dem welligen Silberhaar setzt sein Headset auf. »Reed, ich habe alle Ihre Vitalparameter vor mir. Ich werde Sie in Echtzeit überwachen, und falls ich sehe, dass es Ihnen nicht gut geht, habe ich einen umfassenden Notfallplan.«

»Vergessen Sie den Bonus nicht, den ich Ihnen zahlen werde, wenn der heutige Test erfolgreich ist«, fügt Slade hinzu.

Reed richtet den Blick seiner hohlen Augen auf den Tank.

»Okay«, sagt er und nimmt seinen ganzen Mut zusammen. »Okay, legen wir los.« Er packt die Haltegriffe neben der Luke des Tanks und klettert unsicher hinein. Man hört das Schwappen des Wassers durch die Lautsprecher.

»Reed«, sagt Slade, »lassen Sie uns wissen, wenn Sie sich bequem niedergelassen haben.«

Einen Augenblick später sagt der Mann: »Ich schwebe.«

»Wenn es Ihnen recht ist, werde ich dann die Luke schließen, Reed.«

Zehn angespannte Sekunden verstreichen.

»Ist Ihnen das recht, Reed?«

»Ja, ist recht.«

Slade tippt ein Kommando in sein Keyboard. Der Lukendeckel senkt sich langsam an seinen Platz, und die Luke schließt sich nahtlos.

»Reed, wir sind jetzt bereit, das Licht auszuschalten und anzufangen. Wie fühlen Sie sich?«

»Ich glaube, ich bin bereit.«

»Haben Sie alles behalten, was wir beide heute Morgen besprochen haben?«

»Ich glaube schon.«

»Sie müssen sicher sein.«

»Ich bin sicher.«

»Gut. Alles wird bestens laufen. Wenn Sie mich das nächste Mal sehen, sagen Sie mir, dass meine Mutter Susan heißt. Dann weiß ich Bescheid.«

Slade dimmt das Licht. Ein bis dahin schlummernder Monitor erwacht leuchtend zum Leben und zeigt die Liveübertragung einer Nachtsichtkamera, die von der Decke des Tanks senkrecht auf Reed hinunterblickt. Sie zeigt, wie er rücklings in dem stark salzhaltigen Wasser schwimmt. Slade ruft einen

Timer auf dem Hauptmonitor auf und stellt ihn auf fünf Minuten ein.

»Reed, dies ist das Letzte, was Sie von mir hören werden. Wir lassen Ihnen noch ein paar Minuten Zeit, sich zu entspannen und zu konzentrieren. Dann geht es los.«

»Verstanden.«

»Viel Glück. Sie werden heute Geschichte schreiben.«

Slade startet den Timer und nimmt sein Headset ab.

»Welchen Typ von Erinnerung werden Sie reaktivieren?«, fragt Helena.

»Haben Sie das Tattoo auf seiner linken Schulter gesehen?«

»Ja.«

»Das haben wir gestern Morgen gestochen. Und gestern Abend haben wir die Erinnerung an dieses Ereignis kartiert.«

»Warum ein Tattoo?«

»Wegen des Schmerzes. Ich wollte ein mächtiges Codierungserlebnis neuen Datums.«

»Und ein Heroinjunkie war die beste Testperson, die Sie dafür auftreiben konnten?«

Slade antwortet nicht. Seine Verwandlung ist erstaunlich. Er treibt dieses Projekt so weit, wie sie nie hat gehen wollen. Dabei hätte sie sich nie träumen lassen, einmal jemandem zu begegnen, der noch besessener und zielstrebiger ist als sie.

»Weiß er überhaupt, worauf er sich da eingelassen hat?«, fragt sie.

»Ja.«

Helena sieht zu, wie der Countdown abläuft. Sekunden und Minuten huschen vorbei.

Sie wirft Slade einen Blick zu. »Es überschreitet die Grenzen für verantwortungsvolle wissenschaftliche Tests bei Weitem.«

»Da haben Sie recht.«

»Und es ist Ihnen einfach egal?«

»Ein Durchbruch, wie ich ihn heute anstrebe, passiert nicht, wenn man nie einen Blick über den eigenen Tellerrand wagt.«

Helena beobachtet den Monitor, der zeigt, wie Reed bewegungslos im Tank schwimmt.

»Sie sind also bereit, das Leben dieses Mannes zu riskieren?«

»Ja. Aber das ist er auch. Ihnen ist klar, in welchem Zustand er ist. Ich finde es heldenhaft. Außerdem wird er, wenn wir fertig sind, zur Reha in eine Luxusklinik gehen. Und wenn alles klappt, werden Sie und ich in Ihrem Apartment Champagner trinken ...« Er wirft einen Blick auf seine Rolex. »In zehn Minuten.«

»Wovon reden Sie da?«

»Sie werden schon sehen.«

In angespanntem Schweigen warten alle die letzten zwei Minuten ab, und als der Timer piepst, sagt Slade: »Paul?«

»Auf Stand-by.«

Slade späht an der Konsole entlang zu dem Mann, der für die Stimulatoren zuständig ist. »Sergei?«

»Ich bin bereit.«

»Wiederbelebung?«

»Paddel sind geladen und auf Stand-by.«

Slade sieht Paul an und nickt.

Der Arzt atmet aus, drückt auf eine Taste und sagt: »Ein Milligramm Rocuronium injiziert.«

»Was ist Rocuronium?«, fragt Helena.

»Ein neuronales Muskelrelaxans«, sagt Dr. Wilson.

»Was immer passiert, er darf im Tank nicht anfangen, um sich zu schlagen und den Helm zu zerstören«, sagt Slade.

»Er weiß, dass er zeitweilig gelähmt sein wird?«

»Selbstverständlich.«

»Wie werden diese Mittel verabreicht?«

»Durch eine drahtlos gesteuerte Infusionskanüle in seinem

linken Unterarm. Im Grunde ist es nichts weiter als eine Version des Cocktails in der Todesspritze ohne das Sedativ.«

»Zwei Komma zwei Milligramm Natriumthiopental injiziert.«

Helena teilt ihre Aufmerksamkeit zwischen dem Livestream der Nachtsichtkamera im Innern des Tanks und dem Monitor des Arztes, auf dem Reeds Pulsrate, Blutdruck, EKG und ein Dutzend andere Messwerte zu sehen sind.

»Der Blutdruck sinkt«, sagt Dr. Wilson. »Pulsrate jetzt unter fünfzig.«

»Leidet er?«, fragt Helena.

»Nein«, sagt Slade.

»Woher wissen Sie das?«

»Puls bei fünfundzwanzig.«

Helena beugt sich zum Monitor vor und beobachtet Reeds Gesicht in den Grüntönen der Nachtsichtkamera. Er hat die Augen geschlossen, und nichts deutet darauf hin, dass er Schmerzen hat. Im Gegenteil, er sieht friedlich aus.

»Puls bei zehn. Blutdruck dreißig zu fünf.«

Plötzlich erfüllt der gleichbleibende Ton einer Nulllinie den Raum.

Der Arzt schaltet ihn ab und sagt: »Todeszeitpunkt zehn Uhr dreizehn.«

Reed sieht unverändert aus. Er schwebt immer noch im Salzwasser.

»Wann wollen Sie ihn wiederbeleben?«, fragt Helena.

Slade antwortet nicht.

»Ich warte«, sagt Sergei.

Auf dem Hauptmonitor des Arztes hat sich ein neues Fenster geöffnet. *Zeit seit Herztod: 15 Sekunden.*

Als der Timer zeigt, dass eine Minute vergangen ist, sagt der Arzt: »DMT-Freisetzung registriert.«

»Sergei«, sagt Slade.

»Erinnerungsreaktivierungsprogramm eingeleitet. Starte die Stimulatoren …«

Der Arzt liest weiter die Messwerte der verschiedenen Vitalparameter vor, die jetzt hauptsächlich mit der Sauerstoffversorgung und den Aktivitäten des Gehirns zu tun haben. Auch Sergei gibt ungefähr alle zehn Sekunden ein Update, aber Helena hört ihre Stimmen nicht mehr. Sie kann den Blick nicht von dem Mann im Tank wenden und fragt sich, was er da sieht und hört. Wäre sie selbst bereit zu sterben, um die ganze Kraft ihrer Erfindung zu spüren?

Bei zwei Minuten dreißig verkündet Sergei: »Erinnerungsprogramm beendet.«

»Lassen Sie es noch einmal laufen«, sagt Slade.

Sergei sieht ihn an.

»Marcus«, sagt der Arzt, »die Chance, ihn nach fünf Minuten noch einmal zurückzuholen, ist praktisch gleich null. Seine Hirnzellen sterben rapide ab.«

»Reed und ich haben heute Morgen darüber gesprochen. Er ist bereit, das auf sich zu nehmen.«

»Holen Sie ihn raus«, erwidert Helena.

»Mir ist auch nicht wohl damit«, sagt Sergei.

»Bitte vertrauen Sie mir. Lassen Sie das Programm noch einmal laufen.«

Sergei seufzt und tippt schnell etwas in seinen Computer. »Erinnerungsreaktivierungsprogramm eingeleitet. Stimulatoren gestartet.«

Helena funkelt Slade an, und er sagt: »Jee-woon hat diesen Mann aus einem Drogenloch in einer der schlimmsten Gegenden von San Francisco geholt. Er war besinnungslos, und die Spritze hing noch an seinem Arm. Wahrscheinlich wäre er jetzt tot, wenn wir nicht …«

»Es gibt keine Rechtfertigung für das hier«, sagt sie.

»Ich verstehe, dass Sie es so sehen. Ich möchte Sie noch mal bitten, *Sie alle*, mir noch ein wenig länger zu vertrauen. Reed wird es gut gehen, hundertprozentig.«

»Marcus«, sagt Dr. Wilson, »wenn Sie auch nur die Absicht haben, Mr King wiederzubeleben, dann schlage ich vor, Sie lassen ihn unverzüglich von meinen Ärzten aus dem Tank ziehen. Selbst wenn wir sein Herz wieder in Gang bringen können – wenn seine kognitiven Funktionen nicht mehr vorhanden sind, wird er Ihnen nichts nutzen.«

»Wir holen ihn nicht aus dem Tank.«

Sergei steht auf und geht zum Ausgang.

Helena verlässt ihren Platz und folgt ihm.

»Die Tür ist von außen verschlossen«, sagt Slade. »Und selbst wenn Sie hinauskämen – draußen im Korridor wartet mein Security-Team. Es tut mir leid. Ich habe geahnt, dass Sie die Nerven verlieren, wenn wir diesen Punkt erreichen.«

Der Arzt spricht in sein Mikrofon. »Dana, Aaron, holen Sie Mr King aus dem Tank und beginnen Sie sofort mit der Wiederbelebung.«

Helena starrt durch die Glasscheibe. Die Ärzte neben dem Reanimationswagen rühren sich nicht.

»Aaron! Dana!«

»Sie können Sie nicht hören«, sagt Slade. »Ich habe die Sprechanlage im Testraum stumm geschaltet, nachdem Sie die Medikamente verabreicht hatten.«

Sergei attackiert die Tür, rennt mit der Schulter gegen den Stahl.

»Sie wollen die Welt verändern?«, fragt Slade. »Dann müssen Sie hier durch. So fühlt es sich an. Augenblicke aus Stahl. Erbarmungslose Entschlossenheit.«

Im Livestream aus dem Tank rührt Reed keinen Muskel.

Das Salzwasser ist völlig unbewegt.

Helena wirft einen Blick auf den Monitor des Arztes. *Zeit seit Herztod: 304 Sekunden.*

»Wir haben die Fünf-Minuten-Marke überschritten«, sagt sie zu ihm. »Gibt es noch Hoffnung?«

»Ich weiß es nicht.«

Helena stürzt zu einem freien Stuhl und hebt ihn hoch. Jeewoon und Slade erkennen eine halbe Sekunde zu spät, was sie vorhat. Beide springen auf, um sie festzuhalten.

Sie schwingt den Stuhl über die Schulter und schleudert ihn gegen den Einwegspiegel.

Aber er erreicht die Scheibe nicht.

BARRY

6. November 2018

Seine Augen öffnen sich, aber er kann nichts sehen. Sein Zeitgefühl hat ihn verlassen. Vielleicht sind Jahre vergangen. Oder Sekunden. Er blinzelt, aber nichts ändert sich. *Bin ich tot?* Er atmet ein, seine Brust dehnt sich, und er atmet wieder aus. Als er den Arm hebt, hört er Wasser plätschern, und er fühlt, wie etwas über seine Haut rollt.

Er erkennt, dass er in Seinem Wasserbehälter schwebt, ganz mühelos, und das Wasser hat exakt die gleiche Temperatur wie seine Haut. Wenn er bewegungslos bleibt, kann er es spüren, und jetzt überkommt ihn das Empfinden, dass sein Körper kein Ende und keinen Anfang hat.

Nein … da ist noch etwas. Etwas ist an seinem linken Unterarm befestigt.

Er langt mit der rechten Hand herüber und berührt etwas, das sich anfühlt wie ein hartes Plastiketui. Drei Zentimeter breit, vielleicht zehn lang. Er will es abziehen, aber es ist entweder festgeklebt oder in seine Haut eingelassen.

»Barry.« Das ist die Stimme des Mannes, den er schon kennt. Der auf dem Hocker gesessen und ihn gezwungen hat, über Meghan zu sprechen, während er im Sessel festgeschnallt war.

»Wo bin ich? Was passiert hier?«

»Sie müssen sich beruhigen. Atmen Sie einfach.«

»Bin ich tot?«

»Würde ich sagen, Sie sollen atmen, wenn Sie tot wären? Sie sind nicht tot, und wo Sie sind, ist im Augenblick ohne Bedeutung.«

Barry hebt eine Hand aus dem Wasser in die Höhe, und seine Finger berühren einen halben Meter über seinem Gesicht die Decke. Er tastet nach einem Hebel, einem Knopf, nach irgendetwas, das diesen Behälter öffnet, was immer es ist. Aber die Wände sind glatt und nahtlos.

Er spürt ein leichtes Vibrieren in dem Ding an seinem Unterarm, aber als er wieder herübergreifen will, um es zu berühren, geschieht nichts. Sein rechter Arm bewegt sich nicht.

Er will den linken heben. Nichts.

Die Beine, den Kopf, die Finger.

Er kann nicht mal zwinkern, und als er sprechen will, teilen sich seine Lippen nicht.

»Was Sie da erleben, ist die Wirkung eines paralytischen Mittels«, sagt der Mann irgendwo in der Dunkelheit über ihm. »Das war die Vibration, die Sie eben gespürt haben. Das Gerät hat es Ihnen injiziert. Leider müssen wir Sie bei Bewusstsein halten. Ich will Sie nicht belügen, Barry. Die nächsten paar Augenblicke werden sehr ungemütlich sein.«

Entsetzen packt ihn, eine Angst, die tiefer ist als jede Angst in seinem bisherigen Leben. Seine Augen lassen sich nicht schließen, und was immer er bewegen will – Arme, Beine, Finger –, es gehorcht ihm nicht. Genauso könnte er versuchen, eine einzelne Haarsträhne zu bewegen. Und erst jetzt überkommt ihn das eigentliche Grauen: Er kann auch sein Zwerchfell nicht zusammenziehen.

Anders gesagt, er kann nicht atmen.

Ein Strudel der Panik erfasst ihn, und schließlich der Schmerz: Alles gerinnt von Sekunde zu Sekunde zur verzweifelt eskalierenden Gier nach Sauerstoff. Aber er kann seinen eigenen Körper nicht mehr steuern. Er kann nicht schreien oder um sich schlagen oder um sein Leben betteln, was er mehr als bereitwillig täte, wenn er nur sprechen könnte.

»Sie haben wahrscheinlich inzwischen gemerkt, dass Ihnen die Fähigkeit zum Atmen abhandengekommen ist. Das ist kein Sadismus, Barry, das schwöre ich Ihnen. Bald ist alles vorbei.«

Barry liegt in der völligen Dunkelheit und lauscht dem Schreien seines Geistes und dem rasenden Sturzbach seiner Gedanken, und das einzige Geräusch ist das donnernde Pochen seines Herzens, das immer schneller schlägt.

Das Gerät an seinem Unterarm vibriert wieder.

Jetzt schießt ein weiß glühender Schmerz durch seine Adern, und das donnernde Pochen seines Herzens reagiert sofort auf das, was ihm da in die Blutbahn geschossen wurde.

Und wird langsamer.

Langsamer.

Langsamer.

Dann hört und spürt er die Schläge nicht mehr.

Es ist völlig still an diesem Ort, wo immer er ist.

In diesem Augenblick weiß er, dass das Blut in seinen Adern nicht mehr kreist.

Ich kann nicht atmen, und mein Herz hat aufgehört zu schlagen. Ich bin tot. Klinisch tot. Aber wieso denke ich dann noch? Wieso bin ich bei Bewusstsein? Wie lange wird das noch dauern? Wie schlimm wird der Schmerz werden? Ist es wirklich das Ende?

»Ich habe jetzt Ihr Herz angehalten, Barry. Bitte hören Sie zu. In den nächsten Augenblicken müssen Sie fokussiert bleiben, sonst verlieren wir Sie. Wenn Sie es auf die andere Seite schaffen, denken Sie an das, was ich für Sie getan habe. Lassen Sie es diesmal nicht geschehen. Sie können es ändern.«

Farben explodieren in Barrys sauerstoff- und blutleerem

Hirn, eine Lightshow für einen Toten, und jeder Blitz ist näher und greller als der vorige.

Dann sieht er nichts als ein blendendes Weiß, das bereits durch Grautöne zu Schwarz verblasst, und er weiß, was am Ende dieses Spektrums wartet: das Nichtsein. Aber vielleicht hat auch der Schmerz ein Ende. Seine brutale Gier nach Luft. Er ist dafür bereit. Bereit für alles, was dem hier ein Ende macht.

Dann riecht er etwas. Das ist merkwürdig, denn es beschwört eine emotionale Reaktion herauf, für die er keinen richtigen Namen hat, die aber den Schmerz der Nostalgie in sich trägt. Er braucht einen Moment, aber dann weiß er, dass es zu Hause so roch, wenn er und Julia und Meghan zu Abend gegessen haben. Speziell Julias Hackbraten, gebratene Möhren und Kartoffeln. Als Nächstes dringt ihm der Duft von Hefe, Malz und Gerste in die Nase. Bier, aber nicht irgendein Bier. Das Rolling Rock, das er immer aus der grünen Flasche getrunken hat.

Andere Gerüche steigen auf und verschmelzen zu einem Aroma, das komplexer ist als jeder Wein. Einen davon würde er überall erkennen: den Geruch des Hauses in Jersey City, in dem er mit seiner Ex-Frau und seiner toten Tochter gelebt hat.

Den Duft von Zuhause.

Plötzlich schmeckt er das Bier und die ständige Anwesenheit der Zigaretten, die er immer geraucht hat.

Sein Gehirn feuert ein Bild ab, das durch das Weiß des Sterbens schneidet. Es ist an den Rändern verschwommen und faserig, gewinnt aber schnell an Schärfe. Ein Fernseher. Und auf dem Bildschirm ein Baseballspiel. Das Bild vor seinem geistigen Auge ist glasklar, anfangs Grau in Grau, aber dann sickert Farbe in alles, was er sieht.

Das Fenway-Park-Stadion.

Der grüne Rasen unter den gleißenden Flutlichtern.

Die Zuschauer.

Die Spieler.

Die rote Tonerde des Werferhügels und Curt Schilling mit der Hand im Handschuh. Er starrt Todd Helton am Mal an.

Es ist, als werde eine Erinnerung vor ihm aufgebaut. Zuerst das Fundament aus Geruch und Geschmack. Dann das Gerüst der sichtbaren Bestandteile. Als Nächstes eine Schicht aus Tastbarem. Er fühlt, ja, *fühlt* die weiche Kühle des Ledersessels, in dem er sitzt. Seine Füße liegen auf der hochgeklappten Fußstütze, er dreht den Kopf, und eine Hand – *seine Hand* – greift nach der Flasche Rolling Rock, die auf einem Untersetzer auf dem Tisch neben seinem Sessel steht.

Er berührt die Flasche und spürt die nasse Kälte des Kondensats auf dem grünen Glas, und als er die Flasche an die Lippen hebt und den Kopf zurücklegt, überwältigen ihn Geruch und Geschmack mit der Macht des Faktischen. Es ist keine bloße Erinnerung, sondern etwas, das *jetzt* geschieht.

Und nicht nur die Erinnerung selbst, sondern auch seine Perspektive auf sie ist ihm schneidend bewusst. Sie ist anders als jede Erinnerung, die er jemals erfahren hat, denn er ist *in* ihr, er sieht durch die Augen seines jüngeren Ich, wie der Film seines alten Lebens sich vor ihm entfaltet und er als Beobachter vollkommen darin eintaucht.

Der Schmerz des Sterbens ist zu einem matten, fernen Stern geworden, und jetzt fängt er an, Geräusche zu hören, Geräusche wie Pinselstriche zunächst, gedämpft und undeutlich, aber langsam werden sie lauter und klarer, als würde jemand langsam die Regler hochdrehen.

Die Sprecher im Fernsehen.

Ein Telefon, das im Haus klingelt.

Schritte auf den Hartholzdielen im Flur.

Dann steht Meghan vor ihm. Er starrt ihr ins Gesicht, ihr

Mund bewegt sich, und er hört ihre Stimme – zu leise, zu weit weg, um einzelne Worte zu verstehen, aber er hört den vertrauten Klang, der seit elf Jahren langsam in seinem Gedächtnis verklingt.

Sie ist schön. Sie ist lebendig. Sie steht vor dem Fernseher und versperrt ihm die Sicht. Ihr Rucksack hängt über der einen Schulter, sie trägt Bluejeans und einen türkisblauen Pullover, und ihr Haar ist zu einem Pferdeschwanz zusammengebunden.

Das ist zu intensiv. Schlimmer als das Grauen des Erstickens und ebenso unkontrollierbar, denn dies ist keine Erinnerung, die er aus eigenem Antrieb erlebt. Sie wird auf irgendeine Weise für ihn projiziert, gegen seinen Willen, und vielleicht, denkt er, gibt es einen Grund, weshalb unsere Erinnerungen nebelhaft und verschleiert sind. Vielleicht dient die Abstraktion als Anästhetikum, als schützender Puffer zwischen uns und der Agonie der Zeit und allem, was sie stiehlt und auslöscht.

Er will hinaus aus dieser Erinnerung, aber er kann nicht gehen. Seine Sinne arbeiten auf Hochtouren. Alles ist klar und lebhaft wie das Dasein. Aber er hat keine Kontrolle darüber. Er kann nur durch die Augen seines elf Jahre jüngeren Ich starren und dem letzten Gespräch zuhören, das er je mit seiner Tochter geführt hat. Er fühlt die Vibrationen seines Kehlkopfs und dann die Bewegungen seines Mundes und seiner Lippen, die die Worte formen.

»Hast du mit deiner Mom darüber gesprochen?« Seine Stimme klingt überhaupt nicht merkwürdig. Sie fühlt und hört sich exakt an wie immer, wenn er spricht.

»Nein, ich bin gleich zu dir gekommen.«

»Sind deine Hausaufgaben fertig?«

»Nein, deshalb will ich ja gehen.«

Barry fühlt, wie sein jüngeres Ich sich vorbeugt und um Meghan herum zum Bildschirm späht, um das Spiel zu verfolgen.

»Dad, du hörst mir nicht mal zu.«

»Doch, ich höre dir zu.«

Jetzt sieht er sie wieder an.

»Mindy ist meine Laborpartnerin, und wir haben nächsten Mittwoch unser Ding abzuliefern.«

»Wofür?«

»Für Biologie.«

»Wer ist denn sonst noch da?«

»Mein Gott. Ich, Mindy, vielleicht Jacob, auf jeden Fall Kevin und Sarah.«

Jetzt beobachtet er, wie er den linken Arm hebt, um auf die Uhr zu schauen – die er verlieren wird, wenn er in zehn Monaten in der Zeit nach Meghans Tod und des explosiven Zerfalls seiner Ehe das Haus verlässt.

Es ist gerade halb neun.

»Also, darf ich gehen?«

Sag Nein.

Der jüngere Barry sieht zu, wie der nächste Spieler der Rockies zum Mal geht.

Sag Nein!

»Du bist spätestens um zehn zu Hause?«

»Um elf.«

»Elf gilt am Wochenende, das weißt du.«

»Halb elf.«

»Okay, dann eben nicht.«

»Na schön, viertel nach zehn.«

»Willst du mich jetzt auf den Arm nehmen?«

»Der Weg zu Fuß dauert zehn Minuten. Oder du fährst mich.« Wow! Diesen Augenblick hat er verdrängt, weil er zu schmerzhaft ist. Sie hat vorgeschlagen, er soll sie fahren, und er hat es nicht getan. Wenn er es getan hätte, wäre sie jetzt noch am Leben.

Ja! Fahr sie! Fahr sie doch, du Idiot!

»Schatz, ich möchte das Spiel sehen.«

»Also halb elf?«

Er spürt, wie seine Lippen sich zu einem Lächeln kräuseln, und er erinnert sich klar und deutlich an das längst vergessene Gefühl, eine Verhandlung mit seiner Tochter verloren zu haben. An den Ärger, aber auch an den Stolz darauf, dass er eine Frau mit Charakter großzog, die wusste, was sie wollte, und dafür kämpfte. Er erinnert sich, dass er gehofft hat, sie werde dieses Feuer in ihr Erwachsenenleben hinüberretten.

»Okay.«

Meghan geht zur Tür.

»Aber keine Minute später. Ich habe dein Wort?«

Halte sie auf.

Halte sie auf!

»Ja, Dad.« Ihre letzten Worte. Jetzt erinnert er sich. *Ja, Dad.*

Barrys jüngeres Ich schaut wieder auf den Bildschirm und sieht, wie Brad Hawpe einen Ball glatt durch die Mitte feuert. Er hört Meghans Schritte, die sich entfernen, und er schreit innerlich, aber nichts passiert. Er bewohnt einen Körper, den er nicht unter Kontrolle hat.

Sein jüngeres Ich sieht Meghan nicht einmal nach, als sie zur Tür geht. Er interessiert sich nur für das Spiel und weiß nicht, dass er seiner Tochter soeben zum letzten Mal in die Augen geschaut hat und dass er nur ein Wort sagen müsste, um alles zu verhindern.

Er hört, wie die Haustür geöffnet und wieder zugeschlagen wird.

Dann ist sie weg; sie entfernt sich von ihm, von ihrem Zuhause, und geht in den Tod. Und er sitzt in seinem Sessel und sieht sich ein Baseballspiel an.

Der Schmerz des Atemstillstands ist vorbei, er hat nicht

mehr das Gefühl, im warmen Wasser zu schweben, und das Herz liegt nicht mehr schlafend in seiner Brust. Nichts ist mehr wichtig außer dieser qualvollen Erinnerung, die er aus völlig unbegreiflichen Gründen zu ertragen gezwungen ist, und der Tatsache, dass seine Tochter soeben zum allerletzten Mal das Haus verlassen hat …

Der kleine Finger der linken Hand bewegt sich.

Besser gesagt, er weiß, dass er ihn bewegt hat. Dass die Bewegung eine Folge seiner Absicht ist.

Er versucht es noch einmal. Die ganze linke Hand bewegt sich.

Er streckt den einen Arm aus, dann den anderen.

Er blinzelt. Atmet ein.

Er öffnet den Mund und gibt eine Art Grunzen von sich, guttural und bedeutungslos, aber *er* hat es hervorgebracht.

Was hat das zu bedeuten? Bis eben hat er die Erinnerung erlebt wie ein Beobachter, der durch eine schreibgeschützte Datei scrollt oder sich einen Film ansieht. Jetzt kann er sich bewegen und Geräusche von sich geben und mit seiner Umgebung interagieren, und mit jeder Sekunde wächst das Gefühl, seinen Körper unter Kontrolle zu haben.

Er langt hinunter und senkt die Fußstütze seines Ruhesessels. Dann steht er und sieht sich in dem Haus um, in dem er vor mehr als zehn Jahren gelebt hat. Erstaunlich, wie wunderbar real alles ist.

Er geht durch das Wohnzimmer und bleibt vor dem Spiegel neben der Haustür stehen, um sich zu betrachten. Sein Haar ist dichter und aschblond, frei von den silbernen Fäden, die in den letzten paar Jahren immer mehr Raum in dem schütter werdenden Schopf beansprucht haben.

Die Konturen seines Kiefers sind scharf. Keine Hängebacken. Keine aufgedunsenen Säcke unter den Augen. Keine vom Alkohol geplatzten Äderchen an der Nase. Ihm wird klar, dass er seinen Körper seit Meghans Tod vor die Hunde hat gehen lassen.

Er schaut zur Tür. Zu der Tür, durch die seine Tochter eben verschwunden ist.

Was zum Teufel geht hier vor? Er war in einem Hotel in Manhattan und wurde in einer Art Deprivationstank umgebracht.

Ist dies die Realität?

Passiert es wirklich?

Das kann nicht sein, und trotzdem fühlt es sich genauso an wie das Leben.

Er öffnet die Tür und tritt hinaus in den Herbstabend.

Wenn es nicht real ist, ist es Folter von der schlimmsten Sorte. Aber was, wenn es stimmte, was der Mann gesagt hatte? *Ich werde Ihnen das größte Geschenk Ihres Lebens machen. Das größte Geschenk, das ein Mensch sich je erhoffen könnte.*

Barry kehrt jäh wieder in den Augenblick zurück. Mit diesen Fragen muss er sich später beschäftigen. Jetzt steht er auf der Veranda vor der Tür seines Hauses und lauscht den Blättern der Eiche in seinem Vorgarten; sie rascheln in einem sanften Wind, der auch die Schaukel in Bewegung setzt. Allem Anschein nach und gegen jede Wahrscheinlichkeit ist heute der 25. Oktober 2007, der Abend, an dem seine Tochter bei einem Autounfall mit Fahrerflucht getötet wurde. Sie ist nie im Dairy Queen angekommen, um sich mit ihren Freundinnen zu treffen, und das bedeutet, die Tragödie wird in den nächsten zehn Minuten geschehen.

Und sie hat bereits zwei Minuten Vorsprung.

Er hat keine Schuhe an, aber er hat schon genug Zeit verschwendet.

Er zieht die Haustür ins Schloss und tritt hinunter auf den Rasen. Das Laub knirscht unter seinen bloßen Füßen, als er in die Nacht hinausläuft.

HELENA

20. Juni 2009

Tag 598

Jemand klopft an die Tür. Sie tastet in der Dunkelheit umher, knipst die Lampe an und steigt in einer Pyjamahose und einem schwarzen Tanktop aus dem Bett. Der Wecker auf ihrem Schreibtisch zeigt 9:50 Uhr.

Als sie durch das Wohnzimmer zur Tür geht und auf den Knopf an der Wand drückt, der die Verdunklungsvorhänge hochfahren lässt, überkommt sie das machtvolle Erlebnis eines Déjà-vu.

Slade steht im Korridor. Er trägt Jeans und ein Hoodie, und er hat eine Flasche Champagner, zwei Gläser und eine DVD mitgebracht. Sie hat ihn seit Wochen nicht mehr gesehen.

»Scheiße«, sagt er. »Ich habe Sie geweckt.«

Sie blinzelt im grellen Licht der Leuchtstofflampen unter der Decke.

»Darf ich reinkommen?«, fragt er.

»Habe ich eine Wahl?«

»Bitte, Helena.«

Sie geht einen Schritt zurück und lässt ihn eintreten. Dann folgt sie ihm durch die kurze Diele, vorbei am Bad und ins Wohnzimmer.

»Was wollen Sie?«, fragt sie.

Er setzt sich in einen übergroßen Polstersessel vor dem Fenster, hinter dem das Meer sich endlos dehnt.

»Ich höre, Sie essen nicht, und Sie trainieren nicht. Sie waren seit Tagen nicht mehr draußen und haben mit niemandem gesprochen.«

»Warum darf ich nicht mit meinen Eltern sprechen? Warum lassen Sie mich nicht weg?«

»Es geht Ihnen nicht gut, Helena. In Ihrem psychischen Zustand ist nicht gewährleistet, dass Sie die nötige Verschwiegenheit wahren.«

»Ich habe Ihnen gesagt, ich will weg. Meine Mutter ist in einer Klinik. Ich weiß nicht, wie es ihr geht. Mein Dad hat seit einem Monat meine Stimme nicht mehr gehört. Ich bin sicher, er macht sich Sorgen …«

»Ich weiß, im Moment können Sie es nicht verstehen, aber ich rette Sie vor sich selbst.«

»Oh, *fuck you.*«

»Sie sind ausgestiegen, weil Ihnen die Richtung nicht passte, die ich mit diesem Projekt eingeschlagen habe. Ich habe Ihnen lediglich Zeit gegeben, sich noch einmal zu überlegen, ob Sie wirklich alles wegwerfen wollen.«

»Es war *mein* Projekt.«

»Und *mein* Geld.«

Ihre Hände zittern. Vor Angst und vor Wut.

»Ich möchte nicht weitermachen«, sagt sie. »Sie haben meinen Traum zerstört. Sie haben verhindert, dass ich versuche, meiner Mom und anderen zu helfen. Ich will nach Hause. Werden Sie mich weiterhin gegen meinen Willen hier festhalten?«

»Natürlich nicht.«

»Ich kann also gehen?«

»Erinnern Sie sich, was ich Sie an Ihrem ersten Tag hier gefragt habe?«

Sie schüttelt den Kopf, und ihr kommen die Tränen.

»Ich habe Sie gefragt, ob Sie die Welt mit mir verändern wollten. Wir stehen auf den Schultern der brillanten Arbeit, die Sie geleistet haben, und heute Morgen bin ich hier, um Ihnen zu sagen, dass wir es geschafft haben.«

Sie starrt ihn über den Couchtisch hinweg an, und Tränen rollen über ihr Gesicht.

»Wovon reden Sie?«

»Heute ist der größte Tag meines und Ihres Lebens. Alles, wofür wir gearbeitet haben. Ich bin hier, um mit Ihnen zu feiern.«

Slade dreht den Drahtverschluss auf, der den Champagnerkorken in der Flasche Dom Perignon hält, und wirft ihn auf den Couchtisch. Dann klemmt er die Flasche zwischen die Knie und zieht vorsichtig den Korken heraus. Helena sieht zu, wie er den Champagner in die Gläser gießt und darauf achtet, dass er nicht über den Rand schäumt.

»Sie haben den Verstand verloren«, sagt sie.

»Wir können noch nicht trinken. Wir müssen warten, bis …« Er sieht auf die Uhr. »Viertel nach zehn, plus oder minus ein paar Minuten. Während wir warten, will ich Ihnen etwas zeigen, das gestern passiert ist.«

Slade nimmt die DVD vom Couchtisch und geht damit zur Musik- und Videoanlage, schiebt sie in den Player und dreht die Lautstärke auf.

Auf dem Bildschirm erscheint ein großer, ausgemergelter Mann, den sie noch nie gesehen hat. Er sitzt zurückgelehnt im Erinnerungsstuhl. Jee-woon Chercover beugt sich über ihn und sticht ihm ein Tattoo aus Buchstaben – *M-i-r-a-n* – in die linke Schulter. Der magere Mann hebt den Arm und sagt: »*Stopp.*«

Slade erscheint im Bild. »*Was ist, Reed?*

»Ich bin wieder da. Ich bin hier. O mein Gott.«

»Wovon reden Sie?«

»Das Experiment hat geklappt.«

»Beweisen Sie es mir.«

»Ihre Mutter heißt Susan. Das haben Sie mir gesagt, bevor ich in das Ei gestiegen bin.«

Ein breites Grinsen legt sich über Slades Gesicht auf dem Bildschirm. Er fragt: *»Um welche Zeit haben wir das Experiment gestartet?«*

»Um zehn Uhr vormittags.«

Slade schaltet den DVD-Player ab und sieht Helena an.

»Sollte das für mich irgendeinen Sinn ergeben?«, fragt Helena.

»Ich glaube, das werden wir gleich wissen.«

Sie sitzen in verlegenem Schweigen da, und Helena sieht zu, wie die Champagnerbläschen aufsteigen.

»Ich will nach Hause«, sagt sie.

»Sie können heute noch abfliegen, wenn Sie wollen.«

Sie wirft einen Blick auf ihre Wanduhr: 10:10. Es ist so still, dass sie das Zischen der Kohlensäure in den Champagnergläsern hören kann. Sie starrt auf das Meer hinaus und denkt, was immer das alles noch soll, sie ist darüber hinweg. Sie wird die Plattform verlassen, ihre Forschungsarbeit, alles. Sie wird auf ihr Geld und auf die Teilnahme hier verzichten, denn kein Traum, kein Ehrgeiz ist es wert, was Slade ihr angetan hat. Sie wird nach Colorado zurückgehen und mithelfen, ihre Mutter zu pflegen. Ihre verblassenden Erinnerungen konnte sie nicht bewahren und die Erkrankung nicht aufhalten, aber wenigstens kann sie in der Zeit, die ihr noch bleibt, bei ihr sein.

Es wird 10:15, und nichts geschieht.

Slade blickt immer wieder auf die Uhr, und allmählich schleicht sich Besorgnis in seinen Blick.

»Hören Sie, was immer das sein sollte«, sagt Helena, »Sie können jetzt gehen. Wann kann der Hubschrauber mich nach Kalifornien bringen?«

Blut rinnt aus Slades Nase.

Sie hat plötzlich den Geschmack von Rost im Mund und merkt, dass auch ihr Blut aus der Nase läuft. Sie hebt die Hand und will es mit den Fingern auffangen, aber es sickert dazwischen hindurch und tropft auf ihr Shirt. Sie läuft ins Bad, reißt zwei Waschlappen aus der Schublade und drückt sich einen an die Nase, während sie Slade den anderen bringt.

Dabei fühlt sie einen stechenden Schmerz hinter den Augen, den schlimmsten Kopfschmerz ihres Lebens, und sie sieht Slade an, dass er das Gleiche empfindet.

Als er lächelt, hat er Blut zwischen den Zähnen. Er erhebt sich aus dem Sessel, wischt sich über die Nase und wirft den Waschlappen weg.

»Spüren Sie, wie es kommt?«, fragt er.

Erst nimmt sie an, er spricht von dem Schmerz, aber das ist es nicht. Sie hat plötzlich eine völlig neue Erinnerung an die letzte halbe Stunde. Eine graue, spukhaft aussehende Erinnerung, in der Slade nicht mit einer Flasche Champagner hergekommen ist, sondern sie eingeladen hat, mit ihm in den Testraum hinunterzukommen. Sie erinnert sich, dass sie im Kontrollraum gesessen und zugesehen hat, wie ein Heroinjunkie in den Deprivationstank geklettert ist. Sie haben eine Erinnerung von ihm gestartet, in der er ein Tattoo bekommen hat, und dann haben sie ihn umgebracht. Sie hat versucht, einen Stuhl durch die Scheibe zwischen Test- und Kontrollraum zu schleudern – und plötzlich ist sie hier, sie steht in ihrem Apartment und hat Nasenbluten und mörderische Kopfschmerzen.

»Ich verstehe nicht«, sagt sie. »Was ist gerade passiert?«

Slade hebt sein Glas, stößt klingend mit ihr an und trinkt.

»Helena, Sie haben nicht einfach einen Stuhl gebaut, der den Menschen hilft, ihre Erinnerungen noch einmal zu erleben. Sie haben etwas gebaut, das sie in ihre Vergangenheit zurückbringen kann.«

BARRY

25. Oktober 2007

In den Fenstern der Nachbarhäuser flackert das Licht der Fernseher in den Wohnzimmern, und draußen ist niemand unterwegs außer Barry, der mitten auf der leeren Straße entlangläuft. Der Asphalt ist bedeckt mit dem Laub der Eichen, die hier am Straßenrand stehen. Barry fühlt sich so kräftig wie seit einer Ewigkeit nicht mehr. Sein linkes Knie ist frei von dem Schmerz nach dem unbedachten Slide über das Schlagmal in einem Softball-Spiel im Central Park, das erst in fünf Jahren stattfinden wird. Und er ist mindestens dreißig Pfund leichter.

Eine halbe Meile weit vor sich sieht er die Leuchtschriften von Restaurants und Motels. Dairy Queen ist dort auch. Er spürt etwas in der linken Tasche seiner Jeans. Er läuft langsamer und zieht ein iPhone der ersten Generation heraus. Der Screensaver ist ein Foto von Meghan, die bei einem Langlauf-Wettbewerb die Ziellinie überquert.

Er braucht vier Versuche, um es zu entsperren. Dann scrollt er durch die Kontakte, bis er Meghan gefunden hat, und ruft sie an, ehe er weiterjoggt.

Es klingelt einmal.

Die Voicemail.

Er ruft noch einmal an.

Wieder die Voicemail.

Er läuft auf dem rissigen Gehweg vorbei an einer Ansammlung von alten Gebäuden, die im Lauf der Gentrifizierung in den kommenden zehn Jahren in einen Loft, einen Coffeeshop und eine Destillerie umgewandelt werden sollen. Vorläufig ragen sie noch dunkel und verlassen am Straßenrand auf.

Ein paar Hundert Meter weiter sieht er eine Gestalt aus der Dunkelheit zwischen diesen leer stehenden Gebäuden hervor in den gut beleuchteten Randbezirk des Geschäftsviertels kommen.

Türkisblauer Pullover. Pferdeschwanz.

Er schreit den Namen seiner Tochter: Sie dreht sich nicht um, und er sprintet jetzt, rennt so schnell, wie er im Leben noch nie gerannt ist, brüllt ihren Namen zwischen panischen Atemzügen, und dabei fragt er sich …

Ist das alles real? Wie oft hat er sich diesen Augenblick in seiner Fantasie ausgemalt? Den Augenblick, in dem er Gelegenheit bekommt, ihren Tod zu verhindern …

»Meghan!« Sie ist jetzt fünfzig Meter weit vor ihm, und er kann sehen, dass sie telefoniert, ohne etwas zu ahnen.

Reifen kreischen irgendwo hinter ihm. Er dreht sich nach den schnell herannahenden Scheinwerfern um und hört das Brüllen eines hochtourigen Motors. Die Milchbar, die Meghan nie erreicht hat, liegt weit vor ihnen auf der anderen Straßenseite, und jetzt macht sie einen Schritt auf die Straße, um sie zu überqueren.

»Meghan! Meghan! Meghan!«

Sie bleibt auf der Straße stehen, schaut sich um und späht in Barrys Richtung, ohne das Telefon vom Ohr zu nehmen. Er ist jetzt so nah herangekommen, dass er die Verwirrung in ihrem Gesicht sehen kann, und dicht hinter sich hört er den Lärm des heranbrausenden Wagens.

Dann rauscht ein schwarzer Mustang mit sechzig Meilen pro Stunde mitten auf der Straße an ihm vorbei und rast in Schlangenlinien über die Mittellinie.

Und ist verschwunden.

Meghan steht immer noch am Randstein.

Atemlos erreicht Barry sie. Seine Beinmuskeln brennen nach dem Sprint über eine halbe Meile.

Sie lässt das Telefon sinken. »Dad? Was machst du denn hier?«

Er späht in beide Richtungen die Straße entlang. Sie stehen allein im gelben Licht einer Straßenlaterne, deren Peitschenmast über sie ragt. Nirgends nähert sich ein Auto, und es ist so still, dass er das welke Laub auf dem Asphalt rascheln hört.

War dieser Mustang der Wagen, der sie vor elf Jahren – also unmöglicherweise heute – überfahren hat? Hat er das soeben verhindert?

»Du hast keine Schuhe an«, stellt Meghan fest.

Er umarmt sie wild und schnappt immer noch nach Luft. Aber jetzt schüttelt ihn auch ein Schluchzen, das er nicht zurückhalten kann. Es ist zu viel. Ihr Geruch. Ihre Stimme. Allein ihre Anwesenheit.

»Was ist denn passiert?«, fragt Meghan. »Warum bist du hier? Warum weinst du?«

»Das Auto … es hätte dich …«

»Mein Gott, Dad, mir ist nichts passiert!«

Wenn dies nicht real ist, dann ist es das Grausamste, das man ihm jemals antun könnte. Es fühlt sich nicht an wie ein Virtual-Reality-Erlebnis, oder was immer dieser Mann ihm sonst vorgeführt haben mag. Es fühlt sich *real* an. Es ist das Leben. Von hier kommt man nicht einfach zurück.

Er sieht sie an und berührt ihr Gesicht, lebendig und vollkommen im Licht der Straßenbeleuchtung.

»Bist du real?«, fragt er.

»Bist du betrunken?«, fragt sie zurück.

»Nein, ich war …«

»Was?«

»Ich habe mir Sorgen um dich gemacht.«

»Warum?«

»Weil Väter das tun. Sie machen sich Sorgen um ihre Töchter.«

»Na, hier bin ich.« Sie lächelt voller Unbehagen. Offensichtlich und zu Recht stellt sie in diesem Augenblick seine geistige Gesundheit infrage. »Gesund und munter.«

Er denkt an den Abend, an dem er sie gefunden hat, nicht weit von da, wo sie jetzt stehen. Er hatte sie eine Stunde lang angerufen, und ihr Telefon hatte geklingelt und den Anruf dann auf die Voicemail geleitet. Als er die Straße hier entlanggegangen war, hatte er das zersprungene Display ihres Telefons mitten auf der Straße blinken sehen. Dann hatte er ihre Leiche gefunden, zerschmettert und ausgestreckt im Dunkeln jenseits des Gehwegs. Die Verletzungen ließen erkennen, dass sie weit weggeschleudert worden war, nachdem das Auto sie mit hoher Geschwindigkeit erfasst hatte.

Die Erinnerung wird ihn nie mehr verlassen, aber jetzt hat sie eine graue, verblassende Beschaffenheit, genau wie die falsche Erinnerung, die ihn in dem Lokal in Montauk verfolgt hat. Hat er irgendwie verändert, was passiert ist? Das ist unmöglich.

Meghan blickt zu ihm auf und sieht ihm lange ins Gesicht. Nicht mehr verärgert, sondern liebevoll. Besorgt. Immer wieder wischt er sich über die Augen und bemüht sich, nicht zu weinen, und sie sieht gleichzeitig erschrocken und bewegt aus.

»Es ist okay, wenn du heulst«, sagt sie, »Sarahs Dad ist dauernd so gerührt.«

»Ich bin sehr stolz auf dich.«

»Ich weiß. Dad«, sagt sie dann, »meine Freundinnen warten auf mich.«

»Okay.«

»Aber wir sehen uns nachher?«, fragt sie.

»Auf jeden Fall.«

»Und wir gehen am Wochenende ins Kino? Unser Date?«

»Ja, natürlich.« Er will sie nicht gehen lassen. Er könnte sie eine ganze Woche in den Armen halten, und es wäre nicht genug. Aber er sagt nur: »Bitte pass auf dich auf heute Abend.«

Sie wendet sich ab und geht weiter die Straße hinunter. Er ruft ihren Namen. Sie dreht sich um.

»Ich hab dich lieb, Meghan.«

»Ich dich auch, Dad.«

Er steht zitternd da und versucht zu verstehen, was eben passiert ist. Er sieht ihr nach, als sie über die Straße geht und im Dairy Queen verschwindet, zu ihren Freundinnen an einem Fenstertisch.

Hinter ihm nähern sich Schritte.

Barry dreht sich um und sieht einen schwarz gekleideten Mann, der auf ihn zukommt. Selbst aus dieser Entfernung kommt er ihm irgendwie bekannt vor, und dann geht Barry ein Licht auf. Es ist Vince, der Mann aus dem Imbisslokal, der ihn ins Zimmer gebracht hat, nachdem er in der Hotelbar unter Drogen gesetzt worden war. Der Mann mit dem Tattoo am Hals, das er jetzt nicht mehr hat. Oder noch nicht. Jetzt hat er volles Haar und ist schlanker. *Und er sieht zehn Jahre jünger aus.*

Barry weicht instinktiv zurück, aber Vince hebt in einer Geste der Friedfertigkeit die Hände.

Sie stehen einander gegenüber auf dem leeren Gehweg unter der Straßenlaterne.

»Was passiert mit mir?«, fragt Barry.

»Ich weiß, Sie sind verwirrt und desorientiert, aber das geht vorbei. Ich bin hier, um den letzten Teil meines Anstellungsvertrags zu erfüllen. Kommt es schon bei Ihnen an?«

»Was soll bei mir ankommen?«

»Was mein Boss für Sie getan hat.«

»Das hier ist real?«

»Es ist real.«

»Wie kann das sein?«

»Sie sind wieder bei Ihrer Tochter, und sie lebt. Ist es wichtig? Sie werden mich nach diesem Abend nicht wiedersehen, aber ich muss Ihnen etwas sagen. Es gibt Grundregeln, und die sind ganz einfach. Versuchen Sie nicht, das größere System mit Ihrem Wissen über das, was kommt, zu beeinflussen. Leben Sie einfach Ihr Leben noch einmal. Leben Sie es ein bisschen besser. Und erzählen Sie niemandem etwas. Nicht Ihrer Frau. Nicht Ihrer Tochter. *Niemandem.*«

»Was ist, wenn ich zurückwill?«

»Die Technologie, die Sie hierhergebracht hat, ist noch nicht erfunden.«

Vince wendet sich ab.

»Wie kann ich ihm dafür danken?« Barrys Augen füllen sich wieder mit Tränen.

»In diesem Moment, im Jahr 2018, blickt er zu Ihnen und Ihrer Familie herein. Ich hoffe, er sieht, dass Sie das Beste aus dieser Chance gemacht haben. Dass Sie glücklich sind. Dass es Ihrer Tochter gut geht. Und vor allem, dass Sie über alles schweigen und sich an die Regeln halten, die ich Ihnen eben erklärt habe. So können Sie sich bei ihm bedanken.«

»Was heißt das, *in diesem Moment, im Jahr 2018*?«

Der Mann zuckt die Achseln. »Zeit ist eine Illusion, ein Konstrukt aus menschlichen Erinnerungen. So etwas wie Vergangenheit, Gegenwart und Zukunft gibt es nicht. Alles geschieht jetzt.«

Barry versucht, das zu verdauen, aber es ist zu viel, um es zu verarbeiten. »Sie sind zurückgegangen, was?«

»Ein bisschen weiter als Sie. Ich lebe mein Leben jetzt seit drei Jahren neu.«

»Warum?«

»Ich habe als Polizist Mist gebaut. Habe mich mit den falschen Leuten geschäftlich eingelassen. Jetzt habe ich einen Laden für Fliegenfischer und ein schönes Leben. Viel Glück mit Ihrer zweiten Chance.«

Vince dreht sich um und verschwindet in der Nacht.

BUCH ZWEI

Am meisten sehnen wir uns nach Orten,
die wir niemals gesehen haben.

Carson McCullers

HELENA

20. Juni 2009

Tag 598

Helena sitzt in ihrem Apartment auf dem Sofa und versucht, die Bedeutung der letzten dreißig Minuten ihres Lebens zu begreifen. Ihr Instinkt sagt ihr, das alles könne unmöglich wahr sein, es sei ein Trick oder eine Illusion. Aber immer wieder sieht sie das fertige Tattoo *Miranda* auf der Schulter des Junkies und das unvollendete Tattoo in dem Video, das Slade ihr eben gezeigt hat. Und sie weiß, dass auf irgendeine Weise – obwohl sie eine reichhaltige und detaillierte Erinnerung an das Experiment von heute Morgen hat und sogar noch weiß, dass sie versucht hat, einen Stuhl durch die Spiegelscheibe zu werfen – nichts von alldem passiert ist. Es existiert als toter Erinnerungszweig in der neuronalen Struktur ihres Gehirns. Das Einzige, womit sie es vergleichen kann, ist die Erinnerung an einen sehr detaillierten Traum.

»Sagen Sie mir, was Ihnen in diesem Augenblick durch den Kopf geht«, sagt Slade.

Sie starrt ihn an. »Kann dieser Prozess – im Deprivationstank zu sterben, während eine Erinnerung reaktiviert wird – tatsächlich die Vergangenheit verändern?«

»Es gibt keine Vergangenheit.«

»Das ist doch verrückt.«

»Was denn? Sie dürfen Ihre Theorien haben, aber ich nicht meine?«

»Erklären Sie es mir.«

»Sie haben es selbst gesagt. ›Jetzt‹ ist eine Illusion, das zufällige Ergebnis der Art und Weise, wie unser Gehirn die Realität verarbeitet.«

»Das ist doch nur Blödsinn. Eine Studentenphilosophie.«

»Unsere Vorfahren haben im Ozean gelebt. Weil das Licht sich im Wasser anders fortbewegt als in der Luft, war ihr sensorisches Volumen – die Region, in der sie nach Beute Ausschau halten konnten – auf ihr motorisches Volumen beschränkt –, auf die Region also, die sie tatsächlich durchqueren und mit der sie interagieren konnten. Was, glauben Sie, könnte das Resultat davon sein?«

Sie denkt über diese Frage nach. »Sie konnten nur auf unmittelbare Reize reagieren.«

»Okay. Und was, glauben Sie, passierte, als diese Fische schließlich vor vierhundert Millionen Jahren aus dem Meer krochen?«

»Ihr sensorisches Volumen vergrößerte sich, weil das Licht sich in der Luft schneller fortbewegt als im Meerwasser.«

»Manche Evolutionsbiologen nehmen an, diese terrestrische Disparität zwischen motorischem und sensorischem Volumen habe der Evolution des Bewusstseins die Bühne bereitet. Wenn wir vorausschauen können, können wir auch vorausdenken, und dann können wir uns die Zukunft vorstellen, auch wenn sie nicht existiert.«

»Worauf wollen Sie hinaus?«

»Dass das Bewusstsein ein Resultat der Umgebung ist. Unsere Wahrnehmungen – unsere Vorstellung von der Realität – werden geformt durch das, was wir wahrnehmen *können*, durch die Beschränkungen unserer Sinne. Wir glauben, wir sehen die Welt so, wie sie ist, aber Sie wissen doch besser als jeder andere … es sind nur Schatten auf einer Höhlenwand. Wir haben einen Scheuklappenblick wie unsere Vorfahren, und die Grenzen unseres Hirns sind durch den Zufall der Evolution festgelegt. Und genau wie unsere Vorfahren können wir *per definitionem* nicht sehen, was wir übersehen. Besser gesagt … bis jetzt konnten wir es nicht.«

Helena erinnert sich an Slades geheimnisvolles Lächeln beim Essen an einem längst vergangenen Abend. »Den Schleier der Wahrnehmung durchdringen«, sagt sie.

»Genau. Für ein zweidimensionales Wesen wäre es nicht nur unmöglich, sich durch eine dreidimensionale Umgebung zu bewegen, sondern es wäre sogar unvorstellbar. Ganz so, wie unser Gehirn uns hier im Stich lässt. Stellen Sie sich vor, Sie könnten die Welt mit den Augen weiter fortgeschrittener Wesen sehen – in vier Dimensionen. Sie könnten die Ereignisse in Ihrem Leben in jeder beliebigen Reihenfolge erleben. Und jede gewünschte Erinnerung noch einmal erleben.«

»Aber das … es ist … verrückt. Und es durchbricht den Zusammenhang zwischen Ursache und Wirkung.«

Slade lächelt wieder sein überlegenes Lächeln. Er ist ihr immer noch einen Schritt voraus. »Die Quantenphysik ist hier auf meiner Seite, fürchte ich. Wir wissen bereits, dass der Zeitpfeil auf der Partikelebene nicht so simpel aussieht, wie der Mensch es vermutet.«

»Sie glauben wirklich, Zeit ist eine Illusion?«

»Ich glaube eher, dass unsere Wahrnehmung der Zeit so mangelhaft ist, dass man sie ebenso gut als Illusion bezeichnen kann. Jeder Augenblick ist gleichermaßen real und geschieht jetzt, aber die Natur unseres Bewusstseins erlaubt uns den Zugang nur scheibenweise. Stellen Sie sich unser Leben vor wie ein Buch: Wir können immer nur einen Augenblick, eine Seite davon, auf einmal wahrnehmen. Unsere mangelhafte Wahrnehmung verwehrt uns den Zugang zu allen anderen. Bis jetzt.«

»Aber wie geschieht das?«

»Sie haben mir einmal erklärt, unsere Erinnerung sei der einzige wahre Zugang zur Wirklichkeit. Ich glaube, Sie hatten recht. Irgendein anderer Augenblick, eine alte Erinnerung, ist genauso *jetzt* wie der Satz, den ich hier spreche, genauso zugänglich wie das Zimmer nebenan. Wir müssen nur unser Gehirn davon überzeugen. Wir müssen unsere evolutionsbedingten Beschränkungen kurzschließen und unser Bewusstsein über das sensorische Volumen hinaus ausdehnen.«

Helena schwirrt der Kopf.

»Haben Sie das gewusst?«, fragt sie.

»Habe ich was gewusst?«

»Worauf wir in Wahrheit von Anfang an hingearbeitet haben. Dass es so viel mehr sein würde als das Eintauchen in Erinnerungen.«

Slade schaut zu Boden und sieht sie dann wieder an. »Ich respektiere Sie zu sehr, um Sie zu belügen.«

»Also … ja.«

»Bevor wir auf das zu sprechen kommen, was ich getan habe – können wir uns vielleicht einen Augenblick lang über das freuen, was *Sie* erreicht haben? Sie sind jetzt die größte Wissenschaftlerin und Erfinderin, die je gelebt hat. Sie sind verantwortlich für den größten Durchbruch unserer Zeit. Überhaupt aller Zeiten.«

»Und den gefährlichsten.«

»In den falschen Händen ganz sicher.«

»Mein Gott, Sie sind so arrogant. In allen Händen. Woher wussten Sie, was dieser Stuhl kann?«

Slade stellt sein Champagnerglas auf den Tisch, steht auf und geht zum Fenster. Ein paar Meilen weit draußen ballen sich

Unwetterwolken zusammen und schieben sich auf die Plattform zu.

»Als wir uns das erste Mal begegnet sind«, sagt er, »haben Sie ein Forschungs- und Entwicklungsteam in einer Firma namens Ion in San Francisco geleitet.«

»Was heißt das, ›als wir uns das erste Mal begegnet sind‹? Ich habe nie …«

»Lassen Sie mich ausreden. Sie haben mich als Forschungsassistenten engagiert. Ich musste die von Ihnen diktierten Berichte schreiben und Artikel aufstöbern, die Sie lesen wollten. Ich habe Ihren Kalender geführt und Ihre Reisen organisiert, Ihren Kaffee heiß und Ihr Büro sauber gehalten. Zumindest begehbar.« Er lächelt beinahe nostalgisch. »Ich glaube, mein offizieller Titel war Laborluder. Aber Sie haben mich gut behandelt. Sie gaben mir das Gefühl, an der Forschungsarbeit beteiligt und ein echtes Mitglied Ihres Teams zu sein. Bevor wir uns kennenlernten, war ich auf Drogen, und zwar ziemlich hart. Kann sein, dass Sie mir das Leben gerettet haben. Sie haben ein großartiges MEG-Mikroskop und ein ordentliches elektromagnetisches Stimulationsnetwork gebaut. Ihre Quantenrechner waren dem, was wir hier benutzen, weit überlegen, weil die Qbit-Technologie viel weiter fortgeschritten war. Sie hatten den Deprivationstank modifiziert und den Reaktivierungsapparat integriert. Aber Sie waren nicht zufrieden. Sie vertraten die ganze Zeit die Theorie, der Tank würde die Testperson in einen Zustand von so intensiver sensorischer Deprivation versetzen, dass das Erlebnis bei Stimulation der neuralen Koordinaten für eine Erinnerung zu einem vollständig immersiven transzendentalen Ereignis eskalieren könnte.«

»Moment. Das alles ist also schon einmal passiert?«

»In der ursprünglichen Timeline.«

Es dauert einen Moment, bis sie das, was er da sagt, in seiner vollen Bedeutung erfasst hat.

»Habe ich an meiner Zeitkapsel-Anwendung für die Alzheimersche Erkrankung gearbeitet?«

»Ich glaube nicht. Ion war sehr daran interessiert, das Entertainmentpotenzial des Stuhls zu verfolgen, und daran haben wir gearbeitet. Aber ganz so, wie wir es auch hier herausgefunden haben, war es dabei lediglich möglich, jemandem ein etwas lebhafteres Erinnerungserlebnis zu ermöglichen, das er nicht selbst abrufen musste. Zigmillionen waren ausgegeben worden, und die Technologie, auf die Sie Ihre Karriere gewettet hatten, kam nicht zustande.« Slades Blick geht von seinem Champagnerglas zu ihr. »Bis zum 2. November 2018.«

»Im *Jahr 2018*?«

»Ja.«

»Also neun Jahre in der Zukunft.«

»Richtig. Am Morgen dieses Tages passierte etwas Tragisches, Zufälliges, Erstaunliches. Sie waren dabei, eine Erinnerungsreaktivierung bei einer neuen Testperson namens Jon Jordan durchzuführen. Das zu reaktivierende Element war ein Autounfall, bei dem er seine Ehefrau verloren hatte. Alles schnurrte dahin, und dann stieg im Deprivationstank sein Herz aus. Herzstillstand. Das medizinische Team war sofort da und wollte ihn herausholen, aber da geschah etwas Außergewöhnliches. Bevor sie den Tank öffneten, standen alle plötzlich an einer geringfügig veränderten Position. Wir alle hatten Nasenbluten, manche auch rasende Kopfschmerzen, und im Tank war nicht Jon Jordan, sondern Ihre Testperson hieß Michael Dillman. Und das alles war Augenblickssache, als hätte jemand einen Schalter umgelegt. Niemand begriff, was passiert war. In unseren Akten gab es keinen Jordan, der je einen Fuß in unser Labor gesetzt hätte. Wir waren verdattert und versuchten zu verstehen, was geschehen war. Nennen Sie es fehlgeleitete Neugier, aber ich konnte es nicht auf sich beruhen lassen. Ich versuchte, Jordan ausfindig zu machen und herauszufinden, was aus ihm geworden war, und was ich herausfand, war höchst merkwürdig. Die Erinnerung an den Verkehrsunfall, die wir reaktivieren wollten – wie sich herausstellte, war er selbst fünfzehn Jahre zuvor neben seiner Frau in dem Autowrack gestorben.«

Es fängt an zu regnen. Das tickende Geräusch der Tropfen an der Fensterscheibe ist in Helenas Apartment kaum zu hören.

Slade kehrt zu seinem Sessel zurück.

»Ich glaube, ich habe als Erster begriffen, was passiert war, und verstanden, dass Sie Jon Jordans Bewusstsein auf irgendeine Weise in eine Erinnerung zurückgeschickt hatten. Natürlich werden wir es niemals wissen, aber ich vermute, die Desorientierung bei der Rückkehr in sein jüngeres Ich hat die Folgen des Unfalls so verändert, dass er und seine Frau dabei zu Tode kamen.«

Helena hat ein Stück Teppich angestarrt und den Schrecken dieser neuen Offenbarung niedergekämpft, aber jetzt hebt sie den Kopf und sieht ihn an.

»Was haben Sie dann getan, Marcus?«

»Drei Tage später, in der Nacht des 5. November 2018, bin ich ins Labor gegangen und habe eine von *meinen* Erinnerungen in die Stimulatoren geladen. Dann bin ich in den Tank gestiegen und habe mir eine tödliche Dosis Kaliumchlorid in die Blutbahn injiziert. Mein Gott, das hat in meinen Adern wie Feuer gebrannt. Der schlimmste Schmerz meines Lebens. Mein Herz blieb stehen, und als das DMT freigesetzt wurde, schoss mein Bewusstsein zurück in eine Erinnerung aus meinem zwanzigsten Lebensjahr. Das war der Anfang einer neuen Timeline, die 1992 vom Original abgezweigt war.«

»Für die ganze Welt?«

»Anscheinend.«

»Und in der leben wir jetzt?«

»Ja.«

»Was ist aus der Originalzeit geworden?«

»Das weiß ich nicht. Wenn ich daran denke, sind die Erinnerungen grau und spukhaft. Als wäre das Leben aus ihnen herausgesaugt worden.«

»Sie erinnern sich also noch an die ursprüngliche Timeline, in der Sie mein sechsundvierzigjähriger Laborassistent waren?«

»Ja. Diese Erinnerungen haben mich begleitet.«

»Und warum habe ich sie nicht?«

»Denken Sie doch an unser Experiment vorhin. Sie und ich hatten keine Erinnerung daran, bis exakt zu dem Augenblick, als Reed in dem Ei starb und zu seiner Tattoo-Erinnerung zurückreiste. Erst da sind Ihre Erinnerungen und Ihr Bewusstsein aus dieser vorigen Timeline, in der Sie versuchten, den Stuhl durch die Scheibe zu werfen, in diese hinübergeglitten.«

»Das heißt, in neun Jahren, in der Nacht des 5. November 2018, werde ich mich an dieses ganze andere Leben erinnern?«

»Ich glaube ja. Ihr Bewusstsein und Ihre Erinnerungen aus dieser ursprünglichen Timeline werden mit dieser hier verschmelzen. Dann haben Sie zwei Sets von Erinnerungen, ein lebendiges und ein totes.«

Der Regen weht jetzt in Schleiern gegen das Fenster, und die Welt draußen verschwimmt.

»Sie haben mich gebraucht, um den Stuhl ein zweites Mal zu bauen«, sagt Helena.

»Das stimmt.«

»Und mit Ihrer Kenntnis der Zukunft haben Sie auf dieser Timeline ein Imperium errichtet und mich mit der Verheißung unbegrenzter Mittel angelockt, nachdem ich meine ersten Erfolge in Stanford erreicht hatte.«

Er nickt.

»Damit Sie die Entwicklung des Stuhls und seiner Verwendung vollständig unter Kontrolle bekamen.«

Er schweigt.

»Im Grunde haben Sie mich seit Beginn dieser zweiten Timeline gestalkt.«

»Ich finde, ›gestalkt‹ ist ein bisschen übertrieben.«

»Verzeihung, aber sind wir hier auf einer stillgelegten Ölbohrinsel mitten im Pazifik, die Sie ganz allein für mich umgebaut haben, oder ist mir etwas entgangen?«

Slade hebt sein Champagnerglas und trinkt es aus.

»Sie haben mir dieses andere Leben gestohlen.«

»Helena …«

»War ich verheiratet? Hatte ich Kinder?«

»Wollen Sie das wirklich wissen? Es ist doch nicht mehr wichtig. Es ist nie passiert.«

»Sie sind ein Ungeheuer.«

Sie steht auf, geht zum Fenster und schaut durch die Scheibe hinauf auf Tausend Grauschattierungen – das Meer in der Nähe, das Meer in der Ferne, Wolkenschichten und ein aufziehender Sturm. Im Laufe des letzten Jahres ist ihr dieses Apartment mehr und mehr vorgekommen wie ein Gefängnis, aber noch nie so sehr wie jetzt. Und während ihr heiße Tränen der Wut über das Gesicht laufen, wird ihr klar, dass es ihr eigener selbstzerstörerischer Ehrgeiz war, der sie an diesen Punkt gebracht hat – und wahrscheinlich auch an den im Jahr 2018.

Im Rückblick wird auch Slades Verhalten klarer, speziell hinsichtlich seines Ultimatums vor ein paar Monaten, als er verlangte, Testpersonen zu töten, um das Erlebnis der Erinnerungsreaktivierung zu verstärken. Damals hielt sie es für

Skrupellosigkeit, und es hat zu einem massenhaften Exodus geführt: Fast alle haben die Bohrinsel verlassen. Aber jetzt sieht sie, dass es präzise berechnet war. Er wusste, sie waren auf der Zielgeraden, und nur eine engagierte Rumpfmannschaft sollte die wahre Funktion des Stuhls erleben. Wenn sie jetzt darüber nachdenkt, ist sie nicht einmal sicher, dass der Rest ihrer Kollegen das Festland erreicht hat.

Bis jetzt hatte sie den Verdacht, ihr Leben könne in Gefahr sein.

Jetzt ist sie sicher.

»Sprechen Sie mit mir, Helena. Ziehen Sie sich nicht wieder zurück.«

Ihre Reaktion auf Slades Enthüllungen wird wahrscheinlich der bestimmende Faktor sein, wenn er entscheidet, was er mit ihr anfangen wird.

»Ich bin wütend«, sagt sie.

»Das ist Ihr gutes Recht. Ich wäre es auch.«

Bis zu diesem Augenblick hat sie angenommen, Slade besitze einen ungeheuren Verstand und sei ein meisterhafter Menschen-Manipulator, wie es eigentlich alle Industriemagnaten sind. Vielleicht stimmt das immer noch, aber der Hauptgrund für seinen Erfolg und sein Glück ist schlicht und einfach seine Kenntnis zukünftiger Ereignisse. Und *ihr* Verstand.

Bei der Erfindung des Stuhls kann es für ihn nicht um Geld gehen. Er hat schon jetzt mehr Geld, Ruhm und Macht als Gott.

»Jetzt, da Sie Ihren Stuhl haben«, sagt sie, »was haben Sie damit vor?«

»Das weiß ich noch nicht. Ich dachte, das könnten wir zusammen herausfinden.«

Bullshit. Du weißt es. Du hattest sechsundzwanzig Jahre Zeit, es dir zu überlegen.

»Helfen Sie mir, den Stuhl zu optimieren«, sagt er. »Helfen Sie mir, ihn gefahrlos zu testen. Ich konnte Ihnen beim ersten Mal nicht sagen, was ich vorhatte, nicht einmal beim zweiten Mal, als ich Ihnen diese Frage stellte, aber jetzt kennen Sie die Wahrheit, und ich frage Sie zum dritten Mal. Ich hoffe, die Antwort ist Ja.«

»Welche Frage?«

Er kommt herüber und nimmt ihre Hände. Er ist so nah, dass sie den Champagner in seinem Atem riechen kann.

»Helena, wollen Sie die Welt mit mir verändern?«

BARRY

25.- 26. Oktober 2007

Er kehrt zurück in sein Haus, schließt die Tür und bleibt wieder vor dem Spiegel neben der Garderobe stehen, um sein jüngeres Ich zu betrachten.

Das ist nicht real.

Es kann nicht real sein.

Julia ruft seinen Namen aus dem Schlafzimmer. Er geht am Fernseher vorbei, in dem immer noch Baseball läuft, und weiter in den Korridor. Der Boden knarrt an allen vertrauten Stellen unter seinen bloßen Füßen. Dann kommen Meghans Zimmer und ein Gästezimmer, das auch als häusliches Arbeitszimmer dient, und schließlich steht er in der Tür des Schlafzimmers.

Seine Ex-Frau sitzt im Bett mit einem offenen Buch auf dem Schoß. Neben ihr auf dem Nachttisch steht eine dampfende Tasse Tee.

»Habe ich dich weggehen hören?«, fragt sie.

Sie sieht so anders aus.

»Ja.«

»Wo ist Meghan?«

»Sie wollte zum Dairy Queen.«

»Sie hat morgen Schule.«

»Um halb elf ist sie wieder da.«

»Sie wusste, wen sie fragen musste, was?«

Julia lächelt und klopft mit der flachen Hand neben sich auf das Bett. Barry kommt ins Zimmer, und sein Blick wandert über Hochzeitsbilder, ein Schwarz-Weiß-Foto von Julia, die Meghan am Abend ihrer Geburt im Arm hält, und einen Kunstdruck der *Sternennacht* von van Gogh über dem Bett, den sie vor zehn Jahren im MoMA-Shop gekauft haben, nachdem sie das Original gesehen hatten. Er setzt sich auf das Bett und lehnt sich neben Julia an das Kopfende. Aus der Nähe sieht sie aus wie ein Airbrush-Porträt; die Haut ist zu glatt, und die Fältchen, die er vor zwei Tagen beim Brunch gesehen hat, sind erst andeutungsweise zu erkennen.

»Warum siehst du dir dein Spiel nicht an?«, fragt sie. Das letzte Mal haben sie an dem Abend so auf dem Bett gesessen, als sie ihn verlassen hat. Sie hat ihm in die Augen gesehen und gesagt: *Es tut mir leid, aber du bist untrennbar mit alldem Schmerz verbunden.* »Honey, was ist? Du siehst aus, als ob jemand gestorben wäre.«

Er hat seit Ewigkeiten nicht mehr gehört, dass sie ihn *Honey* genannt hat, und nein, er fühlt sich nicht, als wäre jemand gestorben. Er fühlt sich zutiefst desorientiert und unverbunden. Als sei sein eigener Körper ein Avatar, für dessen Funktionalität ihm noch das Gespür fehlt.

»Mir geht's gut.«

»Wow. Versuch's noch mal, aber mit mehr Überzeugungskraft.«

Ist es möglich, dass der Verlustschmerz, den er seit Meghans Tod in sich trägt, aus seiner Seele in die Augen gestiegen ist, hierher in diesen unmöglichen Moment? Dass Julia diese Veränderung in ihm auf irgendeiner tiefen Frequenz spüren kann? Denn die Abwesenheit der Tragödie hat eine umgekehrt proportionale Wirkung auf das, was er sieht, wenn er ihr in die Augen blickt. Sie erstaunen ihn. Hell und wach und klar. Die

Augen der Frau, in die er sich verliebt hat. Und die ruinöse Macht des Schmerzes überkommt ihn von Neuem.

Julia streicht mit den Fingerspitzen seinen Nacken herunter. Ein Schauer läuft ihm über den Rücken, und er bekommt Gänsehaut. Seit zehn Jahren hat seine Frau ihn nicht mehr angerührt.

»Was ist los? Ist bei der Arbeit etwas passiert?«

Formal gesehen hat sein letzter Arbeitstag darin bestanden, dass er in einem Deprivationstank umgebracht und hierher zurückgeschickt wurde, was immer *hier* sein mag. Also …

»Ja, allerdings.«

Das sensorische Erlebnis bringt ihn um. Der Duft hier im Zimmer. Julias weiche Hände. Alles, was er vergessen hatte. Alles, was er verloren hatte.

»Möchtest du darüber reden?«, fragt sie.

»Stört es dich, wenn ich einfach hier liege, während du liest?«

»Natürlich nicht.«

Er lässt den Kopf auf ihren Schoß sinken. So hat er es sich tausendmal vorgestellt, meistens gegen drei Uhr morgens in seinem Bett in dem Apartment in Washington Heights, gefangen in dem ermüdenden Übergang zwischen Rausch und Kater, während er sich fragt …

Was, wenn seine Tochter überlebt hätte? Was, wenn seine Ehe überlebt hätte? Wenn nicht alles entgleist wäre? Was, wenn …

Das ist nicht real.

Es kann nicht real sein.

Das einzige Geräusch im Zimmer ist das sanfte Scharren, wenn Julia ab und zu eine Seite umblättert. Seine Augen sind geschlossen, er atmet flach, und als sie wie früher mit den Fingern durch sein Haar streicht, dreht er den Kopf zur Seite, damit sie seine Tränen nicht sieht.

Innerlich ist er ein zitterndes Häuflein Protoplasma, und es erfordert eine herkulische Anstrengung, seine geistige Fassung zu bewahren. Die schieren Emotionen sind schwindelerregend, aber Julia scheint nicht zu merken, dass sein Rücken immer wieder von einem kaum unterdrückten Schluchzen bebt.

Er hat soeben *sein totes Kind* wiedergesehen.

Er hat seine Tochter gesehen, ihre Stimme gehört, sie umarmt.

Und jetzt ist er wieder in seinem alten Schlafzimmer bei Julia, und es ist alles zu viel für ihn.

Dann schleicht sich ein schrecklicher Gedanke in seinen Kopf. *Was ist, wenn es nur eine psychotische Episode ist?*

Wenn alles wieder verschwindet?

Wenn ich Meghan wieder verliere?

Er hyperventiliert.

Was ist ...

»Barry, ist alles okay?«

Hör auf zu denken.

Atme.

»Ja.«

Atme einfach.

»Sicher?«

»Ja.«

Schlaf jetzt.

Träume nicht.

Wir werden sehen, ob das alles morgen früh noch da ist.

Das Licht, das durch die Jalousien fällt, weckt ihn früh am Morgen. Er liegt neben Julia und trägt immer noch die Kleidung vom vergangenen Abend. Er steht auf, ohne sie zu stören, und tappt durch den Gang zu Meghans Zimmer. Die Tür ist geschlossen. Er öffnet sie einen Spaltbreit und späht ins Zimmer.

Seine Tochter schläft unter einem Berg von Decken, und im Haus ist es still genug, um sie atmen zu hören.

Sie lebt. Sie ist unversehrt. Sie ist hier.

Er und Julia sollten eigentlich soeben gelähmt von Schmerz und Schock nach Hause kommen, nachdem sie die ganze Nacht im Leichenschauhaus verbracht haben. Das Bild der Leiche auf dem Tisch – der eingedrückte Oberkörper, bedeckt von schwarzen Blutergüssen – hat ihn nie mehr verlassen, auch wenn die Erinnerung daran die gleiche spukhafte Färbung hat wie die anderen falschen Erinnerungen.

Aber da ist sie, und hier steht er und fühlt sich mit jeder Sekunde, die vergeht, heimischer in seinem Körper. Die gekappte Kette der Erinnerungen an sein anderes Leben weicht hinter ihm zurück, als sei er soeben aus dem längsten und schlimmsten Albtraum aller Zeiten erwacht. Einem elf Jahre langen Albtraum.

Genau das war es, denkt er – *ein Albtraum*. Denn dies fühlt sich jetzt mehr und mehr wie seine Realität an.

Er schleicht in Meghans Zimmer, bleibt vor dem Bett stehen und sieht zu, wie sie schläft. Wenn er Zeuge der Erschaffung des Universums wäre, könnten sein Erstaunen, seine Freude und seine Dankbarkeit nicht größer sein, als sie es jetzt angesichts der Macht sind, die die Welt für Meghan und für ihn erneuert hat.

Aber zugleich sitzt ihm die kalte Angst im Nacken bei dem Gedanken, dass es eine Sinnestäuschung sein könnte.

Etwas von unerklärlicher Vollkommenheit, das ihm bald wieder entrissen werden wird.

Er wandert durch das Haus wie ein Geist durch ein vergangenes Leben und entdeckt Orte und Objekte wieder, die in seiner Erinnerung fast versunken waren. Da ist der Alkoven im Wohnzimmer, in dem sie an Weihnachten immer den Baum aufgestellt haben. Der kleine Tisch neben der Haustür, auf dem er immer seine persönlichen Sachen abgelegt hat. Sein Lieblingskaffeebecher. Der Rolltop-Sekretär im Arbeitszimmer, an dem er die fälligen Rechnungen angewiesen hat. Der Sessel, in dem er jeden Sonntag die *Washington Post* und die *New York Times* von der ersten bis zur letzten Seite gelesen hat.

Ein Museum der Erinnerungen.

Sein Herz schlägt schneller als sonst und im Gleichtakt mit einem unterschwelligen Kopfschmerz hinter seinen Augen. Er möchte eine Zigarette. Das ist nichts Psychologisches – er hat nach zahlreichen gescheiterten Versuchen vor fünf Jahren endlich aufgehört zu rauchen, aber anscheinend braucht sein neununddreißigjähriger Körper einen physischen Nikotinkick.

Er geht in die Küche und lässt Wasser aus dem Hahn in ein Glas laufen. Er trinkt es an der Spüle und sieht zu, wie das Morgenlicht den Garten mit leichten Pinselstrichen zum Leben erweckt.

Er öffnet den Schrank rechts neben dem Spülbecken und nimmt den Kaffee heraus, den er immer getrunken hat. Er brüht eine Kanne auf, lädt das Geschirr von gestern in die Spülmaschine, so weit es geht, und macht sich dann an die Arbeit, die während der ganzen Zeit ihrer Ehe zu seinen Aufgaben gehörte: Er spült die überschüssigen Teller mit der Hand im Becken.

Als er fertig ist, ruft die Zigarette noch immer. Er geht zu dem Tisch neben der Haustür, nimmt die Stange Camels und wirft sie draußen in die Mülltonne. Dann setzt er sich auf die Veranda und trinkt seinen Kaffee in der Kälte. Er hofft auf einen klaren Kopf und fragt sich, ob der Mann, der dafür verantwortlich ist, dass er jetzt hier ist, ihn in diesem Augenblick beobachtet. Vielleicht von einer höheren Daseinsebene aus? Jenseits der Zeit? Die Angst kehrt zurück. Wird er plötzlich aus diesen Augenblick herausgerissen und in sein altes Leben zurückgeworfen werden? Oder ist dieser Zustand von Dauer?

Er kämpft die aufsteigende Panik nieder und sagt sich, er habe sich FMS und die Zukunft nicht ausgedacht. Dies ist selbst für seinen kriminalistischen Verstand viel zu ausgeklügelt. Er kann es nicht erfunden haben.

Es ist real.

Es ist jetzt.

Es *ist*.

Meghan lebt, und nichts wird sie ihm je wieder wegnehmen. Er sagt es laut, und nie war er so nah daran zu beten. *Wenn Sie mich jetzt hören können: Bitte holen Sie mich nicht wieder weg von hier. Ich will alles dafür tun.*

Niemand antwortet in der Stille des Morgens.

Er trinkt noch einen Schluck Kaffee und sieht zu, wie die Strahlen der Sonne zwischen den Ästen der Eiche auf den bereiften Rasen fallen. Der Rasen fängt an zu dampfen.

HELENA

5. Juli 2009

Tag 613

Als sie die Treppe ins dritte Stockwerk des Aufbaus hinuntergeht, muss sie an ihre Eltern denken, besonders an ihre Mom.

Letzte Nacht hat sie von der Stimme ihrer Mutter geträumt.

Vom sanften Näseln des Westens.

Von dem weichen Singsang ihres Tonfalls.

Sie saßen auf einem Feld neben dem alten Farmhaus, in dem sie aufgewachsen ist. Es war ein Herbsttag. Die Luft war frisch, und alles war überhaucht vom goldenen Licht des Spätnachmittags, als die Sonne hinter den Bergen versank. Dorothy war noch jung, und ihr kastanienbraunes Haar wehte im Wind. Ihre Lippen bewegten sich nicht, aber ihre Stimme war klar und kraftvoll. Von dem, was sie gesagt hat, hat Helena kein Wort behalten, aber sie erinnert sich an das Gefühl, das die Stimme ihrer Mutter in ihr heraufbeschworen hat: reine, bedingungslose Liebe, gepaart mit einer schneidend intensiven Nostalgie, die ihr im Herzen wehtat.

Sie sehnt sich verzweifelt danach, mit ihnen zu reden, aber seit sie vor zwei Wochen erfahren hat, dass sie und Slade etwas viel Machtvolleres gebaut haben als einen Erinnerungsimmersionsapparat, ist ihr nicht mehr wohl dabei, noch einmal über die Kommunikation mit ihren Eltern zu reden. Sie wird es tun, wenn sie so weit ist, aber noch ist alles zu frisch und wund.

Sie hat große Mühe, ihre Gedanken über ihre Zufallserfindung in den Griff zu bekommen, darüber, wie Slade sie manipuliert hat, und über das, was vor ihr liegt.

Aber sie arbeitet wieder im Labor.

Sie trainiert.

Macht gute Miene.

Versucht, sich nützlich zu machen.

Als sie von der Treppe ins Labor geht, überfällt sie ein Adrenalinstoß. Heute steht ein neuer Test, Nummer neun, mit Reed King auf dem Programm. Sie wird wieder spüren, wie die Realität sich unter ihren Füßen verschiebt, und das ist unbestreitbar aufregend.

Als sie sich dem Testsaal nähert, kommt Slade um die Ecke.

»Guten Morgen«, sagt sie.

»Kommen Sie mit.«

»Was ist passiert?«

»Planänderung.«

Er sieht angespannt und verstört aus, als er sie in einen Konferenzraum führt und die Tür schließt. Reed sitzt bereits am Tisch; er trägt verschlissene Jeans und einen Pullover und hat beide Hände um einen dampfenden Becher Kaffee gelegt. Seit er auf der Bohrinsel ist, hat er anscheinend ein bisschen zugenommen, und die hohlen Junkie-Augen haben an Leben gewonnen.

»Das Experiment ist abgesagt«, verkündet Slade und setzt sich ans Kopfende des Tisches.

»Ich sollte dafür fünfzigtausend kriegen«, sagt Reed.

»Sie kriegen Ihr Geld. Die Sache ist nur, dass wir das Experiment schon gemacht haben.«

»Was wollen Sie damit sagen?«, fragt Helena.

Slade sieht auf die Uhr. »Wir haben das Experiment vor fünf Minuten beendet.« Er schaut Reed an. »Sie sind gestorben.«

»Sollte das denn nicht passieren?«, fragt Reed.

»Sie sind im Tank gestorben, aber es gab keine Realitätsverschiebung«, erwidert Slade. »Genau gesagt, Sie sind nur gestorben.«

»Woher wissen Sie das alles?«, fragt Helena.

»Nachdem Reed gestorben war, habe ich mich auf den Stuhl gesetzt und eine frühere Erinnerung daran aufgezeichnet, wie ich mich heute Morgen beim Rasieren geschnitten habe.« Slade hebt den Kopf und berührt eine hässliche Schnittwunde an seinem Hals. »Wir haben Reed aus dem Tank gezogen, ich bin hineingestiegen, gestorben und zum Augenblick des Rasierens zurückgekehrt, damit ich herunterkommen und das Experiment verhindern konnte.«

»Warum hat es nicht funktioniert?«, fragt sie. »War die Synapsenzahl nicht hoch ...«

»Die Synapsenzahl lag weit im grünen Bereich.«

»Was für eine Erinnerung war es?«

»An den 20. Juni, vor fünfzehn Tagen. Das erste Mal, als Reed in den Tank gestiegen ist, mit dem vollständigen *Miranda*-Tattoo auf dem Arm.«

Es ist, als sei in Helenas Gehirn etwas explodiert.

»Klar ist er gestorben«, sagt sie. »Das ist keine echte Erinnerung.«

»Wie meinen Sie das?«

»Diese Version der Ereignisse hat es nie gegeben. Reed hat nie ein Tattoo machen lassen. Er hat diese Erinnerung verändert, als er im Tank starb.« Sie sieht Reed an und beginnt, die Puzzleteile zusammenzusetzen. »Das bedeutet, es gab nichts, wohin Sie zurückkehren konnten.«

»Aber ich erinnere mich daran«, sagt Reed.

»Wie sieht es vor Ihrem geistigen Auge aus?«, fragt sie. »Dunkel? Statisch? Grau schattiert?«

»Als ob die Zeit eingefroren wäre.«

»Dann ist es keine echte Erinnerung. Es ist … Wie soll ich es nennen? Fake. Falsch.«

»Tot«, sagt Slade und wirft wieder einen Blick auf die Uhr.

»Dann war es also kein Unfall.« Sie funkelt Slade über den Tisch hinweg an. »Sie haben es gewusst.«

»Tote Erinnerungen faszinieren mich.«

»Warum?«

»Sie repräsentieren … eine andere Dimension der Bewegung.«

»Ich habe keine Ahnung, was zum Teufel das bedeuten soll, aber wir sind gestern übereingekommen, dass es keinen Versuch der Kartierung eines …«

»Jedes Mal, wenn Reed im Tank stirbt, hinterlässt er eine verwaiste Kette von Erinnerungen, die nach der Verschiebung tot in unserem Gedächtnis bleiben. Aber was passiert denn wirklich mit diesen Timelines? Sind sie tatsächlich zerstört, oder sind sie immer noch irgendwo da draußen, unerreichbar für uns?« Wieder schaut er auf die Uhr. »Ich erinnere mich an alle Einzelheiten des Experiments, das wir heute Morgen durchgeführt haben, und Sie beide werden diese toten Erinnerungen jeden Augenblick dazugewinnen.«

Sie sitzen schweigend am Tisch, und Helena friert.

Wir machen uns an Dingen zu schaffen, von denen wir die Finger lassen sollten.

Sie fühlt, wie der Schmerz hinter ihren Augen heraufkommt. Sie streckt die Hand nach der Kleenex-Schachtel aus und reißt ein paar Papiertücher heraus, um das Nasenbluten aufzuhalten.

Die tote Erinnerung an den gescheiterten Test bricht über sie herein.

Reed hat einen Herzstillstand im Tank.

Fünf Minuten tot.

Zehn Minuten.

Fünfzehn.

Sie schreit Slade an, er solle etwas unternehmen.

Stürzt in den Testraum, reißt die Luke des Deprivationstanks auf.

Reed schwebt friedlich im Wasser.

Totenstill.

Sie zieht ihn zusammen mit Slade heraus und legt ihn tropfnass auf den Boden.

Versucht, ihn zu reanimieren, obwohl Dr. Wilson über die Sprechanlage ruft: »Es hat keinen Sinn, Helena. Er ist schon zu lange hinüber.«

Sie macht trotzdem weiter, und der Schweiß rinnt ihr in die Augen, während Slade durch den Saal läuft und in dem Raum mit dem Stuhl verschwindet.

Als er wieder hereinkommt, hat sie ihre Wiederbelebungsversuche aufgegeben. Sie sitzt in einer Ecke und kämpft mit der Einsicht, dass sie tatsächlich einen Menschen getötet haben. Nicht irgendeinen Menschen. Sie war für ihn verantwortlich. Wegen ihrer Arbeit war er hier.

Slade fängt an, sich auszuziehen.

»Was haben Sie vor?«, fragt sie.

»Ich bringe das in Ordnung.« Er blickt hinüber zu dem Einwegspiegel zwischen dem Testsaal und dem Kontrollraum. »Kann jemand sie bitte rausbringen?«

Seine Leute stürmen herein, als er nackt in den Tank steigt.

»Bitte kommen Sie mit, Dr. Smith.«

Sie steht langsam auf und geht freiwillig hinüber in den Kontrollraum. Sie setzt sich hinter Sergei und Dr. Wilson, als sie Slades Rasiermesser-Erinnerung reaktivieren.

Und die ganze Zeit denkt sie: Das ist Unrecht, das ist Unrecht, *bis plötzlich …*

Plötzlich sitzt sie hier in diesem Konferenzraum und fängt das Nasenbluten mit einem Kleenex auf.

Sie sieht Slade an.

Er beobachtet Reed, der mit entrücktem Lächeln ins Leere starrt.

»Reed?«, fragt er.

Der Mann antwortet nicht.

»Reed, können Sie mich hören?«

Reed dreht langsam den Kopf, bis er Slade ansieht. Blut läuft ihm über die Lippen und tropft auf den Tisch.

»Ich bin gestorben«, sagt er.

»Ich weiß. Ich bin in eine Erinnerung zurückgekehrt, um Sie zu retten.«

»Es war das Schönste, was ich je gesehen habe.«

»Was haben Sie gesehen?«

»Ich habe …« Er hat Mühe, es in Worte zu fassen. »Ich habe *alles* gesehen.«

»Ich weiß nicht, was das bedeutet, Reed.«

»Jeden Augenblick meines Lebens. Ich bin durch einen Tunnel geflogen, der voll von diesen Augenblicken war, und es war so schön. Ich habe einen gefunden, den ich vergessen hatte. Eine wunderbare Erinnerung. Ich glaube, es war meine erste.«

»Woran haben Sie sich erinnert?«, fragt Helena.

»Ich war zwei, vielleicht drei. Ich saß am Strand bei jemandem auf dem Schoß. Ich konnte mich nicht umdrehen, um das Gesicht zu sehen, aber ich wusste, es war mein Vater. Wir waren in Cape May am Jersey Shore. Da haben wir immer Ferien gemacht. Ich konnte sie nicht sehen, aber ich wusste, meine Mutter war auch hinter mir, und mein Bruder Will stand draußen in der Brandung und ließ die Wellen über sich wegrollen. Es roch nach Meer und Sonnenöl und nach den Trichterkuchen, die jemand hinter uns auf der Strandpromenade verkaufte.« Jetzt liefen ihm die Tränen über das Gesicht. »So viel Liebe habe ich in meinem ganzen Leben nicht mehr gespürt. Alles war gut. Behütet. Es war ein perfekter Augenblick, bevor …«

»Bevor was?«, fragt Slade.

»Bevor ich ›ich‹ wurde.« Er wischt sich über die Augen und sieht Slade an. »Sie hätten mich nicht retten sollen. Sie hätten mich nicht zurückbringen sollen.«

»Was reden Sie da?«

»Ich hätte für immer in diesem Augenblick leben können.«

BARRY

November 2007

Jeder Tag ist eine Offenbarung, jeder Augenblick ein Geschenk. Seiner Tochter einfach am Esstisch gegenüberzusitzen und ihr zuzuhören, wenn sie erzählt, was sie heute getan hat, ist eine Gnade. Wie hatte er jemals auch nur eine Sekunde davon für selbstverständlich halten können?

Er saugt jeden Augenblick in sich auf – wie Meghan die Augen verdreht, wenn er sich nach Jungen erkundigt, und wie sie strahlt, wenn sie über die Colleges sprechen, auf die sie gehen möchte. Er weint spontan in ihrer Gegenwart, aber das kann er leicht damit erklären, dass er aufgehört hat zu rauchen und dass er zusieht, wie sein kleines Mädchen zur Frau wird.

Julias Aufmerksamkeit ist geweckt. In solchen Augenblicken merkt er, dass sie ihn beobachtet, wie man ein Gemälde anschaut, das nicht vollkommen gerade hängt.

Morgens beim Aufwachen hat er Angst, die Augen zu öffnen, weil er befürchtet, er könnte wieder in seinem Apartment in Washington Heights liegen, und die zweite Chance, die er hier hat, könnte sich unaufhaltsam verflüchtigen.

Aber immer liegt er neben Julia, und immer fällt das Licht durch die Jalousien, und seine einzige Verbindung mit jenem anderen Leben besteht aus falschen Erinnerungen, die er nur zu gern loswerden würde.

HELENA

5. Juli 2009

Tag 613

Nach dem Abendessen, als Helena sich das Gesicht wäscht und schlafen gehen will, klopft es an ihre Tür. Slade steht im Korridor, düster und besorgt.

»Was ist passiert?«, fragt sie.

»Reed hat sich in seinem Zimmer aufgehängt.«

»O Gott. Wegen der toten Erinnerung?«

»Wir wollen nicht spekulieren. Das Gehirn eines Rauschgiftsüchtigen funktioniert anders als unseres. Wer weiß, was er wirklich gesehen hat, als er starb. Jedenfalls dachte ich, Sie sollten es wissen. Aber keine Sorge. Ich hole ihn morgen zurück.«

»Zurück?«

»Mit dem Stuhl. Ehrlich gesagt, ich freue mich nicht darauf, wieder zu sterben. Es ist es äußerst unangenehm.«

»Es war seine Entscheidung, sein Leben zu beenden.« Helena hat Mühe, ihre Gefühle im Zaum zu halten. »Ich finde, das sollten wir respektieren.«

»Nicht, solange er bei mir angestellt ist.«

Stunden später wälzt sie sich schlaflos im Bett.

Ihre Gedanken überschlagen sich, und sie kann sie nicht abschalten.

Slade hat sie belogen.

Sie manipuliert.

Sie daran gehindert, Kontakt zu ihren Eltern zu haben.

Ihr ein Leben gestohlen.

Zwar hat sie nichts intellektuell so sehr fasziniert wie die mysteriöse Macht des Stuhls, aber Slade will sie ihn nicht anvertrauen. Sie haben Erinnerungen verändert. Die Realität verschoben. Einen Mann von den Toten auferstehen lassen. Trotzdem erweitert er die Grenzen immer mehr, und das mit einer so besessenen Entschlossenheit, dass sie sich fragt, was sein Ziel bei alldem wirklich ist.

Sie steht auf, geht zum Fenster und zieht den Verdunklungsvorhang zur Seite.

Der Vollmond steht hoch und hell über dem Meer, das in seinem Licht glänzt wie blauschwarzer Lack, still wie ein erstarrter Augenblick.

Niemals wird ein Tag kommen, an dem sie ihre Mutter einfliegen lässt und in den Stuhl setzt, um zu kartieren, was von ihrem Gedächtnis noch übrig ist.

Dazu wird es nie kommen. Es ist Zeit, den Traum sterben zu lassen und von hier zu verschwinden.

Aber das kann sie nicht. Selbst wenn sie es schafft, auf eins der Versorgungsschiffe zu kommen, würde Slade, sobald er merkt, dass sie weg ist, in eine Erinnerung zurückkehren, die vor ihrer Flucht liegt, und sie aufhalten.

Er könnte dich aufhalten, bevor du auch nur versuchst, von hier zu entkommen. Bevor du auch nur auf den Gedanken kommst. Vor diesem Augenblick.

Und das alles bedeutet: Es gibt nur einen Weg, von der Plattform herunterzukommen.

BARRY

Dezember 2007

Er ist besser in seinem Job – teilweise, weil er sich an ein paar seiner Fälle und Verdachtspersonen erinnert, aber vor allem, weil es ihm nicht am Arsch vorbeigeht, was er tut. Seine Vorgesetzten wollen ihn befördern und ihm eine besser bezahlte, leitende Schreibtischposition geben, aber er lehnt ab. Er will ein guter Detective sein, nichts weiter.

Er raucht nicht mehr, trinkt nur am Wochenende und joggt dreimal in der Woche, und freitagsabends geht er mit Julia aus. Nicht alles ist perfekt zwischen ihnen. Sie trägt das Trauma von Meghans Tod und der Zerstörung ihrer Ehe nicht in sich, aber er kann nicht übersehen, dass diese Ereignisse das Band zwischen ihnen zerfressen haben. In seinem vorigen Leben hat er lange gebraucht, um Julia nicht mehr zu lieben, und auch wenn er jetzt wieder in der Zeit lebt, bevor alles explodiert ist, kann er nicht einfach umschalten und das Licht wieder anknipsen.

Er sieht sich jeden Morgen die Nachrichten an, liest jeden Sonntag die Zeitungen, und während er sich an die großen Augenblicke erinnert – an den Kandidaten, der Präsident werden wird, und an die ersten Anzeichen einer Rezession –, ist der größte Teil doch körnig und unbedeutend genug, um sich wieder brandneu anzufühlen.

Er sieht seine Mom jetzt jede Woche. Sie ist sechsundsechzig Jahre alt, und in fünf Jahren wird sie die ersten Symptome eines Glioblastoms zeigen, eines Hirntumors, an dem sie sterben wird. In sechs Jahren wird sie ihn nicht mehr erkennen oder ein Gespräch führen können, und wenig später wird sie in einem Hospiz sterben, eine welke Hülse ihrer selbst. In ihren letzten Augenblicken wird er ihre knochige Hand halten und sich fragen, ob sie überhaupt noch in der Lage ist, in der verwüsteten Landschaft ihres Gehirns eine menschliche Berührung zu fühlen.

Seltsamerweise empfindet er weder Trauer noch Verzweiflung in dem Wissen, wie und wann ihr Leben zu Ende gehen wird. Diese letzten Tage erscheinen ihm unfassbar fern, als er in der Woche vor Weihnachten in ihrem Apartment in Queens sitzt. Eigentlich empfindet er das Vorauswissen als Geschenk. Sein Vater ist an einem Aortenaneurysma gestorben, als Barry fünfzehn war, ganz plötzlich und unerwartet. Bei seiner Mom hat er Jahre Zeit, sich zu verabschieden und dafür zu sorgen, dass sie weiß, er liebt sie. Er kann ihr alles sagen, was er auf dem Herzen hat, und darin liegt unermesslicher Trost. In letzter Zeit fragt er sich, ob das nicht alles ist, was das Leben wirklich ausmacht: ein langer Abschied von denen, die wir lieben.

Heute hat er Meghan mitgenommen, und seine Tochter und seine Mutter spielen Schach, während er am Fenster sitzt. Seine Mutter singt mit einem zarten Falsett, der immer tief in seinem Innern etwas anrührt. Seine Aufmerksamkeit ist halb auf das Schachspiel, halb auf die Passanten unten auf der Straße gerichtet.

Trotz der alten Technologie, die ihn umgibt, und der gelegentlich vertrauten Nachrichtenschlagzeilen hat er nicht das Gefühl, in der Vergangenheit zu leben. Alles an diesem Augenblick fühlt sich an wie Hier und Jetzt. Das Erlebnis hat einen philosophischen Einfluss auf seine Wahrnehmung der Zeit. Vielleicht hatte Vince recht. Vielleicht geschieht wirklich alles auf einmal.

»Barry?«

»Ja, Mom?«

»Wann bist du so introvertiert geworden?«

Er lächelt. »Keine Ahnung. Vielleicht war das der vierzigste Geburtstag.«

Sie mustert ihn einen Augenblick lang und wendet sich dem Schachbrett erst wieder zu, als Meghan ihren nächsten Zug macht.

Er lebt seine Tage, und in seinen Nächten schläft er.

Er geht auf Partys, auf denen er schon gewesen ist, sieht sich Spiele an, die er schon gesehen hat, und löst Fälle, die er schon gelöst hat.

Es bringt ihn dazu, über das Déjà-vu-Gefühl nachzudenken, das ihn in seinem vorigen Leben verfolgt hat, das andauernde Gefühl, etwas zu tun oder zu sehen, das er schon einmal getan oder gesehen hatte.

Und er fragt sich – ist ein Déjà-vu in Wahrheit der Geist einer falschen Timeline, die es nicht gegeben und die dennoch stattgefunden hat und jetzt ihren Schatten auf die Realität wirft?

HELENA

22. Oktober 2007

Sie sitzt wieder an ihrem alten Schreibtisch in den muffigen Tiefen des Neurowissenschaftlichen Komplexes in Palo Alto, verstrickt im Übergang zwischen Erinnerung und Realität.

Der Schmerz des Todes im Tank ist noch frisch – das Brennen in ihrer nach Sauerstoff lechzenden Lunge, das unerträgliche Gewicht ihres gelähmten Herzens, und zu alldem die Frage, ob ihr Plan klappen wird. Und als das Erinnerungsreaktivierungsprogramm endlich einsetzte und die Stimulatoren zündeten, folgte der reine Rausch der Erleichterung. Slade hatte recht. Ohne DMT ist das Erlebnis der Reaktivierung einer Erinnerung auch nicht mehr als ein Film, den wir schon tausendmal gesehen haben. Aber dies hier ist lebensecht.

Jee-woon sitzt ihr gegenüber; sein Gesicht erscheint ihr scharf konturiert, und sie fragt sich, ob ihm irgendetwas Merkwürdiges an ihr auffällt, denn sie hat ihren Körper noch nicht unter Kontrolle. Aber sie fängt hier und da Worte auf – Fetzen eines vertrauten Gesprächs.

»… sehr angetan von dem Artikel über Erinnerungsabbildungen, den Sie in *Neuron* publiziert haben.«

Die Kontrolle über ihre Muskeln beginnt in den Fingerspitzen und Zehen und kriecht dann weiter durch Arme und Beine einwärts, bis sie auch blinzeln und schlucken kann. Plötzlich gehört ihr Körper wieder ihr, und das prickelnde Gefühl, ihn vollständig in Besitz zu nehmen, durchflutet sie. Sie ist vollends in ihrem jüngeren Ich angekommen.

Sie sieht sich in ihrem Büro um. Die Wände sind bedeckt mit den hochaufgelösten Abbildungen von Mäuse-Erinnerungen. Eben noch lag sie einhundertdreiundsiebzig Meilen weit draußen vor der nordkalifornischen Küste und fast zwei Jahre in der Zukunft sterbend in einem Deprivationstank im dritten Stock von Slades Bohrinsel.

»Alles okay?«, fragt Jee-woon.

Es hat geklappt. Mein Gott, es hat geklappt!

»Ja, ja. Entschuldigung, was sagten Sie gerade?«

»Mein Arbeitgeber ist sehr angetan von dem Artikel über Erinnerungsabbildungen, den Sie in *Neuron* veröffentlicht haben.«

»Hat Ihr Arbeitgeber einen Namen?«, fragt sie.

»Na ja, das kommt darauf an.«

»Worauf?«

»Auf den Verlauf dieses Gesprächs.«

Dieses Gespräch zum zweiten Mal zu führen kommt ihr gleichzeitig normal und atemberaubend surreal vor. Dies ist ohne Zweifel der merkwürdigste Augenblick ihres Lebens, und sie muss sich zur Konzentration zwingen.

Sie sieht Jee-woon an. »Wieso sollte ich ein Gespräch mit jemandem führen, von dem ich nicht einmal weiß, für wen er spricht?«

»Weil Ihr Stanford-Stipendium in sechs Wochen ausläuft.« Er greift in seine Ledermappe und nimmt ein Dokument in einer marineblauen Hülle heraus. Es ist ihr Finanzierungsantrag.

Während Jee-woon ihr seinen Vorschlag unterbreitet, für seinen Boss zu arbeiten und dabei unbegrenzte Mittel zur Verfügung zu haben, starrt sie ihren Antrag an und denkt: *Ich hab's geschafft. Ich habe meinen Stuhl gebaut, und er kann so viel mehr, als ich mir je hätte träumen lassen.*

»Sie brauchen ein Team von Programmierern, das Ihnen hilft, einen Algorithmus für komplexe Erinnerungskatalogisierung und -projektion zu entwickeln. Die Infrastruktur für Menschenversuche.«

Die immersive Plattform zur Projektion langfristiger, expliziter episodischer Erinnerungen.

Sie hat sie gebaut. Es hat funktioniert.

»Helena?« Jee-woon schaut sie über das Katastrophengebiet ihres Schreibtischs hinweg an.

»Ja?«

»Möchten Sie für Marcus Slade arbeiten?«

In der Nacht, in der Reed sich umgebracht hat, ist sie ins Labor hinuntergeschlichen und hat sich durch eine Backdoor, die Raj vor seinem Abflug auf ihren Wunsch hin eingebaut hat, Zugang zum System verschafft und eine Erinnerung an diesen Augenblick kartiert – an den Augenblick, als Jee-woon in ihrem Labor in Stanford erschien. Dann hat sie die Erinnerungsreakt ivierungssequenz programmiert und den Drogencocktail eingenommen, und am Morgen um halb vier ist sie in den Tank gestiegen.

»Helena«, sagt Jee-woon. »Was meinen Sie?«

»Ich würde sehr gern für Mr Slade arbeiten.«

Er zieht noch ein Papier aus der Tasche und reicht es ihr.

»Was ist das?«, fragt sie, aber sie weiß es schon.

»Eine Anstellungs- und Vertraulichkeitsvereinbarung. Nicht verhandelbar. Aber ich glaube, Sie werden die finanziellen Bedingungen sehr großzügig finden.«

BARRY

Januar 2008 – Mai 2010

Dann fühlt das Leben sich wieder an wie das Leben. Die Tage fließen ineinander, gleichartig und immer schneller, und immer öfter gehen sie vorüber, ohne dass er noch daran denkt, dass er sein Leben noch einmal lebt.

HELENA

22. Oktober 2007 – August 2010

Der Geruch von Jee-woons Rasierwasser hängt noch im Aufzug, als Helena in den ersten Stock des Neurowissenschaftlichen Komplexes hinauffährt. Es ist fast zwei Jahre her, dass sie auf den Stanford-Campus gekommen ist. Seit sie Land betreten hat. Das Grün der Bäume und des Rasens treibt ihr fast die Tränen in die Augen. Die Sonne, die durch bebendes Blattwerk scheint. Der Duft der Blumen. Der Gesang der Vögel, die es auf dem Meer nicht gibt.

Der Herbsttag ist hell und warm, und sie schaut immer wieder auf das Display ihres Klapphandys und starrt das Datum an, denn halb kann sie immer noch nicht glauben, dass heute der 22. Oktober 2007 ist.

Ihr Jeep wartet auf dem Fakultätsparkplatz. Sie klettert auf den sonnenwarmen Sitz und wühlt den Schlüssel aus ihrem Rucksack.

Kurz darauf rauscht sie über den Interstate Highway, und der Wind pfeift an den Überrollbügeln. Die Ölbohrinsel kommt ihr vor wie ein grauer, verblassender Traum, und das gilt noch mehr für den Stuhl, den Tank, Slade und die letzten zwei Jahre, die noch gar nicht stattgefunden haben, weil sie sich um etwas drehen, das *sie* gebaut hat.

In ihrem Haus in San José packt sie einen Koffer mit Kleidung, einem gerahmten Foto ihrer Eltern und den sechs Büchern, die für sie die wichtigsten der Welt sind: *De humani corporis fabrica* von Andreas Vesalius, *Die Physik* von Aristoteles, *Die mathematischen Prinzipen der Physik* von Isaac Newton, Darwins *Über den Ursprung der Arten* und zwei Romane, *Der Fremde* von Camus und *Hundert Jahre Einsamkeit* von Gabriel García Márquez.

Sie fährt zur Bank und kündigt Spar- und Girokonto. Von den knapp fünfzigtausend Dollar, die sie bekommt, lässt sie sich zehntausend in bar auszahlen und eröffnet mit den restlichen vierzigtausend ein Maklerkonto. Mit einem weißen Umschlag, der sich kläglich dünn anfühlt, geht sie hinaus in die Mittagssonne.

Kurz vor dem Highway 1 macht sie an einer Raststätte halt und tankt den Jeep voll. Danach wirft sie ihre Kreditkarte in eine Mülltonne, lässt das Verdeck herunter und setzt sich ans Steuer. Sie weiß nicht, wohin sie jetzt fahren soll. Weiter hat sie am Abend zuvor auf der Plattform nichts geplant, und ihre Gefühle wechseln zwischen Begeisterung und Angst.

In einem der Becherhalter liegt ein Zehn-Cent-Stück. Sie wirft es in die Luft und fängt es auf dem Handrücken der linken Hand auf.

Kopf – sie fährt nach Süden.

Zahl – sie fährt nach Norden.

Die Straße schlängelt sich an der zerklüfteten Küste entlang, und tief unter ihr dehnt sich das Meer hinaus in den grauen Nebel.

In hohem Tempo fährt sie durch die Zedernwälder.

Vorbei an den Landzungen der Küste.

Über windgepeitschte, kahle Höhen.

Durch Städtchen, die kaum eines Namens wert sind, winzige Vorposten am Rande der Welt.

Am ersten Abend macht sie zwei Stunden weit nördlich von San Francisco in einem frisch renovierten Motel namens Timber Cove halt, das auf einer Klippe über dem Meer steht.

Sie sitzt allein vor einem offenen Kamin und trinkt ein Glas Wein aus einer Flasche, die nur dreißig Kilometer weit landeinwärts abgefüllt wurde, betrachtet den Sonnenuntergang und das, was aus ihrem Leben geworden ist.

Sie holt ihr Telefon heraus, um ihre Eltern anzurufen, aber dann zögert sie.

In diesem Augenblick erwartet Marcus Slade auf seiner ehemaligen Ölbohrinsel ihre bevorstehende Ankunft, um mit der Arbeit am Stuhl anzufangen, und zweifellos glaubt er, dass außer ihm niemand die wahren, atemberaubenden Möglichkeiten kennt, die damit verbunden sind. Wenn sie nicht auftaucht, wird er nicht nur vermuten, was sie getan hat, sondern er wird auch die Welt auf den Kopf stellen, um sie zu finden, denn ohne sie hat er keine Chance, den Stuhl zu bauen – oder, in gewissem Sinne, noch einmal zu bauen.

Vielleicht benutzt er dann sogar ihre Eltern, um an sie heranzukommen.

Sie legt das Telefon auf den Boden und zertritt es mit ihrem Stiefelabsatz.

Sie fährt weiter auf dem Highway 1 nach Norden und macht einen kurzen Umweg zu einem Ort an der Lost Coast, den sie schon immer sehen wollte: Black Sands Beach bei Shelter Cove.

Dann geht es weiter durch Redwood-Wälder und stille Küstengemeinden nach Pacific Northwest.

Zwei Tage später ist sie in Vancouver und fährt die Küste von British Columbia hinauf, durch große und kleine Städte und Dörfer in eine der schönsten einsamen Landschaften, die sie je gesehen hat.

Drei Wochen später, als sie auf gewundenen Straßen durch die Wildnis im nördlichen Kanada fährt, gerät sie am Abend in ein Unwetter.

Sie hält an einem Gasthaus am Straßenrand in der Nähe eines Dorfes, das aus den Tagen des Goldrauschs übrig geblieben ist, setzt sich auf einen Hocker an der Theke der holzgetäfelten Bar, wo sie Bier trinkt und mit den Einheimischen schwatzt, während in dem wuchtigen Feldsteinkamin ein Feuer brennt und die ersten Schneeflocken des Jahres gegen die Fensterscheiben wehen.

In mancher Hinsicht erscheint ihr das Dorf Haines Junction in Yukon ebenso abgelegen wie Slades Bohrinsel – eine Siedlung in einer der entlegensten Regionen Kanadas, versteckt in den Fichtenwäldern am Fuße eines Gletschergebirges. Für die Leute hier heißt sie Marie Iden. Der Vorname geht zurück auf die erste Frau, die einen Nobelpreis gewonnen und deren Arbeit zur Entdeckung der Radioaktivität geführt hat, und der Nachname ist inspiriert durch einen ihrer liebsten Thriller-Autoren.

Sie wohnt in einem Zimmer über der Bar und wird unter der Hand dafür bezahlt, dass sie an den Wochenenden hinter dem Tresen steht. Sie braucht das Geld nicht. Ihre Kenntnis der zukünftigen Märkte wird ihrem Maklerkonto in den kommenden Jahren Millionenbeträge einbringen. Aber es ist gut, etwas zu tun zu haben, und außerdem könnten die Leute Fragen stellen, wenn sie kein erkennbares Einkommen hätte.

Ihr Zimmer ist bescheiden – ein Bett, eine Kommode, ein Fenster mit Blick auf den einsamsten Highway, den sie je gesehen hat. Aber zumindest vorläufig braucht sie nichts weiter. Sie schließt Bekanntschaften, hat jedoch keine Freunde, und es kommen genug Wanderer in die Bar und die Stadt, um gelegentlich eine Vierundzwanzig-Stunden-Liaison der einsamen Herzen zu finden.

Und einsam ist sie, aber dieses Gefühl scheint hier die Norm zu sein. Sie hat nicht lange gebraucht, um in Haines Junction einen Zufluchtsort für eine spezielle Sorte von Menschen zu erkennen.

Menschen, die Frieden suchen.

Menschen, die ein Versteck brauchen.

Und natürlich solche, die auf beides hoffen.

Sie vermisst die geistigen Anregungen ihrer Arbeit. Vermisst ihr Labor. Vermisst ein Ziel. Die Frage, was ihre Eltern über ihr Verschwinden denken müssen, zerfrisst sie innerlich. Schuldgefühle plagen sie mit jeder Stunde, jedem Tag, weil sie nicht an dem Stuhl arbeitet, der die zentralen Erinnerungen für Menschen wie ihre Mom konservieren könnte.

Eine Lösung für all diese Probleme könnte darin bestehen, Slade umzubringen. Der Gedanke ist ihr gekommen. Es wäre einfach, in seine Nähe zu kommen; sie brauchte nur Jee-woon anzurufen und ihm zu sagen, sie habe noch einmal über sein Angebot nachgedacht. Aber dazu ist sie nicht fähig. Sie muss sich wohl oder übel eingestehen, dass sie dazu persönlich nicht geeignet ist.

Also tröstet sie sich mit dem Wissen, dass die Welt mit jedem Tag, den sie unentdeckt von Slade an diesem entlegenen Ort verbringt, sicher vor dem ist, was sie erschaffen kann.

Nach zwei Jahren beschafft sie sich im Darknet gefälschte Papiere und zieht nach Anchorage, Alaska, wo sie eine Stelle als Forschungsassistentin bei einem Neurowissenschaftler an der Universität annimmt – einem freundlichen Mann, der keine Ahnung hat, dass eine seiner Mitarbeiterinnen die weltweit führende neurowissenschaftliche Forscherin ist. Sie verbringt ihre Tage damit, Alzheimer-Patienten zu befragen und ihre verkümmernden Erinnerungen über Tage und Monate hinweg aufzuzeichnen, während die Erkrankung ihre grausamen, entmenschlichenden Phasen durchläuft. Es ist kaum eine bahnbrechende Arbeit, aber zumindest findet ihr Intellekt hier ein Forschungsfeld, das sie mit Leidenschaft bearbeitet. Die Langeweile und Sinnlosigkeit ihres Daseins in Yukon hat sie an den Rand der Depressionen gebracht.

An manchen Tagen sehnt sie sich verzweifelt danach, wieder anzufangen, das MEG-Mikroskop und den Reaktivierungsapparat zu bauen und die Erinnerungen der Leute, die sie befragt, festzuhalten und zu konservieren, während sie sich selbst und die Erinnerungen, die sie definieren, allmählich verlieren. Aber das Risiko ist zu groß. Es könnte Slade auf ihre Arbeit aufmerksam machen, oder jemand könnte, wie sie es anscheinend getan hat, zufällig den Sprung von der Erinnerungsreaktivierung zu Erinnerungsreisen vollziehen. Menschen kann man eine so machtvolle Technologie nicht anvertrauen. Mit der Kernspaltung kam die Atombombe. Die Fähigkeit, Erinnerungen und damit die Realität zu verändern, wäre mindestens genauso gefährlich – zum Teil, weil sie so verführerisch ist. Aber war sie selbst nicht gerade dabei, die Vergangenheit zu verändern, und dies bei der ersten Gelegenheit, die sie dazu hatte?

Doch die Entwicklung des Stuhls ist ungeschehen gemacht worden, sie ist verschwunden, und die einzige Gefahr für Erinnerung und Zeit ist das Wissen in ihrem eigenen Kopf, das sie mit ins Grab nehmen wird.

Der Gedanke an Selbstmord ist ihr mehr als einmal in den Sinn gekommen. Es wäre die ultimative Versicherungspolice dagegen, dass Slade sie findet und zur Kooperation zwingt. Sie ist so weit gegangen, Kaliumchlorid-Kapseln herzustellen – für den Fall, dass ihr eines Tages nichts anderes übrig bleiben sollte.

In einem silbernen Medaillon, das sie um den Hals trägt, hat sie sie immer bei sich.

Helena stellt den Jeep auf dem Besucherparkplatz neben dem Eingang ab und steigt aus. Die Augusthitze ist drückend. Das Gelände ist gut gepflegt. Sie sieht Gartenpavillons, Wasserspiele und Picknickplätze, und sie fragt sich, wie ihr Vater sich diese Einrichtung leisten kann.

Bei der Anmeldung muss sie ein Besucherformular ausfüllen. Die Verwaltungsangestellte macht eine Kopie von ihrem Führerschein, und Helena sieht sich nervös um.

Sie ist seit drei Jahren in dieser neuen Timeline. Slades falsche Erinnerung an ihre gemeinsame Zeit auf der Plattform würde ihn zum Morgen des 6. Juli 2009 geführt haben, zu dem Augenblick – in der früheren Timeline –, als sie im Deprivationstank gestorben und zu der Erinnerung zurückgekehrt ist, als Jee-woon in ihr Labor in Stanford gekommen ist.

Wenn Slade sie davor nicht gesucht hat, wird er es jetzt tun. Höchstwahrscheinlich hat er jemanden dafür bezahlt, dass er ihn alarmiert, wenn Helena je auftauchen sollte.

Was sie soeben getan hat.

Aber sie ist im Bewusstsein dieses Risikos hergekommen.

Wenn Slade oder einer seiner Leute sie aufspüren sollte, ist sie darauf vorbereitet.

Sie greift nach dem Medaillon an ihrem Hals

»Bitte sehr, Schätzchen.« Die Angestellte reicht ihr einen Besucherausweis. »Dorothy ist im Zimmer 117, am Ende des Korridors. Ich drücke Ihnen die Tür auf.«

Helena wartet an der Tür zur Memory-Klinik, bis sie sich summend öffnet.

Die Geruchsmischung von Reinigungsmitteln, Urin und Cafeteria-Essen ruft die Erinnerung an das letzte Mal wach, als sie auf einer Pflegestation für Erwachsene war – vor zwanzig Jahren, in den letzten Monaten im Leben ihres Großvaters.

Sie kommt durch einen Aufenthaltsbereich, in dem von starken Medikamenten stumpfsinnig gemachte Patienten vor einem Fernseher sitzen, in dem ein Naturfilm läuft.

Die Tür von Zimmer 117 ist offen. Helena stößt sie weiter auf.

Nach ihrer Zeitrechnung ist es fünf Jahre her, dass sie ihre Mutter zuletzt gesehen hat.

Dorothy sitzt mit einer Decke über den Knien in einem Rollstuhl und starrt aus dem Fenster hinaus zu den Ausläufern der Rocky Mountains. Anscheinend hat sie Helena aus dem Augenwinkel gesehen, denn sie dreht den Kopf langsam zur Tür.

Helena lächelt.

»Hi.«

Ihre Mutter starrt sie an, ohne mit der Wimper zu zucken.

Nichts zeigt, dass sie sie erkennt.

»Ist es okay, wenn ich hereinkomme?«

Ihre Mutter senkt den Kopf, und Helena nimmt es als Zeichen der Zustimmung.

»Dein Zimmer ist sehr schön«, sagt Helena. In einem Fernseher ohne Ton laufen die Nachrichten. Überall sind Fotos. Ihre Eltern, jünger und in besseren Zeiten. Sie selbst, als Baby, als Kind, als gerade Sechzehnjährige am Steuer des Chevy Silverado, den ihre Familie hatte, an dem Tag, als sie ihren Führerschein bekommen hat.

Dem Patiententagebuch, das ihr Vater auf der Angehörigenwebsite führt, hat Helena entnommen, dass sie Dorothy nach dem letzten Weihnachtsfest in die Memory-Klinik eingewiesen haben, nachdem sie den Herd nicht abgeschaltet hatte und beinahe die Küche in Brand gesetzt hätte.

Helena setzt sich zu ihrer Mutter an den kleinen runden Tisch vor dem Fenster. Darauf steht ein Blumenstrauß, der so alt ist, dass die Vase von einem Teppich aus welken Blüten und Blättern umgeben ist. Ihre Mutter ist zart wie ein kleiner Vogel, und das Licht des späten Vormittags lässt die Haut in ihrem Gesicht dünn wie Papier aussehen. Sie ist erst fünfundsechzig, aber sie wirkt viel älter. Ihr silbergraues Haar ist schütter. Altersflecken bedecken ihre Hände, die immer noch bemerkenswert feminin und anmutig aussehen.

»Ich bin Helena. Deine Tochter.«

Ihre Mutter sieht sie skeptisch an.

»Du hast einen wirklich schönen Blick auf die Berge.«

»Hast du Nance gesehen?«, fragt ihre Mutter. Sie klingt ganz anders als früher. Die Worte kommen langsam und mit beträchtlicher Mühe aus ihrem Mund. Nancy war Dorothys ältere Schwester. Sie ist vor mehr als vierzig Jahren im Wochenbett gestorben, bevor Helena geboren wurde.

»Nein«, sagt Helena. »Sie ist schon seit einer Weile nicht mehr da.«

Ihre Mom schaut aus dem Fenster. Über der Ebene und den Ausläufern der Berge ist es klar, aber weiter hinten, über den hohen Gipfeln, ziehen sich schwarze Wolken zusammen. Helena denkt, diese Krankheit ist eine sadistische, schizophrene Form der Erinnerungsreise, die ihr Opfer über das weite Land ihres Lebens schleudert und es glauben lässt, es lebe in der Vergangenheit. Die es haltlos in der Zeit treiben lässt.

»Es tut mir leid, dass ich nicht da war, um dich zu besuchen«, sagt sie. »Nicht weil ich nicht wollte – ich denke jeden Tag an dich und Dad. Aber die letzten paar Jahre waren … wirklich schwer. Du bist der einzige Mensch auf der Welt, dem ich davon erzählen kann, aber ich habe die Gelegenheit bekommen, meinen Erinnerungsstuhl zu bauen. Ich glaube, ich habe dir davon erzählt. Du warst der Grund, weshalb ich ihn gebaut habe. Ich wollte deine Erinnerungen retten. Ich dachte, ich würde die

Welt verändern. Ich dachte, ich hätte alles bekommen, was ich mir je erträumt habe. Aber ich habe versagt. Ich habe dich im Stich gelassen. Und all die anderen Menschen wie du, die mit meinem Stuhl einen Teil ihrer selbst vor dieser … beschissenen Krankheit hätten retten können.« Helena wischt sich über die Augen. Sie weiß nicht, ob ihre Mutter ihr zuhört. Vielleicht ist es auch nicht wichtig. »Ich habe etwas Furchtbares in die Welt gebracht, Mama. Das wollte ich nicht, aber ich habe es getan, und jetzt muss ich mich für den Rest meines Lebens verstecken. Ich hätte nicht herkommen dürfen, aber … ich musste dich noch ein letztes Mal sehen. Ich muss hören, wie du sagst, ich …«

»Es wird heute ein Gewitter in den Bergen geben«, sagt Dorothy. Sie schaut immer noch zu den schwarzen Wolken hinaus.

Helena atmet tief und schaudernd aus. »Sieht so aus, was?«

»Ich war zum Wandern mit meiner Familie in diesen Bergen. Am Lost Lake.«

»Daran erinnere ich mich. Ich war mit dir da, Mom.«

»Wir sind in dem eiskalten Wasser geschwommen, und dann haben wir auf den warmen Felsen gelegen. Der Himmel war so blau, dass er fast lila aussah. Und auf den Wiesen wuchsen Blumen. Es kommt mir gar nicht so lange her vor.«

Sie schweigen beide.

Ein Blitz fährt auf den Gipfel des Longs Peak herab. Es ist so weit weg, dass man den Donner nicht hört.

Helena fragt sich, wie oft ihr Vater wohl zu Besuch kommt. Es muss schwer für ihn sein. Sie würde alles dafür geben, ihn zu sehen.

Sie steht auf, holt alle Fotos zum Tisch und zeigt sie ihrer Mutter, langsam und eins nach dem anderen; sie zeigt auf Gesichter, nennt Namen und erinnert sich an Augenblicke aus ihrem eigenen Gedächtnis. Sie fängt an, Erinnerungen auszugraben, von denen sie annimmt, dass sie für ihre Mutter besonders speziell und wichtig sind, aber dann begreift sie, dass es viel zu intim ist, eine solche Auswahl für einen anderen Menschen zu treffen. Sie kann nur von ihren eigenen Erinnerungen erzählen.

Und dann passiert etwas sehr Sonderbares.

Dorothy sieht sie an, und für einen Moment sind ihre Augen hell, klar und durchdringend – als habe sich die Frau, die Helena immer gekannt hat, aus dem Gestrüpp von Demenz und zerstörten Neuralbahnen heraufgekämpft, um ihre Tochter einen flüchtigen Atemzug lang zu sehen.

»Ich war immer stolz auf dich«, sagt ihre Mutter.

»Wirklich?«

»Du bist das Beste, was ich je zustande gebracht habe.«

Helena schlingt die Arme um ihre Mutter, und die Tränen laufen ihr über das Gesicht.

»Es tut mir leid, dass ich dich nicht retten konnte, Mom.«

Aber als sie sich von ihr löst, ist der Augenblick der Klarheit vorbei.

Sie schaut in die Augen einer Fremden.

BARRY

Juni 2010 – 6. November 2018

Eines Morgens wacht er auf, und es ist der Tag der Highschool-Abschlussfeier für Meghan.

Sie ist die Zweitbeste ihres Jahrgangs und hält eine fantastische Rede.

Er weint.

Und dann kommt ein Herbst mit ihm und Julia allein in einem sehr stillen Haus.

Eines Abends dreht Julia sich im Bett zu ihm herum. »Willst du so den Rest deines Lebens verbringen?«

Er weiß nicht, was er sagen soll. Nein, falsch. Er weiß es. Für ihn war Meghans Tod immer der Grund für das Ende ihrer Ehe. Es war ihre Familie – sie alle drei –, was ihn und Julia vereint hat. Als Meghan tot war, hat sich dieses Band innerhalb eines Jahres aufgelöst. Erst jetzt kann er zugeben, dass sie von Anfang an zum Scheitern verurteilt waren; eine zweite Reise durch diese Ehe war nur ein langsamerer, weniger dramatischer Tod, als Meghan heranwuchs und sich zurückzog und ihren eigenen Weg durch das Leben antrat.

Also – ja, er weiß es. Er will es nur nicht sagen.

Diese Beziehung war nur für eine bestimmte Zeit gedacht und sollte nicht länger dauern.

Seine Mutter stirbt genauso wie in seiner Erinnerung.

Meghan sitzt schon an der Bar, als er kommt. Sie hat einen Martini vor sich und schreibt jemandem eine Textnachricht. Im ersten Moment sieht er sie gar nicht; sie ist nur eine der schönen Frauen in einer noblen Bar in Manhattan, die hier am frühen Abend ihren Cocktail trinkt.

»Hi, Megs.«

Sie legt ihr Telefon mit dem Display nach unten auf die Theke, rutscht vom Hocker und umarmt ihn heftiger als sonst, zieht ihn an sich und lässt ihn nicht los.

»Wie geht's dir?«, fragt sie.

»Gut, gut.«

»Sicher?«

»Ja.« Sie mustert ihn zweifelnd, als er sich an die Bar setzt und ein San Pellegrino mit einem Schälchen Limetten bestellt.

»Was macht die Arbeit?«, fragt er. Sie ist seit einem Jahr Community-Koordinatorin für eine gemeinnützige Organisation.

»Irre anstrengend und toll, aber ich möchte nicht über meine Arbeit reden.«

»Du weißt, dass ich stolz auf dich bin, oder?«

»Ja, das sagst du mir jedes Mal, wenn du mich siehst. Hör zu, ich muss dich etwas fragen.«

»Okay.« Er nimmt einen Schluck von seinem Limetten-Mineralwasser.

»Wie lange warst du unglücklich?«

»Ich weiß nicht. Eine Weile. Ein paar Jahre vielleicht.«

»Seid ihr meinetwegen verheiratet geblieben, du und Mom?«

»Nein.«

»Schwörst du?«

»Ich schwöre. Ich wollte, dass es klappt, und ich weiß, deine

Mutter wollte es auch. Manchmal dauert es eine Weile, bis man aufgibt. Vielleicht hast du dazu beigetragen, dass wir nicht gemerkt haben, wie unglücklich wir waren, aber du warst *niemals* der Grund dafür, dass wir zusammengeblieben sind.«

»Hast du geweint?«

»Nein.«

»Blödsinn.«

Sie ist gut. Er hat vor einer Stunde im Büro seines Anwalts die Trennungsvereinbarung unterschrieben, und wenn nichts Unvorhergesehenes passiert, wird binnen eines Monats ein Richter das Scheidungsurteil unterzeichnen.

Es war ein weiter Weg dorthin, und, jawohl, über weite Strecken hat er geweint. Das ist eins der großartigen Dinge an New York: Niemand interessiert sich für deinen emotionalen Zustand, solange kein Blut fließt. Am helllichten Tag auf dem Gehweg zu weinen ist nicht weniger privat, als es mitten in der Nacht im eigenen Schlafzimmer zu tun. Vielleicht, weil es niemanden interessiert. Vielleicht, weil es eine brutale Stadt ist und weil jeder irgendwann schon an diesem Punkt gewesen ist.

»Wie geht's Max?«

»Bye-bye, Max.«

»Was ist passiert?«

»Er hat die Schrift an der Wand gesehen.«

»Welche Schrift?«

»›Meghan ist ein Workaholic.‹«

Barry bestellt sich noch ein Mineralwasser.

»Du siehst wirklich gut aus, Dad.«

»Findest du?«

»Ja. Ich kann's nicht erwarten, die Storys von deinen schrecklichen Dates zu hören.«

»Ich kann's nicht erwarten, sie zu erleben.«

Meghan lacht, und etwas an der Art, wie sich ihr Mund bewegt, lässt ihr Gesicht wieder aussehen wie das kleine Mädchen, das sie war. Aber nur eine flüchtige Sekunde lang.

»Du hast Sonntag Geburtstag«, sagt er.

»Ich weiß.«

»Mom und ich wollen dich immer noch zum Brunch einladen.«

»Seid ihr sicher, dass es nicht zu schräg wird?«

»Oh, das wird es bestimmt, aber wir möchten es trotzdem gern tun, wenn du mitmachst. Wir wollen, dass alles wieder okay ist.«

»Dann bin ich dabei«, sagt Meghan.

»Ja?«

»Ja. Ich will auch, dass alles wieder okay ist.«

Nachdem er mit Meghan in der Bar war, isst er eine Kleinigkeit in seiner Lieblingspizzeria – einem kleinen Laden an der Upper West Side, nicht zu weit von seinem Block entfernt. Es ist eine Art Mitternachtslokal mit einer leicht arroganten Attitüde, schlechter Beleuchtung und ohne Sitzplätze; alle stehen an einer Bar, die um den Raum herumführt, essen riesige Pizzaecken von fettigen Papptellern und trinken viel zu süße Softdrinks aus eimergroßen Bechern.

Jetzt ist Freitagnacht, es ist laut, und es ist perfekt.

Er überlegt, ob er etwas trinken soll, findet es allzu pathetisch, am Abend der Unterzeichnung der Scheidungspapiere allein zu trinken, und geht lieber zu seinem Auto. Er fährt durch die Straßen seiner Stadt und ist glücklich und bewegt und überwältigt vom puren Geheimnis des Lebens. Hoffentlich geht es Julia gut. Er hat ihr eine Textnachricht geschickt, nachdem er die Papiere unterschrieben hat: Er sei froh, dass sie noch Freunde seien, und werde immer für sie da sein.

Als er im Stau steht, wirft er einen Blick auf sein Telefon, um zu sehen, ob sie geantwortet hat.

Da ist eine Nachricht von ihr.

Bin immer für dich da. Das wird sich nie ändern.

Sein Herz fließt über, und er kann sich nicht erinnern, wann es sich das letzte Mal so angefühlt hat.

Er schaut durch die Scheibe nach vorn. Der Verkehr kommt immer noch nicht voran, obwohl die Ampel vor ihm Grün zeigt. Polizisten leiten Autos von der Straße vor ihm ab.

Er lässt das Fenster herunter und ruft dem nächsten Cop zu: »Was ist da los?«

Der Mann winkt ihn weiter.

Barry schaltet das Blaulicht ein und lässt die Sirene kurz blubbern. Das verschafft ihm die Aufmerksamkeit des jungen Uniformierten. Er kommt im Laufschritt heran und entschuldigt sich. »Sorry, wir mussten die Straße da vorn sperren. Ist ziemlich chaotisch da.«

»Was ist passiert?«

»Im nächsten Block ist eine Lady vom Gebäude gesprungen.«

»Von welchem?«

»Von dem Wolkenkratzer da.«

Barry schaut an einem weißen Art-déco-Turm mit einer Krone aus Glas und Stahl hinauf, und plötzlich hat er einen Knoten im Magen.

»Welcher Stock?«

»Wie bitte?«

»Aus welchem Stock ist sie gesprungen?«

Ein Rettungswagen rast kreischend vorbei. Mit blitzenden Lichtern und heulender Sirene jagt er über die Kreuzung vor ihnen.

»Aus dem einundvierzigsten. Sieht aus, als wär's wieder ein FMS-Suizid.«

Barry hält am Randstein und steigt aus. Im Laufschritt überquert er die Straße und zeigt den Streifenpolizisten, die das Gebiet absperren, seine Dienstmarke.

Er läuft langsamer, als er sich dem Kreis der Cops, Rettungssanitäter und Feuerwehrleute nähert. Sie alle stehen um einen schwarzen Lincoln Town Car herum, dessen Dach spektakulär eingedrückt ist.

Auf dem Weg hierher hat er sich auf die groteske Wirkung gefasst gemacht hat, die ein hundertzwanzig Meter tiefer Sturz auf den menschlichen Körper ausübt. Aber Ann Voss Peters sieht beinahe heiter aus. Die einzige von außen sichtbare Verletzung ist ein kleines Blutrinnsal aus Ohren und Mund. Sie ist auf dem Rücken gelandet und hat das Dach des Town Car so stark eingedrückt, dass es aussieht, als liege sie in einer Wiege. Ihre Fußknöchel sind gekreuzt, ihr linker Arm liegt quer über die Brust, und die Hand schmiegt sich an ihr Gesicht, als schlafe sie nur.

Ein Engel, der vom Himmel gefallen ist.

Es war nicht so, dass er es vergessen hatte. Seine Erinnerungen an Hotel Memory, an seinen Tod im Deprivationstank und an die Rückkehr zu dem Abend, an dem Meghan starb, waren immer da, spürbar an den Rändern seines Bewusstseins – ein Bündel vergrauter Erinnerungen.

Aber die letzten elf Jahre hatten auch etwas Traumartiges. Er war eingespannt in die Details des Lebens, es gab keine greifbare Verbindung zu dem Leben, aus dem er herausgerissen wurde, und es war nur zu einfach, das, was geschehen war, in die hintersten Winkel seines Bewusstseins und seines Gedächtnisses zu verbannen.

Aber jetzt, als er am Morgen des sechsundzwanzigsten Geburtstags seiner Tochter mit ihr und Julia in einem Café am Ufer des Hudson sitzt, ist ihm grell bewusst, dass er diesen Moment zum zweiten Mal erlebt. Die Erinnerung strömt zurück, so klar wie fließendes Wasser. Er und Julia saßen nicht weit von hier an einem Tisch und malten sich aus, was Meghan wohl täte, wenn sie noch am Leben wäre. Er hat gemutmaßt, sie wäre Anwältin. Darüber haben sie gelacht und sich daran erinnert, wie sie mit seinem Auto durch das Garagentor gebrochen war, bevor sie auf einen Familienurlaub am Oberlauf des Hudson zu sprechen kamen.

Jetzt sitzt seine Tochter ihm gegenüber, und zum ersten Mal seit langer Zeit macht ihn ihre Anwesenheit, die bloße Tatsache ihrer Existenz, fassungslos. Das Gefühl ist so stark wie in den ersten Tagen des Lebens in dieser Erinnerung, als jede Sekunde ein funkelndes Geschenk war.

Um drei Uhr früh kommt Barry zitternd zu sich, weil jemand an seine Wohnungstür hämmert. Er wälzt sich aus dem Bett und streift langsam die Spinnweben des Schlafs ab, während er aus dem Schlafzimmer taumelt. Jim-Bob, sein Hund aus dem Tierheim, kläfft wütend die Tür an.

Ein Blick durch den Türspion, und er ist hellwach. Julia steht im trüben Licht des Korridors. Er schiebt den Stahlriegel zurück, nimmt die Türkette ab und öffnet ihr. Ihre Augen sind geschwollen vom Weinen, ihr Haar ist wild zerzaust, und sie trägt einen Trenchcoat über einem Pyjama. Auf ihren Schultern liegen Schneeflocken.

»Ich habe versucht, dich anzurufen«, sagt sie, »aber dein Telefon war abgeschaltet.«

»Was ist passiert?«

»Darf ich reinkommen?«

Er geht einen Schritt zurück, und sie betritt das Apartment. Ihr Blick ist von manischer Intensität. Sanft nimmt er ihren Arm und führt sie zum Sofa.

»Du machst mir Angst, Jules. Was ist los?«

Sie sieht ihn an und zittert. »Hast du schon mal vom False Memory Syndrome gehört?«

»Ja. Warum?«

»Ich glaube, ich habe es.«

Sein Magen krampft sich zusammen. »Wie kommst du darauf?«

»Vor einer Stunde bin ich aufgewacht und hatte rasende Kopfschmerzen und den Kopf voll Erinnerungen an dieses andere Leben. Graue matte Erinnerungen.« Ihre Augen füllen sich mit Tränen. »Meghan ist bei einem Autounfall mit Fahrerflucht ums Leben gekommen, als sie auf der Highschool war. Wir beide haben uns ein Jahr danach scheiden lassen. Ich habe einen Mann namens Anthony geheiratet. Es war alles so real, als hätte ich es wirklich erlebt. Gestern waren wir beide zum Brunch in demselben Café am Fluss, aber Meghan war nicht dabei. Sie war seit elf Jahren tot. Heute Nacht bin ich aufgewacht, allein in meinem Bett, ohne Anthony, und mir wurde klar, dass wir beide in Wirklichkeit gestern mit ihr zu Mittag gegessen haben. Dass sie lebt.« Julias Hände zittern heftig. »Was ist real, Barry? Welche Erinnerungen sind wahr?« Sie sinkt in sich zusammen. »Ist unsere Tochter am Leben?«

»Ja.«

»Aber ich erinnere mich, dass ich mit dir ins Leichenschauhaus gefahren bin. Ich habe ihren zerschmetterten Leichnam gesehen. Sie war tot. Ich erinnere mich, als wäre es gestern gewesen. Sie mussten mich hinaustragen. Ich habe geschrien. Du erinnerst dich doch, oder? Ist das passiert? Erinnerst du dich an ihren Tod?«

Barry sitzt in Boxershorts auf seiner Couch und begreift, dass all das auf schreckliche Weise Sinn ergibt. Ann Voss Peters ist am Abend vor drei Tagen vom Poe Building gesprungen. Er war gestern mit Meghan und Julia beim Brunch. Folglich ist heute die Nacht, in der er in die Erinnerung an sein letztes Zusammensein mit seiner Tochter zurückgeschickt wurde. Die Rückkehr zu diesem Augenblick muss bei Julia alle Erinnerungen an diese leblose Timeline entfesselt haben, in der Meghan gestorben ist.

»Barry, verliere ich den Verstand?«

Und dann überkommt es ihn – wenn Julia diese Erinnerungen hat, muss Meghan sie auch haben.

Er sieht Julia an. »Wir müssen los.«

»Warum?«

Er steht auf. »Sofort.«

»Barry …«

»Hör zu. Du verlierst nicht den Verstand. Du bist nicht verrückt.«

»Du erinnerst dich auch daran, dass sie gestorben ist.«

»Ja.«

»Wie ist das möglich?«

»Ich verspreche dir, ich werde alles erklären, aber jetzt müssen wir zu Meghan.«

»Warum?«

»Weil sie das Gleiche erlebt wie du. Sie erinnert sich an ihren eigenen Tod.«

Barry nimmt den West Side Highway und fährt durch einen Schneesturm von Washington Heights und den nördlichen Ausläufern Manhattans in Richtung Süden. Zu dieser Nachtzeit ist die Straße verlassen.

Julia drückt ihr Telefon ans Ohr. »Meghan, bitte ruf mich an, wenn du das hörst. Ich mache mir Sorgen um dich. Dein Vater und ich sind unterwegs zu dir.«

Sie schaut Barry über die Mittelkonsole hinweg an. »Wahrscheinlich schläft sie nur. Es ist ja mitten in der Nacht.«

Sie fahren durch die leeren Straßen von Downtown Manhattan und quer über die Insel nach NoHo. Die Reifen schlittern über den glatten Asphalt.

Barry hält vor dem Gebäude, in dem Meghan wohnt. Sie steigen aus, gehen durch das Schneegestöber zum Eingang, und er drückt fünfmal auf den Klingelknopf von Meghans Apartment. Sie macht nicht auf.

Er dreht sich zu Julia um. »Hast du einen Schlüssel?«

»Nein.«

Er fängt an, bei anderen Apartments zu klingeln, bis schließlich der Türsummer ertönt und jemand sie ins Haus lässt.

Das Gebäude sieht schlicht aus. Es stammt aus der Vorkriegszeit und hat keinen Aufzug. Er und Julia stürmen sechs Treppen hoch durch das düstere Treppenhaus ins Obergeschoss. Der Korridor ist matt beleuchtet, und Apartment J liegt ganz am Ende. Meghans Fahrrad lehnt am Fenster zur Feuerleiter.

Barry hämmert mit der Faust an die Tür. Nichts rührt sich. Er tritt einen Schritt zurück, hebt das rechte Bein und tritt mit dem Absatz gegen die Tür. Ein stechender Schmerz schießt durch sein Bein, aber die Tür bebt nur.

Er tritt noch einmal zu, fester diesmal.

Die Tür fliegt krachend auf, und sie stürmen in die dunkle Wohnung.

»Meghan!« Seine Hand tastet an der Wand herum und findet den Lichtschalter für die kleine Ein-Zimmer-Wohnung. In einem Alkoven auf der rechten Seite steht ein leeres Bett. Links ist eine Kochnische, und ein kurzer Flur führt zum Badezimmer.

Er läuft hinein, aber Julia drängt sich an ihm vorbei und ruft den Namen ihrer Tochter.

Am Ende des Flurs fällt sie auf die Knie und schluchzt: »Mein Schatz, o Gott, ich bin ja hier.«

Dann ist Barry da, und sein Herz setzt einmal aus. Meghan liegt auf dem Linoleumboden, und Julia kniet neben ihr und streicht ihr über den Kopf. Meghans Augen sind offen, und eine lähmende Sekunde lang glaubt er, sie ist tot.

Dann blinzelt sie.

Vorsichtig hebt er ihren rechten Arm und tastet nach ihrem Puls. Er ist kräftig, vielleicht zu kräftig, und ziemlich schnell. Er fragt sich – erinnert sie sich an das Trauma des Zusammenpralls mit einem zwei Tonnen schweren Objekt, das mit sechzig Meilen pro Stunde auf sie zukommt? An den Augenblick des Bewusstseinsverlusts? Und an das, was immer danach gekommen sein mag? Wie mag es sein, sich an den eigenen Tod zu erinnern? Wie kann man sich überhaupt an den Zustand der Nichtexistenz erinnern? Ist alles schwarz? Ist da gar nichts? Es erscheint unmöglich wie die Division durch Null.

»Meghan«, sagt er leise, »kannst du mich hören?«

Sie rührt sich und schaut zu ihm auf, und ihre Augen scheinen ihn zu sehen.

»Dad?«

»Mom und ich sind hier, Schatz.«

»Wo bin ich?«

»In deinem Apartment, im Bad auf dem Fußboden.«

»Bin ich tot?«

»Nein, natürlich nicht.«

»Ich habe eine Erinnerung, die ich bisher nicht hatte. Ich war fünfzehn und auf dem Weg zum Dairy Queen, um mich mit meinen Freundinnen zu treffen. Ich war mit meinem Telefon beschäftigt und habe an nichts gedacht, als ich über die Straße ging. Ich erinnere mich an ein Motorengeräusch. Ich drehte mich um, und da kamen Scheinwerfer auf mich zu. Ich erinnere mich, dass der Wagen mich anfuhr und dass ich dann auf dem Rücken lag und dachte, wie blöd ich war. Es tat nicht besonders weh, aber ich konnte mich nicht bewegen, und alles wurde dunkel. Ich konnte nichts mehr sehen, und ich wusste, was kam. Ich wusste, es war das Ende von allem. Bist du sicher, dass ich nicht tot bin?«

»Du bist hier bei mir und Mom«, sagt Barry. »Und du bist quicklebendig.«

Meghans Blick huscht hin und her und scheint Daten zu verarbeiten wie ein Computer.

»Ich weiß nicht, was real ist«, sagt sie

»Du bist real. Ich bin real. Dieser Moment ist real.« Aber noch während er es ausspricht, ist er nicht sicher. Er betrachtet seine Ex-Frau; sie sieht aus wie die alte Julia, und die schwarze Last des Todes ihrer Tochter liegt wieder in ihrem Blick.

»Welche Erinnerungen kommen dir realer vor?«, fragt er Julia.

»Die einen sind nicht realer als die anderen«, sagt sie. »Nur lebe ich in einer Welt, die damit übereinstimmt, dass meine Tochter lebt. Gott sei Dank. Aber ich habe das Gefühl, beide Erinnerungsreihen erlebt zu haben. Was passiert hier mit uns?«

Barry atmet gedehnt aus und lehnt sich an die Tür der Dusche.

»In dem … ich weiß nicht mal, wie ich es nennen soll … in dem vergangenen Leben, in dem Meghan gestorben ist, habe ich in einem Fall ermittelt, bei dem es um das False Memory Syndrome ging. Es gab Dinge, die ungereimt waren. Eines Abends – genau gesagt, heute Abend – fand ich dieses merkwürdige Hotel. Ich wurde unter Drogen gesetzt, und als ich aufwachte, war ich auf einen Stuhl geschnallt und hatte einen

Mann vor mir, der mir drohte, mich umzubringen, wenn ich nicht von dem Abend erzählte, an dem Meghan getötet wurde.«

»Warum?«

»Ich habe keine Ahnung. Ich weiß nicht mal, wie der Mann hieß. Später wurde ich in einen Deprivationstank gelegt. Er lähmte mich, und dann ließ er mein Herz stillstehen. Als ich starb, erlebte ich intensive Flashs der Erinnerung, die ich ihm beschrieben hatte. Ich weiß nicht, wie, aber mein fünfzigjähriges Bewusstsein wurde in meinen neununddreißig Jahre alten Körper … *zurückgebracht.*«

Julia macht riesengroße Augen. Meghan setzt sich auf.

»Ich weiß, es klingt verrückt«, sagt er, »aber ich war plötzlich zu dem Abend zurückgekehrt, an dem Meghan starb.« Er sieht seine Tochter an. »Du warst gerade zur Tür hinausgegangen. Ich lief dir nach und hielt dich auf, Sekunden bevor du die Straße überqueren und von einem viel zu schnell fahrenden Mustang überfahren werden konntest. Weißt du das noch?«

»Ich glaube, ja. Du warst so unheimlich aufgebracht.«

»Du hast sie gerettet«, sagt Julia.

»Ich habe immer gedacht, es war alles nur ein Traum oder ein merkwürdiges Experiment, aus dem man mich jeden Augenblick herausholen würde. Aber Tage vergingen. Dann Monate. Dann Jahre. Und ich bin einfach … in die Gleise unseres Lebens geraten. Es fühlte sich alles so normal an, und nach einer Weile dachte ich eigentlich nie mehr nach über das, was mir passiert war. Bis vor drei Tagen.«

»Was war vor drei Tagen?«, fragt Meghan.

»Da sprang eine Frau von einem Hochhaus an der Upper West Side, und das war das Ereignis, das mich überhaupt erst auf diesen FMS-Fall gebracht hatte. Es war, als wachte ich aus einem langen Traum auf. Aus einem lebenslangen Traum.

Heute Nacht war die Nacht, in der ich in dieses andere Leben geschickt wurde.«

Er kann nicht erkennen, ob Julia ungläubig oder schockiert aussieht.

Meghans Augen sind glasig geworden. »Ich sollte tot sein«, sagt sie.

Er streicht ihr das Haar hinter die Ohren, wie er es getan hat, als sie ein kleines Mädchen war.

»Nein, du bist genau da, wo du sein solltest. Du lebst. Das ist die Realität.«

Er geht an diesem Morgen nicht zum Dienst, und das nicht nur, weil er erst um sieben wieder zu Hause war. Er befürchtet, die Erinnerungen seiner Kollegen an Meghans Tod könnten in der vergangenen Nacht ebenfalls erwacht sein – eine elf Jahre lange Kette von falschen Erinnerungen, in denen seine Tochter nicht gelebt hat.

Als er aufwacht, platzt sein Telefon fast vor Nachrichten, die ihm die Hälfte der Kontakte in seinem Verzeichnis hinterlassen hat – entgangene Anrufe, Voicemail- und panische Textnachrichten wegen Meghan. Er beantwortet keine einzige. Erst muss er mit Julia und Meghan sprechen. Sie sollten sich einig sein über das, was sie den Leuten erzählen. Er hat allerdings keine Ahnung, was das sein könnte.

Er geht in die Bar in NoHo, nicht weit weg von Meghans Apartment, um sich dort mit Meghan und seiner Ex-Frau zu treffen. Als er kommt, erwarten sie ihn schon an einem Tisch in der Ecke, nah genug bei der offenen Küche, um die Hitze des Herdes zu spüren und das Scheppern der Töpfe und das Brutzeln der Pfannen zu hören.

Barry schiebt sich neben Meghan und wirft seinen Mantel auf die Bank.

Meghan sieht abgespannt aus, ratlos und verwirrt.

Julia geht es nicht viel besser.

»Wie kommst du zurecht, Megs?«, fragt er, aber seine Tochter starrt ihn nur an, und ihr Gesicht ist eine ausdruckslose Maske.

Er sieht Julia an. »Hast du mit Anthony gesprochen?«

»Ich habe versucht, ihn anzurufen, aber ich habe ihn nicht erreicht.«

»Geht's dir gut?«

Sie schüttelt den Kopf, und Tränen glänzen in ihren Augen. »Aber hier geht's heute nicht um mich.«

Sie bestellen Essen und Getränke.

»Was sagen wir den Leuten?«, fragt Julia dann. »Ich hatte heute über ein Dutzend Anrufe.«

»Ich auch«, sagt Barry. »Ich denke, einstweilen bleiben wir bei der Vermutung, dass es sich um FMS handelt. Das ist zumindest etwas, wovon sie schon gehört haben.«

»Sollten wir den Leuten nicht erzählen, was dir passiert ist, Barry?«, fragt Julia. »Von dem seltsamen Hotel und dem Stuhl und dass du elf Jahre zum zweiten Mal erlebt hast?«

Barry erinnert sich an die Warnung, die man ihm in der Nacht mitgegeben hat, bevor er in die Erinnerung an Meghans Tod zurückgekehrt ist.

Erzählen Sie niemandem etwas. Nicht Ihrer Frau. Nicht Ihrer Tochter. Niemandem.

»Das Wissen, das wir da haben, ist gefährlich«, sagt er. »Wir müssen das alles für uns behalten und einfach versuchen, ein normales Leben zu führen.«

»Wie denn?«, fragt Meghan, und ihre Stimme wird brüchig. »Ich weiß ja nicht einmal mehr, wie ich über mein Leben denken soll.«

»Anfangs wird es unheimlich sein«, sagt Barry. »Aber wir

finden wieder zurück ins Gleis unseres Daseins. Wenn man über uns Menschen auch sonst nichts sagen kann, aber anpassungsfähig sind wir, oder?«

Neben ihnen lässt eine Kellnerin ein Tablett mit Getränken fallen.

Meghans Nase blutet.

Schmerz blinkt hinter seinen Augen auf, und er sieht, dass Julia offenbar das Gleiche empfindet.

In der Bar wird es still; niemand spricht, und alle sitzen wie erstarrt an ihren Tischen.

Man hört nur noch die Musik aus den Lautsprechern an der Decke und das eintönige Gerede aus dem Fernseher.

Meghans Hände zittern.

Julias auch.

Und seine.

Auf dem Bildschirm über der Bar starrt ein Nachrichtenmoderator in die Kamera. Blut läuft ihm aus der Nase, und er sucht nach Worten. »*Ich, äh … ich will ganz ehrlich sein, ich weiß nicht genau, was gerade geschehen ist. Aber offenbar* ist *etwas geschehen.*«

Das Bild wechselt zu einer Liveaufnahme vom Südrand des Central Parks.

An der West 59th Street steht ein Gebäude, das bis vor einem Augenblick nicht dort gestanden hat.

Mit gut sechshundert Metern Höhe ist es eindeutig das höchste Gebäude in der Stadt, und es besteht aus zwei Türmen. Der eine steht in der 6th Avenue, der zweite in der 7th, und sie sind oben miteinander verbunden, sodass sie ein lang gestrecktes, auf dem Kopf stehendes *U* bilden.

Meghan gibt ein leises Wimmern von sich.

Barry nimmt seinen Mantel und rutscht seitwärts von der Bank.

»Wo willst du hin?«, fragt Julia.

»Kommt einfach mit.« Sie gehen durch das Restaurant, in dem es schreckensstill geworden ist, und steigen draußen in Barrys Crown Vic, und er lässt die Sirene aufheulen. In hohem Tempo geht es den Broadway hinauf und in die 7th Avenue. Barry kommt nur bis zur West 53rd, bevor die Straße völlig verstopft ist.

Um sie herum steigen die Leute aus ihren Autos.

Sie lassen Barrys Dienstwagen zurück und schließen sich dem Strom der Fußgänger an.

Ein paar Blocks weiter stehen sie schließlich mitten auf der Straße und sehen es mit eigenen Augen. Tausende von New Yorkern drängen sich um sie herum und haben den Kopf in den Nacken gelegt. Viele halten Smartphones in die Höhe und machen Fotos und Videos von dem neuesten Zuwachs zur Skyline von Manhattan, einem U-förmigen Turm am Südrand des Central Parks.

»Das war doch eben noch nicht hier«, stellt Meghan fest. »Oder?«

»Nein«, sagt Barry. »War es nicht. Aber gleichzeitig …«

»Es steht hier seit Jahren«, sagt Julia.

Sie bestaunen das Wunder der Baukunst, das den Namen »Big Bend«, die Große Biegung, trägt, und Barry denkt, dass FMS bis jetzt weitgehend unter dem Radar geblieben ist und nur aus isolierten Fällen bestanden hat, in denen das Leben fremder Leute ins Chaos gestürzt wurde.

Aber das hier wird jeden Menschen in der Stadt betreffen und darüber hinaus viele in der ganzen Welt.

Es wird alles verändern.

Die Glas- und Stahlfassade des Westturms fängt die letzten Strahlen der untergehenden Sonne ein, und die Erinnerung an eine Existenz mit diesem Gebäude bricht über Barry herein.

»Ich war da mal ganz oben«, sagt Meghan, und Tränen laufen ihr über das Gesicht.

Es stimmt.

»Mit dir, Dad. Das war das beste Essen meines Lebens.«

Als sie ihr Bachelor-Examen in Sozialarbeit abgelegt hatte, hat er zum Essen ins Curve eingeladen, in das Restaurant im obersten Stockwerk, das einen spektakulären Ausblick auf den Park bietet. Aber nicht nur der Blick hat sie angezogen; Meghan war essensmäßig verschossen in den Küchenchef Joseph Hart gewesen. Barry erinnert sich klar und deutlich an die Fahrt mit dem Aufzug: Es ging erst senkrecht nach oben, dann in einem Fünfundvierzig-Grad-Winkel in die erste Biegung der Kurve, um schließlich waagerecht das Obergeschoss des Turms zu durchqueren.

Je länger er das Gebäude anschaut, desto mehr kommt es ihm vor wie ein Objekt, das Bestandteil dieser Realität ist.

Seiner Realität.

Was immer das inzwischen bedeuten mag.

»Dad?«

»Ja?« Er hat Herzklopfen und fühlt sich nicht wohl.

»Ist dieser Augenblick real?«

Er sieht sie an. »Ich weiß es nicht.«

Zwei Stunden später betritt er die schlichte Bar in der Nähe von Gwens Apartment in Hell's Kitchen und setzt sich auf einen Hocker neben ihr.

»Geht's dir gut?«, fragt Gwen.

»Geht es irgendjemandem gut?«

»Ich habe heute Morgen versucht, dich anzurufen. Ich bin mit einer alternativen Geschichte unserer Freundschaft aufgewacht. Mit einer, in der Meghan mit fünfzehn Jahren bei einem Unfall mit Fahrerflucht ums Leben kam. Sie lebt aber doch, oder?«

»Ich habe sie eben gesehen.«

»Wie geht's ihr?«

»Ehrlich? Ich weiß es nicht. Sie hat sich letzte Nacht an ihren eigenen Tod erinnert.«

»Wie kann das gehen?«

Er wartet, bis ihre Drinks da sind, und dann erzählt er ihr alles. Auch sein außergewöhnliches Erlebnis in dem Stuhl lässt er nicht aus.

»Du bist in eine Erinnerung zurückgereist?«, flüstert sie und lehnt sich zu ihm herüber.

Sie riecht nach einer Kombination aus Wild Turkey, ihrem Shampoo und Schießpulver. Barry fragt sich, ob sie geradewegs vom Schießstand gekommen ist, wo sie ein eindrucksvolles Bild abgibt. Er hat noch nie jemanden gesehen, der schießen kann wie Gwen.

»Ja, und dann habe ich darin gelebt, aber diesmal war Meghan lebendig. Bis zu diesem Augenblick.«

»Du glaubst, darum handelt es sich bei FMS in Wahrheit?«, fragt sie. »Die Veränderung von Erinnerungen, durch die sich die Realität verändert?«

»Ich *weiß*, dass es das ist.«

Auf dem stumm geschalteten Bildschirm über der Bar sieht Barry das Foto eines Mannes, den er irgendwoher kennt. Im ersten Moment kann er ihn aber keiner Erinnerung zuordnen.

Er liest die Untertitel zu dem, was der Nachrichtenmoderator sagt.

AMOR TOWLES, DER BEKANNTE ARCHITEKT UND SCHÖPFER DES BIG BEND, WURDE VOR EINER STUNDE ERMORDET IN SEINEM APARTMENT AUFGEFUNDEN, ALS …

»Ist dieses Big Bend ein Produkt des Stuhls?«, fragt Gwen.

»Ja. Als ich in diesem unheimlichen Hotel war, war da ein

Mann, ein älterer Gentleman. Ich glaube, er war todkrank. Ich hörte ein Gespräch mit, in dem er sagte, er sei Architekt, und wenn er in seiner Erinnerung zurückreiste, werde er an den Plänen für ein Gebäude arbeiten, die er zu seinem Bedauern bisher nie weiterverfolgt habe. Tatsächlich sollte er heute auf den Stuhl gehen, und das hat die Realität für uns alle verändert. Ich nehme an, sie haben ihn umgebracht, weil er gegen die Regeln verstoßen hat.«

»Gegen welche Regeln?«

»Sie haben mir gesagt, ich solle mein Leben ein bisschen besser führen. Keine Spielchen mit dem System. Keine auffälligen Veränderungen.«

»Weißt du, warum er Leuten erlaubt, ihr Leben neu zu gestalten? Dieser Mann, der den Stuhl gebaut hat?«

Barry trinkt sein Bierglas leer. »Keine Ahnung.«

Gwen nippt an ihrem Whiskey. Die Musicbox ist verstummt, der Bartender hat den Fernseher laut gestellt und zappt durch die Kanäle. Jeder Sender berichtet nonstop, seit das Gebäude heute Nachmittag erschienen ist. CNN hat eine »Expertin« für das False Memory Syndrome ausgegraben, die über das spekuliert, was sie jetzt die »Erinnerungs-Fehlfunktion« in Manhattan nennen. *»Wenn die Erinnerungen unzuverlässig sind«*, sagt sie, *»wenn Vergangenheit und Gegenwart sich einfach ohne Vorwarnung verändern können, dann wird es keine Tatsachen und keine Wahrheit mehr geben. Wie sollen wir in einer solchen Welt leben? Deshalb erleben wir zurzeit eine Epidemie von Selbstmorden.«*

»Weißt du, wo dieses Hotel ist?«, fragt Gwen.

»Das ist elf Jahre her – zumindest in meiner Erinnerung –, aber ich könnte es wahrscheinlich wiederfinden. Ich weiß, es ist in Midtown, vorausgesetzt, es ist noch da.«

»Unser Verstand ist nicht dazu geschaffen, mit einer Realität zurechtzukommen, die ständig unsere Erinnerungen verändert und unsere Gegenwart verschiebt«, sagt Gwen. »Was ist, wenn das hier erst der Anfang ist?«

Barrys Telefon vibriert in der Hosentasche.

»Entschuldige.«

Er zieht es heraus und liest eine Textnachricht von Meghan.

Dad. Ich kann das nicht mehr.
Ich weiß nicht, wer ich bin. Ich weiß
überhaupt nichts, außer dass ich nicht
hierhergehöre. Es tut mir leid.
Ich werde dich immer lieben.

Er rutscht von seinem Hocker.

»Was ist?«, fragt Gwen.

Er läuft zur Tür.

Meghans Handy schaltet sofort auf die Voicemail, und nach dem Trubel um das Erscheinen des Big Bend sind die Straßen immer noch verstopft.

Als Barry auf NoHo zufährt, greift er zum Handmikro seines Funkgeräts und ruft New York One an, um zu veranlassen, dass eine Einheit in der Nähe von Meghans Apartment bei ihr vorbeifährt und nachsieht, ob sie wohlauf ist.

»New York One, 158, meinen Sie den Feueralarm in der Bond Street? Wir haben bereits mehrere Einheiten und Löschtrupps vor Ort, und Rettungswagen sind unterwegs.«

»Wovon reden Sie? In welchem Gebäude?«

»Nummer zwölf, Bond Street.«

»Da wohnt meine Tochter.«

Im Äther ist es still.

Barry wirft das Handmikro zur Seite, schaltet das Blaulicht

ein und schlängelt sich mit durchgetretenem Gaspedal zwischen den Autos hindurch, um Busse herum und über Kreuzungen hinweg.

Ein paar Minuten später biegt er in die Bond Street ein, lässt seinen Wagen an der Polizeiabsperrung stehen und rennt auf die Löschfahrzeuge zu, die ihre Wasserstrahlen gegen die Fassade des Gebäudes schießen. Flammen lodern aus den Fenstern im obersten Stock. Überall herrscht Chaos – Cops spannen im flackernden Blaulicht ihre Absperrbänder aus, um die Leute aus den Nachbargebäuden in sicherem Abstand zu halten, während die Bewohner von Meghans Gebäude aus dem Hauseingang strömen.

Ein Cop will ihn aufhalten, aber Barry reißt sich los, hält ihm seine Dienstmarke unter die Nase und stürmt weiter zu den Löschwagen und dem Eingang des Hauses. Die Hitze der Flammen lässt ihm Schweißperlen auf die Stirn treten.

Ein Feuerwehrmann kommt taumelnd aus dem Haus, dessen Tür aus den Angeln gerissen ist. Er trägt einen alten Mann, und sie sind beide schwarz im Gesicht.

Ein Lieutenant der Feuerwehr, ein vollbärtiger Riese, taucht vor Barry auf und versperrt ihm den Weg. »Gehen Sie hinter die Absperrung!«

»Ich bin Polizist, und meine Tochter wohnt hier!« Er zeigt zu den Flammen hinauf, die aus dem obersten Fenster am hinteren Ende schlagen. »Das ist ihr Apartment, aus dem die Flammen kommen!«

Der Lieutenant sieht ihn bestürzt an. Er nimmt Barry beim Arm und zerrt ihn aus dem Weg, als eine Kolonne von Feuerwehrleuten einen Schlauch zum nächsten Hydranten zieht.

»Was denn?«, fragt Barry. »Sagen Sie's doch einfach.«

»Der Brand ist in der Küche dieser Wohnung ausgebrochen. Er breitet sich jetzt im fünften und sechsten Stock aus.«

»Wo ist meine Tochter?«

Der Mann holt tief Luft und wirft einen Blick über die Schulter.

»Verdammt, wo ist meine Tochter?«

»Sehen Sie mich an«, sagt der Mann.

»Haben Sie sie rausgeholt?«

»Ja. Es tut mir sehr leid, dass ich es Ihnen sagen muss, aber sie ist tot.«

Barry taumelt rückwärts. »Wieso?«

»Eine Flasche Wodka und ein paar Tabletten lagen auf ihrem Bett. Wir nehmen an, sie hat Tabletten genommen und wollte dann Tee machen, hat aber kurz danach das Bewusstsein verloren. Etwas auf der Arbeitstheke ist zu nah an den Gasbrenner gekommen. Das war ein Unfall, aber …«

»Wo ist sie?«

»Kommen Sie, wir setzen uns hin und …«

»Wo sie ist!«

»Auf dem Gehweg hinter dem Truck da.«

Barry will hingehen, aber plötzlich umschlingt der Mann ihn von hinten wie ein Bär.

»Sind Sie sicher, dass Sie das tun wollen, Bruder?«

»Lassen Sie mich los!«

Der Mann lässt ihn los. Barry steigt über Schläuche und geht um den Truck herum, näher ans Feuer. Der Aufruhr bleibt hinter ihm zurück. Er sieht nur Meghans Füße, die unter dem weißen Laken hervorschauen, das man über sie gebreitet hat und das völlig durchnässt und fast durchscheinend vom Sprühnebel der Wasserschläuche ist.

Seine Beine knicken ein.

Er sinkt auf den Randstein und bricht zusammen, während das Wasser auf ihn herabregnet.

Leute versuchen, mit ihm zu sprechen und ihn dazu zu bringen, dass er mitkommt, sich bewegt, aber er hört sie nicht. Sein Blick geht durch sie hindurch.

Ins Nichts.

Und er denkt: *Jetzt habe ich sie zweimal verloren.*

Es ist zwei Stunden her, dass Meghan gestorben ist, und seine Sachen sind noch feucht.

Er parkt an der Penn Station und geht von der 34th Street aus zu Fuß nach Norden, wie er es getan hat, als er mit dem Mitternachtszug aus Montauk zurückgekommen und ins Hotel Memory gestolpert ist.

In der Nacht hat es geschneit.

Jetzt regnet es, die Gebäude sind oberhalb der fünfzigsten Stockwerke von Nebelschleiern verhüllt, und die Luft ist so kalt, dass sein Atem sichtbar wird.

Die Stadt steht seltsam still um ihn herum.

Nur wenige Autos sind auf der Straße.

Noch weniger Menschen auf dem Gehweg.

Die Tränen sind kalt auf seinem Gesicht.

Als er drei Blocks weit gekommen ist, klappt er seinen Schirm auf. Nach seiner Erinnerung ist es elf Jahre her, dass er in der Nacht ins Hotel Memory gekommen ist. Chronologisch betrachtet, ist es heute passiert, nur in einer falschen Erinnerung.

Als er die West 50th erreicht, regnet es stärker, und die Wolkendecke hat sich herabgesenkt. Er nimmt zuversichtlich an, dass das Hotel auf der 50th Street war, und er ist ziemlich sicher, dass er in östlicher Richtung gegangen ist.

Immer wieder sieht er die beiden Säulen des Big Bend, die im Regen leuchten. Die Kurve ist verborgen in den Wolken, sechshundert Meter hoch.

Er versucht, in diesem Augenblick nicht an Meghan zu denken, denn wenn er es tut, zerbricht er wieder. Aber er muss stark sein und seinen klaren Verstand behalten.

Er friert und ist so müde, und allmählich fragt er sich, ob er in jener Nacht vielleicht doch nach Westen und nicht nach Osten gegangen ist, als er eine rote Neon-Leuchtschrift in der Ferne sieht.

McLachan's Restaurant
Breakfast
Lunch
Dinner
Täglich geöffnet
24 Stunden

Barry geht weiter, bis er unter der Schrift steht. Der Regen fällt durch das rote Licht.

Er geht weiter.

Vorbei an dem kleinen Supermarkt, an den er sich erinnert. Dann kommt der Schnapsladen, eine Boutique mit luxuriöser Damenbekleidung, eine Bank – alles geschlossen –, und schließlich, kurz vor dem Ende des Blocks, bleibt er vor der dunklen Einfahrt stehen, die schräg in den unterirdischen Raum unter dem neo-gotischen Gebäude führt, das zwischen zwei höheren Wolkenkratzern eingeklemmt ist.

Wenn er durch diese Einfahrt hinuntergeht, wird er zu einem Garagentor aus profilverstärktem Stahl kommen.

So ist er vor all den Jahren ins Hotel Memory gelangt.

Er ist sich absolut sicher.

Ein Teil von ihm will hinunterlaufen, durch das Tor stürmen und jeden verdammten Menschen erschießen, den er in diesem Hotel findet, zuletzt den Mann, der ihn in den Sessel gesetzt hat. Seinetwegen ist Meghans Verstand zerbrochen. Seinetwegen ist sie tot. Hotel Memory muss verschwinden.

Aber das würde ihn wahrscheinlich nur den Kopf kosten.

Nein. Stattdessen wird er Gwen anrufen und einen diskreten inoffiziellen Einsatz mit einer Handvoll Kollegen vom Spezialeinsatzkommando vorschlagen. Wenn sie darauf besteht, wird er mit einer eidesstattlichen Erklärung zu einem Richter gehen. Sie werden den Strom im Gebäude abschalten, mit Nachtsichtgeräten hineingehen und Stockwerk für Stockwerk säubern.

Offenbar kann der Verstand mancher Leute – wie Meghan – die Verschiebung ihrer Realität nicht verkraften. Der Kollateralschaden ist ebenfalls tragisch; außer seiner Tochter sind noch drei Menschen bei dem Brand ums Leben gekommen, und auf seiner Fahrt zur Penn Station hat er über Funk noch weitere Meldungen über Personen gehört, die durch das Auftauchen des Big Bend in der Stadt aus dem Gleichgewicht geraten sind und schlimmes Unheil angerichtet haben.

Gesunder Verstand gerät ins Wanken, und wankender Verstand taumelt in den Abgrund.

Er zieht sein Telefon aus der Tasche, ruft die Kontakte auf und scrollt bis zum G.

Sein Finger schwebt über dem Namen *Gwen*, als jemand seinen Namen ruft.

Es ist eine Frauenstimme. »Nicht anrufen!«

Er blickt über die Straße und sieht, wie jemand auf ihn zugerannt kommt.

Seine Hand ist schon unter der Jacke, sein Daumen öffnet den Druckknopf des Schulterholsters, und seine Hand packt den Kolben der kompakten Glock. Wahrscheinlich, denkt er, arbeitet sie für den, der diesen Sessel konstruiert hat, wer immer es sein mag, und das bedeutet – *fuck!* –, sie wissen, dass er das Gebäude gefunden hat.

»Barry, nicht schießen, bitte.«

Sie geht langsamer und hebt die Hände.

Spreizt sie. Sie sind leer.

Vorsichtig kommt sie heran. Sie ist keine eins sechzig groß und trägt Stiefel und eine schwarze Lederjacke, an der Regentropfen herunterperlen. Dichtes rotes Haar reicht bis zum Unterkiefer hinunter, und es ist feucht. Sie hat im Regen auf ihn gewartet. Was ihn entwaffnet, ist der freundliche Blick ihrer grauen Augen und noch etwas, das ihm seltsam vertraut vorkommt.

»Ich weiß, Sie wurden in die schlimmste Erinnerung Ihres Lebens zurückgeschickt«, sagt sie. »Der Mann, der das getan hat, ist Marcus Slade. Ihm gehört dieses Gebäude. Und ich weiß, was soeben mit Meghan passiert ist. Es tut mir sehr leid, Barry. Ich weiß, Sie möchten etwas dagegen unternehmen.«

»Sie arbeiten für diese Leute?«

»Nein.«

»Können Sie Gedanken lesen?«

»Nein.«

»Wie können Sie dann wissen, was mir passiert ist?«

»Sie haben es mir erzählt.«

»Ich habe Sie noch nie im Leben gesehen.«

»Sie haben es mir in der Zukunft erzählt, in vier Monaten von jetzt an.«

Er lässt die Pistole sinken, und es ist, als habe er einen Knoten im Gehirn. »Sie haben diesen Stuhl benutzt?«

Sie schaut ihm in die Augen, und ihr Blick ist so intensiv, dass es wie kühle Elektrizität über sein Rückgrat rinnt. »Ich habe diesen Stuhl erfunden.«

»Wer sind Sie?«

»Helena Smith. Und wenn Sie mit Gwen in Slades Gebäude eindringen, wird damit alles zu Ende sein.«

BUCH DREI

Zeit ist der Grund,
aus dem heraus nicht alles auf einmal geschieht.

Ray Cummings

BARRY

6. November 2018

Die Frau mit den feuerroten Haaren nimmt Barry beim Arm und zieht ihn über den Gehweg davon, weg von der Einfahrt zur Tiefgarage.

»Wir sind hier nicht sicher«, sagt sie. »Gehen wir zu Ihrem Auto. Penn Station, stimmt's?«

Barry zieht seinen Arm weg und will in die entgegengesetzte Richtung gehen.

»Sie stehen zu Hause in Portland in der Einfahrt und beobachten zusammen mit Ihrem Vater eine totale Sonnenfinsternis«, ruft sie ihm nach. »Sie verbringen den Sommer bei Ihren Großeltern auf ihrer Farm in New Hampshire. Da sitzen Sie im Apfelgarten und erzählen sich selbst komplizierte Geschichten.«

Er bleibt stehen und dreht sich um.

Sie fährt fort. »Sie waren niedergeschmettert, als Ihre Mutter starb, aber sie waren auch dankbar, denn Sie wussten, wann ihre Zeit zu Ende ging, und hatten Gelegenheit, sich richtig von ihr zu verabschieden. Sicher zu sein, dass sie wusste, Sie liebten sie. Bei Ihrem Vater war das anders, denn er starb plötzlich, als Sie fünfzehn waren. Manchmal wachen Sie immer noch mitten in der Nacht auf und fragen sich, ob er es wusste.«

Er friert, als sie bei seinem Crown Vic ankommen. Helena sinkt auf dem nassen Asphalt auf die Knie und streicht mit den Händen unter dem Fahrgestell entlang.

»Was machen Sie da?«, fragt Barry.

»Ich sorge dafür, dass kein Trackingsender unter dem Wagen sitzt.«

Sie steigen ins trockene Auto, und er dreht die Heizung auf und wartet darauf, dass der Motor die eisige Luft anwärmt, die aus den Lüftungsschlitzen weht.

Auf dem vierzigminütigen Fußweg von der 50th Street zum Wagen hat sie ihm eine verrückte Geschichte erzählt. Er ist nicht völlig sicher, dass er ihr glaubt, wie sie in einer früheren Timeline auf einer ausgemusterten Ölbohrinsel den Stuhl gebaut hat.

»Ich habe Ihnen noch so viel mehr zu erzählen.« Helena schnallt sich an.

»Wir können in meine Wohnung fahren.«

»Da sind wir nicht in Sicherheit. Marcus Slade weiß von Ihnen, und er weiß, wo Sie wohnen. Wenn er irgendwann in der Zukunft erkennt, dass wir beide zusammenarbeiten, wird er Sie benutzen, um an mich heranzukommen. Er könnte den Stuhl benutzen, um zum heutigen Abend zurückzukommen, und uns in diesem Augenblick finden. Sie müssen aufhören, linear zu denken. Sie haben keine Ahnung, wozu er fähig ist.«

Die Lichter unter der Decke des Battery Tunnels ziehen über ihnen vorbei, und Helena berichtet, wie sie von Slades Bohrinsel in ihre eigene Erinnerung entkommen und nach Kanada geflüchtet ist.

»Ich war bereit, den Rest meines Lebens unter dem Radar zu verbringen oder mich umzubringen, sollte Slade mich jemals finden. Ich war völlig auf mich selbst gestellt – meine Mom ist 2011 gestorben, mein Dad wenig später. Und 2016 kamen die ersten Berichte einer rätselhaften neuen Krankheit an die Öffentlichkeit.«

»Das False Memory Syndrome.«

»FMS ist erst kürzlich ins Bewusstsein der Öffentlichkeit gedrungen, aber ich wusste sofort, es war Slade. In den ersten zwei Jahren meines Untertauchens würde er sich an unsere Zeit auf der Plattform nicht erinnern. In seiner Erinnerung war ich verschwunden, nachdem Jee-woon mit dem Jobangebot bei mir erschienen war. Aber als wir nach 2009 zurückkehrten, genau gesagt, zu dem Abend, an dem ich mithilfe des Stuhls entkam, erlangte Slade alle Erinnerungen an unsere gemeinsame Zeit. Es waren natürlich tote Erinnerungen, aber – und hier habe ich mich verrechnet – sie enthielten alle Informationen, die er brauchte, um den Stuhl und alle seine Komponenten selbst zu bauen. Ich kam nach New York, denn hier war anscheinend Ground Zero des FMS-Ausbruchs. Ich nahm an, Slade habe sein neues Labor in der Stadt eingerichtet und erprobte den Stuhl an Menschen. Aber ich konnte ihn nicht finden. Wir sind gleich da.«

Sie sind tief im Innern von Red Hook, und Barry fährt langsam an einer Reihe von Lagerhäusern am Wasser entlang. Helena zeigt auf das Gebäude, zu dem sie will, aber sie lässt ihn fünf Blocks weiter in der finsteren Durchfahrt zwischen zwei Gebäuden parken, im Schatten zweier überquellender Müllcontainer.

Der Regen hat aufgehört.

Draußen ist es entnervend still. Die Luft stinkt nach nassem Müll und abgestandenen Regenwasserpfützen. Vor seinem geistigen Auge entsteht immer wieder der letzte Blick, den er auf Meghan geworfen hat. Sie liegt auf dem schmutzigen Gehweg vor ihrem Haus, und ihre nackten Füße ragen unter dem nassen Laken hervor.

Barry schluckt seinen Schmerz herunter, lässt den Kofferraumdeckel aufspringen und nimmt seine Pumpgun und eine Schachtel Patronen heraus.

Eine Viertelmeile weit gehen sie auf dem rissigen Gehweg entlang. Barry achtet aufmerksam darauf, ob sich Fahrzeuge oder Schritte nähern, aber das einzige Geräusch ist das ferne Dröhnen von Hubschraubern, die über der Stadt kreisen, und die dunklen Sirenen der Frachtkähne auf dem East River.

Helena führt ihn zu der unauffälligen Stahltür eines Gebäudes an der Wasserseite, das immer noch das Firmenschild der Brauerei trägt, die hier früher ansässig war.

Sie gibt den Code auf dem Tastenfeld neben der Tür ein, und sie betreten das Gebäude. Helena schaltet das Licht ein. In der Halle riecht es nach verarbeitetem Getreide, und das Echo ihrer Schritte klingt wie in einer verwahrlosten Kathedrale. Sie gehen an Reihen von Brautanks aus Edelstahl vorbei, an einem rostigen Maischebottich und schließlich an den Überresten einer Abfüllanlage.

Dann steigen sie vier Treppen hinauf zu einem ausgedehnten Loft. Die Fenster reichen vom Boden bis zur Decke und bieten einen Ausblick auf den Fluss, auf Governors Island und die schimmernde Südspitze von Manhattan.

Der Boden ist bedeckt von Kabeln und einem Gewirr von demontierten Schalttafeln. Speziell angefertigte Server stehen summend an einer alten Ziegelwand, und davor sieht er einen Stuhl im Zustand der Konstruktion – ein rohes Holzgerüst, an dessen Armlehnen und Beinen sich bündelweise freiliegende Kabel entlangziehen. Ein Gegenstand, der unbestimmte Ähnlichkeit mit einem Helm hat, ist auf einer Werkbank festgeklemmt und verschwindet fast unter einem Gewirr von halb fertigen Schaltungen.

»Sie bauen Ihren eigenen Stuhl?«, fragt Barry.

»Ein paar Programmier- und Ingenieurarbeiten habe ich extern in Auftrag gegeben, aber ich habe ihn schon zweimal gebaut, und deshalb habe ich noch ein paar Tricks im Ärmel und reichlich Mittel aus meinen Investmenterträgen. Und die Fortschritte in der Prozessortechnik haben die Kosten seit meiner Zeit auf der Plattform deutlich gesenkt. Haben Sie Hunger?«

»Nein.«

»Na, ich umso mehr.«

Hinter den Servern versteckt liegt eine bescheidende Küche, und ihr gegenüber an den Fenstern stehen eine Kommode und ein Bett. Ohne klare Grenze zwischen Arbeits- und Wohnfläche wirkt das Loft wie das, was es ist: das Labor einer verzweifelten und möglicherweise verrückten Wissenschaftlerin.

Barry wäscht sich das Gesicht am Waschbecken im Badezimmer, und als er herauskommt, steht Helena am Herd und hat zwei Pfannen in Arbeit.

»Ich liebe *Huevos rancheros*«, sagt er.

»Ich weiß. Und meine lieben Sie *wirklich*. Na ja, formal gesehen ist es das Rezept meiner Mutter. Setzen Sie sich.«

Er nimmt an einem kleinen kunststoffbezogenen Tisch Platz, und sie bringt ihm einen Teller.

Barry hat keinen Hunger, aber er weiß, er sollte etwas essen. Er zerschneidet eins der beidseitig gebratenen Eier, und das Eigelb fließt in die Bohnen und die Salsa verde. Er nimmt einen großen Bissen. Und sie hatte recht. Bessere *Huevos rancheros* hat er nie gegessen.

»Jetzt muss ich Ihnen von Dingen erzählen, die noch gar nicht passiert sind«, sagt Helena.

Barry starrt sie über den Tisch hinweg an. Ihr Blick ist gehetzt, findet er, und irgendwie haltlos.

»Nach dem Big Bend«, sagt sie, »wird die FMS-Manie fieberhaft werden. Schockierenderweise wird man es immer noch als rätselhafte Epidemie ohne identifizierbares Pathogen betrachten, aber eine Handvoll theoretische Physiker wird doch anfangen, mit Ideen über Miniatur-Wormholes und die Möglichkeit zu spielen, dass jemand mit dem Raum-Zeit-Kontinuum experimentiert. Übermorgen werden Sie mit einem Spezialeinsatzkommando in Slades Hotel gehen. Er und der größte Teil seines Teams werden die Razzia nicht überleben. Die Zeitungen werden berichten, Slade habe ein neurologisches Virus verbreitet, das diejenigen Bereiche des Gehirns angreift, in denen die Erinnerungen gespeichert werden. Die Medien werden eine Zeit lang wie besessen davon berichten, aber in einem Monat wird die öffentliche Hysterie sich legen. Es wird aussehen, als sei das Rätsel gelöst und die Ordnung wiederhergestellt worden, und es wird keine neuen Fälle von FMS geben.«

Helena schlingt ein paar Bissen herunter, und Barry begreift allmählich, dass er hier mit einer Frau am Tisch sitzt, die ihm die Zukunft erzählt. Aber das ist nicht einmal das Merkwürdigste daran. Das Merkwürdigste ist, dass er anfängt, ihr zu glauben.

Helena legt die Gabel hin.

»Aber ich weiß, dass es nicht vorbei ist«, sagt sie. »Meine schlimmste Vorstellung ist, dass der Stuhl nach Ihrer Razzia jemand anderem in die Hände fällt. Also werde ich Sie in einem Monat suchen und finden, und ich werde Ihnen meine Vertrauenswürdigkeit beweisen, indem ich Ihnen genau erzähle, was Sie in Slades Labor gefunden haben.«

»Und ich werde Ihnen glauben?«

»Letzten Endes ja. Sie werden mir erzählen, dass Slade bei der Razzia, bevor er getötet wurde, versuchte, den Stuhl und seine Vorgänger zu zerstören, dass aber ein Teil davon gerettet wurde. Regierungsagenten – Sie wissen nicht, von welchem Dienst – kamen dazu und nahmen alles mit. Ich kann es nicht wissen, aber ich nehme an, sie haben keine Ahnung, was der Stuhl ist oder wie er funktioniert. Das meiste ist kaputt, aber sie arbeiten Tag und Nacht daran, alles zu rekonstruieren. Können Sie sich vorstellen, was passiert, wenn sie damit Erfolg haben?«

Barry geht zum Kühlschrank, öffnet die Tür mit zitternden Händen und nimmt zwei schlanke kalte Flaschen heraus.

Er setzt sich wieder an den Tisch. »Meine Razzia in Slades Labor führt also dazu.«

»Ja. Sie haben den Stuhl selbst erlebt. Sie kennen seine Macht. Nach allem, was ich erkennen kann, benutzt Slade ihn nur, um ein paar wenige Auserwählte in ihren Erinnerungen zurückreisen zu lassen. Wer weiß, warum? Aber Sie sehen ja, wie viel Angst und Panik es weckt. Man muss nicht allzu lange an der Realität herumschrauben, um die Menschheit komplett entgleisen zu lassen. Wir müssen ihn stoppen.«

»Mit Ihrem Stuhl?«

»Der wird erst in vier Monaten in Betrieb gehen können. Je länger wir warten, desto größer ist die Chance, dass jemand Slades Labor findet, bevor wir hineinkommen. Gwen haben Sie bereits darauf aufmerksam gemacht. Und wenn die Leute wissen, dass der Stuhl existiert, werden ihre Erinnerungen daran jedes Mal zurückkommen, ganz gleich, wie oft eine Timeline verändert wird. Ganz so, wie Julia und Meghan sich daran erinnert haben, dass Meghan gestern bei einem Verkehrsunfall zu Tode gekommen ist.«

»Ihre Erinnerungen sind erst aufgetreten, als wir den Augenblick erreichten, in dem ich den Stuhl in der letzten Timeline benutzt hatte. Läuft das immer so?«

»Ja, weil das der Augenblick war, in dem Ihr Bewusstsein und Ihre Erinnerungen aus der vorigen Timeline in diese einmündeten. Ich nenne es den Jahrestag einer Timeline.«

»Und was schlagen Sie vor?«

»Sie und ich übernehmen morgen die Kontrolle über Slades Labor. Wir zerstören den Stuhl, die Software, die gesamte Infrastruktur, alle Spuren seiner Existenz. Ich habe ein Virus, das ich in sein autarkes Netzwerk hochladen werde, wenn wir drin sind. Es wird alles formatieren.«

Barry trinkt sein Bier. Es fließt kratzend durch seine enge Kehle in den Magen.

»War mein zukünftiges Ich mit diesem Plan einverstanden?«

Helena lächelt. »Tatsächlich haben wir ihn zusammen ausgedacht.«

»Dachte ich, wir beide hätten eine Chance?«

»Ehrlich? Nein.«

»Was glauben Sie?«

Helena lehnt sich zurück. Sie sieht todmüde aus. »Ich glaube, wir sind die beste Chance, die die Welt hat.«

Barry steht an der Fensterwand neben Helenas Bett und schaut über den tintenschwarzen Fluss hinweg zur Stadt. Er hofft, Julia geht es gut, aber er hat seine Zweifel. Als er sie angerufen hat, hat sie einen Weinkrampf bekommen und aufgelegt, und danach hat sie seine Anrufe nicht mehr beantwortet. Vermutlich gibt sie ihm teilweise die Schuld.

Das Big Bend dominiert jetzt die Skyline von Manhattan, und er fragt sich, ob er sich je daran gewöhnen wird oder ob es für ihn und andere immer eine Erinnerung an die Unzuverlässigkeit der Realität bleiben wird.

Helena kommt an seine Seite.

»Alles okay?«, fragt sie.

»Ich sehe ständig Meghan auf dem Gehweg. Fast konnte ich durch das nasse Laken, das sie über sie gebreitet hatten, sogar ihr Gesicht sehen. Dass ich zurückgegangen bin und diese elf

Jahre noch einmal erlebt habe – am Ende hat es für meine Familie nichts in Ordnung gebracht.«

»Es tut mir so leid, Barry.«

Er sieht sie an.

Atmet ein, atmet aus.

»Haben Sie schon einmal geschossen?«, fragt er.

»Ja.«

»In letzter Zeit?«

»Der zukünftige Sie wusste, dass Sie und ich allein in Slades Gebäude stürmen würden. Deshalb sind Sie mit mir auf den Schießstand gegangen.«

»Sie trauen es sich wirklich zu?«

»Ich habe den Stuhl gebaut, weil meine Mom Alzheimer hatte. Ich wollte ihr und anderen wie ihr helfen. Ich dachte, wenn wir herausfinden, wie wir Erinnerungen festhalten können, würden wir dadurch verstehen, wie wir verhindern können, dass sie überhaupt erst ausgelöscht werden. Ich wollte nicht, dass aus dem Stuhl das wird, was daraus geworden ist. Er hat nicht nur mein Leben zerstört, sondern er zerstört jetzt auch das Leben anderer. Menschen haben ihre Liebsten verloren. Ganze Leben sind ausradiert worden. *Kinder* sind ausradiert worden.«

»Aber Sie haben nicht gewollt, dass es dazu kommt.«

»Trotzdem sind wir hier, und es war mein Ehrgeiz, der den Apparat in Slades Hände gebracht hat, und später in die Hände anderer.« Sie sieht Barry an. »Sie sind durch mich hier. Die Welt verliert durch mich ihren kollektiven Verstand. Durch mich steht da draußen ein verdammtes Hochhaus, das gestern noch nicht da war. Deshalb ist es mir ziemlich egal, was morgen aus mir wird, solange wir diesen Stuhl spurlos vernichten. Ich bin bereit, dafür zu sterben, wenn es nötig ist.«

Erst jetzt sieht er, welche Last sie trägt. Er sieht den Selbsthass und die Reue. Was für ein Gefühl ist es, etwas zu erschaffen, das die Struktur von Erinnerung und Zeit zerstören kann? Was muss es sie kosten, die Last dieser Schuld, dieses Grauens und Entsetzens, dieser Angst zu verdrängen?

»Das mag alles sein«, sagt er, »aber durch Sie habe ich meine Tochter heranwachsen sehen.«

»Ich meine es nicht so, wie es klingt, aber Sie hätten es nicht sehen sollen. Wenn wir uns nicht auf unsere Erinnerungen verlassen können, wird unsere Spezies in Auflösung geraten. Es hat schon angefangen.«

Helena schaut über das Wasser hinweg nach Manhattan, und in diesem Augenblick ist ihre Verletzlichkeit überwältigend.

»Wir sollten wahrscheinlich ein bisschen schlafen«, sagt sie. »Sie können mein Bett haben.«

»Ich nehme Ihnen Ihr Bett nicht weg.«

»Ich schlafe sowieso fast immer auf der Couch. Der Fernsehton hilft mir beim Einschlafen.«

Sie wendet sich ab.

»Helena?«

»Ja?«

»Ich weiß, ich kenne Sie eigentlich nicht, aber ich bin sicher, Ihr Leben ist mehr als nur dieser Stuhl.«

»Nein. Der Stuhl definiert mich. Den ersten Teil meines Lebens habe ich mit dem Versuch verbracht, ihn zu bauen. Im zweiten Teil, wie groß er auch sein mag, werde ich versuchen, ihn zu zerstören.«

HELENA

7. November 2018

Sie liegt vor dem Fernseher, und das Licht des Bildschirms flackert auf ihren geschlossenen Lidern. Der Ton ist gerade laut genug, um ihre stets rastlosen Gedanken zu beschäftigen. Dann bringt etwas sie wieder zu sich, und sie ist plötzlich hellwach. Aber es ist nur Barry, der leise weint. Sie würde gern zu ihm ins Bett steigen und ihn trösten, aber dazu ist es zu früh – im Grunde sind sie ja noch Fremde. Vielleicht muss er auch vorläufig allein trauern.

Sie lässt sich wieder in die Kissen sinken, und die Sofafedern knarren, als sie die Decke bis unter das Kinn zieht. Es entgeht ihr nicht, wie seltsam es ist, sich an die Zukunft zu erinnern. Die Erinnerung daran, wie sie und Barry sich in vier Monaten in diesem Raum voneinander verabschieden, klingt immer noch in ihr wie ein pochender Schmerz. Sie hat im Deprivationstank geschwebt, und Barry hat sich über sie gebeugt und sie geküsst. Er hatte Tränen in den Augen, als sie die Einstiegsluke schloss, und sie ebenfalls. Ihre Zukunft war so vielversprechend gewesen, und sie tötete sie.

Der Barry, den sie zurückgelassen hat, weiß bereits, ob sie erfolgreich war. Er wird es in dem Augenblick gewusst haben, als sie im Tank starb und seine Realität sich im selben Moment verschob und an diese neue Realität anpasste, die sie schuf.

Sie widersteht dem Drang, den Barry der Gegenwart zu

wecken und es ihm zu erzählen. Es würde es morgen nur schwerer machen, in Slades Labor einzudringen, und emotionalen Sand ins Getriebe streuen. Und was sollte sie sagen? Dass es gefunkt hat? Dass die Chemie stimmte? Am besten bleibt sie bei dem Plan. Sie kann den Schaden, den ihr Verstand für die Welt angerichtet hat, nicht ungeschehen machen, aber vielleicht kann sie die Wunde verschließen und die Blutung stoppen.

Sie hatte einmal so ungeheure Träume: Sie wollte die Folgen der gedächtniszerstörenden Erkrankungen auslöschen. Jetzt, da ihre Mom und ihr Dad nicht mehr da sind und sie keine nennenswerten Freunde hat, abgesehen von einem Mann, der vier Monate weit in einer unerreichbaren Zukunft lebt, sind ihre Träume nicht mehr weltverändernd, sondern verzweifelnd persönlich.

Sie möchte sich einfach gern nachts hinlegen, friedlich und mit einem ruhigen Herzen.

Sie versucht zu schlafen, denn sie weiß, heute Nacht braucht sie ihren Schlaf vielleicht mehr als in jeder anderen Nacht ihres Lebens.

Und natürlich kann sie genau deshalb nicht schlafen.

Am Abend schleichen sie sich durch die Hintertür aus dem Gebäude und nehmen sich einen Augenblick Zeit, um die Straßen der Umgebung zu studieren, bevor sie sich ins Freie hinauswagen. Die Gegend besteht hauptsächlich aus verlassenen Industriegebäuden. Es herrscht wenig Verkehr, und nichts sieht verdächtig aus.

Als sie durch Brooklyn Heights fahren, wirft Barry einen Blick zu ihr hinüber. »Als Sie mir gestern Abend den Stuhl gezeigt haben, haben Sie gesagt, Sie hätten ihn schon zweimal gebaut. Wann war das erste Mal?«

Sie trinkt einen Schluck von dem Kaffee, den sie mitgenommen hat – als Talisman gegen die elende Schlaflosigkeit der vergangenen Nacht.

»In der ursprünglichen Timeline war ich Leiterin eines Forschungs- und Entwicklungsteams bei einer Firma namens Ion in San Francisco. Sie interessierten sich nicht für die medizinischen Einsatzmöglichkeiten meines Stuhls. Sie sahen nur den Unterhaltungswert und die Dollars, die sich damit machen ließen. Ich strampelte an Ort und Stelle, war bald ausgebrannt und kam nicht weiter. Ion war kurz davor, mir den Hahn abzudrehen, als eine Testperson einen Herzinfarkt hatte und im Deprivationstank verstarb. Wir alle erlebten eine leichte Verschiebung der Realität, aber niemand begriff, was passiert war. Niemand außer meinem Assistenten, Marcus Slade. Das muss man ihm lassen – er hat früher als ich begriffen, was ich da geschaffen hatte.«

»Und wie ging es weiter?«

»Ein paar Tage später bat er mich, ins Labor zu kommen. Es sei ein Notfall, sagte er. Als ich kam, hatte er eine Pistole in der Hand. Ich musste mich ins System einloggen und ein Reaktivierungsprogramm für eine Erinnerung laden, die wir für ihn kartiert hatten. Und als ich das getan hatte, tötete er mich.«

»Wann war das?«

»Vor zwei Tagen. Am 5. November 2018. Aber natürlich liegt das mehrere Timelines zurück.«

Barry nimmt die Auffahrt zur Brooklyn Bridge.

»Ich will nicht in Zweifel ziehen, was Sie sagen, aber hätten Sie nicht in eine andere Erinnerung zurückreisen können?«

»Sie meinen, in eine, in der ich nicht geboren wurde, sodass es den Stuhl nie gegeben hätte?«

»Nein, natürlich nicht.«

»*Ich* kann nicht zurückgehen und verhindern, dass ich geboren werde. Das kann jemand anders tun, und dann bin ich eine tote Erinnerung. Aber bei dem Stuhl gibt es kein Großvater-Paradox oder irgendein zeitliches Paradox. Alles, was geschieht, selbst wenn es verändert oder ungeschehen gemacht wird, lebt in toten Erinnerungen weiter. Das Prinzip von Ursache und Wirkung ist immer noch quicklebendig.«

»Okay, wie wär's dann, wenn Sie in eine Erinnerung auf der Ölbohrinsel zurückkehren. Da könnten Sie Slade von der Plattform gestoßen haben oder so was.«

»Alles, was auf der Plattform passiert ist, existiert in toten Erinnerungen. Zu denen kann man nicht zurückkehren. Wir haben es versucht – mit katastrophalen Resultaten. Aber – ja, ich hätte ihn umbringen sollen, als ich die Gelegenheit dazu hatte.«

Sie befinden sich jetzt auf der Mitte der Brücke. Die Querstreben huschen über ihnen vorüber. Vielleicht liegt es am Kaffee, aber eher an der Nähe der Stadt – jedenfalls ist sie plötzlich hellwach.

»Was sind tote Erinnerungen?«, fragt Barry.

»Das, was alle für falsche Erinnerungen halten. Aber sie sind nicht falsch. Sie befinden sich nur auf einer Timeline, die jemand beendet hat. Die Timeline zum Beispiel, in der Ihre Tochter von einem Auto überfahren wurde, ist jetzt eine tote Erinnerung. Sie haben diese Timeline beendet und die hier begonnen, als Slade Sie im Deprivationstank umgebracht hat.«

Sie fahren durch Midtown Manhattan und auf der 3rd Avenue nach Norden. An der East 49th biegen sie links ab und halten schließlich am Randstein an, kurz vor dem vorgeblichen Eingang zu Slades Gebäude. Da ist die Kulisse einer Lobby neben einer Reihe von Aufzügen, die nirgendwo hinfahren. Der einzige echte Eingang führt durch die Tiefgarage in der 50th Street.

Es regnet Bindfäden, als sie aussteigen. Barry zieht eine schwarze Sporttasche aus dem Kofferraum, und Helena folgt ihm ein kleines Stück weit zum Eingang einer Bar, in der sie schon einmal waren, in vier Monaten von jetzt an, als sie die Einfahrt in Slades Gebäude erkundet und ihre Pläne für diesen Augenblick besprochen haben.

Die muffig riechende Bar ist überraschend voll und genauso seelenlos, wie Helena sie in Erinnerung hat. Barrys Dienstmarke verschafft ihnen die Aufmerksamkeit des zwergenhaften Barkeepers. Es ist derselbe, den sie und Barry in vier Monaten in einer toten Zukunft kennengelernt haben – ein Arschloch mit einem Napoleon-Komplex, aber eins, das hilfreicherweise eine gesunde Angst vor Polizisten in sich trägt. Sie bleibt neben Barry stehen, als er erst sich und dann Helena als seine Partnerin vorstellt und erklärt, dass sie Zugang zum Keller brauchen, weil ein sexueller Übergriff angezeigt worden ist, der gestern am späten Abend dort stattgefunden haben soll.

Fünf Sekunden lang fürchtet Helena, dass es nicht funktionieren wird. Der Barkeeper starrt sie an, als sei er nicht hundertprozentig sicher, dass er ihr die Rolle abkauft, die sie hier spielt. Er könnte einen Durchsuchungsbeschluss verlangen. Er könnte sich absichern und den Eigentümer anrufen. Aber stattdessen schreit er nach jemandem namens Carla.

Eine Kellnerin stellt ein Tablett mit leeren Biergläsern auf dem Tresen ab und kommt herüber.

»Das sind Cops«, sagt der Barkeeper. »Sie wollen den Keller sehen.«

Carla zuckt die Achseln, wendet sich ab und geht bis ans andere Ende des Lokals und in einen Kühlraum. Sie führt Barry und Helena durch ein Gewirr von silbernen Fässchen zu einer schmalen Tür in der hintersten Ecke des Kühlraums.

Sie nimmt einen Schlüssel von einem Nagel an der Wand

und öffnet das Vorhängeschloss an der Tür. »Kurze Warnung – da unten ist kein Licht.«

Barry zieht den Reißverschluss an seiner Sporttasche auf und nimmt eine Taschenlampe heraus.

»Der Mann ist vorbereitet«, sagt die Kellnerin. »Na, dann lasse ich Sie mal allein.«

Barry wartet, bis sie weg ist, bevor er die Kellertür öffnet.

Der Lichtstrahl offenbart eine Klaustrophobie weckende Treppe in zweifelhaftem Zustand, die in die Dunkelheit hinunterführt. Der klamme, alles durchdringende Geruch aus alten Zeiten ist überwältigend. Es ist der Geruch eines längst vergessenen Ortes. Helena atmet tief durch, um ihren rasenden Puls zu beruhigen.

»Hier ist es?«, fragt Barry.

»Hier ist es.«

Sie folgt ihm auf den knarrenden Stufen hinunter in einen Keller mit zusammengebrochenen Regalen und einer durchgerosteten Öltonne, voll mit verbranntem Abfall.

Am anderen Ende des Kellerraums zieht Barry eine weitere Tür auf. Das Kreischen der Angeln ist nervenzerreißend. Sie treten über die Schwelle und gelangen in einen Korridor mit gewölbter Decke und bröckelnden Backsteinwänden.

Hier unter den Straßen der Stadt ist es kälter. Die Luft riecht nach feuchtem Schimmel und ist unruhig von tröpfelndem Wasser. Helena fürchtet, dass das unsichtbare Scharren in einiger Entfernung von Ratten kommt.

Sie geht jetzt voran.

Ihre Schritte hallen nass von den Wänden wider.

Alle fünfzehn Meter kommen sie an morschen Türen vorbei, die in die Eingeweide anderer Gebäude führen.

Bei der zweiten Möglichkeit biegt sie in einen anderen Kellergang ein, und nach gut fünfundzwanzig Metern bleibt sie stehen und zeigt Barry eine Tür, die aussieht wie alle anderen hier. Er muss ziemlich kräftig drücken, damit die Klinke sich bewegt, und dann stemmt er sich mit der Schulter gegen die Tür, bis sie sich mit schrillem Geräusch öffnet.

Sie kommen aus dem Tunnel in einen anderen Kellerraum. Barry wirft seine Sporttasche auf den Steinboden und zieht den Reißverschluss auf. Er nimmt ein Brecheisen heraus, eine Packung Kabelbinder, eine Schachtel Schrotpatronen vom Kaliber 12, eine Pumpgun und vier Reservemagazine für seine Glock.

»Nehmen Sie so viele Patronen, wie Sie tragen können«, sagt er.

Helena reißt die Schachtel auf und stopft Patronen in die Innentaschen ihrer Lederjacke. Barry überprüft das Magazin in der Glock, zieht seinen Trenchcoat aus und schiebt die Reservemagazine in die Taschen. Dann nimmt er das Stemmeisen und geht zur nächsten Tür in diesem Raum. Sie sieht neuer aus als die anderen, und sie ist von der anderen Seite verriegelt. Er schiebt das Stemmeisen tief zwischen Tür und Rahmen und reißt es zurück, so hart er kann. Zuerst hört man nichts als sein eigenes Keuchen. Dann das Splittern von Holz und das Kreischen von reißendem Metall. Als die Tür schließlich aufspringt, greift Barry durch den Spalt und reißt ein zerbrochenes, verrostetes Vorhängeschloss herunter. Dann öffnet er die Tür vorsichtig so weit, dass sie sich beide hindurchzwängen können.

Sie stehen im alten Heizungskeller des Hotels, der anscheinend zumindest seit einem halben Jahrhundert nicht mehr in Betrieb ist. Sie schlängeln sich durch ein Labyrinth von altertümlichen Maschinen, Druckanzeigen und schließlich vorbei an dem massiven Heizungskessel selbst. Durch eine Tür gelangen sie zum Fuße einer Hintertreppe, die in Spiralen nach oben in die Dunkelheit führt.

»In welchem Stock ist Slades Penthouse noch einmal?«, flüstert Barry.

»Im vierundzwanzigsten. Das Labor ist im siebzehnten, die Server stehen im sechzehnten. Sind Sie bereit?«

»Ich wünschte, wir könnten den Aufzug nehmen.«

Ihr Plan ist es, geradewegs zu Slade hineinzustürmen. Sie hoffen, dass er in seiner Wohnung im Penthouse ist. Sobald er Schüsse hört oder von irgendetwas Verdächtigem Wind bekommt, wird er wahrscheinlich zum Stuhl flüchten, um zurückzureisen und sie zu stoppen, bevor sie auch nur einen Fuß ins Gebäude setzen können.

Barry beginnt mit dem Aufstieg. Die Lampe hält er auf ihre Füße gerichtet. Helena folgt dicht hinter ihm und bemüht sich, so leise wie möglich zu sein, aber die alte Holztreppe ächzt und stöhnt unter ihrem Gewicht.

Nach ein paar Minuten macht Barry an einer Tür halt, neben der die Nummer 8 an der Wand steht, und knipst die Lampe aus.

»Was ist?«, flüstert Helena.

»Ich habe etwas gehört.«

Sie lauschen in die Finsternis. Ihr Herz klopft, und das Gewehr wird mit jeder Sekunde schwerer. Sie sieht nichts, und sie hört nur ein leises, dunkles Stöhnen, das klingt, als atme jemand über die Öffnung einer Flasche hinweg.

Von hoch oben bohrt sich ein einzelner Lichtstrahl durch die Mitte des Treppenhauses herunter und wandert über den Boden schräg auf sie zu.

»Kommen Sie«, flüstert Barry. Er öffnet die Tür und zieht sie in einen Korridor.

Eilig laufen sie über den roten Teppichboden eines Korridors, an dem Hotelzimmer liegen, deren Nummern durch Lampen an der gegenüberliegenden Wand auf die Türen projiziert werden.

In der Mitte des Korridors öffnet die Tür von Zimmer 825 sich nach innen, und eine Frau mittleren Alters kommt heraus. Sie trägt einen marineblauen Hausmantel mit den Initialen »IIM« auf dem Revers, und sie hat einen silbernen Eiskübel dabei.

Barry wirft Helena einen Blick zu, und sie nickt.

Sie sind jetzt bis auf drei Meter an die Frau herangekommen, aber sie hat sie noch nicht gesehen.

»Ma'am?«, sagt Barry.

Als sie ihn anschaut, richtet er seine Pistole auf sie.

Sie lässt den Eiskübel fallen.

Barry drückt einen Finger an die Lippen.

»Kein Wort«, befiehlt er, und sie schieben sie rückwärts ins Zimmer und folgen ihr.

Helena verriegelt die Tür und legt die Kette vor.

»Ich habe ein bisschen Geld und Kreditkarten …«

»Deshalb sind wir nicht hier. Setzen Sie sich auf den Boden und halten Sie den Mund«, sagt Barry.

Die Frau ist offenbar eben aus der Dusche gekommen. Ihr schwarzes Haar ist feucht, und sie hat keine Spur von Make-up im Gesicht. Helena sieht ihr nicht in die Augen.

Barry lässt die Sporttasche fallen, zieht den Reißverschluss auf und nimmt die Kabelbinder heraus.

»Bitte«, fleht die Frau, »ich will nicht sterben.«

»Niemand wird Ihnen etwas antun«, sagt Helena.

»Hat mein Mann Sie geschickt?«

»Nein«, sagt Barry und sieht Helena an. »Legen Sie ein paar Kissen in die Badewanne.«

Helena nimmt drei Kissen aus dem dekadenten Vier-Pfosten-Bett und wirft sie in die Badewanne, die auf Klauenfüßen auf einem kleinen Sockel steht, sodass man dort den Blick auf die Stadt im Dämmerlicht genießen kann, auf die Gebäude, die zu leuchten beginnen.

Als sie wieder ins Schlafzimmer kommt, hat Barry die Frau auf den Bauch gelegt und fesselt sie an Hand- und Fußgelenken. Dann wirft er sie über die Schulter und trägt sie ins Badezimmer, wo er sie behutsam in die Wanne legt.

»Warum sind Sie hier?«, fragt er sie.

»Sie wissen, was hier ist?«

»Ja.«

Tränen laufen ihr über die Wangen. »Ich habe vor fünfzehn Jahren einen schlimmen Fehler begangen«, sagt sie.

»Welchen?«, fragt Helena.

»Ich habe meinen Mann nicht verlassen, als ich es hätte tun sollen. Ich habe die besten Jahre meines Lebens vergeudet.«

»Jemand wird zu Ihnen kommen«, sagt Barry. Dann reißt er ein Stück Klebstreifen von der Rolle und verschließt ihr den Mund.

Sie schließen die Badezimmertür. Der offene Gaskamin verströmt eine willkommene Wärme. Die Flasche Champagner, die die Frau anscheinend hat trinken wollen, steht auf dem Couchtisch neben einem einzelnen Glas und einem aufgeschlagenen Tagebuch. Beide Seiten sind mit der Hand beschrieben.

Helena kann nicht anders, sie wirft einen Blick auf die elegant verschnörkelte Schrift und erkennt, es ist die Erzählung einer Erinnerung. Vielleicht ist es die Erinnerung, in die die Frau in der Badewanne zurückkehren will.

Sie fängt an: *Als er mich das erste Mal schlug, stand ich um zehn Uhr abends in der Küche und fragte ihn, wo er gewesen sei. Ich erinnere mich an sein rotes Gesicht, an den Geruch von Bourbon in seinem Atem und an seine tränenden Augen.*

Helena klappt das Tagebuch zu, geht zum Fenster und zieht den Vorhang zur Seite.

Anämisches Licht kriecht herein.

Sie späht acht Stockwerke tief hinunter auf die East 49th und sieht Barrys Wagen ein Stück weiter hinten am Block.

Die Stadt sieht nass und trostlos aus.

Die Frau im Badezimmer weint.

Barry kommt zu ihr. »Ich weiß nicht, ob wir entdeckt worden sind. So oder so, wir sollten jetzt sofort zusehen, dass wir an Slade herankommen. Ich schlage vor, wir riskieren es, den Aufzug zu nehmen.«

»Haben Sie ein Messer?«

»Ja.«

»Darf ich es sehen?«

Barry zieht ein Klappmesser aus der Tasche. Helena zieht ihre Lederjacke aus und rollt die Ärmel ihres grauen Shirts hoch.

Sie nimmt ihm das Messer ab, setzt sich in einen der Sessel und klappt das Messer auf.

»Was haben Sie vor?«, fragt er.

»Ich lege einen Wiederherstellungspunkt an.«

»Einen was?«

Sie sticht mit der Messerspitze in ihren linken Oberarm und zieht die Klinge quer über die Haut.

Als der Schmerz kommt und das Blut zu fließen beginnt …

BARRY

7. November 2018

»Was zum Teufel machen Sie da?«, fragt Barry.

Helenas Augen sind geschlossen, ihr Mund hängt halb offen, und sie ist völlig still.

Barry windet ihr vorsichtig das Messer aus der Hand. Eine ganze Weile passiert nichts. Dann öffnen sich ihre leuchtend grünen Augen.

Etwas in ihrem Blick hat sich verändert. Angst liegt darin, aber auch eine neue Intensität.

»Alles okay?«, fragt er.

Helena sieht sich im Zimmer um, schaut auf die Uhr und schlingt die Arme überraschend leidenschaftlich um Barry.

»Sie leben.«

»Natürlich lebe ich. Was ist los mit Ihnen?«

Sie führt ihn zum Bett. Sie setzen sich auf die Kante, und Helena zieht eins der Kopfkissen ab. Sie reißt einen Stoffstreifen vom Bezug und wickelt ihn um die Schnittwunde, damit die Blutung aufhört.

»Ich habe soeben den Stuhl benutzt, um in diesen Augenblick zurückzukommen«, sagt sie. »Ich fange eine neue Timeline an.«

»Mit Ihrem Stuhl?«

»Nein, mit dem im siebzehnten Stock. Mit Slades Stuhl.«

»Das verstehe ich nicht.«

»Ich habe die nächsten fünfzehn Minuten bereits erlebt. Der Schmerz von dem Messerschnitt vorhin war nur ein Brotkrumen, der mir den Weg zurück in diesen Augenblick gezeigt hat. Eine lebhafte Kurzzeiterinnerung, zu der ich zurückkehren konnte.«

»Sie wissen also, was passieren wird?«

»Wenn wir ins Penthouse hinauffahren, ja. Slade weiß, dass wir kommen. Er wird uns erwarten. Bevor wir aus dem Aufzug kommen, schießt er Ihnen eine Kugel durch das Auge. Da ist so viel Blut, und ich fange an zu schießen. Ich muss Slade getroffen haben, denn plötzlich kriecht er durch sein Wohnzimmer. Ich fahre mit dem Aufzug in die siebzehnte Etage hinunter, finde das Labor und schieße die Tür auf, als Jee-woon gerade in den Tank steigen will. Er kommt auf mich zu und sagt, er weiß, ich würde ihm nach allem, was er für mich getan hat, niemals etwas antun, aber das ist der größte Irrtum seines Lebens.

Ich gehe zum Terminal und logge mich durch eine Backdoor ein. Ich kartiere eine Erinnerung, steige in den Tank und kehre in den Augenblick zurück, in dem ich mich hier in diesem Zimmer schneide.«

»Sie hätten aber meinetwegen nicht zurückkommen müssen.«

»Um ganz ehrlich zu sein, das hätte ich auch nicht getan. Aber ich wusste nicht, wo Sergei war, und ich hatte nicht genug Zeit, um alles zu zerstören. Trotzdem bin ich sehr froh, dass Sie noch leben.« Sie sieht wieder auf die Uhr. »Sie werden in ungefähr zwölf Minuten schreckliche Erinnerungen an all das hier haben, genau wie alle anderen hier im Gebäude, und das ist ein Problem.«

Barry steht vom Bett auf und reicht Helena eine Hand, um ihr zu helfen.

Sie nimmt das Schrotgewehr.

»Also ist Slade im Penthouse«, sagt er, »und rechnet damit, dass wir dort zuerst auftauchen – wie wir es beim ersten Mal auch getan haben.«

»Richtig.«

»Jee-woon ist bereits unterwegs zu dem Stuhl auf der siebzehnten Etage und wartet darauf zu hören, dass es eine Sicherheitsverletzung gegeben hat, damit er in die Deprivationskammer springen und diese Timeline überschreiben kann. Und Sergei ist …«

»Keine Ahnung. Ich sage, wir gehen geradewegs ins Labor und kümmern uns als Erstes um Jee-woon. Was auch passiert, wir dürfen nicht zulassen, dass er in den Tank geht.«

Sie gehen aus dem Zimmer hinaus in den Korridor. Barry tastet zwanghaft immer wieder nach den Reservemagazinen in seinen Taschen.

Bei den Aufzügen drückt er auf einen Knopf, lauscht dem Geräusch des Getriebes hinter der Schiebetür und hält seine Glock schussbereit in der Hand.

»Diesen Teil haben wir schon gemacht«, sagt Helena. »Mit dem Aufzug kommt niemand herunter.«

Das Licht über dem Aufzug leuchtet auf, und die Glocke ertönt.

Barry hebt die Waffe, den Finger am Abzug.

Die Tür gleitet auf.

Leer.

Sie betreten die kleine Kabine, und Helena drückt auf den Knopf für die siebzehnte Etage. Die Fahrstuhlwände sind alte Rauchglasspiegel, und der Blick hinein schafft eine rekursive Illusion: eine endlose Zahl von Barrys und Helenas in Aufzugkabinen, die sich in einer gekrümmten Reihe in den grenzenlosen Raum erstrecken.

Als die Fahrt nach oben beginnt, sagt Barry: »Stellen wir uns an die Wand. Wir wollen das kleinstmögliche Ziel bieten, wenn die Türen aufgehen. Was für eine Waffe hatte Slade?«

»Eine Faustfeuerwaffe. Silbern.«

»Und Jee-woon?«

»Am Terminal lag eine Pistole, die aussah wie Ihre.«

Der Knopf für jedes Stockwerk leuchtet auf, wenn sie vorbeifahren.

Neun.

Zehn.

Eine Woge der Übelkeit überkommt ihn. Das sind die Nerven. Adrenalin schießt ihn seine Blutbahn, und der Geschmack von Angst erfüllt seinen Mund.

Elf.

Zwölf.

Dreizehn.

Er bewundert Helena, die nicht so verängstigt aussieht, wie er sich fühlt. Aber aus ihrer Perspektive hat sie sich ja schon einmal in dieses Getümmel gestürzt.

»Danke, dass Sie zu mir zurückgekommen sind«, sagt er.

Vierzehn.

»Versuchen Sie nur, diesmal nicht zu sterben, wissen Sie?«

Fünfzehn.

Sechzehn.

»Es geht los«, sagt sie.

Der Aufzug kommt bei siebzehn knirschend zum Stehen.

Barry hebt die Glock.

Helena drückt die Pumpgun an die Schulter.

Die Tür gleitet auf, und vor ihnen liegt ein leerer Korridor, der sich über die ganze Länge des Gebäudes erstreckt. Ein Stück weiter zweigen andere Korridore davon ab.

Barry tritt vorsichtig über die Schwelle.

Das leise Summen der Deckenbeleuchtung ist das Einzige, was er hört.

Helena kommt an seine Seite, und als sie sich das Haar aus dem Gesicht streift, überfällt ihn ein wilder Beschützerdrang, der ihn erschreckt und verblüfft. Er kennt sie doch erst seit knapp vierundzwanzig Stunden.

Sie gehen weiter.

Das Labor ist ein stromlinienförmig eingerichteter weißer Raum voller Glas und indirekter Beleuchtung. Sie kommen an einem Fenster vorbei, hinter dem ein Raum mit mehr als einem Dutzend MEG-Mikroskopen liegt. Eine junge Wissenschaftlerin lötet an einer Platine und sieht nicht, wie die beiden vorbeischleichen.

Als sie den ersten Abzweig erreicht haben, fällt irgendwo eine Tür ins Schloss. Barry bleibt stehen und lauscht nach Schritten, aber er hört nichts als die Deckenlampen.

Helena führt sie durch den nächsten Korridor, der an einer langen Fensterwand endet. Draußen sieht man die blaue Dunkelheit von Manhattan an einem rauen Abend. Die Lichter der Gebäude ringsum schimmern durch die neblige Dämmerung.

»Das Labor ist gleich vor uns«, flüstert Helena.

Barrys Hände sind schweißfeucht. Er wischt die Handflächen an den Hosenbeinen ab, damit er die Glock besser fassen kann.

Sie bleiben vor einer Tür stehen, die man nur mit einem Tastencode öffnen kann.

»Vielleicht ist er schon drin«, flüstert sie.

»Sie kennen den Code nicht?«, fragt er.

Sie schüttelt den Kopf und hebt das Schrotgewehr. »Aber das hier hat beim letzten Mal funktioniert.«

Aus dem Augenwinkel sieht Barry eine Bewegung an der Ecke am Ende des Korridors.

Er schiebt sich vor Helena, die schreit: »Jee-woon, nein!«

Schüsse explodieren in der Stille, und Mündungsfeuer blitzt aus einem Lauf, der auf Barry gerichtet ist. Barry schießt sein Magazin leer, und es ist laut wie im Blitzkrieg.

Jee-woon ist verschwunden.

Nach fünf Sekunden ist alles vorbei.

Barry wirft das leere Magazin aus und schiebt ein volles ein.

Er sieht Helena an. »Alles okay?«

»Ja. Weil Sie sich vor mich ... o Gott, Sie sind verletzt!«

Barry taumelt rückwärts. Blut läuft über seinen Bauch, unter der Hose an seinem Bein herunter, über seinen Schuh und in einem langen burgunderroten Streifen auf den Boden. Der Schmerz kommt jetzt auch, aber er ist so aufgeputscht vom Adrenalin, dass das ganze Ausmaß der Verletzung noch gar nicht durchdringt. Er fühlt nur einen intensiver werdenden Druck im rechten mittleren Bereich des Oberkörpers.

»Wir müssen raus aus diesem Korridor«, stöhnt er und denkt: *Ich habe eine Kugel in der Leber.*

Helena zerrt ihn um die Ecke.

Barry sinkt zu Boden.

Er blutet jetzt stark, und das Blut ist beinahe schwarz.

Er sieht zu Helena auf. »Sehen Sie zu ... dass er nicht kommt.«

Sie späht um die Ecke.

Barry hat nicht gemerkt, dass die Pistole ihm aus der Hand gerutscht ist. Er hebt sie vom Boden auf.

»Sie könnten schon im Labor sein«, sagt er.

»Ich halte sie auf.«

»Ich schaffe es nicht mehr.«

Links bewegt sich etwas. Er will die Glock heben, aber Helena ist schneller. Ein ohrenbetäubender Schuss aus ihrem Schrotgewehr treibt einen Mann, den er noch nie gesehen hat, zurück in den Korridor.

»Los«, keucht Barry. »Beeilen Sie sich.«

Die Welt wird dunkler, und es pfeift in seinen Ohren. Dann liegt er mit dem Gesicht auf dem Boden, und das Leben strömt aus ihm hinaus.

Wieder hört er Schüsse.

Helena ruft: »Sergei, zwingen Sie mich nicht dazu. Sie kennen mich doch!«

Dann kracht die Pumpgun zweimal.

Und jemand schreit.

Aus seiner seitlichen Perspektive sieht er mehrere Leute durch die Gabelung der Korridore laufen, zurück zu den Aufzügen – Gäste und Mitarbeiter, die vor dem Chaos flüchten.

Er will aufstehen, aber er kann kaum die Hand bewegen. Es fühlt sich an, als wäre sein Körper an den Boden geklebt.

Das Ende kommt.

Sich einfach auf den Ellenbogen hochzustemmen ist das Schwerste, das er je getan hat. Irgendwie gelingt es ihm wegzukriechen, um die Ecke des Fensterkorridors, der zum Labor führt.

Wieder hört er Schüsse.

Sein Blick ist bald scharf, bald wieder unscharf, die Scherben der zerschossenen Fenster schneiden in seine Unterarme, und der kalte Regen weht ins Gebäude. Die Wände sind übersät von Einschusslöchern, und die Rauchschwaden, die in der Luft hängen, schmecken nach Metall und Schwefel in seiner Kehle.

Barry kriecht durch verstreute .40er-Patronenhülsen aus seiner Waffe. Er will Helena rufen, aber statt des Namens kommt nur ein Wimmern über seine Lippen.

Er schleppt sich den Rest des Weges bis zum Laboreingang. Es dauert eine Weile, bis sein Blick sich wieder schärft und er Helena sieht; sie steht am Terminal, und ihre Finger flattern auf einer Ansammlung von Keyboards und Touchscreens. Mit der ganzen Kraft seines Willens zwingt er seine Stimme, ihren Namen hervorzubringen.

Sie wirft einen Blick über die Schulter. »Ich weiß, Sie haben Schmerzen. Ich mache, so schnell ich kann.«

»Was tun Sie da?«, fragt Barry. Jeder Atemzug ist qualvoller als der vorige und bringt weniger Sauerstoff in sein Gehirn.

»Ich kehre zurück in die Erinnerung daran, wie ich mich in diesem Hotelzimmer geschnitten habe.«

»Jee-woon und Sergei sind weg.« Er hustet Blut. »Sie müssen jetzt einfach … alles zerstören.«

»Slade ist noch da draußen«, sagt Helena. »Wenn er entkommt, könnte er einen neuen Stuhl bauen. Sie müssen jetzt die Tür bewachen. Ich weiß, Sie haben Schmerzen, aber können Sie das trotzdem tun? Sagen Sie mir, wenn er kommt.« Sie wendet sich vom Terminal ab und steigt auf den kurvigen Korpus des Erinnerungsstuhls.

»Ich versuch's«, sagt Barry.

Er lässt den Kopf auf den kühlen Boden sinken.

»Das nächste Mal machen wir es richtig«, sagt Helena. Sie hebt die Hand und zieht das MEG-Mikroskop vorsichtig herunter.

Sie schließt den Kinnriemen, und Barry bemüht sich, den Korridor im Auge zu behalten. Er weiß, wenn Slade kommt, kann er nichts tun, um ihn aufzuhalten. Er hat nicht einmal mehr die Kraft, seine Pistole zu heben.

Die toten Erinnerungen an seinen Tod in der letzten Timeline dringen jetzt endlich in sein Bewusstsein.

Die Aufzugtür öffnet sich im Eingang zu Slades Penthouse.

Slade steht in seinem makellosen Wohnzimmer vor den Fenstern und richtet einen Revolver in die Aufzugkabine.

Barry denkt: *Fuck. Er hat es gewusst.*

Ein Lichtblitz, lautlos.

Dann – nichts.

Barry versucht, durch den Nebel des Todes einen letzten Blick in das Labor zu werfen. Er sieht, wie Helena sich das Shirt vom Körper reißt, die Jeans an ihren Beinen herunterstreift und in den Deprivationstank steigt.

Barry sprintet durch einen Korridor. Er hat Nasenbluten und Kopfschmerzen. Der Schmerz der Schusswunde in der vorigen Timeline ist weg, die Erinnerungen an diese neue fallen an ihren Platz.

Er und Helena sind von Zimmer 825 heraufgekommen.

Sind mit dem Aufzug zur siebzehnten Etage gefahren, haben einen anderen Weg zum Labor genommen und wollten Jee-woon und Slade empfangen, wenn sie aus dem Aufzug kämen.

Stattdessen sind sie mit Sergei zusammengestoßen und haben viel zu viel Zeit damit verloren, an ihm vorbeizukommen.

Jetzt rennen sie zum Labor.

Barry wischt sich das Blut von der Nase und blinzelt durch die salzig brennenden Schweißtropfen in seinen Augen.

Sie biegen um eine Ecke und erreichen die Tür zum Labor. Helena öffnet sie mit einem Schuss aus der Pumpgun. Barry stürmt als Erster hinein, und zwei dröhnende Schüsse verfehlen seinen Kopf um nur zwei Handbreit. Zu seiner Überraschung sind diese zwei Schüsse von einem Mann gekommen, den er schon einmal gesehen hat – vor elf Jahren, an dem Abend, als er in eine Erinnerung zurückgeschickt wurde.

Marcus steht fünf Meter weit vor ihm am Terminal. Er trägt ein weißes Tanktop und graue Shorts, als käme er eben aus dem Fitnessstudio. Sein lockiges dunkles Haar ist schweißfeucht zurückgekämmt.

Er hält einen Revolver aus satiniertem Edelstahl in der Hand und starrt Barry an. Er erkennt ihn sofort.

Barry jagt eine Kugel durch seine rechte Schulter. Slade taumelt rückwärts gegen die Steuerpulte, und die Waffe fällt ihm aus der Hand, als er zu Boden sinkt.

Helena stürzt sich auf den Deprivationstank und legt den Hebel der Notentriegelung um.

Als Barry den Tank erreicht, hat sie die Luke bereits geöffnet. Jee-woon schwimmt auf dem Rücken im Salzwasser und bemüht sich verzweifelt, die Infusionskanüle aus seinem linken Unterarm zu reißen.

Barry schiebt die Glock ins Halfter. Er greift ins warme Wasser, hievt Jee-woon heraus und wirft ihn quer durch den Raum.

Jee-woon landet auf dem Boden, richtet sich nackt und tropfend auf Händen und Knien auf und schaut zu Barry und Helena hoch. Sein Blick fällt auf Slades Revolver, der keine drei Schritt weit neben ihm liegt, und er stürzt sich darauf. Barry hat die Glock schon wieder in der Hand, und als er schießt, tut es auch Helena. Die volle Schrotladung schleudert Jee-woon gegen die Wand, in seiner Brust klafft eine riesige Wunde, und mit dem Blut verlässt auch die Kraft seinen Körper.

Barry geht vorsichtig auf ihn zu und hält die Pistole auf den zerschmetterten Oberkörper gerichtet. Aber Jee-woon ist schon tot, als er bei ihm ist. Seine Augen sind glasig von der Leere des Endes.

HELENA

7. November 2007

Es ist ein Augenblick größter Genugtuung in ihrer fragmentierten Existenz, Slade vor der Mündung ihres Schrotgewehrs zu haben.

Sie greift in die Tasche und holt einen Speicherstick hervor. »Ich werde jede Zeile des Codes löschen. Dann zerlege ich den Stuhl, das Mikroskop …«

»Helena …«

»Jetzt rede *ich*! Die Stimulatoren. Jedes Stückchen Hardware und Software im Gebäude. Es wird sein, als habe der Stuhl niemals existiert.«

Slade lehnt am Sockel des Terminals, und in seinem Blick liegt Schmerz. »Es ist eine Minute her, was?«

»Dreizehn Jahre für mich«, sagt sie. »Und für Sie?«

Er scheint über diese Frage nachzudenken, als Barry herankommt und den Revolver mit einem Fußtritt quer durch den Raum befördert.

»Wer weiß?«, sagt er schließlich. »Nachdem Sie spurlos von meiner Ölplattform verschwunden waren – gut gemacht, übrigens, ich habe nie genau begriffen, wie Sie das durchgezogen haben –, habe ich Jahre gebraucht, um den Stuhl zu rekonstruieren. Aber seitdem habe ich mehr Leben gelebt, als Sie sich vorstellen können.«

»Und was haben Sie damit gemacht?«

»In den meisten Fällen habe ich still erkundet, wer ich bin, wer ich sein kann, an verschiedenen Orten und mit verschiedenen Menschen. Manchmal ging es auch … lauter zu. Aber in dieser letzten Timeline habe ich herausgefunden, dass ich keine ausreichende Synapsenzahl mehr generieren konnte, um mein eigenes Gedächtnis zu kartieren. Ich bin zu viel gereist. Habe mein Gehirn mit zu vielen Leben vollgestopft. Mit zu vielen Erlebnissen. Es fängt an zu zerbrechen. Es gibt vollständige Leben, an die ich mich nie erinnert habe, die ich nur bruchstückhaft erlebe. Dieses Hotel ist nicht das Erste, was ich geschaffen habe. Es ist das Letzte. Ich habe es gebaut, damit andere die Macht dessen erfahren können, was immer noch *Ihr* Werk ist und sein wird.«

Er atmet angestrengt ein und sieht Barry an, und Helena findet, dass seine Augen trotz des unübersehbaren Schmerzes auch die tiefe Gefasstheit eines Mannes zeigen, der ein langes, langes Leben geführt hat.

»Eine tolle Art, dem Mann zu danken, der Ihnen Ihre Tochter zurückgegeben hat«, sagt Slade.

»Na, jetzt ist sie ja auch wieder tot, Sie dreckiges Arschloch. Der Schock der Erinnerung an ihren eigenen Tod und das Gebäude, das gestern erschienen ist, haben sie in den Abgrund gestürzt.«

»Es tut mir wirklich leid, das zu hören.«

»Was Sie mit dem Stuhl machen, ist destruktiv.«

»Ja«, sagt Slade. »Zuerst ist es destruktiv, wie jeder Fortschritt. Wie das industrielle Zeitalter zwei Weltkriegen das Tor geöffnet hat. Wie Homo sapiens den Neandertaler verdrängt hat. Aber würden Sie die Uhr deshalb bei allem zurückdrehen, das dabei mitgekommen ist? Könnten Sie es? Der Fortschritt ist unausweichlich. Und er ist eine Kraft, die Gutes bewirkt.«

Slade wirft einen Blick auf die Schusswunde an seiner Schulter, berührt sie und verzieht das Gesicht, bevor er Barry wieder ansieht. »Destruktiv, sagen Sie? Und wie ist es damit, eingesperrt zu sein in unseren kleinen Goldfischgläsern, in diesem Witz von einem Dasein, das uns durch die Grenzen unserer Primatensinne aufgezwungen wird? Leben ist Leiden. Aber das muss nicht so sein. Warum sollten Sie den Tod Ihrer Tochter akzeptieren müssen, wenn Sie daran etwas ändern können? Warum sollte ein sterbender Mann nicht mit seiner ganzen Weisheit und seinem Wissen in seine Jugend zurückkehren, statt seine letzten Stunden unter Qualen zu verröcheln? Warum soll eine Tragödie sich entfalten, wenn man zurückkehren und sie verhindern kann? Was Sie hier verteidigen, ist nicht die Realität, sondern ein Gefängnis, eine Lüge.« Slade sieht Helena an. »Sie *wissen* das. Sie müssen es doch sehen. Sie haben ein neues Zeitalter für die Menschheit eröffnet. Eins, in dem wir nicht mehr leiden und sterben müssen. In dem wir *so viel* erleben können. Glauben Sie mir, Ihre Perspektive ändert sich, wenn sie zahllose Leben gelebt haben. Sie haben uns ermöglicht, den Beschränkungen unserer Sinne zu entkommen. Sie haben uns alle gerettet. *Das* ist Ihr Vermächtnis.«

»Ich weiß, was Sie in San Francisco mit mir gemacht haben«, sagt Helena. »In der ursprünglichen Timeline.« Slade starrt sie an, ohne mit der Wimper zu zucken. »Als Sie davon sprachen, ich hätte zufällig entdeckt, was der Stuhl kann, haben Sie ausgelassen, dass Sie mich ermordet haben.«

»Aber hier sind Sie. Der Tod hat keine Macht mehr über uns. Das ist Ihr Lebenswerk, Helena. Akzeptieren Sie es.«

»Sie können nicht ernsthaft glauben«, sagt Helena, »man könne der Menschheit den Erinnerungsstuhl anvertrauen.«

»Denken Sie doch an all das Gute, das er bewirken kann. Ich weiß, Sie wollten diese Technologie benutzen, um Menschen zu helfen. Um Ihrer Mom zu helfen. Sie könnten zurückgehen und bei ihr sein, bevor sie stirbt. Bevor ihr Verstand sich selbst zerstört. Sie könnten ihre Erinnerungen retten. Wir können den Tod von Jee-woon und Sergei ungeschehen machen. Als wäre nichts von alldem hier passiert.« Er lächelt schmerzlich. »Sehen Sie nicht, was für eine schöne Welt das wäre?«

Sie macht einen Schritt auf ihn zu. »Vielleicht haben Sie recht. Vielleicht gibt es eine Welt, in der dieser Stuhl unser aller Leben besser macht. Aber darum geht es nicht. Es geht darum, dass Sie auch *unrecht* haben könnten. Es geht darum, dass wir nicht vorhersehen können, was die Menschen mit diesem Wissen anfangen werden. Wir wissen nur eins: Wenn genug Leute von dem Stuhl wissen oder wenn sie wissen, wie man ihn baut, gibt es kein Zurück mehr. Wir werden der Schleife des universellen Wissens um den Stuhl nie mehr entkommen können. Er wird in jeder folgenden Timeline weiterleben. Wir werden die Menschheit für immer verflucht haben. Lieber riskiere ich, etwas Wunderbares zu verpassen, als dass ich alles auf eine Karte setze.«

Slades Lächeln sagt: *Ich weiß mehr, als du ahnst*, und es versetzt sie zurück in die Jahre mit ihm auf der Ölbohrinsel.

»Sie sind immer noch geblendet durch Ihre begrenzte Wahrnehmung«, sagt er. »Sie sehen immer noch nicht das große Ganze. Das wird sich vielleicht auch nie ändern, wenn Sie nicht reisen können, wie ich es getan habe …«

»Was wollen Sie damit sagen?«

Er schüttelt den Kopf.

»Wovon reden Sie da, Marcus? Was meinen Sie mit ›wie ich es getan habe‹?«

Slade starrt sie nur an. Er blutet, und dann schwindet das Summen der Quantenprozessoren, und es wird plötzlich still.

Einer nach dem anderen werden die Monitore des Terminals schwarz. Barry sieht Helena fragend an, und flackernd erlöschen alle Lampen.

BARRY

7. November 2018

Er sieht das Nachbild von Helena, Slade und dem Stuhl auf seiner Netzhaut.

Dann nichts mehr.

Das Labor ist stockdunkel.

Er hört nichts als das Pochen seines Herzens.

Vor ihm, wo Slade vor Sekunden gesessen hat, kriecht jemand hastig über den Boden.

Ein Schuss aus dem Schrotgewehr beleuchtet den Raum einen ohrenbetäubenden Sekundenbruchteil lang – gerade so lange, dass Barry sehen kann, wie Slade zur Tür hinaus verschwindet.

Vorsichtig macht Barry einen Schritt vorwärts. Seine Netzhäute sind verblitzt vom Mündungsfeuer der Pumpgun, und die Dunkelheit schimmert orangegelb. Die Tür wird langsam sichtbar, als die Lichter anderer Gebäude durch die Fenster im Korridor eindringen.

Seine Trommelfelle haben sich von dem Schuss so weit erholt, dass er hören kann, wie schnelle Schritte sich durch den Korridor entfernen. Barry glaubt nicht, dass Slade in den wenigen Sekunden Dunkelheit Zeit hatte, den Revolver zu erreichen, aber sicher kann er nicht sein. Wahrscheinlicher ist, dass Slade einen verzweifelten Versuch unternimmt, zur Treppe zu entkommen.

Helenas flüsternde Stimme kommt von der Tür. »Können Sie ihn sehen?«

»Nein. Halten Sie sich zurück, bis ich weiß, was los ist.«

Er läuft an den Fenstern vorbei, hinter denen Manhattan im nächtlichen Regen zu sehen ist. Irgendwo auf der Etage hallt ein Rattern wie von einer Snare Drum.

Hinter der nächsten Ecke liegt schwarze Finsternis. Als er sich dem Hauptkorridor nähert, berührt sein Fuß etwas auf dem Boden.

Er bückt sich und ertastet den blutigen Stoff von Slades Tanktop. Sehen kann er immer noch nichts, aber er erkennt das schrille Pfeifen einer durchlöcherten Lunge, die sich nicht mehr vollständig mit Luft füllen kann, und das leise Gurgeln von Slade, der in seinem eigenen Blut ertrinkt.

Kaltes Entsetzen erfasst ihn. Er streicht mit der Hand an der Wand entlang und erreicht den Korridorabzweig.

Einen Moment lang hört er nur, wie Slade hinter ihm stirbt.

Etwas schwirrt an seiner Nasenspitze vorbei und fährt mit dumpfem Laut in die Wand hinter ihm.

Schallgedämpfte Schüsse fallen, und das Mündungsfeuer zeigt ihm ein halbes Dutzend Polizisten bei den Aufzügen. Sie tragen Einsatzhelme und Panzerwesten und sind mit Sturmgewehren bewaffnet.

Barry zieht sich hinter die Ecke zurück und schreit: »Detective Sutton, NYPD! Vierundzwanzigstes Revier!«

»Barry?«

Er kennt die Stimme.

»Gwen?«

»*Fuck*, was ist hier los, Barry?« Sie dreht sich zu ihren Leuten um. »Ich kenne ihn, ich kenne ihn!«

»Was machst du hier?«, fragt Barry,

»Wir sind gerufen worden, weil in diesem Gebäude geschossen wurde. Was machst *du* hier?«

»Gwen, verschwinde hier mit deinem Team und lass mich …«

»Das ist nicht mein Team.«

»Wessen dann?«

Eine Männerstimme dröhnt durch den Korridor. »Unsere Drohne zeigt eine Wärmesignatur in einem der Räume hinter Ihnen.«

»Da ist keine Gefahr«, ruft Barry.

»Barry, du musst diese Jungs ihre Arbeit machen lassen«, sagt Gwen.

»Wer sind sie?«, fragt Barry.

»Warum kommst du nicht raus und sprichst mit uns? Ich mache euch miteinander bekannt. Du machst alle hier sehr nervös.«

Hoffentlich hat Helena begriffen, was sich hier abspielt, und ist verschwunden. Er muss mehr Zeit für sie herausschinden. Wenn sie in ihr Labor in Red Hook kommen kann, kann sie den Stuhl fertigstellen und in vier Monaten hierher zurückkommen, um alles in Ordnung zu bringen.

»Du hörst mir nicht zu, Gwen. Bring sie alle wieder hinunter in die Tiefgarage und rückt ab.« Er dreht sich um und ruft in Richtung Korridor: »Helena, laufen Sie!«

Das Rasseln der Ausrüstung kommt näher. Sie bewegen sich auf ihn zu.

Barry schiebt sich um die Ecke und schießt einmal in die Decke.

Sie erwidern das Feuer sofort und in einer massiven Überreaktion – ein Hagel von Kugeln prasselt um ihn herum in den Korridor.

»*Willst du dich* absichtlich *umbringen lassen?*«, schreit Gwen.

»Helena, laufen Sie! Verschwinden Sie aus dem Gebäude!«

Jetzt rollt etwas durch den Korridor und bleibt einen Meter vor ihm liegen. Bevor er sich noch fragen kann, was es ist, explodiert die Blendgranate. Ein gleißendes Band aus Licht und Rauch entrollt sich, vor seinen Augen strahlt alles grellweiß, und das schrille Pfeifen des temporären Hörverlusts übertönt jedes andere Geräusch.

Als die erste Kugel ihn trifft, fühlt er keinen Schmerz, sondern nur den Aufprall.

Dann kommt noch eine und noch eine. Sie fahren in seine Seite, in sein Bein, seinen Arm, und als der Schmerz einsetzt, wird ihm klar, dass Helena ihn diesmal nicht retten wird.

BUCH VIER

Wer die Vergangenheit beherrscht, beherrscht die Zukunft.

Wer die Gegenwart beherrscht, beherrscht die Vergangenheit.

George Orwell, *1984*

HELENA

15. November 2018 – 16. April 2019

Tag 8

Es ist eine äußerst seltsame Gefangenschaft.

Die Wohnung ist ein Zwei-Zimmer-Apartment in der Gegend von Sutton Place, geräumig und mit hohen Decken und einem Millionen-Dollar-Blick auf die 59th Street Bridge, den East River und die fernen Bezirke von Brooklyn und Queens auf der anderen Seite.

Sie hat kein Telefon, kein Internet und auch sonst keinen Kontakt zur Außenwelt, aber immerhin einen Fernseher.

Vier Kameras an den Wänden beobachten jeden Quadratzoll, auf dem sie sich bewegt, und die roten Aufnahmelampen leuchten über ihr, auch wenn sie schläft.

Ihre Bewacher, ein Paar namens Alonzo und Jessica, benehmen sich ruhig und gesammelt. Anfangs hat es ihren Nerven gutgetan.

Am ersten Tag haben sie sich mit ihr ins Wohnzimmer gesetzt und gesagt: »Wir wissen, dass Sie Fragen haben, aber wir sind nicht die mit den Antworten.«

Helena fragte trotzdem.

Was ist aus Barry geworden?

Wer hat die Razzia in Slades Gebäude veranstaltet?

Wer hält mich hier fest?

Jessica beugt sich vor. »Wir sind teure Gefängniswärter, okay? Nichts weiter. Wir wissen nicht, warum Sie hier sind. Wir *wollen* es auch gar nicht wissen. Aber wenn Sie locker bleiben, werden wir und die Leute, mit denen wir zusammenarbeiten und die Sie niemals sehen werden, ebenfalls locker bleiben.«

Sie geben ihr zu essen.

Jeden zweiten Tag gehen sie in den Supermarkt und bringen ihr alles, was sie auf einen Zettel schreibt.

Oberflächlich sind sie durchaus freundlich, aber in ihrem Blick liegt eine unübersehbare Härte – nein, eine Art Leidenschaftslosigkeit –, die kaum einen Zweifel daran lässt, dass sie ihr Schmerzen oder Schlimmeres zufügen würden, wenn der Befehl von oben kommen sollte.

Als Erstes sieht sie sich morgens die Nachrichten an, und mit jedem neuen Zyklus beansprucht FSM weniger Bandbreite in der endlosen Parade der Tragödien und Skandale und Klatschgeschichten.

Als die nächste Schießerei in einer Schule neunzehn Menschenleben fordert, wird FSM zum ersten Mal seit dem Erscheinen von Big Bend in den Schlagzeilen nicht erwähnt.

Am achten Tag in diesem Apartment sitzt Helena an der Kochinsel in der Küche, isst *Huevos rancheros* zum Frühstück und betrachtet das Sonnenlicht, das durch das Fenster über dem Fluss hereinflutet.

Heute Morgen hat sie im Badezimmerspiegel die Reihe der Nähte auf ihrer Stirn und den verblassenden schwarzgelben Bluterguss inspiziert, den der Officer des Spezialkommandos ihr verpasst hat, als er sie auf ihrer Flucht in Slades Gebäude im Treppenhaus bewusstlos geschlagen hat.

Der Schmerz wird mit jedem Tag weniger, aber Angst und Ungewissheit nehmen zu.

Sie isst langsam und bemüht sich, nicht an Barry zu denken, denn wenn sie sich sein Gesicht vorstellt, wird die verzweifelte Hilflosigkeit ihrer Lage unerträglich. Bei dem Gedanken, nicht zu wissen, was hier vorgeht, möchte sie schreien.

Der Riegel gleitet zurück, und Helena schaut durch den kurzen Flur in die Diele, als die Tür sich öffnet und ein Mann eintritt, der bis jetzt nur in einer toten Erinnerung existiert hat.

Rajesh Anand sagt zu jemandem im Flur: »Macht die Tür zu und schaltet die Kameras ab.«

»Scheiße. Raj?« Sie steigt von ihrem Hocker an der Kochinsel und erwartet ihn da, wo der Korridor ins Wohnzimmer mündet. »Was machst du hier?«

»Dich besuchen.« Er schaut Helena mit einem Selbstbewusstsein an, das er nicht besaß, als sie auf der Plattform zusammenarbeiteten. Das Alter lässt ihn besser aussehen. Sein glatt rasiertes Gesicht mit den braunen Augen sieht fein geschnitten und hübsch aus. Er trägt einen Anzug und hat einen Aktenkoffer in der linken Hand. Seine Augenwinkel kräuseln sich in einem aufrichtigen Lächeln.

Im Wohnzimmer setzen sie sich einander gegenüber auf die beiden Ledersofas.

»Fühlst du dich wohl hier?«, fragt er.

»Raj, was geht hier vor?«

»Du bist in einem Safe House.«

»Auf wessen Veranlassung?«

»Auf Veranlassung der Defense Advanced Research Projects Agency.«

Ihr Magen krampft sich zusammen. »DARPA? Die Behörde für Forschungsprojekte im Verteidigungsministerium?«

»Kann ich dir irgendetwas bringen, Helena?«

»Antworten. Bin ich verhaftet?«

»Nein.«

»Aber in Gewahrsam?«

Er nickt.

»Ich will einen Anwalt.«

»Unmöglich.«

»Wie kann das unmöglich sein? Ich bin amerikanische Staatsbürgerin. Ist das nicht illegal?«

»Doch, möglicherweise.«

Raj hebt seinen Aktenkoffer auf den Tisch. Das schwarze Leder ist an manchen Stellen verschlissen, und die Messingbeschläge sind dunkel korrodiert. »Ich weiß, er sieht nicht besonders schön aus«, sagt er. »Er hat meinem Vater gehört. Er hat ihn mir an dem Tag geschenkt, als ich nach Amerika abreiste.«

Er fängt an, am Schloss herumzufummeln, und Helena sagt: »Da war ein Mann mit mir in der siebzehnten Etage dieses …«

»Barry Sutton?«

»Sie wollen mir nicht sagen, was mit ihm passiert ist.«

»Weil sie es nicht wissen. Er wurde getötet.«

Sie hat es geahnt.

Sie hat es in den Knochen gespürt, die ganze Woche, die sie eingesperrt in diesem luxuriösen Gefängnis verbracht hat.

Und es bricht ihr trotzdem noch das Herz.

Sie weint, verzieht schmerzlich das Gesicht und spürt das Spannen der Nähte an ihrer Stirn.

»Es tut mir sehr leid«, sagt Raj. »Er hat auf das Einsatzkommando geschossen.«

Sie wischt sich über die Augen und blickt wütend über den Tisch.

»Und was hast du mit alldem zu tun?«

»Es war der Fehler meines Lebens, dass ich unser Projekt auf Slades Plattform verlassen habe. Ich dachte, er ist wahnsinnig. Das dachten wir alle. Sechzehn Wochen später wachte ich eines Nachts mit Nasenbluten auf. Ich wusste nicht, wie es geschehen war oder was es bedeutete, aber unsere ganze gemeinsame Zeit auf der Bohrinsel hatte sich in falsche Erinnerungen verwandelt. Mir wurde klar, dass du etwas Unglaubliches erreicht hattest.«

»Du wusstest also schon da, was der Stuhl war?«

»Nein. Ich hatte nur den Verdacht, dass du irgendeinen Weg gefunden hattest, Erinnerungen zu verändern. Ich wollte dabei sein. Also versuchte ich, dich und Slade zu finden, aber ihr wart beide verschwunden. Als das False Memory Syndrome dann massenhaft in Erscheinung trat, ging ich zu den einzigen Leuten, von denen ich wusste, sie würden sich für meine Geschichte interessieren.«

»Zu DARPA? Du hast ernsthaft gedacht, das ist eine gute Idee?«

»Sämtliche Regierungsbehörden waren ratlos. Das Zentrum für Seuchenkontrolle suchte nach einem Pathogen, das nicht existierte. Ein Wissenschaftler der RAND Corporation vertrat in einem Aufsatz die Theorie, bei FMS könne es sich um mikroskopische Veränderungen im Raum-Zeit-Kontinuum handeln. Aber bei DARPA hat man mir geglaubt. Wir fingen an, FMS-Opfer ausfindig zu machen und sie zu befragen. Vor einem Monat habe ich jemanden gefunden, der behauptete, man habe ihn in einen Stuhl gesetzt und in eine Erinnerung zurückgeschickt. Er wusste nur, dass es in einem Hotel irgendwo in Manhattan passiert war. Ich wusste, dahinter musstest du oder Slade stecken – oder ihr beide zusammen.«

»Und warum gehst du damit zur DARPA?«

»Wegen Geld und Ressourcen. Ich ging mit einem Team nach New York. Wir machten uns auf die Suche nach diesem Hotel, aber wir fanden es nicht. Als dann Big Bend erschien, hörten wir Gerüchte, die besagten, ein Einsatzkommando des NYPD plane eine Razzia in einem Gebäude in Midtown, das in einem Zusammenhang mit FMS stehen könnte. Mein Team übernahm die Sache.«

Helena schaut aus dem Fenster über den Fluss. Die Sonne scheint ihr warm ins Gesicht.

»Hast du mit Slade gearbeitet?«, fragt Raj.

»Ich habe versucht, ihn zu stoppen.«

»Warum?«

»Weil der Stuhl gefährlich ist. Hast du ihn benutzt?«

»Ich habe ein paar Diagnoseprogramme laufen lassen. Hauptsächlich habe ich mich auf den neuesten Stand in Fragen der Funktionalität gebracht.« Raj lässt die Schließe an seinem Aktenkoffer aufschnappen. »Hör zu, mir ist klar, dass du besorgt bist, aber wir könnten dich wirklich gebrauchen. Es gibt so vieles, das wir nicht wissen.« Er nimmt einen Stapel Papier aus dem Koffer und wirft ihn auf den Couchtisch.

»Was ist das?«, fragt sie.

»Ein Anstellungsvertrag.«

Sie sieht Raj an. »Hast du nicht gehört, was ich eben gesagt habe?«

»Sie wissen, dass man mit dem Stuhl in eine Erinnerung zurückkehren kann. Glaubst du wirklich, sie werden ihn nicht benutzen? Dieser Geist kehrt niemals in die Flasche zurück.«

»Das heißt nicht, dass ich ihnen helfen muss.«

»Aber wenn du dich dazu bereitfindest, wird man dich mit dem Respekt behandeln, der dem Genie zusteht, das diese Technologie erfunden hat. Du wirst mit am Tisch sitzen. Sei dabei, wenn Geschichte gemacht wird. Das ist mein Vorschlag. Kann ich auf dich zählen?«

Helenas Lächeln ist scharf wie eine Rasierklinge. »Du kannst mich am Arsch lecken.«

Tag 10

Es schneit draußen, und ein zarter Zollbreit liegt bereits draußen auf dem Fenstersims. Der Verkehr kriecht über die 59th Street Bridge, die erscheint und wieder verschwindet, je nachdem, wie dicht die Schneeschleier sind.

Nach dem Frühstück schließt Jessica den Türriegel auf und befiehlt ihr, sich anzuziehen.

»Warum?«, fragt Helena.

»Jetzt sofort«, sagt Jessica, und zum ersten Mal in den zehn Tagen, die sie miteinander verbracht haben, hört Helena eine Andeutung von Bedrohlichkeit in ihrem Ton.

Mit einem Lastenaufzug fahren sie hinunter in die Tiefgarage, wo eine Reihe blitzblanker schwarzer Suburbans wartet.

Sie nehmen den Queens-Midtown-Tunnel, als wollten sie zum LaGuardia Airport. Helena fragt sich, ob sie irgendwo hinfliegen werden, aber sie traut sich nicht zu fragen. Sie fahren am Flughafen vorbei und weiter nach Flushing, vorbei an den farbenfrohen Ladenfassaden von Chinatown, bis sie schließlich eine Ansammlung von niedrigen Bürogebäuden erreichen, auf die das Wort »unscheinbar« zutrifft.

Sie steigen aus, und Alonzo nimmt Helena beim Arm. Er führt sie über den Fußweg hinauf zum Haupteingang und durch die Doppeltür und bringt sie zum Empfang, wo ein sehr großer Mann – er ist mindestens eins neunzig – sie erwartet.

Mit tiefer Stimme entlässt er Alonzo: »Ich schicke Ihnen eine Textnachricht.« Dann wendet er sich an Helena.

»Sie sind also das Genie?« Er hat einen prachtvollen Bart und dichte dunkle Augenbrauen, die unter der Stirn zusammengewachsen sind wie eine Hecke. Er streckt die Hand aus. »Ich bin John Shaw. Willkommen bei DARPA.«

»Was tun Sie hier, Mr Shaw?«

»Vermutlich könnten Sie sagen, ich habe hier die Leitung. Kommen Sie mit.« Er geht auf die Sicherheitskontrolle zu, aber Helena rührt sich nicht von der Stelle. Nach fünf Schritten wirft er einen Blick zu ihr zurück. »Das war kein Vorschlag, Dr. Smith.«

Mit einem erhobenen Ausweis bringt er sie beide durch eine Glasschiebetür und führt sie durch einen mit Filzteppichboden ausgelegten Gang. Von außen sieht das Ensemble aus wie ein trister Bürokomplex, aber das Innere mit seiner düsteren Beleuchtung und seiner zweckmäßigen Gestaltung ist bis ins letzte Detail ein seelenloses Behördenlabyrinth.

»Wir haben Slades Labor ausgekernt und alles hierhergeschafft, um es fachgerecht zu sichern.«

»Hat Raj Ihnen nicht gesagt, was ich darüber denke, Ihnen zu helfen?«

»Doch.«

»Und warum bin ich dann hier?«

»Weil ich Ihnen zeigen will, was wir tun.«

»Wenn es etwas mit dem Stuhl zu tun hat, bin ich nicht interessiert.«

Sie bleiben vor einer Drehtür aus unzerbrechlich aussehendem Glas und mit einem biometrischen Security-System stehen.

Shaw sieht auf Helena herab. Er ist fast einen halben Meter größer als sie. Unter anderen Umständen hätte sie sein Gesicht als freundlich empfunden, aber in diesem Augenblick sieht er zutiefst verärgert aus.

Der Geruch von Altoids-Pfefferminz mit Zimtgeschmack weht sie an, als er sagt: »Sie müssen wissen, es gibt weit und breit keinen sichereren Ort auf der Welt als das, was hinter dieser Glastür liegt. Es sieht vielleicht nicht so aus, aber dieses Gebäude ist eine gottverdammte Festung, und bei der DARPA behalten wir unsere Geheimnisse für uns.«

»Dieses Glas kann den Stuhl nicht festhalten. Nichts kann das. Warum wollen Sie ihn überhaupt haben?«

Sein rechter Mundwinkel kräuselt sich nach oben, und einen Moment lang sieht sie stahlharte Schläue in seinem Blick.

»Tun Sie mir einen Gefallen, Dr. Smith.«

»Nämlich?«

»Bemühen Sie sich in der nächsten Stunde Ihres Lebens um Unvoreingenommenheit.«

Der Stuhl und die Deprivationskammer stehen nebeneinander als Hauptattraktion im grellen Flutlicht in dem feinsten Labor, das Helena je gesehen hat.

Raj sitzt bereits am Terminal, als sie hereinkommen, und hinter ihm steht eine Frau, schätzungsweise Mitte zwanzig, in einem schwarzen Militäroverall und Stiefeln. Ihre Arme sind von Tattoos bedeckt, und ihr schwarzes Haar ist zu einem Pferdeschwanz zusammengebunden.

Shaw führt Helena zum Terminal.

»Das ist Timoney Rodriguez.«

Die Soldatin nickt Helena zu. »Und wer ist das?«

»Helena Smith. Sie hat das alles erfunden. Raj, wie kommen wir voran?«

»Mit Volldampf voraus.« Er schwenkt seinen Drehstuhl herum und schaut zu Timoney auf. »Sind Sie so weit?«

»Ich glaube schon.«

Helena sieht Shaw an. »Was geht hier vor?«

»Wir schicken Timoney zurück in eine Erinnerung.«

»Wozu?«

»Das werden Sie schon sehen.«

Helena wendet sich an Timoney. »Ihnen ist klar, dass die Sie in dem Tank umbringen werden?«

»John und Raj haben mich über alles in Kenntnis gesetzt, als sie mich an Bord geholt haben.«

»Sie werden Sie lähmen und Ihr Herz zum Stillstand bringen. Ich habe das viermal erlebt, und ich kann Ihnen versichern, es ist ein qualvoller Prozess, und es ist unmöglich, den Schmerz zu umgehen.«

»Cool, alles cool.«

»Die Veränderungen, die Sie herbeiführen, werden sich auf andere Menschen auswirken und alle möglichen Schmerzen für sie mit sich bringen. Schmerzen, auf die sie nicht vorbereitet sind. Finden Sie, Sie haben ein Recht dazu?«

Niemand nimmt Notiz von ihrer Frage.

Raj steht auf und deutet auf den Stuhl. »Nehmen Sie Platz, Timoney.«

Er nimmt eine der silberfarbenen Schädelkappen aus dem Schrank neben dem Terminal und bringt sie zum Stuhl. Er stülpt sie auf Timoneys Kopf und schließt den Kinngurt.

»Das ist der Reaktivierungsapparat?«, fragt Timoney.

»Genau. Zusammen mit dem MEG-Mikroskop zeichnet er die Erinnerung auf. Wenn Sie dann in den Tank hinüberwechseln, speichert er das Neuralmuster, das dann durch die Stimulatoren reaktiviert wird.« Er senkt das MEG auf die Schädelkappe. »Haben Sie sich überlegt, welche Erinnerung Sie aufzeichnen möchten?«

»John hat gesagt, er leitet mich an.«

»Der einzige Parameter meinerseits ist der, dass sie drei Tage alt sein muss«, sagt Shaw.

Raj öffnet die Fächer in der Kopfstütze des Stuhls, klappt die Teleskopstangen aus Titan heraus und lässt sie in die Fassungen an der Außenseite des Mikroskops einrasten.

»Die Erinnerung braucht nicht umfangreich zu sein, nur lebhaft. Schmerz und Lust sind gute Marker. Starke Emotionen ebenfalls. Stimmt's, Helena?«

Helena schweigt. Vor ihren Augen entfaltet sich ihr schlimmster Albtraum – der Stuhl in einem Labor der Regierung.

Raj geht hinüber ans Terminal, öffnet eine neue Aufzeichnungsdatei und kommt mit dem Tablet zurück, das als Fernbedienung fungiert.

Er setzt sich auf den Hocker neben Timoney und sagt: »Die beste Methode, eine Erinnerung aufzuzeichnen, vor allem am Anfang, besteht darin, von ihr zu sprechen und zu versuchen, tiefer zu gehen, über das hinaus, was man gesehen und gefühlt hat. Die Erinnerung an Geräusch, Geschmack und Geruch ist entscheidend wichtig für eine lebendige Wiederherstellung. Also, wenn Sie so weit sind …?«

Timoney schließt die Augen und holt tief Luft.

Sie erinnert sich daran, an der kupferüberzogenen Theke einer Whiskeybar im Village zu stehen, die sie oft besucht, und auf den Bourbon zu warten, den sie bestellt hat. Eine Frau hat sich neben sie gezwängt, um den Bartender heranzuwinken, und dabei hat sie Timoney angestoßen. Sie ist so nah, dass Timoney ihr Parfüm riechen kann. Die Frau hat sich umgedreht, um sich zu entschuldigen, und sie haben einander drei Sekunden lang in die Augen gesehen. Timoney hat gewusst, dass sie an einem der nächsten Tage in den Tank steigen wird, um zu sterben. Die Aussicht darauf war aufregend und beängstigend. Tatsächlich ist sie heute Abend nur deshalb ausgegangen, weil sie Körperkontakt brauchte.

»Ihre Haut hatte die Farbe von Kaffee mit Sahne, und ihre Lippen haben mich einfach umgehauen. Ich wollte sie unbedingt anfassen. Gott, ich musste mich nach Strich und Faden durchficken lassen, aber ich lächelte nur und sagte: ›Schon okay, kein Problem.‹ Das Leben besteht aus Tausenden solcher Kleinigkeiten, die man bereut, nicht wahr?«

Timoney öffnet die Augen.

»Wie war das?«

Raj hebt das Tablet hoch, damit alle es sehen können. SYNAPSENZAHL: 156.

»Reicht das?«, fragt Shaw.

»Alles über einhundertzwanzig ist im grünen Bereich.«

Er sticht eine Kanüle in Timoneys linken Unterarm und legt den Portkatheter an. Timoney zieht ihren Overall aus und geht zum Tank.

Raj öffnet die Luke, und Shaw reicht ihr die Hand, als sie hineinsteigt. Er schaut hinunter auf seine Soldatin, die im Salzwasser schwebt, und sagt: »Sie erinnern sich an alles, was wir besprochen haben?«

»Ja. Ich weiß nicht genau, was jetzt auf mich zukommt.«

»Ehrlich gesagt, das wissen wir alle nicht. Wir sehen uns auf der anderen Seite.«

Raj schließt die Luke und geht zum Terminal. Shaw setzt sich neben ihn, und Helena kommt dazu, um die Monitore im Auge zu behalten. Das Reaktivierungsprotokoll startet bereits. Raj kontrolliert noch einmal die Dosierung von Rocuronium und Natriumthiopental.

»Mr Shaw?«, sagt Helena.

Shaw blickt zu ihr auf.

»Im Moment sind wir die einzigen Menschen auf der Welt, die die Kontrolle über den Stuhl haben.«

»Das will ich hoffen.«

»Ich flehe Sie an. Halten Sie sich zurück. Den Stuhl zu benutzen hat immer nur Chaos und Leid in die Welt gebracht.«

»Vielleicht, weil die falschen Leute am Steuerpult saßen.«

»Die Menschen sind nicht weise genug, um eine solche Macht zu beherrschen.«

»Ich werde Ihnen beweisen, dass Sie sich irren.«

Sie muss der Sache ein Ende machen, aber draußen vor der Tür stehen zwei bewaffnete Posten. Wenn sie etwas versuchen sollte, wären sie in Sekundenschnelle hier.

Raj hebt sein Headset und spricht ins Mikrofon. »Wir fangen in zehn Sekunden an, Timoney.«

Die schnellen Atemzüge der Frau kommen aus dem Lautsprecher. *»Ich bin bereit.«*

Raj aktiviert den Infusionskatheter. Slades Apparate sind seit den Tagen auf der Plattform unendlich viel weiterentwickelt worden; damals musste noch ein Arzt dabei sein, der die Testpersonen überwachte und bestimmte, wann die Stimulatoren gestartet werden sollten. Diese neue Software automatisiert die Drogensequenz auf der Grundlage von Realzeitmessungen der Vitalparameter und löst die elektromagnetischen Stimulatoren erst aus, wenn die Dimethyltryptamin-Freisetzung registriert wird.

»Wie lange bis zur Verschiebung?«, fragt Shaw.

»Kommt darauf an, wie ihr Körper auf die Dogen reagiert.«

Das Rocuronium wird freigesetzt und dreißig Sekunden später das Natriumthiopental.

Shaw beugt sich über ein Splitscreeen-Display, das auf der linken Seite Timoneys Vitalparameter und auf der rechten den Livestream einer Nachtsichtkamera im Innern des Tanks anzeigt.

»Ihre Herzfrequenz ist außerhalb der Skala, aber sie sieht sehr ruhig aus.«

»Das wäre bei Ihnen nicht anders, wenn Sie erstickten, während Ihr Herz angehalten würde«, sagt Helena.

Sie alle sehen, wie der Herzmonitor eine Nulllinie anzeigt.

Minuten vergehen.

Ein Schweißtropfen läuft seitlich an Shaws Gesicht herunter.

»Darf das so lange dauern?«, fragt er.

»Ja«, sagt Helena. »So lange dauert es, bis Sie sterben, nachdem Ihr Herz aufgehört hat zu schlagen. Und ich kann Ihnen sagen, ihr kommt es noch viel länger vor.«

Auf dem Monitor, der den Status der Stimulatoren anzeigt, blinkt ein Alarmzeichen – DMT-FREISETZUNG ENTDECKT. Das bis dahin dunkle Bild von Timoneys Gehirn explodiert plötzlich in einer Lightshow der Aktivität.

»Die Stimulatoren feuern«, meldet Raj.

Nach zehn Sekunden verschwindet die DMT-Meldung, und ein neuer Alarm leuchtet auf: GEDÄCHTNISREAKTIVIERUNG ABGESCHLOSSEN.

Raj sieht Shaw an und sagt: »Jeden Augenblick …«

Statt am Terminal sitzt Helena plötzlich am Konferenztisch am anderen Ende des Labors. Sie hat Nasenbluten und Kopfschmerzen.

Shaw, Raj und Timoney sitzen ebenfalls am Tisch. Alle haben Nasenbluten, nur Timoney nicht.

Shaw lacht. »Mein Gott.« Er sieht Raj an. »Es hat funktioniert. Verdammt, es hat funktioniert!«

»Was habt ihr getan?«, fragt Helena und bemüht sich immer noch, tote Erinnerungen von den neuen realen zu trennen.

»Denk an die Schießerei in der Schule vor zwei Tagen«, sagt Raj.

Helena versucht, sich an die Nachrichten zu erinnern, die sie in den letzten Tagen morgens in ihrem Apartment gesehen hat – Scharen von Schülern, die ihre Schule evakuierten, schreckliche Handyvideos der Schüler, die den Amoklauf dokumentierten, der in der Cafeteria seinen Anfang nahm, verzweifelte Eltern, die die Politiker anflehten, etwas zu tun, damit so etwas nie wieder geschehen kann. Pressekonferenzen der Polizei, Mahnwachen und …

Aber nichts von alldem ist passiert.

Das alles sind jetzt tote Erinnerungen.

Stattdessen dies: Als der Amokläufer die Treppe zur Schule hinaufgeht, mit einem AR-15 über der Schulter und einer schwarzen Sporttasche, vollgestopft mit selbst gemachten Bomben, Pistolen und fünfzig übergroßen Magazinen, dringt ein 7.62er NATO-Projektil, abgefeuert aus einem M40-Gewehr aus einer Entfernung von ungefähr dreihundert Metern, in den Hinterkopf und tritt durch seine linke Sinushöhle wieder aus.

Mehr als vierundzwanzig Stunden später ist die Identität des verhinderten Amokläufers immer noch unbekannt, aber der anonyme Vigilant, der ihn ausgeschaltet hat, wird auf der ganzen Welt als Held gepriesen.

Shaw sieht Helena an. »Ihr Stuhl hat neunzehn Menschenleben gerettet.«

Sie ist sprachlos.

»Hören Sie«, sagt er, »ich weiß, es gibt gute Argumente dafür, den Stuhl vom Angesicht der Erde zu tilgen, weil er gegen die natürliche Ordnung der Dinge verstößt. Aber soeben hat er neunzehn Kinder gerettet und den unermesslichen Schmerz ihrer Familien ausgelöscht.«

»Damit spielen Sie …«

»Gott?«

»Ja.«

»Aber spielen wir nicht auch Gott, wenn wir *nicht* eingreifen, obwohl wir die Macht dazu haben?«

»Wir sollten diese Macht nicht haben.«

»Wir haben sie aber. Durch etwas, das Sie geschaffen haben.«

Ihr ist schwindlig.

»Es ist, als sähen Sie nur den Schaden, den Ihr Stuhl anrichten kann«, sagt Shaw. »Als Sie damals mit Ihrer Forschung anfingen, bei Ihren ersten Experimenten mit Mäusen, welches Ziel hatten Sie damals vor Augen?«

»Ich habe mich immer für das Gedächtnis interessiert. Als meine Mom Alzheimer bekam, wollte ich etwas konstruieren, das ihre zentralen Erinnerungen retten konnte.«

»Sie sind weit darüber hinausgegangen«, sagt Timoney. »Sie haben nicht nur Erinnerungen gerettet. Sie haben Menschenleben gerettet.«

»Sie haben mich gefragt, warum ich diesen Stuhl haben will«, sagt Shaw. »Ich hoffe, heute hat sich Ihnen ein Fenster geöffnet, durch das Sie sehen können, wer ich bin und was mich bewegt. Gehen Sie nach Hause und genießen Sie diesen Augenblick. Diese Kinder sind Ihretwegen noch am Leben.«

In ihrem Apartment sitzt sie den ganzen Nachmittag auf dem Bett und sieht die Nachrichten über das Schulmassaker, das »ungeschehen« ist. Schüler, die erschossen waren, stehen vor den Kameras und berichten von falschen Erinnerungen daran, erschossen zu werden. Ein weinender Vater erzählt, dass er im Leichenschauhaus war, um seinen Sohn zu identifizieren, und eine gebrochene Mutter spricht von der Planung für das Begräbnis ihrer Tochter, die sie im nächsten Augenblick in die Schule fährt.

Helena fragt sich, ob sie die Einzige ist, die die leise Verstörung im Blick der eben noch ermordeten Schüler sieht.

Sie sieht, wie die Welt sich bemüht, mit dem Unmöglichen zurechtzukommen, und sie fragt sich, was die Massen dazu sagen.

Religiöse Gelehrte sprechen von alten Zeiten, in denen es noch Wunder in großer Zahl gab. Sie spekulieren über die

Rückkehr einer solchen Ära und fragen sich, ob es sich um Vorzeichen der Wiederkunft des Herrn handeln könnte.

Während die Menschen in Scharen in die Kirchen strömen, fällt den Wissenschaftlern nichts Besseres ein, als dass die Welt einen weiteren »Massengedächtnis-Zwischenfall« erlebt habe. Zwar reden sie von alternativen Realitäten und der Fragmentierung des Raum-Zeit-Kontinuums, aber dabei sehen sie noch ratloser und verwirrter aus als die Männer Gottes.

Helena denkt immer wieder an etwas, das Shaw im Labor zu ihr gesagt hat. *Es ist, als sähen Sie nur den Schaden, den Ihr Stuhl anrichten kann.* Er hat recht. Sie hat immer nur an den potenziellen Schaden gedacht, und diese Angst hat den Lauf ihres Lebens bestimmt, seit sie auf Slades Ölbohrinsel gearbeitet hat.

Als es Nacht wird in Manhattan, steht sie vor den wandhohen Fenstern und schaut hinaus auf die 59th Street Bridge, deren beleuchtete Träger sich in einem spektakulären Wirbel schillernder Farben auf der Oberfläche des East River spiegeln.

Und sie schmeckt auf der Zunge, wie es sich anfühlt, die Welt zu verändern.

Tag 11

Am nächsten Morgen wird sie zum DARPA-Gebäude nach Queens gebracht, wo Shaw sie außerhalb der Sicherheitskontrolle erwartet.

Als sie zum Labor durchgehen, fragt er: »Haben Sie gestern Abend die Nachrichten gesehen?«

»Ein bisschen.«

»War ein ziemlich gutes Gefühl, was?«

Im Labor sitzen Timoney, Raj und zwei Männer, die Helena noch nie gesehen hat, am Besprechungstisch. Shaw macht sie mit den beiden Neuen bekannt. Der eine ist ein junger Navy

SEAL namens Steve, den Shaw als Timoneys Partner bezeichnet, und der andere ist ein makellos gepflegter Mann in einem schwarzen Maßanzug und heißt Albert Kinney.

»Albert ist von der RAND Corporation hierher desertiert«, sagt Shaw.

»Sie haben den Stuhl entworfen?« Albert schüttelt ihr die Hand.

»Leider«, sagt Helena.

»Er ist unglaublich.«

Sie setzt sich auf einen der letzten freien Plätze, und Shaw geht ans Kopfende des Tisches, bleibt dort stehen und lässt den Blick über die Gruppe wandern.

»Willkommen«, sagt er. »Ich habe im Laufe der letzten Woche mit jedem von Ihnen individuell über den Erinnerungsstuhl gesprochen, den mein Team geborgen hat. Gestern Nachmittag haben wir ihn nun erfolgreich benutzt, um das Resultat der Schießerei in der Schule in Maryland zu revidieren. Nun gibt es eine Philosophie, die ich respektiere und die meint, wir dürfen uns etwas, das eine so ungezügelte Macht ausüben kann, nicht anvertrauen. Ich will nicht für Sie sprechen, Dr. Smith, aber selbst Sie, die Entwicklerin des Stuhls, vertreten diese Ansicht.«

»So ist es.«

»Meine Perspektive ist eine andere, und was wir gestern erreicht haben, ermutigt mich weiter. Ich glaube, dass es uns mit der wachsenden Bedeutung der Technologie in der Welt anvertraut ist, die besten Einsatzmöglichkeiten dafür zu finden, um unsere Spezies zu verbessern und voranzubringen. Ich glaube, der Stuhl besitzt ein ungeheures Potenzial, Gutes in die Welt zu bringen. Neben Dr. Smith haben wir hier an diesem Tisch Timoney Rodriguez und Steve Crowder, zwei der tapfersten, fähigsten Soldaten, die das amerikanische Militär je hervorgebracht hat. Raj Anand, der Mann, der den Stuhl gefunden hat. Albert Kinney, ein Systemtheoretiker von der RAND Corporation mit einem Verstand so klar wie ein Diamant. Und ich. Als stellvertretender Direktor der DARPA verfüge ich über die Mittel, unter dem Schleier absoluter Geheimhaltung ein neues Programm zu entwickeln, mit dem wir heute anfangen.«

»Sie haben die Absicht, den Stuhl weiter zu benutzen?«, fragt Helena.

»Ganz recht.«

»Zu welchem Zweck?«

»Die Leitlinien für unsere Gruppe werden wir gemeinsam verfassen.«

»Sie betrachten uns also als eine Art Brain Trust?«, fragt Albert.

»Genau. Und die Parameter der Verwendung des Stuhls sind auch etwas, das wir zusammen entscheiden werden.«

Helena schiebt ihren Stuhl zurück und steht auf. »Ich mache dabei nicht mit.«

Shaw sieht sie vom Kopfende des Tisches an, und seine Kiefermuskeln spannen sich an.

»Diese Gruppe braucht Ihre Stimme. Ihre Skepsis.«

»Das ist keine Skepsis. Ja, wir haben gestern Menschenleben gerettet, aber dabei haben wir falsche Erinnerungen geschaffen und Verwirrung in die Köpfe von Millionen Menschen gesät. Jedes Mal, wenn Sie den Stuhl benutzen, ändern Sie die Art und Weise, wie Menschen die Realität verarbeiten. Wir haben keine Ahnung, wie sich so etwas langfristig auswirken kann.«

»Gestatten Sie mir eine Frage«, sagt Shaw. »Glauben Sie, irgendein anständiger Mensch ist in diesem Augenblick traurig, dass neunzehn Schüler *nicht* ermordet wurden? Wir reden nicht darüber, gute Erinnerungen gegen schlechte einzutauschen oder nach Belieben die Realität zu verändern. Wir haben nur *ein* Ziel: Wir wollen menschliches Elend aus der Welt schaffen.«

Helena beugt sich vor. »Das ist nichts anderes als das, was Marcus Slade mit dem Stuhl anfangen wollte. Er wollte unsere Realitätserfahrung verändern, aber auf der praktischen Ebene ließ er die Leute zurückkehren und ihr Leben reparieren, und das war gut für manche und *katastrophal* für andere.«

»Helenas Bedenken sind legitim«, sagt Albert. »Es ist bereits eine Menge Literatur über die Auswirkungen von FMS auf das Gehirn im Umlauf, über Probleme mit exzessiven Erinnerungsspeichern und falschen Erinnerungen bei Menschen mit psychischen Störungen. Ich empfehle, ein Team zu beauftragen, alle seriösen Aufsätze zu diesem Thema zu recherchieren, damit wir bei unserer weiteren Arbeit auf dem Laufenden bleiben. Wenn wir das Alter der Erinnerungen, in die wir unsere Agenten zurückschicken, limitieren, limitieren wir theoretisch auch die kognitiven Dissonanzen zwischen realen und falschen Timelines.«

»Theoretisch?«, wiederholt Helena. »Sollten Sie Ihre Arbeit nicht auf der Grundlage besserer und nicht nur theoretischer Informationen vorantreiben, wenn Sie davon reden, die Natur der Realität zu verändern?«

»Albert, wollen Sie sagen, Reisen in die ferne Vergangenheit sind damit vom Tisch?«, fragt Shaw. »Denn ich habe hier eine Liste«, er legt eine Hand auf ein schwarzledernes Notizbuch, »eine Liste von Grausamkeiten und Katastrophen aus dem zwanzigsten und einundzwanzigsten Jahrhundert. Ich spekuliere nur, aber was ist, wenn wir einen Fünfundneunzigjährigen finden, der einmal eine Scharfschützenausbildung absolviert hat? Mit scharfem Verstand und klarer Erinnerung? Helena, was wäre das früheste Alter, in dem Sie jemanden ohne Bedenken in eine Erinnerung zurückschicken würden?«

»Ich kann nicht glauben, dass wir darüber wirklich diskutieren.«

»Wir reden doch nur. An diesem Tisch gibt es keine schlechten Ideen.«

»Das weibliche Gehirn ist mit einundzwanzig vollentwickelt«, sagt sie. »Das männliche ein paar Jahre später. Mit sechzehn müsste es wahrscheinlich zurechtkommen, aber ohne Tests können wir nicht sicher sein. Wenn wir eine Person in eine zu jugendliche Erinnerung zurückschicken, besteht die Möglichkeit, dass ihre kognitiven Funktionen einfach zusammenbrechen. Ein erwachsenes Bewusstsein in ein unterentwickeltes Gehirn zu stopfen könnte katastrophale Folgen haben.«

»Wollen Sie vorschlagen, was ich vermute, John?«, fragt Albert. »Dass wir Agenten vierzig, fünfzig, sechzig Jahre weit zurückschicken, damit sie Diktaturen eliminieren, bevor sie Gelegenheit haben, Millionen zu ermorden?«

»Oder damit sie einen Mord *verhindern*, der zum Katalysator für eine epische Tragödie werden kann – zum Beispiel, als Gavrilo Princip, ein bosnischer Serbe, im Jahr 1914 den Erzherzog Franz Ferdinand ermordete und damit den ersten Dominostein in einer Reihe umkippte, an deren Ende der Erste Weltkrieg stand. Ich stelle nur die Möglichkeit zur Diskussion. Wir sitzen hier in einem Raum mit einem Apparat, der unglaubliche Macht besitzt.«

Ein ernüchtertes Schweigen senkt sich auf die Gruppe.

Helena setzt sich wieder. Sie hat Herzklopfen, und ihr Mund ist trocken. »Ich sitze nur aus einem Grund noch hier am Tisch«, sagt sie. »Jemand muss die Stimme der Vernunft vertreten.«

»Ich bin ganz Ihrer Meinung«, sagt Shaw.

»Es ist eine Sache, die Ereignisse der letzten paar Tage zu verändern. Verstehen Sie mich nicht falsch, es ist immer noch gefährlich, und Sie sollten es nie wieder tun. Aber es ist etwas völlig anderes, das Leben von Millionen Menschen zu retten, die vor einem halben Jahrhundert gelebt haben. Rein hypothetisch gefragt, was wäre, wenn wir eine Möglichkeit fänden, den Zweiten Weltkrieg zu verhindern? Wenn dadurch dreißig Millionen Menschen am Leben geblieben wären, die sonst gestorben wären? Vielleicht finden Sie, das klingt wunderbar, aber schauen Sie genauer hin. Wie wollen Sie das gute und das böse Potenzial derer, die gestorben sind, auch nur annähernd bestimmen? Wer weiß denn schon, ob die Taten eines Monstrums wie Hitler oder Stalin oder Pol Pot nicht den Aufstieg eines viel größeren Monstrums verhindert haben? Zumindest würde eine Veränderung in diesem Maßstab unsere Gegenwart in unfassbarer Weise verändern. Sie würde Millionen von Ehen und Geburten ungeschehen machen. Ohne Hitler wäre eine ganze Generation von Einwanderern nicht in die USA gekommen. Oder, noch einfacher – wenn der Highschool-Schatz Ihrer Urgroßmutter nicht im Krieg stirbt, dann heiratet sie ihn und nicht Ihren Urgroßvater. Ihre Großeltern werden nie geboren, Ihre Eltern werden nie geboren, und es liegt – verdammt noch mal – auf der Hand, dass Sie auch nie geboren werden.« Sie schaut Albert über den Tisch hinweg an. »Sie sind Systemtheoretiker? Können Sie sich irgendein Modell vorstellen, das auch nur annähernd in der Lage wäre, die Veränderungen für die Bevölkerung dieses Planeten in dieser Größenordnung zu extrapolieren?«

»Ja, ich könnte wohl ein paar Modelle entwickeln, aber das, was Sie meinen, die Verfolgung von Ursache und Wirkung in einem so gigantischen Datensatz, ist buchstäblich unmöglich. Ich stimme Ihnen zu: Wir segeln hier gefährlich nah am Gesetz der unbeabsichtigten Konsequenzen. Ich will Ihnen ein Gedankenexperiment schildern, das mir spontan einfällt.

Wenn England es wegen etwas, das wir getan haben, unterlassen hätte, Deutschland den Krieg zu erklären, wäre Alan Turing, der Vater des Computers und der Künstlichen Intelligenz, nicht gedrängt worden, die deutsche Verschlüsselungstechnologie zu knacken. Nun, vielleicht hätte er eines Tages immer noch das Fundament für die moderne mikrochipgesteuerte Welt gelegt, in der wir heute leben. Andererseits, vielleicht auch nicht. Oder in einem geringeren Ausmaß. Und wie viele Menschenleben sind auf der Grundlage der Technologie gerettet worden, die uns beschützt? Mehr als die, die im Zweiten Weltkrieg verloren wurden? Ein ›Was wäre, wenn‹ bringt unzählige weitere hervor. Ein Schneeballsystem.«

»Akzeptiert«, sagt Shaw. »Das sind Diskussionen, wie wir sie führen müssen.« Er sieht Helena an. »Darum will ich Sie hier dabeihaben. Sie werden mich nicht daran hindern, den Stuhl zu benutzen, aber vielleicht können Sie uns helfen, klug damit umzugehen.«

Tag 17

Sie verbringen die erste Woche damit, Grundregeln zu entwickeln, zum Beispiel …

Die Einzigen, die den Stuhl benutzen dürfen, sind ausgebildete Agenten wie Timoney und Steve.

Der Stuhl darf niemals dazu benutzt werden, Ereignisse in der persönlichen Vergangenheit der Teammitglieder, ihrer Freunde und Verwandten zu ändern.

Der Stuhl darf niemals dazu benutzt werden, Agenten weiter als fünf Tage in die Vergangenheit zu schicken.

Der Stuhl darf nur dazu benutzt werden, unvorstellbare Tragödien und Katastrophen ungeschehen zu machen, die durch einen einzelnen Agenten leicht und anonym umgangen werden können.

Über jede Entscheidung, den Stuhl zu benutzen, muss abgestimmt werden.

Albert hat ihrer Gruppe den Namen »Abteilung für die Annullierung besonders übler Scheiße« gegeben, und wie so viele Namen, die als schlechter Witz angefangen haben und nicht schnell genug ersetzt wurden, bleibt der Name hängen.

Tag 25

Eine Woche später stellt Shaw die nächste potenzielle Mission zur Diskussion, und zur Illustration bringt er sogar ein Foto mit.

Vierundzwanzig Stunden zuvor wurde in Lander, Wyoming, ein elfjähriges Mädchen in seinem Zimmer ermordet aufgefunden. Das Tatmuster hatte eine gespenstische Ähnlichkeit mit fünf Morden, die sich über einen Zeitraum von acht Wochen davor in abgelegenen Kleinstädten im amerikanischen Westen ereignet hatten.

Der Täter war irgendwann zwischen elf Uhr abends und vier Uhr morgens mithilfe eines Glasschneiders in das Zimmer eingedrungen. Er hatte das Opfer geknebelt und vergewaltigt, während die Eltern ahnungslos in ihrem Zimmer auf der anderen Seite des Korridors schliefen.

»Anders als bei den vorigen Taten«, berichtet Shaw, »als die Opfer erst Tage oder Wochen später gefunden wurden, ließ er das Mädchen diesmal zugedeckt im Bett liegen, wo die Eltern es am nächsten Morgen fanden. Das heißt, wir haben ein klar umrissenes Zeitfenster für die Tat, und wir kennen auch den Tatort genau. Es besteht kaum ein Zweifel daran, dass das Ungeheuer wieder zuschlagen wird. Ich würde gern über den Einsatz des Stuhls abstimmen, und ich stimme für Ja.«

Timoney und Steve stimmen unverzüglich mit Ja.

»Und wie soll Steve den Mörder eliminieren?«, fragt Albert.

»Wie meinen Sie das?«

»Na ja, es gibt eine unauffällige Methode, bei der er den Kerl abfängt und ihn ins Nirgendwo verschleppt, wo er ihn in der Erde verbuddelt, sodass niemand ihn wiederfindet. Und es gibt die auffällige, bei der der Möchtegern-Killer mit aufgeschlitzter Kehle im Gebüsch unter dem Fenster gefunden wird, in das er gerade einsteigen wollte, Glasschneider und Messer in der Tasche. Mit der auffälligen Methode würden wir im Endeffekt die Existenz der ›Abteilung für die Annullierung besonders übler Scheiße‹ bekannt machen. Vielleicht möchten wir das, vielleicht auch nicht. Ich gebe es nur zu bedenken.«

Helena starrt das verstörendste Foto an, das sie je gesehen hat, und ihr rationales Denkvermögen löst sich langsam auf. In diesem Augenblick will sie nur, dass der Mensch, der das getan hat, leidet.

»Ich stimme dafür, dass wir dieses Labor demontieren und die Server löschen. Aber wenn Sie beschließen, diese Aktion durchzuführen – mir ist klar, dass ich Sie nicht stoppen kann –, dann töten Sie dieses Vieh und lassen Sie es mit seinen belastenden Werkzeugen unter dem Fenster des Mädchens liegen.«

»Warum, Helena?«, fragt Shaw.

»Wenn die Menschen wissen, dass jemand, irgendeine Wesenheit, hinter diesen Realitätsverschiebungen steckt, wird Ihre Arbeit im Bewusstsein der Öffentlichkeit eine mythische Gestalt annehmen. Darum.«

»Sie denken an Batman?« Albert lächelt spöttisch.

Helena verdreht die Augen. »Wenn es Ihr Ziel ist, das Böse zu reparieren, das Menschen anrichten, dann ist es vielleicht in Ihrem Interesse, dass böse Menschen Sie fürchten. Und wenn man diesen Kerl in der Nähe des Tatorts findet, bereit, in das

Haus einzudringen, werden die Behörden ihn mit den anderen Morden in Verbindung bringen, sodass die anderen Familien mit ihrer Trauer abschließen können.«

»Sie wollen sagen, wir werden so etwas wie der schwarze Mann«, meint Timoney.

»Wenn jemand beschließt, eine böse Tat nicht zu begehen, weil er Angst vor einer schattenhaften Organisation hat, die in der Lage ist, Erinnerungen und Zeit zu manipulieren, ist das eine Mission, der Sie sich niemals werden stellen müssen, und eine falsche Erinnerung, die Sie nicht erschaffen müssen. Also, ja, werden Sie zum schwarzen Mann.«

Tag 24

Steve findet den Kindermörder um ein Uhr fünfunddreißig in der Früh, als er gerade anfängt, ein Loch in die Fensterscheibe an Daisy Robinsons Zimmer zu schneiden. Er verschließt ihm den Mund mit Klebstreifen, fesselt ihn damit an Händen und Füßen und schneidet ihm die Kehle langsam von einem Ohr zum anderen durch. Dann sieht er zu, wie er sich auf dem Boden vor dem Haus windet und verblutet.

Tag 31

In der folgenden Woche lehnen sie es ab, bei einem Zugunglück im Hügelland von Texas zu intervenieren, bei dem es neun Tote und zahlreiche Verletzte gibt.

Tag 54

Als ein Jet auf einem Inlandsflug in den Tannenwäldern südlich von Seattle abstürzt, stimmen sie wieder gegen die Benutzung des Stuhls. Wie bei dem Zugunglück, so befinden sie, wird es zu lange dauern, die Unfallursache zu ermitteln, und dann wird es zu spät sein, Timoney oder Steve zurückzuschicken.

Tag 58

Tag für Tag wird es klarer, welche Arten von Tragödien sie am besten beheben können, und wenn sie zögern oder irgendwelche Zweifel haben, neigen sie zu Helenas Erleichterung zur Nichteinmischung.

Sie wird weiter in dem Apartmentgebäude in der Nähe von Sutton Place gefangen gehalten. Alonzo und Jessica erlauben ihr mittlerweile, Abendspaziergänge zu unternehmen. Einer der beiden bleibt dann einen halben Block hinter ihr, der andere geht einen halben Block voraus.

Es ist die erste Januarwoche, und der Wind, der zwischen den Hochhäusern hereinpeitscht, schlägt ihr wie ein Polarsturm ins Gesicht. Aber sie sonnt sich in der falschen Freiheit eines Abendspaziergangs in New York und stellt sich vor, sie wäre wirklich allein unterwegs.

Sie wird besinnlich, denkt an ihre Eltern und an Barry. Immer wieder kehrt sie zu dem letzten Bild zurück, das sie von ihm in Erinnerung hat – wie er in Slades Labor steht, bevor die Lichter ausgehen. Und dann, einen Augenblick später, der Klang seiner Stimme, als er schreit, sie solle verschwinden.

Kalte Tränen laufen über ihre Wangen.

Die drei wichtigsten Menschen in ihrem Leben sind fort, und sie wird sie nie wiedersehen. Die nackte Einsamkeit, die in diesem Wissen steckt, schneidet bis ins Mark.

Sie ist neunundvierzig, und sie fragt sich, ob im Grunde das gemeint ist, wenn man sagt, man fühle sich alt – nicht nur ein körperlicher Verfall, sondern auch der Verfall zwischenmenschlicher Beziehungen. Ein zunehmendes Schweigen, verursacht durch die Menschen, die du am meisten liebst, die dich geformt und deine Welt definiert haben und dann weitergegangen sind zu dem, was immer danach kommt.

Ohne einen Ausweg, ohne ein Endspiel am Horizont zu sehen, und nachdem alle, die sie geliebt hat, verschwunden sind, weiß sie nicht genau, wie lange sie noch weitermachen wird.

Tag 61

Timoney kehrt in eine Erinnerung zurück, um zu verhindern, dass ein geistig gestörter Versicherungsvertreter in eine politische Demonstration in Berkeley eindringt und mit einem Sturmgewehr achtundzwanzig Studenten massakriert.

Tag 70

Steve bricht in ein Apartment in Leeds ein, wo ein Mann dabei ist, seine Sprengstoffweste zu präparieren. Er stößt ihm die Klinge seines Kampfmessers zwischen die Nackenwirbel, zerfetzt seine Medulla oblongata und lässt ihn mit dem Gesicht auf einem Tisch zwischen Nägeln, Schrauben und Nieten liegen, die am nächsten Morgen in der Londoner U-Bahn zwölf Menschen zerfetzt hätten.

Tag 90

Als das Programm drei Monate gelaufen ist, bringt die *New York Times* einen Bericht über ihre acht Missionen und spekuliert darüber, dass die toten Mörder, Schulamokläufer und der eine Selbstmordattentäter auf eine rätselhafte Organisation schließen lassen, die über eine unfassbare Technologie verfügt.

Tag 115

Helena liegt im Bett und ist kurz davor einzuschlafen, als ein lautes Klopfen an der Tür ihren Herzschlag jäh beschleunigt. Wenn dies ihr eigenes Apartment wäre, könnte sie so tun, als wäre sie nicht zu Hause, und darauf warten, dass der späte Besuch wieder verschwindet. Aber sie lebt hier unter Bewachung, und jetzt dreht sich auch schon der Türriegel.

Sie steht auf, zieht ihren Frotteemantel an und ist im Wohnzimmer, als John Shaw zur Tür hereinkommt.

»Treten Sie nur ein«, sagt sie. »Fühlen Sie sich wie zu Hause.«

»Verzeihen Sie, und verzeihen Sie auch den späten Besuch.« Er kommt durch den Flur ins Wohnzimmer. »Hübsche Wohnung.«

Sie riecht das Zimtaroma im scharfen Bourbon-Dunst in seinem Atem, dessen Ausmaß beträchtlich ist. »Ja«, sagt sie. »Mit Mietpreisbindung und allem Komfort.«

Sie könnte ihm ein Bier oder etwas anderes anbieten, aber das tut sie nicht.

Shaw klettert auf einen der gepolsterten Hocker an der Kochinsel, und sie bleibt ihm gegenüber stehen. Er wirkt nachdenklicher und sorgenvoller, als sie ihn je gesehen hat.

»Was kann ich für Sie tun, John?«

»Ich weiß, Sie haben nie geglaubt an das, was wir tun.«

»Das stimmt.«

»Aber ich bin froh, dass Sie im Gespräch geblieben sind. Mit Ihnen sind wir besser. Sie kennen mich nicht so gut, aber ich war nicht immer ... Hey, haben Sie was zu trinken?«

Sie geht zum Kühlschrank, nimmt zwei Flaschen Brooklyn Brewery heraus und hebelt die Kronkorken herunter.

Shaw trinkt in tiefen Zügen. »Ich habe Sachen für das Militär gebaut, damit sie so effizient wie möglich Menschen töten konnten. Ich stand hinter etlichen wirklich schreckenerregenden Technologien. Aber die letzten paar Monate waren die besten meines Lebens. Jede Nacht, wenn ich einschlafe, denke ich an das Leid, das wir ungeschehen machen. Ich sehe die Gesichter der Menschen, deren Leben und deren Geliebte wir retten. Ich denke an Daisy Robinson. Ich denke an sie alle.«

»Ich weiß, Sie versuchen, das Richtige zu tun.«

»So ist es. Vielleicht zum ersten Mal in meinem Leben.« Er trinkt einen Schluck Bier. »Ich habe dem Team noch nichts gesagt, aber ich bekomme Druck von oben.«

»Was für Druck?«

»Wegen meiner Vergangenheit lässt man mich an der langen Leine und unter minimaler Aufsicht laufen. Aber ich habe immer noch Vorgesetzte. Ich weiß nicht, ob sie misstrauisch geworden sind, aber sie wollen wissen, woran ich arbeite.«

»Und was können Sie tun?«, fragt Helena.

»Da gibt es ein paar Möglichkeiten. Wir könnten uns ein Programm mit einer falschen Fassade ausdenken und ihnen etwas Funkelndes präsentieren, das aber nichts mit dem zu tun hat, was wir wirklich tun. Wahrscheinlich könnten wir damit ein bisschen Zeit schinden. Aber besser ist es, sie einfach einzuweihen.«

»Das können Sie nicht tun.«

»DARPAs Hauptaufgabe ist es, Durchbrüche in Technologien zu bewerkstelligen, die unsere nationale Sicherheit stärken. Im Mittelpunkt stehen militärische Anwendungen. Es ist nur eine Frage der Zeit, Helena. Ich kann es ihnen nicht ewig verheimlichen.«

»Wie würde das Militär den Stuhl verwenden?«

»Was denken Sie? Gestern geriet ein Platoon des 101. Regiments in Kandahar in einen Hinterhalt. Acht Marines wurden getötet. Das ist öffentlich noch nicht bekannt. Im letzten Monat ist ein Blackhawk-Hubschrauber bei einem nächtlichen Übungseinsatz auf Hawaii abgestürzt. Fünf Tote. Wissen Sie, wie viele Einsätze scheitern, weil man den Feind um ein paar Tage oder Stunden verpasst? Am richtigen Ort zur falschen Zeit? Die Militärs würden den Stuhl als Werkzeug betrachten, das den Kommandanten die Möglichkeit gibt, die Kriegführung zu redigieren.«

»Und wenn sie Ihre Ansicht über die Verwendung des Stuhls nicht teilen?«

»Oh, das werden sie nicht tun.« Shaw trinkt sein Bier aus, lockert seine Krawatte und knöpft sein Hemd auf. »Ich will Sie nicht erschrecken, aber natürlich würde nicht nur das Verteidigungsministerium den Stuhl beanspruchen. CIA, NSA, FBI – jeder Dienst würde ein Stück davon haben wollen, wenn es bekannt wird. Wir sind eine Behörde des Verteidigungsministeriums, und das wird uns ein wenig Deckung geben. Aber sie werden alle daran teilhaben wollen.«

»O Gott. Und wird es sich herumsprechen?«

»Schwer zu sagen, aber können Sie sich vorstellen, wie es wäre, wenn das Justizministerium Zugang zu dieser Technologie hätte? Sie würden dieses Land in *Minority Report* verwandeln.«

»Zerstören Sie den Stuhl.«

»Helena …«

»Was? Wie schwer kann das sein? Zerstören Sie ihn, bevor irgendetwas von dem, was Sie da sagen, passiert.«

»Aber sein positives Potenzial ist zu groß. Das haben wir bereits bewiesen. Wir dürfen ihn nicht zerstören, weil wir Angst haben vor dem, was passieren *könnte*.«

Es ist still im Apartment. Helena schließt die Hand um die kalte beschlagene Bierflasche.

»Und was ist Ihr Plan?«

»Ich habe keinen. Noch nicht. Ich wollte nur, dass Sie wissen, was auf uns zukommt.«

Tag 136

Es fängt früher an, als irgendjemand vorausgesehen hat.

Am 22. März kommt Shaw ins Labor, um die Schrecklichkeiten zu besprechen, die in den letzten vierundzwanzig Stunden auf der Welt passiert sind. »Wir haben unseren Auftrag erhalten.«

»Von wem?«, fragt Raj.

»Von ganz oben.«

»Dann wissen sie also Bescheid?«, fragt Helena.

»Ja.« Er öffnet einen braunen Umschlag mit einem roten TOP-SECRET-Stempel. »Die Sache war noch nicht in den Nachrichten. Vor fünfundsiebzig Tagen, am 5. Januar, ist ein Kampfjet der sechsten Generation wegen einer Fehlfunktion in der Nähe der Grenze zwischen der Ukraine und Weißrussland gelandet. Man nimmt nicht an, dass das Flugzeug zerstört wurde, und man ist ziemlich sicher, dass der Pilot gefangen genommen wurde. Die Rede ist von einer Boeing F/A-XX, noch in der Entwicklung und höchst geheim, vollgestopft mit allen Schikanen, die wir den Russen lieber nicht in die Hände fallen lassen möchten.

Sie haben mich gebeten, einen Agenten zum 4. Januar zurückzuschicken, der mir von der Notlandung berichten soll. Ich soll die Nachricht an den stellvertretenden Verteidigungsminister weitergeben, der dafür sorgen wird, dass sie zu den unteren Chargen durchsickert, damit das Flugzeug vor dem Testflug noch einmal inspiziert wird und nicht in die Nähe des russischen Territoriums fliegt.«

»Vor sechsundsiebzig Tagen?«, fragt Helena.

»Ganz recht.«

»Haben Sie ihnen gesagt, dass wir den Stuhl für so weite Reisen in die Vergangenheit nicht benutzen?«, fragt Albert.

»Ich habe es nicht ganz so strikt formuliert, aber – ja.«

»Und?«

»Die Antwort war: Tun Sie verdammt noch mal, was man Ihnen sagt.«

Am 22. Mai um zehn Uhr morgens schicken sie Timoney zurück.

Um elf sitzen Helena und das Team vor dem Fernseher und starren schockiert auf den Bildschirm, auf dem die CNN-Nachrichten laufen. Dies ist das erste Mal, dass sie den Stuhl benutzt haben, um *vor* das Datum einer vorigen Intervention zurückzugehen, und soweit sie es der Berichterstattung entnehmen können, ist die Wirkung außerordentlich. Bis jetzt hat das Phänomen der falschen Erinnerungen sich an das vorhersehbare Muster gehalten und ist in seiner individuellen Timeline geblieben. Mit anderen Worten, wenn ein Agent eine Timeline verändert, erscheinen die falschen Erinnerungen an die »tote« Timeline immer exakt in dem Augenblick, in dem der Agent im Tank stirbt. Diesmal aber sieht es so aus, als seien diese Wiederholungspunkte überschrieben worden – nicht gelöscht, sondern auf zehn Uhr heute Morgen zurückgeschoben worden, in den Augenblick, als der Stuhl zuletzt benutzt wurde und Timoney zurückreiste, um Shaw die Nachricht von dem notgelandeten Kampfjet zu überbringen. Statt sich also an jede tote Timeline zu erinnern, als sie passierte, empfing die Öffentlichkeit heute Morgen um zehn Uhr eine volle Ladung von toten Erinnerungen auf einen Schlag, und alle erinnerten sich gleichzeitig an all die abgewendeten Massaker seit dem 4. Januar – Berkeley und das Selbstmordattentat in der Londoner U-Bahn eingeschlossen.

Diese falschen Erinnerungen nacheinander im Lauf von mehreren Monaten überzustülpen war beunruhigend genug. Alle Menschen im selben Augenblick mit allen zu überfallen ist unendlich viel folgenschwerer.

Bis jetzt berichten die Medien nicht von Todesfällen oder Zusammenbrüchen als Resultat dieses plötzlichen Ansturms, aber für Helena ist es eine brutale Erinnerung daran, dass ihr Apparat viel zu geheimnisvoll, gefährlich und unberechenbar ist, um zu existieren.

Tag 140

Shaw hat immer noch freie Hand für sein Eingreifen in zivile Tragödien, aber ihre Arbeit bekommt zusehends ein militärisches Gesicht.

Mithilfe des Stuhls machen sie einen Drohnenangriff ungeschehen, der eine Hochzeitsgesellschaft getroffen und überwiegend afghanische Frauen und Kinder getötet, aber die eigentliche Zielperson verfehlt hat, weil sie gar nicht anwesend war.

Tag 146

Sie revidieren einen Luftschlag, bei dem ein B-1-Lancer-Bomber seine komplette Ladung fehlleitete und ein ganzes Special-Operations-Team in der Provinz Zabul tötete und die Taliban-Einheit verfehlte, die er eigentlich hatte ausschalten sollen.

Tag 152

Vier tote Soldaten, die auf einer Streife in der Wüste in Niger von militanten Islamisten überfallen worden waren, werden wieder auferweckt, als Timoney im Tank stirbt und Shaw die Einzelheiten über den bevorstehenden Hinterhalt mitteilt.

Sie benutzen den Stuhl jetzt so häufig – mindestens einmal pro Woche –, dass Shaw einen weiteren Agenten rekrutiert, um Steve und Timoney die Last zu erleichtern, denn die beiden erleben die ersten Zeichen des mentalen Verfalls infolge der Stressbelastung durch das häufige Sterben.

Tag 160

Helena fährt mit Alonzo und Jessica in die Tiefgarage ihres Gebäudes, wo der schwarze Suburban steht. Sie kann sich nicht erinnern, solche Hoffnungslosigkeit empfunden zu haben. Sie kann nicht in alle Ewigkeit so weitermachen. Das Militär benutzt ihren Stuhl, und sie ist hilflos und kann nichts dagegen tun. Der Stuhl selbst steht vierundzwanzig Stunden täglich unter Bewachung, und sie hat keinen Zugang zum System. Selbst wenn sie Alonzo und Jessica entkommen könnte, würde die Regierung in Anbetracht dessen, was sie weiß, niemals aufhören, sie zu jagen. Außerdem könnte Shaw ja einfach einen Agenten in eine Erinnerung zurückschicken, um ihre Flucht zu verhindern.

Schwarze Gedanken flüstern ihr zu.

Das Telefon vibriert in ihrer Tasche, als sie auf dem FDR Drive in Richtung Süden fahren. Es ist Shaw.

»Hey, ich bin schon unterwegs«, sagt sie.

»Ich wollte es Ihnen zuerst sagen.«

»Was?«

»Wir haben heute Morgen einen neuen Auftrag bekommen.«

»Nämlich?«

Der Himmel verschwindet, als sie ins Manhattan Portal des Queens Midtown Tunnel fahren.

»Sie wollen, dass wir jemanden fast ein Jahr in die Vergangenheit zurückschicken.«

»Warum? Wozu?«

Jessica tritt so hart auf die Bremse, dass Helena in ihrem Sicherheitsgurt nach vorn geschleudert wird. Durch die Frontscheibe sieht sie ein Meer von roten Bremsleuchten, die den Tunnel vor ihr beleuchten, und sie hört ein schrilles Hupkonzert.

»Zu einem Mordanschlag.«

In der Ferne strahlt grelles Licht auf, gefolgt von einem Geräusch wie Donner tief im Tunnel.

Die Fenster klappern, und der Wagen erzittert. Die Tunnelbeleuchtung erlischt für eine schreckliche Sekunde und flackert dann wieder auf.

»Was zum Teufel war das?«, fragt Alonzo.

»John, ich melde mich gleich wieder.« Helena lässt das Telefon sinken. »Was ist los?«

»Ich glaube, da vorn hat's einen Unfall gegeben.«

Die ersten Leute steigen aus ihren Autos.

Alonzo öffnet seine Tür und springt hinaus in den Tunnel.

Jessica folgt ihm.

Der Geruch von Rauch, der durch die Lüftungsöffnungen quillt, reißt Helena in die Gegenwart zurück. Sie wirft einen Blick in den Rückspiegel auf die Autos, die sich hinter ihnen stauen.

Ein Mann rennt an ihrem Fenster vorbei, zurück in Richtung Tageslicht, und das erste Prickeln der Angst läuft über ihre Wirbelsäule.

Noch mehr Leute laufen vorbei, und alle sehen verängstigt aus. Sie hasten zwischen den Autos zurück nach Manhattan, auf der Flucht vor irgendetwas.

Helena stößt ihre Tür auf und steigt aus.

Der Aufruhr von menschlicher Angst und Verzweiflung hallt von den Tunnelwänden wider, wird lauter und übertönt die laufenden Motoren von Tausenden Autos.

»Alonzo?«

»Ich habe keine Ahnung, was da passiert ist. Aber es scheint schlimm zu sein.«

Die Luft riecht nicht gut – nicht nur nach Auspuffgasen, sondern auch nach Benzin und geschmolzenen Dingen.

Rauch rollt aus dem Tunnel vor ihnen heran, und die Leute, die auf sie zustolpern, sehen schockiert aus. Ihre Gesichter sind blutig und geschwärzt.

Die Luft wird zusehends schlechter. Ihre Augen fangen an zu brennen, und sie kann kaum noch sehen, was vor ihr ist.

»Wir müssen hier raus, Alonzo«, sagt Jessica. »Jetzt sofort.«

Als sie weggehen wollen, kommt ein Mann aus dem Rauch. Er hinkt und hält sich die Seite und hat offensichtlich Schmerzen.

Helena stürzt auf ihn zu. Sie hustet jetzt, und als sie näher kommt, sieht sie, dass er eine Glasscherbe umklammert, die in seiner Seite steckt. Seine Hände sind nass von Blut, und sein Gesicht ist rauchgeschwärzt und schmerzverzerrt.

»Helena!«, ruft Jessica. »Wir müssen weg!«

»Er braucht unsere Hilfe!«

Der Mann taumelt gegen Helena und ringt nach Luft. Alonzo kommt zurückgelaufen, und er und Helena nehmen seine Arme und legen sie sich um die Schultern. Der Mann ist groß und kräftig und wiegt mindestens zweihundertfünfzig Pfund, und auf seinem halb verbrannten T-Shirt stehen Name und Logo einer Kurierfirma auf der Brusttasche.

Es ist eine Erleichterung, zur Tunnelausfahrt zu laufen. Bei jedem Schritt schmatzt der linke Fuß des Mannes in seinem Schuh, der sich mit Blut füllt.

»Haben Sie gesehen, was passiert ist?«, fragt Helena.

»Die beiden Sattelschlepper sind stehen geblieben und haben beide Fahrspuren blockiert, ein kurzes Stück weit vor mir. Alles hat gehupt, und es hat nicht lange gedauert, bis die Leute ausgestiegen und nach vorn gegangen sind, um zu sehen, was mit den Lastern los war. Ein Typ stieg auf einen der Sattelschlepper, und im selben Moment sah ich einen grellen Blitz und hörte den lautesten Knall meines Lebens. Und plötzlich rollt so ein Feuerball über die Autodächer nach hinten. Eine Sekunde, bevor er meinen Van erreichte, lag ich im Fußraum. Die Windschutzscheibe explodierte, und dann stand die ganze Kabine in Flammen. Ich dachte, ich verbrenne, aber irgendwie bin ich …«

Der Mann hört auf zu reden.

Helena starrt auf den Asphalt, der unter ihren Füßen vibriert, und dann schauen sie alle durch den Tunnel in Richtung Queens.

Wegen des Rauchs ist es anfangs schwer zu sagen, aber bald wird klar, was sich in der Ferne bewegt – unzählige Leute, die auf sie zugerannt kommen. Ihre Schreie schwellen an und hallen von den Tunnelwänden wider.

Helena blickt hoch, als sich mitten in der Tunneldecke ein Riss öffnet, drei oder vier Meter hoch über ihnen. Er bricht rechtwinklig auf, und Betonbrocken fallen um sie herum herunter und zerschmettern Windschutzscheiben und Menschen. Kühler Wind weht ihr ins Gesicht, und über den Schreckensschreien hört sie ein Geräusch wie ein weißes Rauschen und Donnergrollen, das mit jeder Sekunde exponentiell lauter wird.

Der Kurierfahrer wimmert.

»*Fuck!*«, sagt Alonzo.

Helena fühlt Dunst auf dem Gesicht, und dann birst eine Wand aus Wasser aus dem Rauch voller Autos und Menschen. Sie trifft auf Helena wie eine Flutwelle aus eisigen Backsteinen, und sie taumelt in einem Wirbel, der sie gegen Wände und Decke schleudert, bevor sie gegen eine Frau in einem Bürokostüm geworfen wird. Ihre Blicke treffen sich zwei surreale Sekunden lang, und dann fliegt Helena wie eine Lanze durch die Frontscheibe eines FedEx-Lasters.

Helena steht am Fenster ihres Wohnzimmers. Sie hat Nasenbluten und Kopfschmerzen, und sie versucht zu verarbeiten, was soeben passiert ist.

Sie fühlt noch immer das Grauen, mit dem sie von einer Woge aus Trümmern, Autos und Menschen durch die Tunnelröhre gespült wird, aber ihr Tod in diesem Tunnel hat nie stattgefunden.

Das alles ist eine tote Erinnerung.

Sie ist aufgewacht, hat sich Frühstück gemacht und wollte zur Tür hinausgehen, als sie zwei Explosionen hörte, die so laut und nah waren, dass der Boden bebte und die Scheiben klirrten.

Sie lief zurück ins Wohnzimmer und sah starr vor Staunen, wie draußen die 59th Street Bridge brannte. Fünf Minuten später überkamen sie die falschen Erinnerungen an ihren Tod im Tunnel.

Jetzt sind die beiden Türme der 59th Street Bridge, die Roosevelt Island einrahmen, umhüllt von kreisenden Flammensäulen, die einhundert Meter hoch in die Luft reichen und heiß genug brennen, dass sie die Hitze noch in dreihundert Meter Entfernung und durch die Fensterscheiben spüren kann.

Was zum Teufel geht hier vor?

Der Brückenabschnitt zwischen Manhattan und Roosevelt Island hängt wie eine abgeschnittene Sehne über dem East River, und die Stahltrossen schwingen immer noch an dem Turm auf der Seite von Manhattan. Autos rutschen auf dem steil abschüssigen Asphalt in den Fluss, Menschen klammern sich an das Geländer, während die Strömung das Brückensegment langsam aus der Halterung dreht. Das kreischende Geräusch spürt Helena in ihren Zahnfüllungen.

Sie wischt sich das Blut von der Nase, als ihr ein Licht aufgeht: *Ich habe eine Realitätsverschiebung erlebt. Ich bin im Tunnel gestorben. Jetzt bin ich hier. Jemand benutzt den Stuhl.*

Der Brückenteil zwischen Roosevelt Island und Queens ist bereits völlig abgerissen, und flussabwärts sieht sie, wie ein dreihundert Meter langes brennendes Stück Straße gegen einen Containerfrachter kracht und den Rumpf mit Speerspitzen aus abgesplitterten Trägern durchbohrt.

Sogar im Apartment riecht die Luft nach brennenden Dingen, die nicht brennen sollten, und das Heulen der Sirenen von Hunderten Rettungsfahrzeugen ist ohrenbetäubend.

Als das Telefon auf der Kücheninsel hinter ihr vibriert, reißen sich die letzten Metallkabel mit Peitschenknall von dem Turm auf der Manhattaner Seite, und mit einem gewaltigen Stöhnen bricht das Brückensegment heraus und stürzt fünfzig Meter tief hinab. Die zweistöckige Straße zerschmettert den Asphalt auf dem FDR Drive, zermalmt Autos und rasiert die Bäume am Ufer ab, pflügt dann langsam über die östlichen Enden der 59th und 58th Street, reißt die komplette Nordfassade eines Wolkenkratzers auf und verfehlt Helenas Gebäude nur knapp, bevor sie in den East River rutscht.

Helena läuft in die Küche und greift nach dem Telefon. »Wer hat den Stuhl benutzt?«

»Wir nicht«, antwortet John.

»Bullshit! Ich bin soeben im Midtown Tunnel gestorben und stehe im nächsten Moment in meinem Apartment und sehe zu, wie die Brücke brennt!«

»Kommen Sie her, so schnell Sie können.«

»Warum?«

»Wir sind im Arsch, Helena. Wir sind total im Arsch.«

Ihre Wohnungstür fliegt auf. Alonzo und Jessica stürzen mit blutenden Nasen herein und sehen aus, als wären sie von Sinnen vor Angst.

Helena spürt, wie sich alles plötzlich verlangsamt.

Noch eine Verschiebung?

Jessica ruft: »Was zum Teufel …?«

Helena starrt durch das dunkel getönte Seitenfenster neben dem Rücksitz am East River entlang nach Norden in Richtung Harlem und der Bronx.

Sie ist nie im Tunnel gestorben.

Die Zerstörung der 59th Street Bridge hat nie stattgefunden.

Tatsächlich sind sie in der Mitte der oberen Ebene der Brücke, die in diesem Augenblick völlig unbeschädigt dasteht.

Jessica sitzt am Steuer und sagt: »O Gott!«

Der Suburban schwenkt hinüber auf die benachbarte Fahrspur, und Alonzo langt hinüber, packt das Steuer vom Beifahrersitz aus und reißt den Wagen wieder auf seine alte Spur.

Geradewegs vor ihnen driftet ein Bus auf ihre Spur, streift drei Autos und drückt sie an die Leitplanke am Mittelstreifen. Funken sprühen, Glas splittert.

Jessica zieht das Lenkrad herum und kommt um Haaresbreite an den Wracks vorbei. Einen Moment lang fährt der Surburban auf zwei Rädern.

»Seht euch um«, ruft sie.

Helena wirft einen Blick aus dem Heckfenster. Dicke Rauchwolken steigen über Midtown Manhattan auf.

»Das ist wegen ’ner falschen Erinnerung oder so was, oder?«, fragt Jessica.

Helena wählt Shaws Nummer, hält das Telefon ans Ohr und denkt: *Jemand verschiebt die Realität von einer Katastrophe zur nächsten.*

»*Alle Netze sind überlastet. Bitte versuchen Sie es später wieder.*«

Alonzo schaltet das Radio ein.

»… Berichten zufolge sind zwei Sattelschlepper in der Nähe des Grand Central Terminal explodiert. Es herrscht ein ziemliches Durcheinander. In früheren Berichten war die Rede von einem schweren Unglück im Queens-Midtown Tunnel, und ich erinnere mich, gesehen zu haben, wie die 59th Street Bridge einstürzte, aber … ich weiß nicht, wie das möglich ist. Ich sehe sie völlig unbeschädigt im Livestream unserer Webcam auf dem Dach …«

… und sie bleiben an der East 57th Street stecken. Die Luft ist schwarz von Rauch, und es pfeift in ihren Ohren.

Wieder Kopfschmerzen.

Wieder Nasenbluten.

Wieder eine Verschiebung.

Das mit dem Tunnel ist nie passiert.

Das mit der Brücke ist nie passiert.

Im Grand Central Terminal gab es nie eine Bombe.

Nur die toten Erinnerungen an diese Ereignisse sind noch da und stapeln sich in ihrem Kopf wie die Erinnerungen an Träume.

Sie ist aufgestanden, hat gefrühstückt und sich angezogen und ist dann mit Jessica und Alonzo in die Tiefgarage hinuntergefahren wie jeden Morgen. Sie sind auf der East 57th in Richtung Westen gefahren, um über die Schleife auf die Brücke zu kommen, als ein gleißender Blitz den Himmel zerreißt, dicht gefolgt von einem Krachen wie von Tausend gleichzeitigen Kanonenschüssen, die von den Gebäuden der Umgebung widerhallen.

Sie stecken im Verkehr fest, und um sie herum stehen Leute auf dem Gehweg und starren entsetzt am Trump Tower hinauf, aus dem Rauch und Flammen wallen.

Die unteren zehn Etagen sacken in sich zusammen, als wären sie aus schmelzendem Wachs, und einzelne Innenräume dahinter sind offen wie Postfächer. Die weiter oben gelegenen Räume sind noch zum großen Teil intakt, und die Menschen darin starren über den neu geschaffenen Abgrund hinweg in den Krater, der einmal die Kreuzung 57th Street und 5th Avenue war.

Die Sirenen heranrasender Rettungsfahrzeuge kreischen durch die Stadt, und Jessica schreit: »Was ist los? Was *passiert* da?«

Vor ihnen fällt ein Mensch vom Himmel und drückt das Dach eines Taxis ein.

Ein zweiter bricht durch die Windschutzscheibe des Wagens hinter dem Suburban.

Ein dritter kracht durch die Markise vor einem privaten Fitnessclub, und Helena fragt sich, ob die Leute oben aus den Fenstern springen, weil ihre Psyche es nicht mehr ertragen kann. Wundern würde es sie nicht, wenn sie nichts von dem Stuhl wüsste. Was würde sie dann glauben, was mit der Stadt passiert, mit der Zeit, mit der Realität an sich?

Jessica weint.

»Es fühlt sich an wie das Ende von allem«, sagt Alonzo.

Helena schaut aus dem Autofenster an dem Gebäude hinauf und sieht eine blonde Frau, die aus einem Bürofenster springt, dessen Scheiben bei der Explosion zersplittert sind. Mit dem Kopf voran fällt sie wie eine Rakete schreiend dem Aufprall entgegen. Helena will sich abwenden, aber sie kann es nicht.

Wieder kommt der Augenblick, in dem alles sich verlangsamt.

Der wabernde Rauch.

Die Flammen.

Der Sturz der Frau verläuft in extremer Zeitlupe. Zoll für Zoll nähert sich ihr Kopf dem Asphalt.

Alles stoppt.

Diese Timeline stirbt.

Jessicas Hände umklammern in Ewigkeit das Steuer.

Helena kann nie wieder den Blick von der Fallenden abwenden, die niemals auf dem Boden aufschlagen wird, weil sie in der Luft erstarrt ist. Ihr Kopf ist keinen halben Meter weit vom Asphalt entfernt, ihr blondes Haar ist ausgebreitet, die Augen sind geschlossen, das Gesicht ist zu einer unabänderlichen Grimasse erstarrt, in Erwartung des Aufschlags …

Und Helena geht durch die Doppeltür des DARPA-Gebäudes, wo Shaw sie außerhalb der Sicherheitskontrolle erwartet.

Sie starren einander an und verarbeiten die neue Realität, während der neue Satz von begleitenden Erinnerungen einrastet.

Nichts von alldem ist passiert.

Nicht der Tunnel, nicht die Brücke, weder Grand Central noch der Trump Tower. Helena ist aufgewacht, hat sich fertig gemacht und wurde hierhergefahren wie an jedem Morgen und ohne Zwischenfall.

Sie öffnet den Mund und will etwas sagen, aber Shaw fällt ihr ins Wort. »Nicht hier draußen.«

Raj und Albert sitzen am Besprechungstisch im Labor und sehen sich die Fernsehnachrichten auf einem Bildschirm an der Wand an. Das Bild ist in vier Teile aufgeteilt, auf denen man Livebilder von Webcams sieht, die auf die 59th Street Bridge,

Grand Central Terminal, den Trump Tower und den Queens-Midtown Tunnel gerichtet sind, allesamt intakt, und darunter die Laufschrift: »MASSENHAFTE ERINNERUNGS-FEHLFUNKTION IN MANHATTAN.«

»Was zum Teufel ist hier los?«, fragt Helena.

Sie zittert am ganzen Leib, denn obwohl es nie geschehen ist, fühlt sie den Aufprall der Wassermassen an ihrem Körper. Sie hört, wie Leichen gegen die Autos geschleudert werden. Sie hört das Kreischen der Brücke, die zerreißt.

»Setzen Sie sich«, sagt Shaw.

Sie nimmt den Stuhl gegenüber von Raj, der aussieht wie vom Donner gerührt.

Shaw bleibt stehen. »Die Pläne für den Stuhl, der Tank, unsere Software, das Protokoll – alles ist geleakt worden.«

Helena deutet auf den Bildschirm. »Das tut jemand anderes?«

»Ja.«

»Und wer?«

»Ich weiß es nicht.«

»Es würde mehr als zwei Monate dauern, den Stuhl zu bauen, wenn man nur die Pläne hätte.«

»Das Leak gab es vor einem Jahr.«

»Wie kann das sein? Vor einem Jahr hatten Sie doch den Stuhl noch gar nicht.«

»Marcus hat über ein Jahr lang von diesem Hotelzimmer aus gearbeitet. Jemand wurde neugierig und wollte wissen, was er da tat, und er hat seine Server gehackt. Raj hat soeben den Beweis für den Einbruch gefunden.«

»Es war ein massiver Datendiebstahl«, sagt Raj. »Sie haben ihn gut getarnt, und sie haben alles bekommen.«

Shaw sieht Albert an. »Sagen Sie ihr, was Sie gefunden haben.«

»Andere Fälle von Realitätsverschiebungen.«

»Wo?«

»In Hongkong, Seoul, Tokio, Moskau, vier in Paris, zwei in Glasgow, einen in Oslo. Ganz so, wie letztes Jahr die ersten FMS-Storys in Amerika aufkamen.«

»Also benutzt jemand den Stuhl, und das wissen Sie mit Sicherheit.«

»Ja. Ich habe sogar eine Firma in São Paolo gefunden, die ihn für touristische Zwecke einsetzt.«

»Mein Gott. Und wie lange geht das schon so?«

»Seit fast drei Monaten.«

»Die chinesische und die russische Regierung haben sich beide gemeldet und gesagt, sie verfügen über die Technologie.«

»Jeder Ihrer Sätze klingt schrecklicher als der vorige.«

»Tja, das bleibt vorerst auch so …« Er klappt einen Laptop auf und tippt eine URL ein. »Das kam vor fünf Minuten. Noch keine Medienberichterstattung.« Sie beugt sich vor, um das Display besser zu sehen.

Es ist die WikiLeaks-Homepage.

Unter der Rubrik »Krieg und Militär« sieht sie die Zeichnung eines Soldaten auf einem Stuhl, der genauso aussieht wie der in diesem Raum, über der Schlagzeile:

Die Memory-Maschine des US-Militärs.

Tausende von Seiten mit den kompletten Plänen für einen Apparat, der angeblich Soldaten in ihren Erinnerungen zurückreisen lässt, könnten die Vielzahl von revidierten Tragödien der letzten sechs Monate erklären.

In ihrer Brust wird es eng.

Schwarze Sterne brennen in ihrem Gesichtsfeld.

»Wie kommt WikiLeaks auf eine Verbindung zwischen dem Stuhl und unserer Regierung?«

»Das weiß ich nicht.«

»Zusammengefasst«, sagt Albert, »Slades Server wurden gehackt, und der Inhalt wahrscheinlich an mehrere Interessenten verkauft. Bei einem oder mehreren dieser Käufer oder bei den Hackern selbst kam es zu weiteren Leaks der Pläne. In vielen Ländern überall auf der Welt sind wahrscheinlich mehrere Stühle im Einsatz. China und Russland haben den Stuhl, und nachdem WikiLeaks die Pläne veröffentlicht hat, kann jedes Unternehmen, jeder Diktator, jedes reiche Individuum, das fünfundzwanzig Millionen Dollar herumliegen hat, seine eigene Memory-Maschine bauen.«

»Nicht zu vergessen«, sagt Raj, »dass eine Terrorgruppe anscheinend zu den stolzen neuen Eigentümern eines Stuhls gehört, und sie benutzen ihn, um denselben Anschlag an verschiedenen Orten in einer der am dichtesten bevölkerten Großstädte der Welt auszuführen.«

Helena schaut hinüber zu dem Stuhl.

Dem Tank.

Dem Terminal.

Ein leises Summen liegt in der Luft.

Im Fernsehen wird jetzt von einem neuen Angriff in San Francisco berichtet. Über der Golden Gate Bridge steigt eine schwarze Rauchwolke in den frühmorgendlichen Himmel. Ihr Kopf versucht, die Situation zu erfassen, aber das alles ist zu gewaltig, zu verworren und zu sehr im Arsch.

»Was ist das Worst-Case-Szenario, Albert?«, fragt Shaw.

»Ich glaube, das erleben wir gerade.«

»Nein, ich meine, bezogen auf das, was als Nächstes passieren kann.«

Albert war immer unerschütterlich, als schirme seine hohe

Intelligenz ihn von allem ab und erhebe ihn über das Geschehen. Aber heute ist es anders. Heute sieht er aus, als habe er Angst.

»Es ist unklar, ob Russland und China nur die Pläne für den Stuhl haben oder ob sie ihn schon gebaut haben. Wenn Ersteres der Fall ist, können Sie davon ausgehen, dass sie so eilig wie jedes andere Land auf der Welt dabei sind, ihn zu bauen.«

»Warum?«, fragt Helena.

»Weil er eine Waffe ist. Die ultimative Waffe. Erinnern Sie sich an unsere erste Besprechung an diesem Tisch, als wir davon sprachen, einen fünfundneunzigjährigen Scharfschützen in eine Erinnerung zurückzuschicken, damit er das Ergebnis eines Krieges verändert? Wer von unseren Feinden – verdammt, selbst von unseren Freunden – hätte einen Vorteil davon, den Stuhl gegen uns zu benutzen?«

»Wer hätte den nicht?«, fragt Shaw.

»Dann ist es analog zum nuklearen Gleichgewicht?«, fragt Raj.

»Ganz im Gegenteil. Regierungen benutzen keine Atomwaffen, denn wenn sie auf den Knopf drücken, wird ihr Gegner im selben Augenblick das Gleiche tun. Die Gefahr eines Vergeltungsschlags ist eine zu große Abschreckung. Aber bei dem Stuhl *gibt* es keinen Vergeltungsschlag oder die Gefahr der gegenseitigen Vernichtung. Diejenige Regierung, das Unternehmen, das Individuum, das ihn erfolgreich und strategisch nutzt – sei es, um das Ergebnis eines Krieges zu beeinflussen, um einen längst verstorbenen Diktator zu ermorden, oder was auch immer –, hat gewonnen.«

»Sie wollen sagen, es ist im besten Interesse aller, den Stuhl zu benutzen«, sagt Helena.

»Genau. Und zwar so bald wie möglich. Wer als Erster die

Geschichte in seinem eigenen Interesse umschreibt, hat gewonnen. Das Risiko, jemand anderem den Vortritt zu lassen, ist zu groß.«

Helena schaut wieder zum Bildschirm hinauf.

Jetzt steht die Transamerica Pyramid im Finanzdistrikt von San Francisco in Flammen.

»Könnte sein, dass eine ausländische Regierung hinter diesen Angriffen steckt«, sagt sie.

»Nein.« Albert studiert sein Telefon. »Soeben hat eine anonyme Gruppe auf Twitter die Verantwortung übernommen.«

»Und was wollen sie?«

»Keine Ahnung. Oft ist die bloße Verbreitung von Chaos und Terror schon das Endspiel.«

Jetzt steht auf dem Bildschirm eine Frau am Moderatorenpult und spricht mit erschüttertem Blick in die Kamera.

»Stellen Sie es lauter, Albert«, sagt Shaw.

»*Zwischen widersprüchlichen Meldungen über terroristische Anschläge in New York und San Francisco erscheint soeben ein Bericht von Glenn Greenwald vom britischen* Guardian, *in dem es heißt, die amerikanische Regierung sei seit mindestens sechs Monaten im Besitz einer neuen Technologie namens Erinnerungsstuhl, den sie einem privaten Unternehmen entwendet hat. Mr Greenwald behauptet, der Erinnerungsstuhl erlaube dem Bewusstsein seines Benutzers, in die Vergangenheit zurückzureisen, und seinen vertraulichen Quellen zufolge sei dieser Stuhl der eigentliche Ursprung des False Memory Syndromes, jenes rätselhaften …*«

Albert schaltet den Fernseher stumm.

»Wir müssen jetzt sofort etwas unternehmen«, sagt er. »Jeden Augenblick kann die Realität uns in eine völlig andere Welt verschieben oder völlig annullieren.«

Shaw ist auf und ab gegangen, aber jetzt lässt er sich auf

seinen Stuhl fallen und sieht Helena an. »Ich hätte auf Sie hören sollen.«

»Jetzt ist nicht der Augenblick für …«

»Ich dachte, wir könnten ihn zum Guten benutzen. Ich war bereit, den Rest meines Lebens …«

»Das ist nicht wichtig. Hätten Sie getan, was ich gesagt habe, und den Stuhl vernichtet, dann wären wir jetzt hilflos.«

Shaw wirft einen Blick auf sein Telefon. »Meine Vorgesetzten sind unterwegs.«

»Wie viel Zeit haben wir noch?«, fragt Helena.

»Sie kommen mit dem Flugzeug aus Washington herauf. Also haben wir noch ungefähr eine halbe Stunde. Sie werden hier alles übernehmen.«

»Dann wird man uns nie wieder hier hereinlassen«, sagt Albert.

»Schicken wir Timoney zurück«, sagt Shaw.

»Wohin?«, fragt Albert.

»In die Zeit, bevor Slades Lab gehackt wurde. Jetzt, da wir die Lage seines Gebäudes kennen, können wir dort früher eine Razzia durchführen. Es wird keinen Cyber-Diebstahl geben, und wir werden die Einzigen sein, die den Stuhl in ihrer Obhut haben.«

»Bis wir wieder in diesem Moment ankommen«, sagt Albert. »Dann wird die Welt sich an das Chaos von heute Morgen erinnern.«

»Und die Leute, die jetzt den Stuhl haben, werden ihn einfach aus einer falschen Erinnerung noch einmal bauen. Wie Slade es getan hat. Ohne Pläne wird es schwerer sein, aber nicht unmöglich. Was wir brauchen, ist mehr Zeit.«

Helena steht auf und geht zum Terminal, wo sie eine Schädelkappe herunternimmt und sich auf den Stuhl setzt.

»Was haben Sie vor?«, fragt Shaw.

»Wonach sieht es denn aus? Raj, kommen Sie und helfen Sie mir. Ich muss eine Erinnerung kartieren.«

Raj, Shaw und Albert wechseln einen Blick über den Tisch hinweg.

»Was haben Sie vor, Helena?«, fragt Shaw noch einmal.

»Ich will uns aus diesem Schlamassel herausbringen.«

»Und wie?«

»Verdammt, können Sie mir einfach vertrauen, John?«, schreit sie. »Wir haben keine Zeit mehr. Ich habe mich zurückgehalten, habe Sie beraten und nach *Ihren* Regeln gespielt. Jetzt spielen *Sie* nach meinen.«

Shaw seufzt resigniert. Sie weiß, wie weh es tut, auf den Stuhl zu verzichten, nicht nur wegen all der niemals realisierten wissenschaftlichen und humanitären Gewinne, die er unter idealen Bedingungen einbringen könnte, sondern auch wegen der Einsicht, dass wir als zutiefst unzulängliche Spezies niemals in der Lage sein werden, mit solcher Macht umzugehen.

»Okay«, sagt er schließlich. »Raj, starten Sie den Stuhl.«

Es ist das erste Mal, dass das Mädchen den Geschmack von echter Freiheit zu kosten bekommt.

Am frühen Abend verlässt sie das zweigeschossige Farmhaus und steigt in den blauweißen '78er Chevy Silverado, das einzige Auto ihrer Familie.

Sie hat nicht erwartet, dass ihre Eltern ihr eins schenken würden, als sie vor zwei Tagen sechzehn geworden ist. Sie plant, im nächsten Sommer als Bademeisterin und Babysitter zu arbeiten und hoffentlich genug Geld zu verdienen, um sich selbst eins zu kaufen.

Ihre Eltern stehen auf der kaum merklich durchhängenden Vorderveranda und sehen stolz zu, als sie den Schlüssel ins Zündschloss schiebt.

Ihre Mutter macht ein Polaroidfoto.

Als der Motor dröhnend zum Leben erwacht, ist das Auffälligste die Leere in der Kabine des Pick-ups.

Kein Dad auf dem Beifahrersitz.

Keine Mom zwischen ihnen.

Nur sie.

Sie kann jede Musik hören, die sie will, und so laut, wie sie will. Sie kann fahren, wohin sie will und so schnell sie will.

Das wird sie natürlich nicht tun.

Sie hat vor, sich auf ihrer Jungfernfahrt in die gefährliche und entlegene Wildnis des Supermarkts zu wagen, anderthalb Meilen weit die Straße entlang.

Vibrierend vor Energie legt sie den Fahrgang ein und beschleunigt vorsichtig auf der langen Zufahrt. Sie streckt den Arm aus dem Fenster und winkt ihren Eltern zu.

Die Landstraße, die vor der Farm vorbeiführt, ist leer.

Sie fährt hinaus und schaltet das Radio ein. Faith, *der neue Song von George Michael, läuft auf dem College-Sender in Boulder, und sie singt aus voller Brust mit. Die offenen Felder fliegen vorbei, und die Zukunft erscheint ihr näher denn je. Als wäre sie tatsächlich schon da.*

Die Lichter der Tankstelle funkeln in der Ferne, und als sie den Fuß vom Gas nimmt, spürt sie einen stechenden Schmerz hinter den Augen.

Alles verschwimmt, ihr Kopf dröhnt, und sie vermeidet es knapp, den Pick-up gegen die Zapfsäulen zu steuern.

Auf dem Parkplatz vor dem Supermarkt stellt sie den Motor ab und drückt die Daumen an die Schläfen, um den bohrenden Schmerz zu unterdrücken, aber er wird immer stärker und ist bald so intensiv, dass sie Angst hat, sie muss sich übergeben.

Und dann passiert etwas sehr Merkwürdiges.

Ihr rechter Arm schiebt sich um das Lenkrad herum und greift nach dem Schlüssel.

»Was zum Teufel …?«, sagt sie.

Denn sie hat den Arm gar nicht bewegt.

Als Nächstes sieht sie, wie ihr Handgelenk den Zündschlüssel dreht und den Motor wieder startet, und jetzt wandert ihre Hand zum Schalthebel und legt den Rückwärtsgang ein.

Gegen ihren Willen schaut sie über die Schulter durch das Heckfenster, steuert den Pick-up rückwärts über den Parkplatz und schaltet den Fahrgang ein.

Ich fahre gar nicht, *denkt sie dauernd,* ich tu das alles nicht, *und der Truck schießt auf den Highway und zurück nach Hause.*

Dunkelheit kriecht an den Rändern ihres Gesichtsfelds heran. Die Berggipfel der Front Range und die Lichter von Boulder weichen zurück, als falle sie langsam in einen tiefen Brunnen. Sie will schreien und verhindern, dass das alles passiert, aber sie ist jetzt nur ein Passagier in ihrem eigenen Körper und kann weder sprechen noch riechen noch fühlen.

Aus dem Radio kommt kaum mehr als ein ersterbendes Flüstern, und ganz plötzlich ist der Lichtpunkt, der ihr Bewusstsein von der Welt war, erloschen.

HELENA

15. Oktober 1986

Helena biegt von der Landstraße in die Zufahrt zu dem zweigeschossigen Farmhaus, in dem sie aufgewachsen ist, und fühlt sich mit jedem Augenblick, den sie in dieser jüngeren Version ihrer selbst verbringt, mehr zu Hause.

Das Farmhaus sieht kleiner aus, viel unbedeutender, als sie es in Erinnerung hat. Unübersehbar fragil steht es vor der blauen Wand der Berge, die sich zehn Meilen weit weg aus der Prärie erheben.

Sie parkt, stellt den Motor ab und betrachtet im Rückspiegel ihr sechzehnjähriges Gesicht.

Keine Falten.

Zahllose Sommersprossen.

Klare grüne, strahlende Augen.

Ein Kind noch.

Die Tür knarrt, als sie sie mit der Schulter aufdrückt und ins Gras hinuntersteigt. Der süße, feuchte, schwere Duft der benachbarten Milchfarm weht im Wind, und ohne Zweifel ist es dieser Duft, den sie am meisten mit Zuhause verbindet.

Sie fühlt sich überaus leicht, als sie die verwitterten Stufen zur Veranda hinaufsteigt.

Das leise Rumoren des Fernsehers ist das Erste, was sie hört, als sie die Haustür aufzieht und eintritt. In der Küche am Ende des Flurs, der an der Treppe vorbeiführt, hört sie Geräusche –

Rühren und Mixen, das Scheppern von Töpfen, fließendes Wasser. Im ganzen Haus riecht es nach einem Brathuhn im Ofen.

Helena späht ins Wohnzimmer.

Ihr Vater sitzt in seinem Sessel, hat die Füße hochgelegt und tut, was er wochentags an jedem Abend ihrer Jugend getan hat: Er sieht *World News Tonight*.

Peter Jennings berichtet, dass Elie Wiesel den Friedensnobelpreis gewonnen hat

»Wie war die Fahrt?«, fragt ihr Vater.

Sie erkennt, dass Kinder immer zu jung und zu sehr mit sich selbst beschäftigt sind, um ihre Eltern in der Blüte ihres Lebens wirklich zu sehen. Aber in diesem Moment sieht sie ihren Vater wie nie zuvor.

So jung und gut aussehend.

Noch keine vierzig.

Sie kann den Blick nicht abwenden.

»Hat viel Spaß gemacht.« Ihre Stimme klingt merkwürdig in ihren Ohren – hoch und zart.

Er wendet sich wieder dem Fernseher zu und sieht deshalb nicht, dass sie sich die Tränen aus den Augen wischt.

»Morgen brauche ich den Pick-up nicht. Rede mit Mom, und wenn sie ihn auch nicht braucht, kannst du damit zur Schule fahren.«

Diese Realität fühlt sich mit jeder Sekunde robuster an.

Sie geht zu seinem Sessel, beugt sich hinunter und schlingt die Arme um seinen Hals.

»Wofür ist das?«, fragt er.

Der Duft von Old Spice und die sandpapierartige Rauheit seiner frischen Bartstoppeln bringen sie an den Rand der Tränen.

»Dafür, dass du mein Dad bist«, flüstert sie.

Sie geht durch das Esszimmer in die Küche. Ihre Mutter lehnt an der Theke, raucht eine Zigarette und liest einen Liebesroman.

Als Helena sie das letzte Mal gesehen hat, war sie in einem Erwachsenenpflegezentrum in der Nähe von Boulder, vierundzwanzig Jahre in der Zukunft, mit gebrechlichem Körper und zerstörtem Verstand.

Das alles wird immer noch kommen, aber jetzt trägt sie eine Bluejeans und eine Bluse mit Buttondown-Kragen. Sie hat die Dauerwelle der Achtzigerjahre und Ponyfransen, und sie steht auf dem absoluten Höhepunkt ihres Lebens.

Helena geht durch die kleine Küche und zieht ihre Mutter fest in die Arme.

Sie weint wieder, und sie kann nicht aufhören.

»Was ist los, Helena?«

»Nichts.«

»Ist unterwegs etwas passiert?«

Helena schüttelt den Kopf. »Ich bin nur so aufgewühlt.«

»Weshalb denn?«

»Ich weiß es nicht mal.«

Sie spürt die Hand ihrer Mutter, die ihr durch die Haare streicht, und riecht das Parfüm, das sie immer getragen hat – White Linen von Estée Lauder –, durch den beißenden Zigarettenrauch.

»Älter zu werden kann manchmal Angst machen«, sagt ihre Mom.

Es kommt ihr unmöglich vor, dass sie hier ist. Vor wenigen Augenblicken war sie in einem Deprivationstank kurz vor dem Ersticken, fünfzehnhundert Meilen weit weg von hier und dreiunddreißig Jahre in der Zukunft.

Helena weicht schließlich zurück. »Brauchst du Hilfe mit dem Abendessen?«

»Nein, das Huhn braucht noch eine Weile. Ist wirklich alles okay?«

»Ja.«

»Ich rufe, wenn es so weit ist.«

Helena geht durch die Küche und den Flur zur Treppe. Sie ist steiler als in ihrer Erinnerung, und sie knarrt viel lauter.

Ihr Zimmer ist ein Schlachtfeld.

Wie immer.

Wie all ihre zukünftigen Apartments und Büros.

Sie sieht Kleidungsstücke, die sie vergessen hat.

Einen einarmigen Teddy, den sie auf dem College verlieren wird.

Einen Walkman, den sie öffnet. Darin liegt die transparente Kassette von *Listen Like Thieves* von INXS.

Sie setzt sich an den kleinen Schreibtisch und schaut durch die bezaubernd verzerrte, alte Fensterscheibe. Der Blick geht hinüber zu den Lichtern von Denver, zwanzig Meilen weit entfernt, und im Osten liegt die violette Prärie, hinter der ungesehen die große wilde Welt ragt. Sie hat oft hier gesessen und Tagträumen über ihr künftiges Leben nachgehangen.

Nie hätte sie sich so etwas träumen lassen.

Ein naturwissenschaftliches Lehrbuch liegt aufgeschlagen neben einer Hausarbeit über Zellbiologie, die sie heute Abend noch zu Ende schreiben muss.

In der mittleren Schublade findet sie ein schwarz-weißes Aufsatzheft mit dem Namen »Helena« auf der vorderen Umschlagseite.

Daran erinnert sie sich.

Sie schlägt es auf. Seite um Seite ist voll von ihrer krakeligen Teenager-Handschrift.

Noch nie hat sie bisher die Erinnerungen an frühere Timelines verloren, wenn sie den Stuhl benutzt hat, aber sie hat

Angst, dass es jetzt passieren könnte. Sie ist in unerforschten Gewässern – noch nie ist sie so weit oder in eine so junge Version ihrer selbst zurückgereist. Es ist möglich, dass sie vergisst, woher sie gekommen oder warum sie hier ist

Sie nimmt einen Stift, schlägt ein leeres Blatt in dem Heft auf, notiert das Datum und fängt an, einen Brief an sich selbst zu schreiben, in dem sie alles erklärt, was in ihren früheren Leben geschehen ist.

Liebe Helena, am 16. April 2019 wird die Welt sich an einen Gedächtnisstuhl erinnern, den du erfinden hast. Du hast dreiunddreißig Jahre Zeit, um zu versuchen, das zu verhindern. Du bist die Einzige, die es verhindern kann …

BUCH FÜNF

Ich möchte noch hundert Jahre leben,
um mich noch recht lange Deiner zu erinnern!

Jules Verne, *20.000 Meilen unter dem Meer*

BARRY

16. April 2019

Barry sitzt in einem Sessel im Schatten und schaut hinaus über einen Wald von Saguaro-Kakteen hinweg in die Wüste im Licht der Morgensonne.

Der stechende Schmerz hinter seinen Augen lässt gottlob nach.

Er hat in der siebzehnten Etage eines Gebäudes in Manhattan gelegen, und Kugeln sind an ihm vorbeigeschwirrt und haben seinen Körper durchsiebt. Sein Blut ist in Strömen geflossen, und er hat das Bild seiner Tochter vor sich gesehen.

Dann hat eine Kugel seinen Kopf getroffen, und jetzt ist er hier.

»Barry.« Er dreht sich um und sieht die Frau an, die neben ihm sitzt. Kurzes rotes Haar, grüne Augen, keltische Blässe. »Du blutest.«

Sie reicht ihm eine Serviette, und er hält sie unter die Nase, um das Blut aufzufangen.

»Sprich mit mir, Schatz«, sagt sie. »Dies ist Neuland. Tote Erinnerungen aus dreiunddreißig Jahren stürmen auf dich ein. Was geht dir im Moment durch den Kopf?«

»Ich weiß nicht. Ich war … Es kommt mir vor, als war ich eben in diesem Hotel.«

»Marcus Slades Hotel?«

»Ja, ich wurde beschossen. Ich lag im Sterben. Ich kann

immer noch fühlen, wie die Kugeln mich trafen. Ich habe dir zugerufen, du solltest weglaufen. Dann war ich plötzlich hier. Als wäre überhaupt keine Zeit vergangen. Aber meine Erinnerungen an das Hotel fühlen sich jetzt tot an. Schwarz und grau.«

»Fühlst du dich wie der Barry aus der anderen Timeline, oder eher wie der aus dieser?«

»Wie der aus der anderen. Ich habe keine Ahnung, wo ich bin, und das einzig Vertraute bist du.«

»Die Erinnerungen aus dieser Timeline wirst du bald haben.«

»Viele?«

»Die Erinnerungen eines Lebens. Ich weiß nicht genau, was dich erwartet. Es könnte erschütternd sein.«

Sein Blick geht zu der braunen Bergkette. Die Wüste steht in Blüte. Vögel singen. Es ist windstill, und die Kälte der Nacht hängt noch in der Luft.

»Ich habe dieses Haus noch nie gesehen.«

»Es ist unser Zuhause, Barry.«

Er braucht einen Moment, um das zu verdauen.

»Welcher Tag ist heute?«

»Der 16. April 2019. In der Timeline, in der du gestorben bist, habe ich einen Deprivationstank der DARPA benutzt, um über dreiunddreißig Jahre nach 1986 zurückzukehren. Dann habe ich mein ganzes Leben noch einmal gelebt, bis zu diesem Augenblick, und versucht, einen Weg zu finden zu verhindern, dass der heutige Tag stattfindet.«

»Was passiert heute?«

»Nachdem du in Slades Hotel gestorben bist, ist das Wissen über den Stuhl an die Öffentlichkeit durchgesickert, und die Welt ist verrückt geworden. Heute ist der Tag, an dem die Welt sich an alles erinnern wird. Bis jetzt sind du und ich die Einzigen, die es wissen.«

»Ich fühle mich … seltsam«, sagt er.

Er nimmt ein Glas Eiswasser vom Tisch und trinkt es leer.

Seine Hände fangen an zu zittern.

Helena bemerkt es und sagt: »Wenn es schlimm wird, habe ich das hier.« Sie nimmt eine Injektionsspritze mit einer Kappe auf der Nadel vom Tisch.

»Was ist das?«

»Ein Beruhigungsmittel. Nur für den Fall, dass du es brauchst.«

Es fängt an wie ein Sommergewitter.

Ein vereinzelter superkühler Regentropfen hier und da.

Fernes Donnergrollen.

Blitze über dem Horizont.

Die erste Erinnerung dieser Timeline findet ihn.

Als er Helena zum ersten Mal sah, stieg sie in einer Schmuddelbar in Portland, Oregon, auf den Hocker neben ihm und sagte: »Sie sehen aus, als wollten Sie mir einen Drink spendieren.« Es war spät, er war betrunken, und sie war anders als alle, denen er je begegnet war – Anfang zwanzig, aber eine alte Seele mit einem brillanten Verstand. In ihrer Anwesenheit empfand er sofort eine große Vertrautheit, nicht nur, als hätte er sie schon sein Leben lang gekannt, sondern als sei er jetzt überhaupt erst aufgewacht. Sie redeten, bis die Bar schloss, und dann nahm sie ihn mit in das Motel, in dem sie wohnte, und fickte ihn, als gäbe es kein Morgen mehr.

Noch eine …

Sie waren seit ein paar Monaten zusammen, und er liebte sie bereits, als sie ihm erzählte, sie könne die Zukunft voraussehen.

»Blödsinn«, sagte er.

»Eines Tages werde ich es dir beweisen«, sagte sie.

Sie machte keinen großen Wirbel deshalb, sondern erwähnte es nur beiläufig, fast wie einen Witz, und vergaß die ganze Sache dann bis Dezember 1990. Eines Abends sahen sie die Nachrich-

ten, und da erklärte sie, im nächsten Monat würden die Vereinigten Staaten in einer Mission namens Desert Storm die irakischen Streitkräfte aus Kuwait vertreiben.

Es gab noch andere Beispiele.

Sie gingen ins Kino, um Das Schweigen der Lämmer *zu sehen, und sie sagte, der Film werde im kommenden Jahr die Oscars abräumen.*

In jenem Frühling ließ sie ihn in dem kleinen Apartment Platz nehmen, das sie zusammen bewohnten, gab ihm einen kleinen Kassettenrecorder und sang den Refrain von Smells Like Teen Spirit *von Nirvana, zwei Monate, bevor der Song veröffentlicht wurde. Dann sprach sie auf ihr Kassettengerät, dass der Gouverneur von Arkansas zum Jahresende seine Kandidatur als Präsident bekannt geben und im kommenden Jahr die Wahl gewinnen werde, wobei er den Amtsinhaber und einen starken Gegenkandidaten besiegen werde.*

Sie waren seit fast zwei Jahren zusammen, als er fragte, woher sie das alles wisse. Es war nicht das erste Mal, dass er sie danach fragte. Sie saßen in einer Bar in Seattle und verfolgten die Wahlergebnisse des Jahres 1992. Und wegen der Art und Weise, wie sie darüber gesprochen hatte – weil sie ihre Glaubwürdigkeit bewiesen hatte, bevor sie von ihm verlangte, dass er eine irrsinnige Story über einen Erinnerungsstuhl und eine Zukunft, die sie schon erlebt hatten, glaubte, glaubte er ihr auch, als sie ihm sagte, er werde sich noch siebenundzwanzig Jahre lang nicht an sein vergangenes Leben erinnern, und die Technologie, die es ihr ermöglichte, den Stuhl zu bauen, werde erst in fünfzehn Jahren existieren.

»Alles okay?«, fragt Helena.

Seine Gedanken kehren zurück in den Augenblick. Er sitzt auf der betonierten Terrasse und beobachtet eine Biene, die wie ein Hubschrauber über den Resten seines Frühstücks kreist.

»Das ist ein irres Gefühl«, sagt er.

»Kannst du versuchen, es zu beschreiben?«

»Es ist … als ob zwei separate Leute, zweierlei Bewusstsein, zwei ungeheuer unterschiedliche Vergangenheiten und Erfahrungen in mir verschmelzen.«

»Ist die eine Seite dominanter als die andere?«

»Nein. Anfangs fühlte ich mich mehr wie der, der im Hotel erschossen wurde, aber jetzt fühle ich mich in dieser Realität genauso zu Hause.«

Sich im Rahmen von sechzig Sekunden an ein ganzes Leben zu erinnern ist ein verrücktes Erlebnis.

Ein Tsunami bricht über ihn herein, aber die stillen Augenblicke haben die größte Wucht …

Weihnachten im Schnee bei Helena und ihren Eltern in ihrem Farmhaus in Boulder, Colorado. Dorothy hat vergessen, den Truthahn in den Ofen zu schieben, und alle lachen darüber, nur Helena nicht, denn sie weiß, es ist der beginnende Zerfall des Gedächtnisses ihrer Mutter.

Ihre Hochzeit auf Aruba.

Eine Reise zu zweit in die Antarktis im Sommer 2001, um die Wanderung der Kaiserpinguine zu beobachten. Später würde es ihnen beiden als die beste Zeit ihres gemeinsamen Lebens in Erinnerung bleiben – eine Pause im unaufhörlichen Rennen um die Rettung der bedrohlichen Zukunft.

Mehrere erbitterte Auseinandersetzungen um die Frage des Kinderwunsches. Helena beharrt darauf, kein Kind in eine Welt zu setzen, die sich wahrscheinlich in zwei Jahrzehnten selbst zerstören wird.

Die Beerdigungen seiner Mutter, ihrer Mutter und vor Kurzem ihres Vaters.

Wie sie Barry einmal fragte, ob er etwas über sein altes Leben wissen wolle, und Barry sagte, er wolle keine Realität außer dieser hier kennen.

Wie sie das erste Mal die Macht des Stuhls demonstrierte.

Jetzt kommt der vollständige Kreisbogen ihrer gemeinsamen Zeit in den Blick.

Sie haben ihr Leben damit verbracht, heimlich den Erinnerungsstuhl zu konstruieren und einen Weg zu suchen zu verhindern, dass die Welt sich daran erinnert, wie man ihn baut. Der Stuhl ist zwar in früheren Timelines schon bei unzähligen Gelegenheiten benutzt worden, aber die »jüngste« Verwendung durch Helena (im DARPA-Labor) hat alle früheren Wiederherstellungspunkte falscher Erinnerungen überschrieben. Folglich konnte niemand, nicht einmal Slade, etwas von diesen früheren Timelines wissen.

Bis zum 16. April 2019.

Dann – und erst dann – würden die falschen Erinnerungen an alles, was geschehen war, über jeden Menschen hereinbrechen.

2001 hatten sie ein Vermögen aufgehäuft, und 2007 hatten sie einen funktionsfähigen Stuhl.

Danach experimentierten sie zehn Jahre lang damit, kartierten ihre Gehirne, studierten die neurale Aktivität zum Zeitpunkt einer Realitätsverschiebung, wenn tote Erinnerungen hereinfluteten, und suchten nach der begleitenden Neuronenkaskade neuer Erinnerungen.

Sie hofften, dabei einen Weg zu finden, wie man tote Erinnerungen aus älteren Timelines daran hinderte, das Gehirn zu flashen, ohne es zu schädigen. Aber alles, was ihnen gelang, war die Aufzeichnung der mit toten Erinnerungen verbundenen neuralen Aktivität. Sie kamen nicht weiter mit der Suche nach einer Möglichkeit, das Gehirn vor diesen Erinnerungen abzuschirmen.

Barry schaut die Frau an, mit der er vierundzwanzig Jahre verheiratet ist. Er ist ein völlig anderer Mann, als der, der er noch vor einem Augenblick war.

»Wir sind gescheitert«, sagt er.

»Ja.«

Die andere Hälfte seiner Dualität, die jeden Augenblick dieser Timeline erlebt hat, hat soeben die falschen Erinnerungen an Meghan und Julia erfahren. Sein Leben als Kriminalpolizist in New York City. Den Tod seiner Tochter, seine Scheidung und den Abstieg in Depressionen und Reue. Wie er Slade begegnet und elf Jahre zurückreist, um Meghan zu retten. Wie er sie zum zweiten Mal verliert. Wie Helena in sein Leben kommt. Die Beziehung zwischen ihnen. Seinen Tod in Slades Hotel.

»Du weinst«, sagt Helena.

»Es ist so viel.«

Sie nimmt seine Hand.

»Jetzt erinnere ich mich endlich«, sagt er.

»Woran?«

»An die paar Monate in New York mit dir, nach der ersten Razzia mit Gwen in Slades Hotel. Ich erinnere mich an das Ende dieser Timeline, als ich mich über dich beuge und dich küsse, während du sterbend in dem Deprivationstank schwebst. Ich war verliebt in dich.«

»Wirklich?«

»Rasend.«

Eine Zeit lang schauen sie beide schweigend über die Sonora-Wüste hinweg, eine Landschaft, die sie gemeinsam lieben gelernt haben. Sie ist ganz anders als die üppigen Wälder seiner Jugend in Pacific Northwest und Helenas Tannenwälder.

Es war ein guter Ort für sie.

»Wir sollten uns die Nachrichten ansehen«, sagt Helena.

»Lass uns noch warten«, sagt Barry.

»Wozu soll das gut sein?«

»Können wir noch ein bisschen länger in der Hoffnung leben, dass sich sonst niemand erinnert?«

»Du weißt, dass es nicht so ist.«

»Du warst immer die Realistin.«

Helena lächelt, und Tränen glitzern in ihren Augenwinkeln.

Barry erhebt sich aus seinem Sessel, dreht sich um und betrachtet die Rückseite ihres ausgedehnten Wüstenhauses. Aus gepresstem Lehm und großen Glasscheiben gebaut fügt es sich nahtlos in die Umgebung ein.

Er geht hinein, durch die Küche, vorbei am Esszimmer und zu dem Sofa vor dem Fernseher. Er nimmt die Fernbedienung in die Hand, aber er zögert, als er Helenas barfüßige Schritte hinter sich auf den kühlen Fliesen hört.

Sie nimmt ihm die Fernbedienung aus der Hand und drückt auf den Einschaltknopf.

Das Erste, was er sieht, ist ein Schriftzug am unteren Bildschirmrand.

MASSENSELBSTMORDE AUF DER GANZEN WELT.

Helena seufzt gequält.

Ein Handyvideo von einer Großstadtstraße zeigt menschliche Körper, die auf dem Asphalt aufschlagen wie ein grauenhafter Hagel.

Wie Barry hat die Welt sich soeben an die vorige Timeline erinnert, als die Existenz des Stuhls öffentlich bekannt wurde. Die Angriffe auf New York City. WikiLeaks. Die verbreitete Nutzung des Stuhls überall auf dem Globus.

»Vielleicht ist das alles schließlich okay. Vielleicht hatte Slade recht. Vielleicht wird die Menschheit sich evolutionär anpassen und es akzeptieren können.«

Helena wechselt den Kanal.

Ein verdattert aussehender Moderator bemüht sich um einen Rest von Professionalität. »*In einer gemeinsamen Erklärung vor der Hauptversammlung der UN haben Russland und China soeben die Vereinigten Staaten bezichtigt, Realitätsdiebstahl zu begehen, um andere Staaten an der Benutzung des Erinnerungs-*

stuhls zu hindern. Sie haben angekündigt, die Technologie unverzüglich zu rekonstruieren, und gewarnt, dass jede weitere Benutzung des Stuhls als kriegerischer Akt gewertet werde. Die USA haben noch nicht reagiert …«

Helena schaltet wieder um.

Auch hier ein geschockter Moderator. »*Zusätzlich zu den Massenselbstmorden melden Krankenhäuser in sämtlichen Großstädten einen Zustrom von Patienten mit Katatonie, einem Zustand unansprechbarer Starre, herbeigeführt durch …*«

Seine Co-Moderatorin fällt ihm ins Wort. »*Entschuldige die Unterbrechung, David. Die Luftfahrtbehörde meldet soeben … o Gott … vierzig Flugzeugabstürze im Luftraum der Vereinigten Staaten innerhalb der letzten fünfzehn …*«

Helena schaltet den Fernseher ab, wirft die Fernbedienung auf das Sofa und geht in die Diele. Barry folgt ihr zur Haustür, und sie öffnet sie.

Von der Veranda aus geht der Blick über die Kieseinfahrt und die sanft geneigte Wüstenlandschaft, die zwölf Meilen weit bergab bis Tucson reicht, das wie eine Fata Morgana in der Ferne flimmert.

»Es ist noch so still«, sagt sie. »Schwer zu glauben, dass da draußen alles auseinanderfällt.«

Die letzten dreiunddreißig Jahre seines Daseins schlagen Wurzeln in Barrys Kopf und fühlen sich mit jedem Atemzug realer an. Er ist nicht der Mann, der er in Slades Hotel war. Er ist auch nicht der Mann, der die letzten vierundzwanzig Jahre mit Helena verbracht und versucht hat, die Welt vor dem heutigen Tag zu bewahren. Irgendwie ist er beide.

»Ein Teil meiner selbst«, sagte er, »hat nicht geglaubt, dass es geschehen würde.«

»Ja.«

Helena dreht sich um und umarmt ihn so heftig, dass er ein paar Schritte rückwärts zur Tür taumelt.

»Es tut mir leid«, flüstert er.

»Ich will das nicht tun.«

»Was?«

»Das hier! Mein Leben! Nach 1986 zurückgehen, dich davon überzeugen, dass ich nicht verrückt bin. Ein Vermögen zusammentragen. Den Stuhl bauen. Versuchen, tote Erinnerungen zu verhindern. Scheitern. Zusehen, wie die Welt sich erinnert. Spülen, schleudern, wiederholen. Wird der Rest meiner vielen Leben nur noch darin bestehen, dass ich einen Weg aus dieser unentrinnbaren Schleife suche?«

Er schaut auf sie hinunter und umschließt ihr Kinn mit beiden Händen. »Ich habe eine Idee«, sagt er. »Lass uns das alles vergessen.«

»Wovon sprichst du?«

»Lass uns einfach heute zusammen sein. Einfach leben.«

»Das können wir nicht. Das alles geschieht doch. Es ist real.«

»Ich weiß, aber wir können bis heute Abend warten, bevor du nach 1986 zurückkehrst. Wir wissen, was als Nächstes kommt. Was geschehen muss. Wir müssen uns da nicht hineinsteigern. Lass uns einfach anwesend sein in der Zeit, die wir noch zusammen haben.«

Sie gehen auf ihre Lieblingswanderung durch die Wüste, um den Nachrichten fernzubleiben.

Es ist ein Weg, den sie im Laufe der Jahre markiert haben. Er beginnt hinter ihrem Haus und führt hinauf in die von Saguaro bewachsenen Hügel.

Barry ist nass geschwitzt, aber die Anstrengung ist genau das, was er gebraucht hat – etwas, das den Schock des Vormittags wegbrennt.

Am Mittag erreichen sie den Gipfel des Felsens, der hinter ihrem Haus mindestens einhundert Meter hoch aufragt. Das Haus ist aus dieser Höhe kaum noch zu sehen. Es verschmilzt mit dem Wüstenland.

Barry nimmt einen Liter Wasser aus dem Rucksack. Sie reichen die Flasche hin und her, bis sie wieder zu Atem gekommen sind.

Nirgends regt sich etwas.

In der Wüste ist es still wie in einer Kathedrale.

Der Fels und die alten Kakteen, findet Barry, haben etwas an sich, das an die eingefrorene, zeitlose Dauerhaftigkeit einer toten Erinnerung denken lässt.

Er sieht Helena an.

Sie gießt sich ein bisschen Wasser über das Gesicht und reicht ihm die Flasche.

»Ich könnte es das nächstes Mal allein tun«, sagt sie.

»In unseren letzten gemeinsamen Stunden sitzt du hier und denkst darüber nach?«, fragt er.

Sie berührt seine Wange. »Jahrzehntelang hast du die Last des Stuhls mit mir geteilt. Du hast gewusst, dass dieser Tag kommen wird und dass er vermutlich das Ende von allem bedeutet. Und dass ich wieder nach 1986 zurückkehren und das alles noch einmal versuchen muss.«

»Helena …«

»Du wolltest Kinder haben und ich nicht. Du hast deine Interessen geopfert, um mir zu helfen.«

»Das waren meine Entscheidungen.«

»Beim nächsten Mal könntest du ein anderes Leben haben, ohne zu wissen, was kommt. Mehr sage ich nicht. Du könntest haben, was du …«

»Du willst es ohne mich tun?«

»Nein. Ich will dieselbe Luft atmen wie du. In jeder Minute

jedes Tages meines Lebens, ganz gleich, wie viele Timelines ich erlebe. Darum habe ich dich überhaupt gefunden. Aber dieser Stuhl ist das Kreuz, das ich tragen muss.«

»Du brauchst mich nicht.«

»Das habe ich nicht gesagt. Natürlich brauche ich dich. Ich brauche deine Liebe, ich brauche deinen Verstand, deine Unterstützung, alles. Aber es ist wichtig, dass du weißt …«

»Helena, nicht.«

»Lass mich ausreden. Es genügt, dass ich mit ansehen muss, wie der Stuhl die ganze Welt zerstört. Menschen stürzen sich aus dem Fenster, und der Grund ist etwas, das ich geschaffen habe. Aber noch etwas anderes ist es zu sehen, wie es das Leben des Mannes zerstört, den ich liebe.«

»Ein Leben mit dir ist kein zerstörtes Leben.«

»Aber du weißt, dass dies alles ist, was es jemals sein kann. Gefangen in dieser Dreiunddreißig-Jahr-Schleife, immer auf der Suche nach einem Weg zu verhindern, dass dieser Tag kommt. Ich sage nur, wenn du einfach dein verdammtes Leben leben willst, ohne den Druck, immer zu versuchen, diese Welt intakt zu halten, dann ist das okay.«

»Sieh mich an.«

Das Wasser, das sie sich ins Gesicht gegossen hat, perlt auf der Sonnenschutzcreme. Er schaut in ihre smaragdgrünen Augen, klar und hell im Sonnenlicht.

»Ich weiß nicht, wie du das machst, Helena. Ich weiß nicht, wie du diese Last trägst. Aber solange sie auf deinen Schultern liegt, ist es auch meine. Wir werden eine Lösung finden. Wenn nicht im nächsten Leben, dann in dem danach. Und wenn nicht in dem danach, dann in dem …«

Sie küsst ihn auf dem Gipfel des Felsens.

Sie sind noch einhundert Meter weit vom Haus entfernt, als das Triebwerksgeräusch eines Hubschraubers hinter ihnen anschwillt und dann durch den Himmel des frühen Nachmittags zieht.

Barry bleibt stehen und sieht zu, wie der Hubschrauber auf Tucson zufliegt.

»Das ist ein Blackhawk«, sagt er. »Was mag los sein in der Stadt?«

Der Heli legt sich jäh nach links und fliegt langsamer. Er driftet zu ihnen zurück und sinkt aus hundertfünfzig Metern Höhe herunter.

»Die wollen zu uns«, sagt Helena.

Sie laufen los, auf das Haus zu. Der Blackhawk schwebt jetzt fünfundzwanzig Meter hoch über dem Boden, die knatternden Rotorblätter wirbeln Staub und Sand auf, und Barry kann jetzt drei Paar Beine auf jeder Seite aus der offenen Luke über den Kufen herunterbaumeln sehen.

Helenas Stiefelspitze stößt gegen einen halb vergrabenen Steinbrocken, und sie stürzt auf den Pfad. Barry packt sie unter den Armen und zieht sie auf die Füße. An ihrem rechten Knie läuft das Blut herunter.

»Komm weiter!«, schreit er.

Sie laufen an dem Salzwasserpool vorbei und erreichen die Terrasse, auf der sie gefrühstückt haben.

Dicke Seile fallen aus dem Blackhawk wie Tentakel, und Soldaten lassen sich daran herab.

Barry schiebt die Hintertür auf, und sie stürmen durch die Küche und biegen in den Flur. Durch die Fenster, die auf die Wüste auf der anderen Seite des Hauses hinausblicken, sieht er einen Trupp schwer bewaffnete Soldaten mit Schutzwesten in Wüsten-Camo, die in Combat-Formation auf die Vorderseite des Hauses zugelaufen kommen.

Helena ist vor ihm; sie humpelt nach dem Sturz.

Sie laufen an Arbeits- und Gästezimmer vorbei, und durch ein anderes Fenster sieht Barry, wie der Blackhawk hinter ihren Autos in der Einfahrt aufsetzt.

Am Ende des Flurs bleiben sie stehen, und Helena drückt auf einen der Steine in der Flusssteinmauer, die zurückweicht und ihren geheimen Zweck als verborgene Tür offenbart.

Sie und Barry schlüpfen hindurch, als eine kleine Explosion das Haus erzittern lässt.

Dann sind sie allein im Stockdunkeln und ringen nach Atem.

»Sie sind im Haus«, flüstert Barry.

»Kannst du Licht machen?«

Er tastet herum, bis seine Finger den Lichtschalter berühren.

»Bist du sicher, dass sie es nicht sehen?«

»Nein, aber im Dunkeln kann ich es nicht.«

Barry knipst das Licht an. Eine nackte Glühlampe brennt unter der Decke. Sie stehen in einer Art Vorraum, kaum größer als eine Speisekammer. Die Tür entspricht in Größe und Form einer normalen Tür, aber sie wiegt dreihundert Kilo, besteht aus einer zwei Zoll dicken Schicht von Stahlplatten und ist mit zehn massiven Riegeln ausgestattet, die sich in den Türrahmen schieben.

Helena gibt den Code für die Verriegelung auf dem Tastenfeld ein, während die Schritte von mindestens einem halben Dutzend Soldaten durch den Flur auf sie zukommen. Barry sieht sie vor sich, wie sie sich der Flusssteinwand nähern. Flüsternde Stimmen, Stiefelschritte und klirrende Ausrüstungsgegenstände kommen immer näher.

Eine laute Stimme auf der anderen Seite des Hauses – wahrscheinlich in ihrem Schlafzimmer – hallt durch den langen Flur.

»Alles klar auf der Ostseite!«

»Unmöglich. Wir haben sie ins Haus laufen sehen! Alle Schränke kontrolliert? Unter den Betten nachgesehen?«

Barry sieht, wie Helena auf dem beleuchteten Display die letzte Ziffer eingibt.

Er hört das hohe Sirren der Verriegelung im Vorraum, und vielleicht ist es auch draußen hörbar. Barry und Helena starren einander an, als die zehn Riegel einer nach dem anderen wie gedämpfte Gewehrschüsse knallen, als sie einrasten.

Eine Frauenstimme dringt von außen durch die verbogene Tür. »Habt ihr das gehört?«

»Das kam aus dieser Wand hier.«

Es klingt, als strichen Hände über die Mauer. Helena zieht die schwere Tür auf, und Barry folgt ihr über die Schwelle in den nächsten dunklen Raum, als die Geheimtür sich einen Spaltbreit öffnet.

Ein Soldat ruft: »Dahinter ist was!«

Helena zieht die Tür zu, tippt den Verschließcode auf dem Tastenfeld auf dieser Seite, und wieder rasten die zehn Stahlriegel ein.

Als sie das Licht einschaltet, erscheint eine beängstigend enge stählerne Wendeltreppe, deren Spirale zehn Meter tief unter die Erde führt.

Als sie hinuntersteigen, wird es kälter.

Die Soldaten hämmern oben an die Tür.

»Die werden einen Weg finden«, sagt Barry.

»Dann müssen wir uns beeilen.«

Drei Stockwerke tief unter der Erde endet die Treppe vor einer Tür zu einem zweihundert Quadratmeter großen Labor, in dem sie in den letzten fünfzehn Jahren fast jede wache Stunde verbracht haben. Der Raum ist in jeder praktischen Hinsicht ein Bunker mit einem separaten Belüftungs- und Filtersystem, einer unabhängigen Solarstromanlage, einer Küche und einem Schlafquartier sowie Lebensmittel- und Wasserrationen für ein Jahr.

»Wie geht's deinem Bein?«, fragt Barry.

»Nicht so wichtig.«

Sie humpelt an dem Eames-Sessel vorbei, den sie zu einem Erinnerungsstuhl umgestaltet haben, und geht weiter in einen Bereich des Labors, den sie für Gehirnkartierungen und die Erforschung der Verarbeitung toter Erinnerungen benutzt haben.

Sie setzt sich ans Terminal und lädt das Erinnerungsreaktivierungsprogramm, das für den Notfall immer im Hintergrund läuft. Da sie die Erinnerung an ihre erste unbegleitete Autofahrt an ihrem sechzehnten Geburtstag schon längst kartiert hat, kann sie jetzt geradewegs in die Deprivationskammer steigen.

»Ich dachte, wir hätten heute noch mehr Zeit«, sagt Barry.

»Ich auch.«

Eine Detonation über ihnen lässt den Boden erbeben und die Wände zittern. Mörtelstaub rieselt wie feiner Schnee von der Decke.

Barry läuft durch das Labor zurück zur Treppe. Die Luft ist voller Staub, aber er hört keine Stimmen oder Schritte, die herunterkommen.

Als er zurückkehrt, sieht er, wie Helena Shirt und BH auszieht und dann die Shorts an den Beinen hinunterschiebt,

Sie steht nackt vor ihm und setzt sich die Schädelkappe auf. Ihr rechtes Bein blutet, und Tränen laufen ihr über das Gesicht.

Er umarmt seine Frau, als eine neue Explosion die Fundamente ihres unterirdischen Labors erschüttert.

»Lass sie nicht rein«, sagt sie.

Sie wischt sich über die Augen und küsst ihn, und dann hilft er ihr, in den Tank zu steigen.

Als sie im Wasser schwebt, schaut er auf sie hinunter und sagt: »Ich werde in dieser Bar in Portland sein, im Oktober 1990, und ich werde dort auf dich warten.«

»Du wirst mich nicht mal erkennen.«

»Meine Seele kennt deine Seele. In jeder Zeit.«

Er schließt die Luke und geht hinüber zum Terminal. Einen Moment lang ist es still; man hört nur das Summen der Server.

Barry initiiert das Reaktivierungsprogramm, lehnt sich zurück und versucht zu fassen, was als Nächstes kommt.

Mit einem erderschütternden Knall erscheinen Risse in den Wänden und im Boden unter seinen Füßen, und Barry fragt sich, ob der Blackhawk eine Bombe auf ihr Haus geworfen hat.

Rauch quillt aus den Lüftungsöffnungen, und die Leuchtstofflampen fangen an zu flackern, aber das Reaktivierungsprogramm läuft.

Er geht wieder zur Treppe. Nur hier kann man das Labor betreten oder verlassen.

Jetzt hört er Stimmen von oben, und Lichtstrahlen schwenken hin und her durch die Wolken von Staub und Rauch.

Sie haben die Tür aufgebrochen, und ihre Stiefel dröhnen auf den Stahlstufen der Wendeltreppe.

Barry schlägt die Labortür zu und schiebt den Riegel vor. Es ist nur eine Feuertür aus Stahl, und wahrscheinlich können sie sie eintreten.

Er kehrt zum Terminal zurück und studiert die Anzeige der Vitalparameter. Seit mehreren Minuten zeigt das Display nur noch Nulllinien.

Etwas schlägt von draußen gegen die Tür.

Noch einmal.

Und noch einmal.

Eine Maschinenpistole feuert auf die Tür, und ein Stiefel, eine Schulter oder ein Rammbock schlagen gegen das Metall.

Wundersamerweise hält die Tür.

»Komm schon«, sagt Barry.

Er hört Geschrei im Treppenhaus, und eine ohrenbetäubende Explosion lässt seine Ohren klingeln – eine Granate oder eine Sprengladung.

Eine Rauchwand erscheint, wo die Tür gewesen ist, und ein Soldat steigt über die am Boden liegende Stahlplatte und richtet eine Maschinenpistole auf Barry.

Barry hebt die Arme über den Kopf und steht langsam auf, als immer mehr Soldaten ins Labor stürmen.

Auf dem Monitor am Terminal, der den Status der Stimulatoren anzeigt, blinkt ein Alarm: DMT-FREISETZUNG ENTDECKT.

Komm schon. Komm schon.

Im Tank liegt Helena in den letzten Zügen. Ihr Gehirn sondert den Rest der Chemikalie ab, die sie über drei Jahrzehnte hinweg in eine Erinnerung zurückwerfen wird.

Der erste Soldat stürzt auf Barry zu und schreit etwas, das er nicht versteht, weil das Klingeln in seinen …

Blut tropft aus seiner Nase und ätzt kleine dunkelrote Löcher in den Schnee.

Er schaut die dunklen Tannen an, deren Äste sich unter der Last eines kürzlich durchgezogenen Schneegestöbers biegen.

Er sieht Helena an. Ihr Haar sieht anders aus als beim letzten Mal im Kellerlabor in der Sonora. Es ist jetzt zu gleichen Teilen weiß und rot. Sie trägt es lang und hat es zu einem Pferdeschwanz zusammengebunden, und ihr Gesicht sieht irgendwie härter aus.

»Welchen Tag haben wir heute?«

»Den 16. April 2019. Die zweite Timeline-Wiederherstellung, seit ich in dem Tank bei der DARPA gestorben bin.«

Sie stehen auf Schneeschuhen auf einer Lichtung am Berghang und blicken auf eine Stadt in der Ebene, zehn Meilen weit entfernt.

»Das ist Denver«, sagt Helena. »Wir haben unser Labor hier gebaut, damit ich in der Nähe meiner Eltern sein kann.« Sie sieht ihn an. »Noch nichts?«

»Es fühlt sich an, als wäre ich buchstäblich vor Sekunden in unseren Haus in Tucson gewesen.«

»Tut mir leid, aber du bist eben von einem beschissenen 16. April 2019 zu einem anderen gewechselt.«

»Was soll das heißen?«

»Wir sind wieder gescheitert.«

Ihre erste Begegnung in der Bar in Portland. Zum zweiten Mal. Die angebliche Hellseherei. Er hat sich noch schneller in sie verliebt, denn sie schien ihn besser zu kennen als er sich selbst.

Der Ansturm der Erinnerungen ist diesmal intensiver.

Beinahe schmerzhaft.

Er bricht im Schnee zusammen, als die vergangenen neunundzwanzig Jahre mit Helena über sein Gehirn hereinbrechen wie ein Güterzug voller Erinnerungen.

Sie haben das Jahrzehnt, bevor die Technologie für die Konstruktion des Stuhls zur Verfügung stand, mit dem Studium des Raum-Zeit-Kontinuums und der Natur von Materie, Dimensionalität und Quantenverschränkung verbracht. Sie haben über die Physik der Zeit gelernt, was sie konnten, aber es war nicht genug. Nicht annähernd genug.

Dann haben sie erkundet, wie man in eine Erinnerung zurückreisen kann, ohne den Tank zu benutzen, und nach einem schnelleren Weg gesucht. Aber ohne die sensorische Deprivation haben sie nichts weiter zustande gebracht, als sich immer und immer wieder selbst umzubringen.

Als Nächstes kommen die Erinnerungen, die ihn zu Boden werfen.

Wie er seine Mutter noch einmal verliert.

Wie er mit Helena streitet, weil sie keine Kinder will (beim zweiten Mal muss es sie zur Raserei getrieben haben).

Der Sex, die Liebe, die wundervolle Liebe.

Augenblicke der Begeisterung in dem Wissen, dass sie die beiden einzigen Menschen auf der Welt sind, die dafür kämpfen, sie zu retten.

Augenblicke des Grauens in demselben Wissen, in der Erkenntnis, dass sie scheitern.

Und dann ist er ganz eingemündet. Er ist der Barry mit den Erinnerungen an alle Timelines.

Er sieht Helena an. Sie sitzt neben ihm im Schnee und schaut auf die Stadt hinunter, die eine Meile tiefer liegt. Es ist der Tausend-Meter-Blick, den sie sich im letzten Jahr angewöhnt hat, weil sie weiß, dass dieser Tag kommen wird, wenn kein Wunder geschieht.

Wenn er diese Timeline mit der vorigen vergleicht, ist die Veränderung bei Helena beunruhigend. Diese Version ihrer selbst ist geringfügig erodiert, wenn man sie mit der vorigen vergleicht, und das ist in ruhigeren Augenblicken am deutlichsten erkennbar.

Weniger Geduld.

Mehr Distanz.

Mehr Zorn.

Mehr Depressionen.

Härter.

Wie muss es für sie gewesen sein, eine Beziehung von Anfang an noch einmal zu erleben, in voller Kenntnis ihrer Schwächen und Stärken, bevor sie überhaupt angefangen hat? Wie war sie überhaupt fähig, mit ihm Kontakt zu finden? Mit seiner Naivität? Manchmal muss es für sie gewesen sein, als spräche sie mit einem Kind, denn auch wenn er formal gesehen immer noch derselbe ist, ist die perspektivische Lücke zwischen dem Barry, der er vor fünf Minuten war, und dem, der er jetzt mit all seinen Erinnerungen ist, ein gähnender Abgrund. Erst jetzt ist er wahrhaft er selbst.

»Es tut mir leid, Helena«, sagt er.

»Was?«

»Es muss dich wahnsinnig gemacht haben, unsere ganze Beziehung noch einmal zu erleben.«

Sie lächelt beinahe. »Es ist halbwegs regelmäßig vorgekommen, dass ich dich umbringen wollte.«

»Hast du dich gelangweilt?«

»Nie.«

Die Frage liegt schwer in der Luft.

»Du musst es nicht noch einmal tun«, sagt er.

»Was meinst du?«

»Mit mir.«

Gekränkt sieht sie ihn an. »Willst du sagen, *du* willst es nicht mehr?«

»Das habe ich nicht gesagt. Ganz und gar nicht.«

»Es wäre okay.«

»Das meine ich aber nicht.«

»Möchtest du noch einmal mit mir zusammen sein?«, fragt sie.

»Ich liebe dich.«

»Das ist keine Antwort.«

»Ich möchte jedes Leben mit dir verbringen. Das habe ich dir letzte Woche gesagt.«

»Es ist jetzt anders. Du hast vollständige Erinnerungen an jede Timeline. Nicht wahr?«

»Ich bin bei dir, Helena. Wir haben nur an der Oberfläche der Physik der Zeit gekratzt. Es gibt noch so viel zu lernen.«

Sein Telefon vibriert in der Tasche seines Parkas. Diese letzte

Wanderung zu ihrem Lieblingsplatz hat sich gelohnt, aber sie sollten jetzt gehen. Zurück in die Zivilisation. Zusehen, wie die Welt sich erinnert, und dann verschwinden, bevor die Soldaten da sind, auch wenn er seine Zweifel hat, dass sie ihn und Helena so bald finden werden. Diesmal leben sie unter neuen Identitäten.

Helena zieht ihr Telefon heraus und entsperrt den Homescreen.

»O Gott.«

Sie rappelt sich hoch und läuft auf ihren Schneeschuhen los. Unbeholfen bewegt sie sich auf dem Pfad.

»Was hast du vor?«, fragt er.

»Wir müssen los!«

»Was ist denn?«, ruft er ihr nach.

»Ich werde dich verlassen!«, ruft sie zurück.

Er kommt mühsam auf die Beine und läuft ihr nach.

Es geht eine Viertelmeile weit zwischen den Fichten bergab. Sein Telefon summt immer wieder – jemand bombardiert ihn mit Textnachrichten –, und trotz der schweren Schneeschuhe hat er das Ende des Pfades nach weniger als fünf Minuten erreicht und prallt gegen die Motorhaube ihres Jeeps, atemlos und verschwitzt in seiner Winterkleidung.

Helena klettert bereits auf den Fahrersitz, und er zieht sich auf der anderen Seite hoch. Er hat immer noch die Schneeschuhe an den Füßen, als sie den Motor startet und von dem leeren Parkplatz rast. Auf dem vereisten Asphalt drehen die Räder durch.

»Was zum Teufel, Helena …?«

»Sieh auf dein Telefon!«

Er wühlt sein Handy aus der Jackentasche.

Liest die ersten Zeilen einer Notfallmeldung.

Katastrophenalarm
BALLISTISCHE RAKETEN MIT KURS AUF MEHRERE ZIELE IN DEN USA. SUCHEN SIE UMGEHEND SCHUTZRÄUME AUF. DIES IST KEINE ÜBUNG.
Zum Fortsetzen swipen.

»Das hätten wir kommen sehen müssen«, sagt sie. »Erinnerst du dich an ihr Statement vor der UN-Vollversammlung in der letzten Timeline?«

»›Jede weitere Benutzung des Stuhls wird als kriegerischer Akt gewertet werden.‹«

Helena fährt zu schnell durch eine scharfe Kurve, die Räder drehen auf dem harten Schnee durch, und das ABS setzt ein.

»Wenn du den Jeep an einen Baum fährst, werden wir nie …«

»Ich bin hier aufgewachsen, verdammt. Ich weiß, wie man im Schnee fährt.«

Sie gibt sofort wieder Gas, und der dichte Fichtenwald rauscht zu beiden Seiten an ihnen vorbei, als sie mit heulendem Motor bergab rasen.

»Sie müssen uns angreifen«, sagt Helena.

»Warum sagst du das?«

»Aus all den Gründen, über die wir gesprochen haben, als ich bei der DARPA war. Das Worst-Case-Szenario für jedermann besteht darin, dass ein Land jemanden um ein halbes Jahrhundert zurückschickt und die Existenz von Milliarden annulliert. Sie müssen uns mit allem angreifen, was sie haben, und hoffen, dass sie den Stuhl zerstören, bevor wir ihn benutzen.«

Helena schaltet das Radio ein und fährt durch die Ausfahrt des Nationalparks. Sie sind jetzt schon sechshundert Meter tiefer, und der Schnee auf dem Boden beschränkt sich auf schmelzende Flecken im Schatten.

»… unterbrechen wir unser Programm. Dies ist ein nationaler Notstand. Wichtige Anordnungen in Kürze.« Die beängstigende Fanfare des Katastrophenalarms gellt in der Kabine des Jeeps. *»Die folgende Nachricht wird auf Ersuchen der amerikanischen Regierung gesendet. Dies ist kein Test. Das Amerikanische Luftraum-Verteidigungskommando hat den Start russischer und chinesischer Interkontinentalraketen registriert. Es ist damit zu rechnen, dass diese Raketen innerhalb der nächsten zehn bis fünfzehn Minuten zahlreiche Ziele auf dem nordamerikanischen Kontinent treffen werden. Dies ist ein Angriffsalarm. Ich wiederhole: Dies ist ein Angriffsalarm. Ein ernst zu nehmender Angriff gegen unser Land ist im Gange, und Sicherheitsmaßnahmen sind unbedingt einzuleiten. Alle Einwohner sollten unverzüglich Schutzräume aufsuchen. Begeben Sie sich in einen Kellerraum oder in einen Raum im Erdgeschoss eines soliden Gebäudes. Halten Sie sich von den Fenstern fern. Wenn Sie im Freien oder mit dem Auto unterwegs sind, suchen Sie Deckung. Wenn Sie keine finden, legen Sie sich flach in einen Graben oder eine Mulde.«*

Helena beschleunigt auf hundert Meilen pro Stunde, als sie auf der Landstraße sind. In den Seitenspiegeln und im Rückspiegel weichen die Berge hinter ihnen zurück.

Barry beugt sich hinunter und fängt an, die Riemen zu lösen, mit denen seine Schneeschuhe an den schneeverkrusteten Wanderstiefeln befestigt sind.

Auf dem Interstate Highway treibt Helena den Motor bis an seine Grenzen.

Nach einer Meile sind sie in den Außenbezirken der Stadt.

Immer mehr Autos stehen mit offenen Türen am Straßenrand. Die Fahrer haben sie einfach stehen lassen und irgendwo Schutz gesucht.

Helena tritt auf die Bremse, als der Verkehr auf allen vier Fahrstreifen zum Stehen kommt. Scharen von Menschen flüchten aus ihren Autos, springen über die Leitplanke und rollen eine Böschung hinunter, an deren Fuß ein Bach fließt, tiefes braunes Schmelzwasser.

»Kommst du bis zur nächsten Ausfahrt durch?«, fragt Barry.

»Ich weiß es nicht.«

Helena schlängelt sich weiter, weicht Leuten aus und rammt ein paar offene Autotüren. Die Stoßstange des Jeeps reißt ab. Ihre Ausfahrt ist verstopft, und Helena steuert den Jeep einen steilen grasbewachsenen Hang hinauf und zum Straßenrand, und schließlich zwängt sie sich zwischen einem UPS-Laster und einem Cabrio hindurch und erreicht die Überführung.

Anders als der Interstate Highway ist die Allee so gut wie leer, und Helena fährt in hohem Tempo auf dem Mittelstreifen, als der nächste Alarm aus den Lautsprechern gellt.

Das Labor ist in Lakewood, einem westlichen Vorort von Denver, in einem Backsteingebäude, das früher als Feuerwache diente.

Sie sind jetzt nur noch gut eine Meile weit entfernt, und Barry starrt aus dem Fenster und findet es seltsam, dass sich draußen so wenig bewegt.

Keine anderen Autos sind auf der Straße.

Fast keine Fußgänger sind unterwegs.

Nach seiner Schätzung ist es mindestens zehn Minuten her, dass sie die erste Alarmmeldung im Radio gehört haben.

Er blickt hinüber zu Helena, um ihr zu sagen, was er schon einmal gesagt hat – dass er alles noch einmal mit ihr tun möchte, was auch geschehen mag –, als er durch ihr Seitenfenster das hellste Licht sieht, das er je gesehen hat, eine weiß glühende Blüte am östlichen Horizont in der Nähe der Wolkenkratzer der Innenstadt, so intensiv, dass sie ihm die Hornhaut verbrennt, als sie die Welt überwältigt.

Helenas Gesicht wird strahlend hell, und alles in seinem Gesichtsfeld, sogar der Himmel, verliert seine Farbe und leuchtet in einem gleißenden, sengenden Weiß.

Er ist fünf Sekunden lang blind, und als er wieder sehen kann, geschieht alles auf einmal.

Alles Glas im Jeep explodiert …

Die Fichten in einem Park vor ihnen biegen sich so weit zur Seite, dass ihre Wipfel den Boden berühren …

Bauschutt von einer zerstörten Ladenzeile weht über die Straße, vorwärtsgetrieben von einem wütenden Wind …

Ein Mann, der einen Einkaufswagen über den Gehweg schiebt, wird plötzlich fünfzehn Meter weit durch die Luft geschleudert …

Und dann überschlägt sich ihr Jeep. Das Schürfen von Blech auf dem Asphalt ist ohrenbetäubend, als die Druckwelle sie über die Straße treibt. Funken sprühen Barry ins Gesicht.

Der Jeep kommt am Randstein zum Halten, und das Donnern der Explosion rollt heran. Etwas Lauteres hat er nie gehört – laut wie der Weltuntergang, so laut, dass es ihm die Brust eindrückt –, und ein einzelner Gedanke schießt ihm durch den Kopf: Die Schallwelle der Detonation hat sie zu schnell erreicht. Binnen weniger Sekunden.

Sie sind viel zu nah an Ground Zero, um noch sehr lange zu überleben.

Alles wird still.

Seine Ohren klingen.

Seine Kleidung ist versengt; überall sind glutumringte Löcher, die sich immer noch weiter in den Stoff fressen.

Ein Zahlungsbeleg, der in einem der Becherhalter klemmt, ist in Flammen aufgegangen.

Rauch kommt aus der Lüftung.

Der Jeep liegt auf der Beifahrerseite, und Barry ist immer noch angeschnallt und blickt seitwärts auf das, was von der

Welt übrig ist. Er reckt den Hals, um zu Helena hinüberzuschauen. Sie sitzt angegurtet am Steuer, und ihr Kopf hängt bewegungslos herunter.

Er ruft ihren Namen, aber er hört nicht einmal seine eigene Stimme in seinem Kopf.

Er spürt nur die Vibrationen seines Kehlkopfs.

Er schnallt sich los und dreht sich mühsam herum, um seine Frau anzusehen.

Ihre Augen sind geschlossen, und ihr Gesicht glänzt rot. Die rechte Seite ist übersät von Glassplittern aus dem Fenster.

Er langt hinüber und öffnet ihren Sicherheitsgurt. Sie fällt von ihrem Sitz auf ihn, klappt die Augen auf und schnappt nach Luft.

Ihre Lippen bewegen sich, sie will etwas sagen, tut es aber nicht, als sie begreift, dass sie beide nichts hören können. Sie hebt eine von Verbrennungen zweiten Grades rote Hand und deutet auf das Vorderfenster, dessen Scheibe verschwunden ist.

Barry nickt, und sie klettern hinaus, kommen auf die Beine und bleiben mitten auf der Straße stehen, umgeben von Verwüstungen aus einem Albtraum.

Der Himmel ist verschwunden.

Bäume haben sich in Skelette verwandelt, und geschmolzene Blätter wehen von ihnen herunter wie ein Feuerregen.

Helena stolpert die Straße hinauf. Barry läuft ihr nach, und erst jetzt sieht er seine Hände. Sie haben die gleiche Farbe wie Helenas Gesicht und sind überzogen von Blasen nach der glühenden Hitze der thermischen Strahlung.

Er berührt sein Gesicht, dann seinen Kopf und hat ein Büschel Haare in der Hand.

O mein Gott.

Panik überfällt ihn.

Er holt Helena ein. Sie läuft hinkend die Straße entlang, die mit qualmenden Trümmern bedeckt ist.

Es ist dunkel wie am Abend. Die Sonne ist nicht zu sehen.

Die Brandwunden beginnen zu schmerzen.

Im Gesicht, an den Händen, in den Augen.

Er kann wieder hören.

Das Geräusch seiner Schritte.

Alarmanlagen von Autos.

Jemanden, der in der Ferne weinend schreit.

Die entsetzliche Stille einer betäubten Stadt.

Sie biegen in die nächste Straße ein, und Barry vermutet, dass sie immer noch eine halbe Meile weit von der alten Feuerwache entfernt sind.

Helena bleibt plötzlich stehen, beugt sich vor und übergibt sich mitten auf der Straße.

Er will ihr die Hand auf den Rücken legen, aber als seine Handfläche ihre Jacke berührt, schmerzt es so sehr, dass er sie instinktiv wieder wegzieht.

»Ich sterbe, Barry. Und du auch.«

Sie richtet sich auf und wischt sich mit dem Handrücken über den Mund.

Die Haare fallen ihr aus, und sie atmet rau und schmerzlich.

Einfach so.

»Ich glaube, wir schaffen es noch«, sagt er.

»Wir müssen. Warum greifen sie Denver an?«

»Wenn sie ihr ganzes Arsenal losgelassen haben, attackieren sie jede amerikanische Großstadt. Das sind Tausende von Gefechtsköpfen. Wahrscheinlich hoffen sie, sie können den Stuhl mit etwas Glück eliminieren.«

»Vielleicht ist es ihnen gelungen.«

Sie gehen weiter und nähern sich Ground Zero, nach den turmhohen Wolken aus Asche und Feuer zu urteilen, deren dichte Schwaden in der unbestimmbaren Ferne in den Himmel wallen.

Sie kommen an einem umgestürzten Schulbus vorbei. Der gelbe Lack ist schwarz verbrannt, die Fensterscheiben sind zerschmettert, und drinnen hört man weinende Stimmen.

Barry wird langsamer und will auf den Bus zulaufen, aber Helena sagt: »Wir können ihnen nur helfen, indem wir nach Hause laufen.«

Er weiß, sie hat recht, aber er muss sich mit aller Macht zwingen, nicht wenigstens zu versuchen zu helfen, und sei es nur mit einem tröstenden Wort.

»Ich wünschte, wir hätten einen solchen Tag nie erleben müssen«, sagt er.

Sie traben an einem brennenden Baum vorbei. Ein Motorrad samt Fahrer hängt zehn Meter hoch in den Ästen.

Eine Frau, haarlos und nackt, taumelt über die Straße. Die Haut löst sich von ihrem Körper wie die Rinde einer Birke. Ihre Augen sind unnormal groß und weiß, als hätten sie sich geweitet, um das ganze Grauen ringsum aufzunehmen. Aber tatsächlich ist sie blind.

»Sieh nicht hin.« Helena weint. »Wir werden es ändern.«

Barry schmeckt Blut im Mund, und allmählich erfüllt der Schmerz die ganze Welt.

Es fühlt sich an, als schmelze sein Inneres.

Noch eine Explosion, viel weiter weg diesmal, lässt die Erde unter ihnen beben.

»Da«, ruft Helena.

Die Feuerwache liegt geradeaus vor ihnen.

Sie stehen mitten in ihrem Viertel, und er hat es kaum bemerkt.

Wegen der Schmerzen.

Aber hauptsächlich, weil die Straße keine Ähnlichkeit mit ihrer hat.

Jedes Holzhaus ist dem Erdboden gleichgemacht, Strommasten sind umgekippt, Bäume versengt und von allem Grün entkleidet.

Autos liegen überall verstreut, manche auf dem Dach, andere auf der Seite, und einige brennen noch.

Es regnet Asche, und der Fallout wird zu einer akuten Strahlungsvergiftung führen, wenn sie bei Anbruch der Nacht immer noch in dieser Höllenlandschaft unterwegs sind.

Das Einzige, was sich bewegt, sind die verkohlten Gestalten, die sich am Boden winden.

Auf der Straße.

In den rauchenden Vorgärten der Ruinen, die einmal ihr Zuhause waren.

Barry überkommt hilflose Übelkeit, als er erkennt, dass es Menschen sind.

Die Feuerwache steht noch.

Die Fenster sind eingedrückte, schwarz klaffende Augenhöhlen, und die Backsteinmauern haben die Farbe von Holzkohle.

Der Schmerz in Barrys Gesicht und an seinen Händen ist außergewöhnlich, als sie die Stufen zum Eingang hinaufsteigen und über die Tür hinwegklettern, die zersplittert am Boden liegt.

Allen Schmerzen zum Trotz ist der Schock beim Anblick dessen, was einundzwanzig Jahre lang ihr Zuhause war, niederschmetternd.

Trübes Licht sickert zu den Fenstern herein und beleuchtet eine Ruinenlandschaft.

Der größte Teil der Einrichtung ist einfach explodiert.

In der Küche riecht es nach Gas, und in der hinteren Ecke des Gebäudes kräuselt sich Rauch durch die offene Schlafzimmertür, wo flackernde Flammen über die Wände huschen.

Sie laufen durch das Haus, und Barry verliert das Gleichgewicht in dem Türbogen zwischen Ess- und Wohnzimmer. Er hält sich am Rahmen des Bogens fest, um nicht zu fallen, und schreit vor Schmerzen auf. Ein Abdruck seiner Hand aus Blut und Haut bleibt am Rahmen zurück.

Der Zugang zum Labor ist wieder eine Tresortür, diesmal in der Lagerkammer dessen, was ihr häusliches Büro gewesen ist. Die Tür selbst ist mit dem Rest des Hauses verdrahtet; deshalb ist das Tastenfeld, mit dem sie sich öffnen lässt, funktionsunfähig. Helena ruft die Taschenlampen-App an ihrem Smartphone auf und gibt die fünfstellige Kombination im Halbdunkel manuell ein.

Sie greift nach dem Rad, aber Barry sagt: »Lass mich.«

»Es geht schon.«

»Du musst immer noch im Tank sterben.«

»Also gut.«

Er tritt an die Tür und packt das Rad mit den drei Speichen, und er stöhnt vor Schmerzen, als er sich bemüht, es zu drehen. Nichts bewegt sich außer den Hautfetzen, die er dabei abreißt, und ein schrecklicher Gedanke kommt ihm in den Sinn: Was ist, wenn die Hitze der Explosion den inneren Schlossmechanismus hat schmelzen lassen? Er hat plötzlich eine Vision von ihrem letzten Tag – wie sie in der ausgebrannten Ruine ihres Hauses langsam in der thermischen Verstrahlung verschmoren und wissen, dass sie gescheitert sind. Bei der nächsten Verschiebung, sollte sie jemals zustande kommen, würden sie dann entweder aufhören zu existieren oder sich in der Welt eines anderen wiederfinden.

Das Rad gibt nach und lässt sich schließlich drehen.

Die Riegel ziehen sich zurück, und die Tür schwingt auf und eröffnet den Blick auf eine Wendeltreppe. Sie führt hinunter zu einem Labor, das fast identisch ist mit dem, das sie in der Wüste außerhalb von Tucson eingerichtet haben, nur haben sie hier nicht in die Erde gegraben, sondern den gemauerten Keller der alten Feuerwache mit Stahlwänden gepanzert.

Licht gibt es nicht.

Ein Teil seiner Hand bleibt auf dem Rad kleben, als er sie wegnimmt und Helena folgt. Im spärlichen LED-Licht ihres Telefons geht es in Spiralen die Treppe hinunter.

Im Labor ist es seltsam still.

Die Ventilatoren zum Kühlen der Server summen nicht.

Ebenso wenig wie die Wärmepumpe, die das Wasser im Deprivationstank gleichmäßig auf der Temperatur der menschlichen Haut hält.

Das Licht des Telefons schwenkt über die Wand, als sie sich zum Ende der Serverreihe bewegen. Eine Powerbank aus Lithium-Ionen-Batterien ist das Einzige im Labor, das leuchtet.

Barry geht zu einer Schalttafel an der Wand, die den Strom aus der Elektrizitätsversorgung des Gebäudes zu den Batterien überträgt. Noch einmal durchlebt er einen Augenblick des nackten Entsetzens, denn wenn die Explosion die Batterien oder die Verbindungen zwischen den einzelnen Geräten beschädigt hat, ist alles hier vergebens.

»Barry?«, fragt Helena. »Worauf wartest du?«

Er betätigt die Schalter.

Die Deckenbeleuchtung flackert auf.

Die Server fangen an zu summen.

Helena lässt sich bereits auf den Stuhl am Terminal sinken, der mit seiner Bootsequenz begonnen hat.

»Die Batterien geben uns nur dreißig Minuten Strom«, sagt sie.

»Wir haben Generatoren und jede Menge Sprit.«

»Ja, aber es wird ewig dauern, die Stromversorgung umzuleiten.«

Er streift seinen versengten Parka und die Skihose ab. Helena tippt bereits so schnell auf die Tastatur, wie ihre verbrannten Fingerspitzen es erlauben. Blut läuft ihr aus Mund- und Augenwinkeln.

Während sie anfängt, ihre Wintersachen auszuziehen, geht Barry zum Schrank und nimmt die letzte noch vollgeladene Schädelkappe heraus. Er schließt sie an und stülpt sie vorsichtig auf den von Brandblasen überzogenen Kopf seiner Frau.

Die Verbrennungen zweiten Grades in seinem Gesicht schmerzen allmählich unerträglich. Im Medizinschrank ist Morphium. Es ruft ihn, aber er hat keine Zeit.

»Lass mich die Schädelkappe positionieren«, sagt sie. »Kümmere du dich um den Infusionsport.«

Er greift nach einem Port, schaltet ihn ein und vergewissert sich, dass die Bluetooth-Verbindung aktiviert ist.

In scharfem Gegensatz zu ihren verstrahlten Händen sind Helenas Unterarme cremeweiß und glatt, vor dem ersten Blitz geschützt durch ihren Parka und mehrere Schichten von Shirts und Thermo-Unterwäsche. Mit seinen zerstörten Fingern muss er mehrmals ansetzen, um die Infusionskanüle in die Vene zu bekommen. Endlich kann er den Port am Unterarm festkleben und zum Deprivationstank gehen. Das Wasser ist um ein halbes Grad kühler als die idealen 36,6, aber das wird genügen.

Er klappt den Lukendeckel auf und dreht sich zu Helena um, die auf ihn zutaumelt wie ein zerbrochener Engel.

Er weiß, er sieht auch nicht besser aus.

»Ich wünschte, ich könnte dir den nächsten Teil abnehmen«, sagt er.

»Es tut nur noch ein kleines bisschen länger weh«, sagt sie, und Tränen laufen ihr über die Wangen. »Außerdem habe ich es verdient.«

»Das stimmt nicht.«

»Du brauchst diesen Weg nicht noch einmal mit mir zu gehen«, sagt sie.

»Ich werde ihn gehen, sooft es nötig ist.«

»Bist du sicher?«

»Absolut.«

Sie packt den Rand der Lukenöffnung und schwingt ein Bein hinüber.

Als ihre Hände das Wasser berühren, schreit sie auf.

»Was ist?«, fragt Barry.

»Das Salz. O Gott …«

»Ich hole Morphium.«

»Nein, das könnte die Erinnerungsreaktivierung stören. Mach einfach schnell, bitte.«

»Okay. Bis bald.«

Er schließt die Luke vor seiner Frau, die unter Qualen im Salzwasser schwebt.

Dann läuft er zurück zum Terminal und leitet die Injektionssequenz ein. Als das lähmende Mittel zu wirken beginnt, will er sich hinsetzen, aber der Schmerz ist so allumfassend, dass er nicht stillhalten kann.

Er läuft durch das Labor und die Wendeltreppe hinauf, durch das Büro und durch die schwarz verbrannten Reste seines und Helenas Zuhause.

Als er draußen auf den Stufen vor der Feuerwache steht, ist es dunkel wie in der Nacht, und Feuerfunken regnen vom Himmel.

Barry steigt die Treppe hinunter und geht auf die Straße hinaus.

Eine brennende Zeitung weht über den Asphalt.

Auf der anderen Seite liegt eine schwarz verkohlte Gestalt in Embryonalstellung am Randstein, ihrer letzten Ruhestätte.

Barry hört das Wispern des heißen Windes.

Schreien und Stöhnen in der Ferne.

Sonst nichts.

Er kann nicht glauben, dass er noch vor weniger als einer Stunde in Dreitausend Metern Höhe auf einer verschneiten Lichtung gesessen und an einem perfekten Frühlingsnachmittag auf Denver hinuntergeblickt hat.

Wir haben es viel zu leicht gemacht, uns zu vernichten.

Er kann kaum noch stehen.

Seine Knie knicken ein, und er bricht zusammen.

Sitzt mitten auf der Straße vor der Feuerwache, sieht zu, wie die Welt brennt, und versucht, sich vom Schmerz nicht überwältigen zu lassen.

Es ist jetzt ein paar Minuten her, dass er das Labor verlassen hat

Helena stirbt im Tank.

Er stirbt hier draußen.

Er liegt rücklings auf dem Asphalt und starrt hinauf in den schwarzen Himmel, aus dem Feuer auf ihn herabregnet.

Ein stechender Schmerz fährt durch seinen Hinterkopf wie eine rot glühende Eisenstange, und er spürt eine Woge der Erleichterung, denn er weiß, jetzt kommt das Ende, das DMT flutet Helenas Gehirn, als sie durch den Tunnel zurück zu ihrer Erinnerung zurückkehrt, in der sie als sechzehnjähriges Mädchen, das sein ganzes Leben noch vor sich hat, auf einen weißblauen Chevy zugeht.

Sie werden alles noch einmal machen, und zwar hoffentlich besser.

Die Funken fallen langsamer und immer langsamer, bis sie um ihn herum in der Luft schweben wie eine Milliarde Glühwürmchen …

Es ist kalt und feucht.

Er riecht das Salz des Meeres.

Hört das Plätschern der Wellen auf den Steinen und die Rufe der Möwen über der offenen See.

Langsam schärft sich sein Blick.

Hundert Meter weit vor ihm verläuft ein zerklüftetes Ufer, und Dunstschleier schweben über dem blaugrauen Wasser und verhüllen die Fichten in der Ferne, die sich wie eine Zeile von spukhafter Kalligrafie am Strand entlangziehen.

Der Schmerz in seinem schmelzenden Gesicht hat aufgehört.

Er sitzt in einem Seekajak mit einem Paddel quer über dem Schoß, wischt sich das Blut von der Nase und fragt sich, wo er ist.

Und wo Helena ist.

Warum er noch keine Erinnerungen an diese Timeline hat.

Vor ein paar Sekunden hat er vor ihrem Feuerwehrhaus in Denver auf der Straße gelegen und unter Qualen zugesehen, wie Feuer vom Himmel regnete.

Und jetzt ist er … wo immer er hier sein mag. Sein Leben fühlt sich an wie ein Traum. Es flattert von einer Realität zur nächsten, und Erinnerungen werden Realität, und diese wird zum Albtraum. Alles ist im Augenblick real, aber nur flüchtig. Landschaften und Gefühle sind ständig im Fluss, und dennoch hat alles eine verquere Logik – wie ein Traum, der nur Sinn ergibt, wenn man sich darin befindet.

Er taucht ein Ruderblatt ins Wasser und treibt das Kajak vorwärts.

Eine geschützte Bucht kommt in Sicht, und die Insel steigt sanft über ein-, zweihundert Meter durch dichten Fichtenwald an. Hier und da leuchten Birken wie weiße Pinselstriche. Unten an der Bergflanke steht ein Haus auf einer smaragdgrünen

Wiese, umgeben von kleineren Gebäuden. Da sind zwei Gästehäuser, ein Pavillon und unten am Wasser ein Bootshaus mit einem Anleger.

Er paddelt in die Bucht, nimmt im Näherkommen Fahrt auf und lässt das Kajak auf den steinigen Strand laufen. Unbeholfen stemmt er sich aus dem Boot, und eine einzelne Erinnerung fällt an ihren Platz: *Er sitzt in einer Bar in Portland, als Helena zum dritten Mal in der merkwürdigen Schleife ihres Lebens neben ihm auf einen Barhocker klettert.*

»Sie sehen aus, als wollten Sie mir einen Drink spendieren.«

Wie seltsam, drei separate Erinnerungen an denselben Augenblick zu haben.

Barfuß geht er über den steinigen Strand und auf die Wiese. Er macht sich auf die Flutwelle der Erinnerungen gefasst, aber sie verspätet sich heute.

Das Haus steht auf einem steinernen Fundament. Im Laufe der Jahrzehnte ist das Holzwerk durch Salz und Sonne, Wind und harte Winter grau wie Treibholz gebleicht worden.

Ein massiger Hund kommt über die Wiese auf ihn zugaloppiert, ein schottischer Hirschhund von der gleichen Farbe wie die verwitterte Verkleidung des Hauses. Er begrüßt Barry mit schlabbernder Zuneigung und stellt sich auf die Hinterbeine, um ihn Auge in Auge zu empfangen und ihm das Gesicht zu lecken.

Barry steigt die Stufen zur Veranda hinauf. Hier bietet sich ein weiträumiger Blick auf die Bucht und das Meer dahinter.

Er öffnet die gläserne Schiebetür und betritt ein warmes Wohnzimmer mit einem frei stehenden Kamin in der Mitte, der im Herzen des Hauses in die Höhe ragt.

Das kleine Feuer, das auf dem Rost brennt, verbreitet den Duft von Holzrauch im ganzen Haus.

»Helena?«

Keine Antwort.

Im Haus ist es still.

Er geht durch die Küche, eine französische Landhausküche mit unverkleideten Deckenbalken und Sitzbänken an einer großen Kochinsel mit einem Hackblock.

Und weiter durch einen langen dunklen Korridor. Er fühlt sich wie ein Eindringling in einem fremden Haus. Am anderen Ende bleibt er in der Tür zu einem Arbeitszimmer stehen, in dem ein behagliches Chaos herrscht. Er sieht einen Holzofen, ein Fenster mit Blick auf den Wald und einen alten Tisch in der Mitte des Zimmers, der sich unter Bücherstapeln biegt. Daneben steht eine Schiefertafel, bedeckt mit unverständlichen Gleichungen und Diagrammen, die anscheinend verschlungene, verflochtene Timelines zeigen.

Einen Lidschlag später sind die Erinnerungen da.

Eben noch war Leere.

Im nächsten Augenblick weiß er genau, wo er ist, er kennt den ganzen Lauf seines Lebens, seit Helena ihn gefunden hat, und er weiß genau, was die Gleichungen auf der Tafel bedeuten.

Denn er hat sie aufgeschrieben.

Es sind Extrapolationen der Schwarzschild-Lösung, einer Gleichung, die definiert, wie groß der Radius eines Objekts sein muss, damit es auf der Grundlage seiner Masse eine Singularität bilden kann. Diese Singularität bildet sodann ein Einstein-Rosen-Wurmloch, das theoretisch weit auseinanderliegende Regionen des Raums und sogar der Zeit augenblicklich miteinander verbinden kann.

Weil seine Bewusstseinsvarianten aus den zurückliegenden Timelines mit seinem jetzigen Bewusstsein zusammenfließen, ist seine Perspektive auf ihre Arbeit der letzten zehn Jahre paradoxerweise völlig neu und gleichzeitig intensiv vertraut. Er sieht sie mit ganz neuen Augen und zugleich ohne jede Objektivität.

Er hat einen großen Teil seines Lebens mit dem Studium der Physik der schwarzen Löcher verbracht. Anfangs war Helena fest an seiner Seite gewesen, aber in den letzten fünf Jahren, als der 16. April 2019 näher rückte, ohne dass ein Durchbruch in Sicht war, fing sie an, sich zurückzuziehen.

Zu wissen, dass sie all das noch einmal von vorn durchmachen sollte, war einfach zu viel für sie.

Die fundamentalen Fragen, die er vor vielen Jahren mit schwarzem Marker auf das Fenster mit dem Blick auf den Wald geschrieben hat, verspotten ihn, unbeantwortet, noch immer.

Was ist der Schwarzschild-Radius einer Erinnerung?

Ein verrückter Gedanke … wenn wir sterben, schafft dann die ungeheure Schwere unserer kollabierenden Erinnerungen ein schwarzes Mikroloch?

Ein noch verrückterer Gedanke … öffnet dann die Erinnerungsreaktivierungsprozedur – im Augenblick des Todes – ein Wurmloch, das unser Bewusstsein mit einer früheren Version unserer selbst verbindet?

Dieses ganze Wissen wird er verlieren. Nicht, dass es wirklich mehr war als eine Theorie – der Versuch, den Vorhang zurückzuziehen und zu begreifen, warum Helenas Stuhl tat, was er tat. Nichts von seinem Wissen hat ohne wissenschaftliche Tests irgendeine Bedeutung. Erst in den letzten zwei Jahren ist Barry auf den Gedanken gekommen, ihre gesamte Einrichtung zum CERN-Labor nach Genf zu bringen und jemanden in Anwesenheit der Large-Hadron-Collider-Partikeldetektoren im Tank sterben zu lassen. Wenn sie das Erscheinen des Eingangs eines Mikro-Wurmlochs im Augenblick des Todes im Tank beweisen könnten und zugleich den Ausgang eines Wurmlochs in dem Augenblick, wenn das Bewusstsein des Gestorbenen zu einem früheren Zeitpunkt in seinem Körper neu erwachte, dann könnten sie vielleicht ansatzweise die wahre Mechanik der Rückkehr in eine Erinnerung verstehen.

Helena war gegen diese Idee. Sie glaubte nicht, der Erkenntnisgewinn sei das Risiko wert, dass ihre Technologie wieder in die freie Wildbahn gelangte, und das würde sehr wahrscheinlich geschehen, wenn sie ihr Wissen über den Stuhl der wissenschaftlichen Community beim LHC zugänglich machten. Außerdem würden sie Jahre brauchen, um die Verantwortlichen dazu zu überreden, ihnen Zugang zu einem Partikeldetektor zu gewähren, und noch einmal Jahre und dazu Scharen von Wissenschaftlern, um die Algorithmen und die Software zu schreiben, um die physikalischen Daten aus dem System zu filtern. Letzten Endes würde es viel schwieriger und zeitaufwendiger sein, die Partikelphysik des Stuhls zu erforschen, als das Ding tatsächlich zu bauen.

Aber Zeit haben sie ja.

»Barry.«

Er dreht sich um.

Helena steht in der Tür, und der Schock beim Anblick dieser neuerlichen Wiederholung seiner Frau im Gegensatz zu den beiden vorigen lässt eine Alarmsirene in ihm ertönen. Sie sieht aus wie die in Auflösung befindliche Version der Frau, die er liebt. Sie ist zu mager, ihre Augen zu dunkel und hohl, die Augenhöhlen ein bisschen zu stark ausgeprägt.

Eine Erinnerung nimmt Gestalt an. Sie hat vor zwei Jahren versucht, sich umzubringen. Die weißen Narben an ihren Unterarmen sind noch sichtbar. Er hat sie in der alten klauenfüßigen Badewanne unter dem Fenster des Alkovens mit Blick auf das Meer gefunden; das Badewasser sah aus wie Wein. Er erinnert sich, wie er ihren beinahe leblosen, tropfenden Körper aus dem Wasser hob und auf die Fliesen legte. Wie er in panischer Hast ihre Handgelenke mit Verbandmull umwickelte, gerade noch rechtzeitig, um die Blutung zu stillen.

Fast wäre sie gestorben.

Das Schwerste ist, dass es niemanden gibt, mit dem sie reden kann, keinen Psychiater, mit dem sie die Last ihrer Existenz teilen kann. Sie hat nur Barry, und seit Jahren plagen ihn Schuldgefühle, weil er nicht genug für sie ist.

Als sie jetzt in der Tür steht und er sie anschaut, ist er überwältigt von seiner Hingabe an diese Frau.

»Du bist der tapferste Mensch, den ich je kennengelernt habe«, sagt er.

Sie hält ihr Telefon hoch. »Die Raketen sind vor zehn Minuten gestartet. Wir haben wieder versagt.« Sie trinkt einen Schluck Wein aus dem Glas in ihrer Hand.

»Du solltest nicht trinken, bevor du in den Tank steigst.«

Sie trinkt das Glas leer. »Das ist nur ein Schlückchen, um meine Nerven zu beruhigen.«

Es ist nicht mehr leicht zwischen ihnen. Er weiß nicht, wann er das letzte Mal in ihrem Bett geschlafen hat. Wann sie das letzte Mal Sex hatten. Das letzte Mal über etwas Dummes gelacht haben. Aber er kann es ihr nicht verübeln. Für ihn beginnt jede Wiederholung ihrer Beziehung in der Bar in Portland, wo er einundzwanzig und sie zwanzig ist. Sie haben neunundzwanzig Jahre miteinander verbracht, und während jede Schleife sich für ihn nagelneu anfühlt – bis sie diesen Untergangsaugenblick erreichen und die Erinnerung an frühere Timelines zurückkommt –, ist sie aus ihrer Perspektive jetzt seit siebenundachtzig Jahren mit demselben Mann zusammen und durchlebt immer wieder von Neuem den gleichen Zeitabschnitt zwischen ihrem zwanzigsten und neunundvierzigsten Lebensjahr.

Die gleichen Streitigkeiten.

Die gleichen Ängste.

Die gleiche Dynamik.

Das Gleiche von allem.

Keine echten Überraschungen.

Erst jetzt, in diesem kurzen Augenblick, sind sie einander gleich. Helena hat schon früher versucht, es zu erklären, aber jetzt endlich versteht er es, und diese Erkenntnis erinnert ihn an etwas, das Slade in seinem Labor im Hotel gesagt hat, kurz vor seinem Tod: *Ihre Perspektive ändert sich, wenn sie zahllose Leben gelebt haben.*

Vielleicht hatte Slade recht. Man kann sich nicht wirklich selbst verstehen, wenn man nicht viele Male gelebt hat. Vielleicht war der Mann doch nicht vollkommen irre.

Helena kommt herein.

»Bist du so weit?«, fragt er.

»Verdammt, kannst du dich mal einen Augenblick entspannen? Niemand schickt eine Atombombe an die Küste von Maine. Wir kriegen den Fallout aus Boston, New York und dem Mittleren Westen, aber das dauert noch Stunden.«

Sie haben über exakt diesen Augenblick gestritten – als im Laufe der letzten zwei Jahre klar wurde, dass sie in dieser Schleife keine Lösung mehr finden würden, ist Barry dafür eingetreten, diese Timeline zu killen und Helena zu einem Punkt zurückzuschicken, bevor die Welt sich an ihr gewaltsames Ende in der vorigen Timeline erinnerte und das Gleiche noch einmal erlitt. Aber Helena widersprach: Die geringste Chance, dass keine falschen Erinnerungen zurückkehrten, sei es wert, es laufen zu lassen. Und was noch wichtiger war: Sie wollte – und sei es nur in einem winzigen Zeitfenster – mit dem Barry zusammen sein, der sich an alle Timelines und an alles erinnerte, was sie zusammen erlebt hatten. Und wenn er ehrlich mit sich selbst war, wollte er das auch.

Dies ist der einzige Augenblick in der Gesamtheit ihres gemeinsamen Daseins, in dem sie wirklich zusammen sein können.

Sie kommt zum Fenster und bleibt neben ihm stehen.

Sie fängt an, mit einem Finger die Schrift auf der Scheibe wegzuwischen.

»Das alles war reine Verschwendung, nicht wahr?«, sagt sie.

»Wir hätten zu CERN gehen sollen.«

»Und wenn deine Wurmloch-Theorie sich als richtig erwiesen hätte? Was dann?«

»Ich bin nach wie vor überzeugt, wenn wir verstehen könnten, wie und warum der Stuhl es vermag, unser Bewusstsein in eine Erinnerung zurückzusenden, dann wären wir besser in der Lage zu wissen, wie wir die falschen Erinnerungen stoppen können.«

»Hast du je die Möglichkeit in Betracht gezogen, dass wir das nicht wissen *können*?«

»Verlierst du die Hoffnung?«, fragt er.

»Ach, Schatz, die ist doch längst weg. Abgesehen von meinem eigenen Schmerz zerstöre ich jedes Mal, wenn ich zurückgehe, das Bewusstsein dieses sechzehnjährigen Mädchens, das hinausgeht zu dem Truck und den ersten Augenblick echter Freiheit erlebt. Ich bringe sie immer wieder um, immer und immer wieder. Sie hat nie die Chance gehabt, ihr eigenes Leben zu leben. Wegen Marcus Slade. Und meinetwegen.«

»Dann lass mich eine Zeit lang die Hoffnung für uns beide behalten.«

»Das hast du doch getan.«

»Dann will ich sie noch weiter behalten.«

Sie sieht ihn an. »Du glaubst immer noch, wir finden einen Weg, um das in Ordnung zu bringen.«

»Ja.«

»Wann? Bei der nächsten Wiederholung? Oder bei der dreißigsten?«

»Es ist so merkwürdig«, sagt er.

»Was?«

»Ich bin vor fünf Minuten in dieses Zimmer gekommen und hatte keine Ahnung, was diese Gleichungen bedeuten. Und dann hatte ich plötzlich Erinnerungen aus dieser Timeline und verstand partielle Differentialgleichungen.« Das Fragment eines Gesprächs aus einem anderen Leben flackert in der Neuronalstruktur seines Gehirns. »Weißt du noch, was Marcus Slade gesagt hat, als wir ihn im Labor in seinem Hotel mit der Waffe bedrohten?«

»Dir ist klar, dass das aus meiner Perspektive fast hundert Jahre und drei Timelines her ist?«

»Du hast ihm gesagt, wenn die Welt je von der Existenz des Stuhls erfahren sollte, würde dieses Wissen nie wieder aufgehoben werden können. Erinnerst du dich?«

»Unbestimmt.«

»Und er sagte, du seist geblendet durch deine Beschränkungen, du könntest immer noch nicht alles sehen, und das würdest du auch nie können, wenn du nicht gereist wärest wie er.«

»Er war verrückt.«

»Das dachte ich auch. Aber der Unterschied zwischen dir in dieser ersten Timeline und dir jetzt – mag sein, dass es dich verrückt macht, aber du hast gelernt, ganze Gebiete der Wissenschaft zu beherrschen, du hast komplette Leben gelebt, von denen die erste Helena sich nie hätte träumen lassen. Du siehst die Welt, wie sie es nie konnte. Das Gleiche gilt für mich. Wer weiß, wie viele Leben Slade gelebt und was er dabei gelernt hat. Was ist, wenn er wirklich einen Ausweg gefunden hat? Irgendeine Hintertür, mit der sich das Problem der toten Erinnerungen umgehen lässt? Etwas, das noch wer-weiß-wie-viele Schleifen erfordern würde, bis du es selbst herausfindest? Was ist, wenn wir die ganze Zeit etwas Entscheidendes übersehen haben?«

»Zum Beispiel?«

»Ich habe keine Ahnung, aber würdest du nicht gern Slade fragen?«

»Und wie sollen wir das machen, Detective?«

»Ich weiß es nicht. Aber wir können nicht einfach aufgeben.«

»Nein, *ich* kann nicht aufgeben. Du kannst jederzeit aussteigen und dein Leben in seliger Ahnungslosigkeit verbringen – ohne zu wissen, dass dieser Tag kommt.«

»Bedeutet dir meine Anwesenheit in deinem Leben inzwischen wirklich so wenig?«

Sie seufzt. »Natürlich nicht.«

Ein Briefbeschwerer klappert auf dem Tisch hinter ihnen.

Die Fensterscheibe zerspringt, und die Risse breiten sich aus wie ein Spinnennetz.

Das leise Grollen einer fernen Explosion lässt ihre Knochen vibrieren.

»Das ist so was wie die Hölle«, sagt sie düster. »Bist du bereit, mit mir ins Labor hinunterzugehen und mich wieder zu töten, Liebster?«

Barry ist nicht mehr in dem Kellerlabor auf seiner und Helenas Insel vor der Küste von Maine, sondern er sitzt an einem vertraut erscheinenden Schreibtisch in einem vertraut erscheinenden Zimmer. Er hat Kopfschmerzen, ein Gefühl, das er lange nicht erlebt hat – das Pochen eines massiven Katers hinter den Augen.

Er starrt auf einen Computermonitor, auf dem eine Zeugenaussage zu sehen ist, und auch wenn er noch keine Erinnerungen an diese Timeline hat, wird ihm mit wachsendem Entsetzen klar, dass er sich im vierten Stock des 24. Reviers des New York Police Departments befindet.

West 100th Street.

Upper West Side.

Manhattan.

Er hat schon einmal hier gearbeitet. Nicht nur in diesem Gebäude. Auf dieser Etage. An diesem Platz. Und nicht an einem Schreibtisch *wie* diesem. Sondern an *diesem*. Er erkennt sogar den Tintenfleck von einem kaputten Kugelschreiber wieder.

Er holt sein Telefon aus der Tasche und wirft einen Blick auf den Homescreen: 16. April 2019.

Die vierte Timeline, in der Helena im DARPA-Labor stirbt.

Was zum Teufel …?

Er steht auf – er ist deutlich schwerer als in Maine, Colorado und Arizona –, und unter seiner Jacke spürt er ein Gewicht, das er dort seit Ewigkeiten nicht mehr gespürt hat. Ein Schulterholster.

Eine gespenstische Stille erfüllt die ganze vierte Etage und alle Arbeitsplätze.

Niemand tippt.

Niemand spricht.

Betäubte Stille überall.

Er blickt hinüber zu der Frau, die ihm gegenübersitzt – eine Polizistin, an die er sich erinnert, nicht aus dieser Timeline, sondern aus der ursprünglichen, bevor Helenas Stuhl die Zeit zersplittert hat. Sie ist Detective beim Morddezernat und heißt Sheila Redling und hat als Shortstop in der Softball-Liga gespielt. Ihr Wurfarm war furchterregend, und sie war die beste Trinkerin in der Mannschaft. Blut läuft ihr aus der Nase auf die weiße Bluse, und ihr Gesichtsausdruck verrät blankes Entsetzen.

Der Mann in der Nachbarbox hat ebenfalls Nasenbluten, und Tränen laufen ihm über das Gesicht.

Man könnte eine Stecknadel fallen hören, als plötzlich am anderen Ende des Großraumbüros ein Schuss fällt. Rufe und Schreie breiten sich über den Boxen aus.

Noch ein Schuss dröhnt durch den Raum, näher diesmal.

»Was ist hier los?«, schreit jemand, »verdammt, was ist hier los?«

Nach dem dritten Schuss greift Barry unter seine Jacke, um die Glock aus dem Holster zu ziehen. Er weiß nicht, ob sie angegriffen werden, aber er kann in seiner Umgebung nichts Bedrohliches sehen.

Nur ein Meer von ratlosen Gesichtern.

Sheila Redling steht plötzlich auf, zieht ihre Dienstwaffe, hält sie sich an den Kopf und drückt ab.

Als sie zu Boden fällt, springt der Mann auf der anderen Seite der Trennwand von seinem Stuhl auf, hebt ihre Waffe auf, die in einer Blutlache liegt, und schiebt sich den Lauf in den Mund.

Barry schreit: »Nein!«

Der Mann schießt und bricht über Sheila zusammen, und Barry begreift, dass das alles auf schreckliche Weise folgerichtig ist. In seinen Erinnerungen an die vorige Timeline ist er mit Helena an der Küste von Maine, aber diese Leute hier waren mitten in einem Atombombenangriff auf New York City, bei dem sie alle gestorben sind oder in den Zuckungen eines qualvollen Todes lagen, nachdem sie das gleiche Schicksal soeben in der vorigen Timeline erlitten haben, in der noch ein Atomangriff stattgefunden hat.

Jetzt brechen die Erinnerungen an diese Timeline wie eine riesige Brandungswelle herein.

Er ist mit Anfang zwanzig nach New York gezogen und Polizist geworden.

Er hat Julia geheiratet.

Ist beim NYPD aufgestiegen und Detective beim Raubdezernat geworden.

Er hat sein ganzes ursprüngliches Leben noch einmal gelebt.

Und die Erkenntnis trifft ihn wie ein Schuss in die Nieren: Helena hat ihn nie in dieser Bar in Portland angesprochen. Er ist ihr nie begegnet. Hat nie von ihr gehört. Aus irgendeinem Grund hat sie es vorgezogen, diese Timeline ohne ihn zu leben. Er kennt sie nur aus toten Erinnerungen.

Er zieht sein Handy aus der Tasche und will sie anrufen, aber als er versucht, sich an ihre Telefonnummer zu erinnern, wird ihm klar, dass es in dieser Timeline nicht dieselbe sein kann. Er hat keine Möglichkeit, Kontakt mit ihr aufzunehmen, und diese Hilflosigkeit ist fast mehr, als er in diesem Moment ertragen kann. Seine Gedanken überschlagen sich …

Bedeutet das, sie hat sich von ihm getrennt?

Jemand anderen gefunden?

Hatte schließlich genug davon, dieselbe Neunundzwanzig-Jahr-Schleife mit demselben Mann zu durchleben?

Weitere Schüsse fallen um ihn herum, und die Leute flüchten aus dem Bereich. Er denkt zurück an das letzte Gespräch mit Helena in ihrem Haus in Maine und an seine Idee, Slade zu suchen.

Konzentrier dich darauf. Wenn die vergangenen Leben einen Rückschluss erlauben, hast du nur begrenzt Zeit, bis das Höllenfeuer auf New York regnet.

Er blendet das Chaos aus und rückt seinen Stuhl an den Schreibtisch, um seinen Computer aufzuwecken.

Bei der Google-Suche findet er einen Nachruf aus dem *San Francisco Chronicle*, in dem es heißt, Slade sei am vergangenen Weihnachtsfest an einer Überdosis gestorben.

Scheiße.

Als Nächstes sucht er »Jee-woon Chercover« und erhält zahlreiche Treffer. Chercover hat eine Wagniskapitalfirma an der Upper East Side namens Apex Venture. Barry fotografiert die Kontaktinformationen auf der Website, rafft seine Schlüssel vom Tisch und läuft zur Treppe.

Bevor er unten ist, ruft er Apex an.

»Alle Netze sind zurzeit überlastet. Bitte versuchen Sie es später wieder …«

Er sprintet durch das Foyer und hinaus in den Spätnachmittag. Keuchend erreicht er den Gehweg der West 100th Street, als eine neue Warnmeldung das Display seines Telefons aufleuchten lässt.

Katastrophenalarm
BALLISTISCHE RAKETEN MIT KURS AUF MEHRERE ZIELE IN DEN USA. SUCHEN SIE UMGEHEND SCHUTZRÄUME AUF. DIES IST KEINE ÜBUNG.
Zum Fortsetzen swipen.

O Gott.

Er hat zwar Erinnerungen an diese Timeline, aber seine Identität umfasst zumindest oberflächlich alle Leben, die er je gelebt hat. Leider wird diese Perspektive auf mehrere Timelines verschwinden, wenn die Raketen einschlagen.

Was ist, fragt er sich, wenn dies alles ist, was von seinem Leben noch bleibt?

Vom Leben aller?

Eine halbe Stunde desselben endlos sich wiederholenden Grauens.

So was wie die Hölle.

Fünfzehn Stockwerke über ihm, in einem Gebäude auf der anderen Straßenseite, zerbricht ein Fenster. Glas prasselt auf das Pflaster, gefolgt von einem Stuhl und dann von einem Mann im Nadelstreifenanzug.

Er landet krachend mit dem Kopf voran auf dem Dach eines Autos, dessen Alarm durchdringend zu heulen beginnt.

Leute rennen an Barry vorbei.

Auf den Gehwegen.

Auf der Straße.

Weitere Männer und Frauen stürzen an den Fassaden der Wolkenkratzer senkrecht nach unten, weil sie sich daran erinnern, wie es war, in einem Atomangriff zu sterben.

Eine Zivilschutzsirene fängt an zu heulen, und Menschen fluten aus den Gebäuden wie Ratten, die Schutz suchend in eine Tiefgarage flüchten.

Barry springt in sein Auto und startet den Motor. Apex ist an der Upper East Side, gleich hinter dem Park, gerade sechs lange Blocks von seinem derzeitigen Standort entfernt.

Er fährt hinaus auf die Straße, aber inmitten der Menschenmassen kommt er nur kriechend voran.

Barry drückt auf die Hupe und fährt schließlich in die Columbus Avenue, die kaum weniger verstopft ist.

Er fährt gegen den fließenden Verkehr, biegt in die nächste Gasse zwischen zwei Gebäuden ein und jagt durch den Schatten.

Er schaltet Blaulicht und Sirene ein und kämpft sich quer über zwei weitere Straßen voller panischer, hysterischer Menschen.

Auf einem Fußgängerweg im Central Park beschleunigt er seinen Crown Vic wieder und versucht noch einmal, Apex anzurufen.

Diesmal hört er ein Klingelzeichen.

Bitte, bitte, bitte nehmt ab.

Es klingelt.

Und klingelt.

Jetzt sind zu viele Leute auf dem Weg vor ihm. Er schwenkt auf die North Meadow und pflügt quer über Baseballfelder, auf den er schon gespielt hat.

»Hallo?«

Barry tritt auf die Bremse, bringt den Wagen mitten auf dem Spielfeld zum Stehen und schaltet den Telefonlautsprecher ein.

»Wer ist da?«

»Jee-woon Chercover. Sind Sie Barry?«

»Woher wissen Sie das?«

»Ich habe mich gefragt, ob Sie anrufen.«

Als Barry das letzte Mal mit Jee-woon zu tun hatte, haben er und Helena ihn in Slades Labor erschossen, als er sich nackt auf eine Pistole stürzen wollte.

»Wo sind Sie jetzt?«, fragt Barry.

»In meinem Büro im dreizehnten Stock meines Gebäudes. Blicke über die Stadt hinaus und warte darauf, wieder zu sterben, wie wir alle. Sind Sie und Helena dafür verantwortlich?«

»Wir haben versucht, es zu verhindern. Ich wollte Slade suchen …«

»Er ist im vorigen Jahr gestorben.«

»Ich weiß. Deshalb muss ich Sie fragen – als Helena und ich Slade im Hotel gefunden haben, hat er andeutungsweise von einer Möglichkeit gesprochen, tote Erinnerungen zu annullieren. Von einer anderen Art zu reisen. Den Erinnerungsstuhl zu benutzen.«

Am anderen Ende ist es still.

»Sie meinen, als Sie mich umgebracht haben.«

»Ja.«

»Was ist passiert, nachdem …«

»Hören Sie, wir haben keine Zeit. Ich brauche diese Information, wenn Sie sie haben. Ich war mit Helena in einer dreiunddreißig Jahre dauernden Schleife, in der wir einen Weg gesucht haben, das Wissen der Welt von dem Stuhl auszuradieren. Aber nichts funktioniert. Deshalb erreichen wir immer wieder diesen Augenblick der Apokalypse, und so wird es weitergehen, wenn nicht …«

»Ich kann Ihnen Folgendes sagen, und mehr weiß ich nicht. Marcus glaubte tatsächlich, der Reset einer Timeline sei möglich, und dann werde es keine toten Erinnerungen geben. Er hat es sogar einmal geschafft.«

»Und wie?«

»Einzelheiten weiß ich nicht. Hören Sie, ich muss meine Eltern anrufen. Bitte bringen Sie das in Ordnung, wenn Sie können. Wir sind alle in der Hölle.«

Jee-woon legt auf. Barry wirft das Telefon auf den Beifahrersitz und steigt aus. Er setzt sich ins Gras und legt die Hände auf die Knie.

Sie zittern.

Er zittert am ganzen Leib.

In der nächsten Timeline wird er sich an dieses Gespräch mit Jee-woon erst am 16. April 2019 erinnern.

Falls es überhaupt eine nächste Timeline gibt.

Ein Vogel landet in der Nähe, bleibt still sitzen und schaut ihn an.

Am Rand des Parks ragen die Gebäude der Upper East Side auf, und der Lärm der Stadt ist hier viel größer, als er sein sollte – Schüsse, Schreie, Zivilschutzsirenen, Streifenwagen, Rettungsfahrzeuge –, alles verschmilzt zu einer dissonanten Symphonie.

Er hat eine Idee.

Eine schlechte.

Was ist, wenn Helena in den vier Jahren zwischen 1986 und 1990 gestorben ist, bevor sie ihm in Portland begegnen konnte?

Oder wenn sie beschlossen hat, das alles nicht zu tun? Einfach ihr Leben zu leben und den Stuhl niemals zu bauen und die Welt ihren selbstzerstörerischen Lauf nehmen zu lassen? Man könnte es ihr kaum verdenken, aber es würde bedeuten, dass die nächste Realitätsverschiebung auf das Konto eines anderen gehen wird. Oder dass keine Verschiebung mehr stattfindet, wenn die Welt sich erfolgreich vernichtet.

Die Gebäude um ihn herum, die offene Wiese und die Bäume leuchten im grellsten Weiß, das Barry je gesehen hat – heller noch als in Denver.

Kein Laut ist zu hören.

Schon verblasst die Helligkeit, und stattdessen tost ein Inferno durch die Upper East Side auf ihn zu, die Hitze wird mörderisch intensiv, aber nur für die halbe Sekunde, die sie braucht, um die Nervenenden in Barrys Gesicht zu verbrennen.

In der Ferne sieht er Leute über das Feld rennen, die versuchen, ihrem letzten Augenblick zu entkommen.

Er macht sich auf die lavaglühende Wand aus Feuer und Tod gefasst, die sich über den Central Park ausbreitet, aber die Druckwelle erreicht ihn zuerst und schleudert ihn über die Wiese mit einer unvorstellbaren Geschwindigkeit, die langsam abnimmt.

Er wird langsamer.

Langsamer.

Aber nicht nur er.

Alles.

Er bleibt bei Bewusstsein, als diese Timeline zum Stillstand kommt. Er schwebt zehn Meter hoch über dem Boden, umgeben von den Trümmern, die die Druckwelle mit sich bringt – Glas und Stahl, ein Polizeiwagen. Menschen mit schmelzenden Gesichtern.

Der Feuerball kommt eine Viertelmeile weit vor ihm zum Stehen, auf halbem Wege über der North Meadow, und die Gebäude um ihn herum sind erstarrt im Augenblick des Verdampfens – Glas, Möbel, ganze Einrichtungen, Menschen, alles außer den schmelzenden Stahlgerüsten, die auseinanderfliegen, als hätte jemand geniest, und die gewaltige Todeswolke, die am Aufschlagpunkt über New York in den Himmel aufsteigt, ist nach einer Meile stehen geblieben.

Die Welt verliert allmählich ihre Farbe, und als er sieht, wie alles erstarrt und die Zeit versickert, gehen ihm Tausend Fragen durch den Kopf …

Wenn Materie weder erschaffen noch vernichtet werden kann, wohin geht dann all die Materie, wenn diese Timeline aufhört zu existieren? Was ist aus der Materie all der Timelines geworden, die sie zurückgelassen haben? Befindet sie sich in Zeitkapseln in höheren, unerreichbaren Dimensionen? Und wenn ja, was ist dann Materie ohne Zeit? Materie ohne Bestand? Wie kann das aussehen?

Er hat noch eine letzte Erkenntnis, bevor sein Bewusstsein aus dieser sterbenden Realität hinauskatapultiert wird – diese Verlangsamung der Zeit bedeutet, dass Helena vielleicht noch irgendwo am Leben ist, sterbend im Tank in dieser Sekunde, um diese Timeline abzutöten und eine neue zu beginnen.

Und ein Freudenschimmer erwacht in ihm angesichts der Möglichkeit, dass sie noch lebt, und der Hoffnung darauf, dass er in der nächsten Realität, und sei es nur für einen Augenblick, wieder mit ihr zusammen sein wird.

Barry liegt im Bett in einem halbdunklen, kühlen Zimmer. Durch ein offenes Fenster hört er das Rauschen eines leichten Regens. Er sieht auf die Uhr. Es ist halb zehn westeuropäischer Zeit. Fünf Stunden vor der Zeit in Manhattan.

Er blickt hinüber zu der Frau, mit der er seit vierundzwanzig Jahren verheiratet ist. Sie liegt neben ihm und liest.

»Es ist halb zehn«, sagt er.

In ihrem letzten Leben ist sie gegen 16:35 Uhr Eastern Time in den Deprivationstank gestiegen. Also nähern sie sich schnell dem Wiederherstellungspunkt des 16. April 2019 in der fünften Timeline.

In diesem Augenblick erfasst Barrys Perspektive ein einziges Leben, das er gelebt hat. Dieses hier. Helena ist durch die Tür in sein Leben gestürmt, als er mit einundzwanzig Jahren in einer Bar in Portland saß, und seitdem sind sie unzertrennlich. Natürlich weiß er alles über ihre vier früheren gemeinsamen Leben. Über ihre Arbeit. Ihre Liebe. Dass es immer damit endet, dass sie am 16. April 2019 im Deprivationstank stirbt, wenn die Welt sich an die Existenz des Erinnerungsstuhls erinnert, an all das Grauen, das er in die Welt gebracht hat. Die vorige Timeline haben sie getrennt verbracht. Sie ist in der Nähe ihrer Eltern in Boulder geblieben, hat den Stuhl allein gebaut und ihn benutzt, um die Lebensqualität ihrer Mutter zu verbessern, als die Alzheimer-Krankheit ausbrach. Aber mit ihren Versuchen, den Ansturm der toten Erinnerungen zu stoppen, ist sie nie weitergekommen, und sie schwört, dass sie ihn jetzt jeden Augenblick finden werden. Sie weiß nicht, was Barry mit seinem letzten Leben gemacht hat, und er weiß es auch nicht. Noch nicht. In diesem haben sie sich weiter bemüht zu verstehen, wie das Gehirn tote Erinnerungen verarbeitet, und sie haben ihre Forschung der Partikelphysik im Zusammenhang mit der Verwendung des Stuhls weiter vertieft. Sie haben sogar ein paar Kontakte zu CERN geknüpft und hoffen, dass sie sie in der nächsten Timeline nutzen können.

Aber in Wahrheit haben sie genau wie in den vorigen Wiederholungen ihres Lebens keine nennenswerten Fortschritte bei ihren Bestrebungen gemacht aufzuhalten, was geschehen wird. Sie sind nur zu zweit, und das Problem, vor dem sie stehen, ist ungeheuer komplex. Wahrscheinlich unüberwindlich.

Helena klappt ihr Buch zu und sieht Barry an. Das Geräusch des Regens, der auf die Schindeln ihres Landhauses aus dem siebzehnten Jahrhundert fällt, ist ihm vielleicht das liebste auf der Welt.

»Ich fürchte«, sagt sie, »wenn deine Erinnerungen an die letzte Timeline zurückkommen, wirst du das Gefühl haben, ich hätte dich im Stich gelassen. Als hätte ich dich verraten. Ich habe die letzte Timeline nicht mit dir verbracht, aber nicht, weil ich dich nicht liebe oder brauche. Ich hoffe, du kannst mich hören. Ich wollte nur, dass du ein Leben lebst, ohne dass das Ende der Welt bevorsteht, und ich hoffe, es war ein gutes Leben. Ich hoffe, du hast Liebe gefunden. Ich habe es nicht getan. Jeden Tag hast du mir gefehlt. Jeden Tag habe ich dich gebraucht. Ich war einsamer als je zuvor in meinen vielen Leben.«

»Du hast sicher getan, was du tun musstest. Ich weiß, es ist unendlich viel schwerer für dich als für mich.«

Er sieht auf die Uhr, als die Anzeige von 21:34 auf 21:35 springt.

Sie hat ihm in allen Einzelheiten erzählt, was passieren wird. Kopfschmerzen, zeitweiliger Bewusstseins- und Kontrollverlust. Wie die Welt sofort zu implodieren beginnt. Trotzdem kann er es zum Teil immer noch nicht glauben. Nicht, dass er annimmt, Helena könnte lügen. Aber es ist schwer vorstellbar, dass die Nöte der Welt sie hier erreichen können.

Barry spürt einen blitzenden Schmerz hinter den Augen.

Scharf und blendend.

Er sieht seine Frau an. »Ich glaube, es fängt an.«

Als es Mitternacht wird, ist er der Barry mit den vielen Leben, obwohl das vorige – New York City – seltsamerweise als Letztes eintrifft. Vielleicht weil es so viele sind, kommen die Erinnerungen langsamer als an den letzten Wiederherstellungspunkten.

In der Küche bricht er weinend vor Freude zusammen, weil Helena zu ihm zurückgekommen ist, und sie sitzt auf seinem Schoß an dem kleinen Tisch, küsst sein Gesicht und streicht ihm mit den Fingern über das Haar, und sie sagt ihm, wie sehr es ihr leidtut und dass sie ihn nie wieder verlassen wird.

»Verflucht«, sagt Barry. »Eben habe ich mich erinnert.«

»Woran?«

Er schaut zu ihr auf. »Ich hatte recht. Es gibt einen Weg hinaus aus dieser apokalyptischen Schleife. Slade wusste, wie man tote Erinnerungen stoppen kann.«

»Wovon redest du?«

»Ich habe Slade in den letzten Augenblicken der vorigen Timeline gegoogelt. Er ist letztes Jahr an Weihnachten gestorben, aber ich habe mit Jee-woon gesprochen. Er hat gesagt, Slade sei zurückgegangen und habe eine neue Timeline gestartet, die am Wiederherstellungspunkt keine toten Erinnerungen verursacht habe.«

»O mein Gott. Wie denn?«

»Das wusste Jee-woon nicht. Er hat mich abgewimmelt, und dann kam das Ende der Welt.«

Der Wasserkessel pfeift.

Helena geht zum Herd, stellt ihn ab und gießt das Wasser auf die Teebeutel.

»In der nächsten Timeline werde ich mich bis zum Wiederherstellungspunkt an nichts von alldem erinnern«, sagt Barry. »Du musst dieses Wissen bei dir behalten.«

»Das werde ich.«

Sie bleiben die ganze Nacht auf, und erst bei Tagesanbruch wagen sie, die Nachrichten einzuschalten. Länger haben sie eine Timeline noch nie über den Wiederherstellungspunkt hinweg laufen lassen. Anscheinend ist jede Atomwaffe auf dem Planeten abgefeuert worden, und jede Großstadt in den Vereinigten Staaten, Russland und China ist getroffen worden. Auch die Großstadtregionen der amerikanischen Verbündeten sind betroffen, darunter London, Paris, Berlin und Madrid. Der nächste Ort für sie war Glasgow, hundertachtzig Meilen weit südlich von ihnen. Aber vorläufig sind sie in Sicherheit. Der Jetstream trägt den Fallout ostwärts nach Skandinavien.

Im Morgengrauen gehen sie durch den Garten hinaus, um Helena in den Deprivationstank zu setzen. Sie haben das Anwesen vor fünfzehn Jahren gekauft und jeden Zollbreit renoviert. Das Haus ist mehr als dreihundert Jahre alt, und von den umliegenden Feldern aus kann man die Nordsee sehen, die sich um die Halbinsel des Cromarty Firth legt, und in der anderen Richtung liegen die Berge der Northern Highlands.

Es hat die ganze Nacht geregnet, und alles tropft.

Die Sonne steht noch nicht über dem Meer, aber der Himmel füllt sich mit Licht. Trotz der schrecklichen Nachrichten fühlt sich alles schockierend normal an. Schafe auf den Weiden, die sie beobachten. Kalte Stille. Der Geruch von nasser Erde. Das Moos auf den Feldsteinmauern. Ihre Schritte auf dem Kiesweg.

Am Eingang des Gästehauses, in dem sie ihr Labor eingerichtet haben, bleiben sie stehen und schauen zurück zu dem Haus, das sie mit ihrem Leben erfüllt haben und das sie nie wiedersehen werden. Von all den Orten, die sie in all ihren Leben zu ihrem Zuhause gemacht haben, hat Barry dies hier am meisten geliebt.

»Wir haben einen Plan, ja?«, sagt er.

»Ja.«

»Ich komme mit dir hinunter«, sagt er.

»Nein, geh lieber zurück und sieh die Felder an, bis es erledigt ist. Du liebst diesen Anblick doch.«

»Bist du sicher?«

»Ich bin sicher. So will ich dich in diesem Leben verlassen.«

Sie küsst ihn.

Er wischt ihr die Tränen ab.

Im nächsten Leben geht Barry mit Helena zum Stall. Die Nachtluft ist mild, und die wellige Hügellandschaft ringsum leuchtet unter den Sternen.

»Immer noch nichts?«, fragt sie.

»Nein.«

Sie erreichen die Tür der Holzscheune und treten ein. Durch eine Sattelkammer gelangen sie in einen Korridor zwischen leeren Boxen, in denen seit zehn Jahren keine Pferde mehr stehen.

Der Eingang ist verborgen hinter einer Schiebetür. Helena gibt den Code ein, und sie steigen die Wendeltreppe hinunter in den schalldichten Keller.

Zwei Seiten der Zelle bestehen aus Mauerwerk, die beiden anderen aus ultrastarkem Glas mit Ventilationslöchern. Die Zelle enthält eine Toilette, eine Dusche, einen kleinen Tisch und ein Bett, auf dem Marcus Slade liegt.

Er klappt das Buch zu, in dem er gelesen hat, richtet sich auf und starrt seine beiden Gefängniswärter an.

In dieser Timeline haben sie sich auf dem Land in Marin County niedergelassen, dreißig Minuten weit nördlich von San Francisco, um in Slades Nähe zu sein und sich auf exakt diesen Augenblick vorzubereiten. Sie haben ihn entführt, bevor er am letzten Weihnachtsfest an der Überdosis sterben konnte, und ihn auf die Ranch gebracht.

Er ist in dieser Zelle unter der Scheune aufgewacht, und seitdem halten sie ihn hier fest.

Barry zieht einen Stuhl vor die Glaswand und setzt sich.

Helena geht außen um die Zelle herum.

Slade beobachtet sie.

Sie haben ihm nicht gesagt, warum er hier ist, haben ihm nichts von den vorigen Timelimes oder dem Erinnerungsstuhl erzählt. Nichts.

Slade steht vom Bett auf und kommt zur Glaswand. In Jogginghose und ohne Hemd starrt er auf Barry herab. Sein Bart ist zottig, sein ungewaschenes Haar verfilzt. In seinem Blick liegt ebenso viel Angst wie Wut.

Barry beobachtet ihn durch die Scheibe, und unwillkürlich hat er Mitleid mit dem Mann, trotz allem, was er in früheren Timelines getan hat. Er hat keine Ahnung, warum er hier ist. Barry und Helena haben ihm oft gesagt, dass sie nicht die Absicht haben, ihm etwas anzutun, aber diese Versprechungen haben zweifellos einen hohlen Klang.

Wenn Barry ehrlich ist, muss er zugeben, dass ihm das, was sie tun, zutiefst unbehaglich ist. Aber weil Helena weiß, was kommen wird, und weil sie den Stuhl mit seinem unglaublichen Potenzial gebaut hat, vertraut er seiner Frau ohne Worte – sogar als sie ihm erklärt hat, dass sie einen Mann namens Marcus Slade entführen müssten, bevor er in seinem Loft in Dogpatch, San Francisco, an einer Überdosis sterben könne.

»Was ist?«, fragt Slade. »Wollen Sie mir endlich sagen, warum Sie das hier tun?«

»In ein paar Augenblicken«, sagt Helena, »werden Sie alles verstehen.«

»Was zum Teufel soll das …«

Blut tropft aus seiner Nase. Er taumelt zurück, presst die Hände an die Schläfen, und sein Gesicht ist schmerzverzerrt.

Ein stechender, pulsierender Schmerz erwacht hinter Barrys Augäpfeln, und er krümmt sich auf dem Stuhl zusammen.

Der Wiederherstellungspunkt der Timeline ist da, und beide Männer stöhnen, als ihre früheren Leben sie einholen.

Jetzt sitzt Slade auf dem Fußende seines Bettes. Die Angst in seinem Blick ist verschwunden. Sogar seine Körpersprache hat sich verändert und spiegelt eine innere Zuversicht und Gelassenheit, die vorher nicht da waren.

Er lächelt und nickt.

»Barry«, sagt er. »Schön, Sie wiederzusehen, Helena.«

In Barrys Kopf dreht sich alles. Es ist eine Sache, sich erzählen zu lassen, was in all den anderen Timelines geschehen ist, aber eine ganz andere, sich an seine tote Tochter zu erinnern und daran, mit angesehen zu haben, wie die Welt sich wieder und wieder zerstört hat. Daran, in der Druckwelle mitten im Central Park zu sterben. An die letzte Timeline erinnert er sich noch nicht. Helena hat ihm erzählt, dass sie in Schottland stattgefunden hat, wo er anscheinend diese Idee hatte. Aber die Erinnerungen tröpfeln wie eine Infusion.

Er sieht Slade an. »Erinnern Sie sich an Ihr Hotel in Manhattan?«

»Natürlich.«

»Erinnern Sie sich an die Nacht, in der Sie dort gestorben sind? An das, was Sie unmittelbar vorher zu Helena gesagt haben?«

»Vielleicht müssen Sie mir da auf die Sprünge helfen.«

»Sie haben ihr gesagt, die toten Erinnerungen an ältere Timelines könnten annulliert werden, wenn sie es verstände, zu reisen wie Sie.«

»Ah.« Slade lächelt wieder. »Sie beide haben Ihren eigenen Stuhl gebaut.«

»Nachdem Sie in Ihrem Hotel gestorben waren«, sagt Helena, »kam DARPA herein und übernahm alles. Anfangs war es okay, aber am 16. April 2016, also heute vor sechs Timelines, geriet die Technologie in die freie Wildbahn. Überall auf der Welt wurden Erinnerungsstühle eingesetzt. Die Pläne wurden von WikiLeaks veröffentlicht. Die Realität begann, sich dauernd zu verschieben. Ich bin dreiunddreißig Jahre zurückgereist, um eine neue Timeline zu starten, damit ich die Chance hätte, einen Weg zu finden, die toten Erinnerungen zu stoppen. Aber sie kommen immer. Die Welt erinnert sich immer an den Stuhl, was wir auch tun mögen.«

»Sie suchen also eine Möglichkeit, aus der Schleife herauszukommen? Einen Reset?«

»Ja.«

»Warum?«

»Weil genau das passiert ist, was ich Ihnen vorausgesagt habe. Die Büchse der Pandora wurde geöffnet. Ich weiß nicht, wie man sie wieder schließen kann.«

Slade geht zum Waschbecken und spritzt sich Wasser ins Gesicht.

Dann kommt er wieder zurück an die Glaswand.

»Wie stoppen wir die toten Erinnerungen?«, fragt sie.

»Sie haben mich in einem Leben umgebracht und in einem anderen entführt. Gestatten Sie mir die Frage – warum sollte ich Ihnen helfen?«

»Weil Sie immer noch einen Funken Anstand besitzen?«

»Die Menschheit verdient die Gelegenheit, sich über das Gefängnis der Zeit hinaus zu entwickeln. Sie verdient die Gelegenheit, wahre Fortschritte zu machen. Ihr Lebenswerk war der Stuhl. Ihn der Menschheit zu geben war meins.«

Barry spürt, dass er wütend wird.

»Marcus, hören Sie mir zu«, sagt er. »Hier gibt es keinen

Fortschritt. In diesem Augenblick erinnert die Welt sich an die Existenz des Erinnerungsstuhls, und diese toten Erinnerungen werden die nukleare Apokalypse auslösen.«

»Warum?«

»Weil unsere Feinde glauben, dass die USA die Geschichte verändern.«

»Wissen Sie, wie das für mich klingt?«, fragt Slade. »Wie Bullshit.«

Barry steht auf und tritt an die Scheibe. »Ich habe genug Grauen für Tausend Leben gesehen. Helena und ich wären in Denver beinahe gestorben, als die Raketen einschlugen. Ich habe gesehen, wie New York verdampft ist. Hunderte Millionen Menschen haben vier verschiedene Erinnerungen an den Tod in einem nuklearen Holocaust.«

Helena sieht Barry an und hält ihr Telefon hoch. »Der Alarm ist soeben gekommen. Ich muss ins Labor.«

»Warte noch einen Moment«, sagt Barry.

»Wir sind zu nah an San Francisco. Wir haben darüber gesprochen.«

Barry funkelt Slade durch die Scheibe an. »Was ist das für eine besondere Art zu reisen?«

Slade weicht einen Schritt zurück und lässt sich auf die Bettkante sinken.

»Ich habe fast siebzig Jahre gelebt, um Ihnen diese Frage zu stellen«, sagt Barry. »Und Sie starren einfach zu Boden?«

Er fühlt Helenas Hand auf seiner Schulter. »Ich *muss* jetzt gehen.«

»Warte.«

»Ich *kann* nicht. Das weißt du. Ich liebe dich. Wir sehen uns auf dem Grund der Welt. Wir werden weiter nach den Mikro-Wurmlöchern forschen. Ich schätze, mehr können wir nicht tun, oder?«

Barry dreht sich um und küsst sie. Sie läuft die Wendeltreppe hinauf. Ihre Schritte klingen auf den Stahlstufen.

Dann sind Barry und Slade allein im Keller.

Barry holt sein Smartphone heraus und zeigt Slade den Katastrophenalarm und die Warnung vor den ballistischen Raketen auf dem Weg zu zahlreichen amerikanischen Zielen.

Slade lächelt. »Wie gesagt, Sie haben mich umgebracht und entführt, und wahrscheinlich lügen Sie mich in diesem Augenblick an …«

»Ich schwöre, ich sage die Wahrheit.«

»Beweisen Sie es. Beweisen Sie mir, dass es kein falscher Alarm ist, den Sie selbst auf Ihr Telefon gesendet haben. Lassen Sie es mich mit meinen eigenen Augen sehen oder verpissen Sie sich.«

»Wir haben keine Zeit dazu.«

»Ich habe alle Zeit der Welt.«

Barry tritt an die gläserne Zellentür, holt den Schlüssel aus der Tasche und schließt sie auf.

»Was denn?«, fragt Slade. »Glauben Sie, Sie können es aus mir herausprügeln?«

Barry täte nichts lieber, als Slades Schädel an die Mauer zu schlagen, bis nichts mehr davon übrig ist.

»Wir gehen«, sagt er.

»Wohin?«

»Wir sehen uns das Ende der Welt zusammen an.«

Sie gehen die Treppe hinauf, vorbei an den Pferdeboxen und aus der Scheune hinaus, und dann steigen sie durch das hohe Gras auf die Anhöhe, bis sie hoch über der Ranch sind.

Der Mond scheint, und die Landschaft ist hell. Ein paar Meilen weit im Westen schimmert die dunkle Fläche des Pazifiks.

Im Süden glitzern die Lichter der Bay Area.

Sie setzen sich, und einen Moment lang schweigen sie.

Dann fragt Barry: »Was hat Sie veranlasst, Helena in der ersten Timeline umzubringen?«

Slade seufzt. »Ich war nichts. Ein Niemand. Ich war wie ein Schlafwandler durch mein Leben gegangen. Und dann bekam ich … diese Gelegenheit geschenkt. Alles noch einmal von vorn zu tun. Sie können über mich denken, was Sie wollen, aber ich habe den Stuhl nicht für mich behalten.«

Ein Ball aus weiß glühendem Licht erblüht in der Nähe der Golden Gate Bridge, und Himmel und Meer leuchten heller als an einem strahlenden Mittag, so grell, dass Barry wegsehen muss. Als er sich wieder umdreht, verbreitet sich eine Druckwelle über die Bay und das Presidio und nähert sich dem Finanzdistrikt.

Ein zweiter Sprengkopf explodiert über Palo Alto, und Barry sieht Slade an. »Wie viele Menschen, glauben Sie, sind in dem Sekundenbruchteil dieses Blitzes gestorben? Wie viele andere werden in den nächsten paar Stunden an Strahlungsvergiftung qualvoll krepieren, wenn Helena diese Timeline nicht zurücksetzt? Und was in San Francisco geschieht, geschieht in ganz Amerika und in den Großstädten unserer Verbündeten, während wir unser nukleares Arsenal über Russland und China niedergehen lassen. Dahin hat Ihr großartiger Traum uns gebracht. Und es passiert zum fünften Mal. Wie können Sie also einfach dasitzen, wenn Sie wissen, dass das Blut dieser Menschen an Ihren Händen klebt? Sie helfen der Menschheit nicht, sich fortzuentwickeln. Sie quälen uns. Nach dem heutigen Tag gibt es keine Zukunft mehr für uns.«

Slade sieht mit ausdrucksloser Miene zu, wie zwei Feuertürme wie Fackeln in den Himmel schießen. Die elektrische Beleuchtung von San Francisco, Oakland und San José ist ausgefallen, aber die Städte glühen wie die Überreste eines ersterbenden Feuers.

Die Erschütterungswelle des ersten Sprengkopfs erreicht sie, und in dieser Entfernung klingt es wie ein Kanonenschuss, der von den Bergen widerhallt. Unter ihnen bebt der Boden.

Slade reibt sich die nackten Arme. »Man muss zu dem zurückkehren, was als Erstes passiert ist.«

»Das haben wir versucht. Viele Male. Helena ist nach 1986 zurückgereist …«

»Denken Sie nicht linear. Nicht bis zum Anfang dieser Timeline. Nicht mal der letzten fünf oder sechs. Sie müssen zu dem Ereignis zurück, das all das ausgelöst hat, und das liegt auf der ursprünglichen.«

»Die ursprüngliche Timeline existiert nur in toten Erinnerungen.«

»Genau. Man muss zurück und sie erneut starten. Nur so kann man verhindern, dass die Menschen sich erinnern.«

»Aber eine tote Erinnerung kann man nicht kartieren.«

»Haben Sie es versucht?«

»Nein.«

»Es wird das Schwierigste sein, was Sie je getan haben. Wahrscheinlich werden Sie scheitern, und das bedeutet, Sie werden sterben. Aber es ist möglich.«

»Woher wissen Sie das?«

»Helena hat auf meiner Bohrinsel herausgefunden, wie es geht.«

»Das ist nicht wahr. Wenn es so wäre, hätten wir …«

Slade lacht. »Versuchen Sie, mir zu folgen, Barry. Was glauben Sie, woher ich weiß, dass es funktioniert? Sobald wir die Technik gefunden hatten, habe ich sie eingesetzt. Ich bin in eine tote Erinnerung zurückgekehrt und habe die Timeline zurückgesetzt, kurz bevor sie es herausfand.« Er schnippt mit den Fingern. »Und – peng! – ihre Erinnerung an die Entdeckung war ausradiert. Ihre und die aller anderen.«

»Warum?«

»Weil jeder, der Bescheid wusste, genau das hätte tun können, was Sie jetzt vorschlagen. Man hätte mir den Stuhl wegnehmen und dafür sorgen können, dass er nie existiert hat.« Er sah Barry in die Augen, und der Feuerschein brennender Pupillen glänzte auf seinen Pupillen. »Ich war nichts. Ein Junkie, der sein Leben verschwendete. Der Stuhl machte mich zu etwas Besonderem. Gab mir die Chance, etwas zu tun, das den Lauf der Geschichte verändern würde. Das alles konnte ich nicht aufs Spiel setzen.« Er schüttelt den Kopf und lächelt. »Und die Lösung ist nicht ohne Eleganz, oder? Die Entdeckung dazu zu benutzen, sich selbst auszulöschen.«

»Welches Ereignis hat das alles ausgelöst?«

»Ich habe Helena am 5. November 2018 umgebracht, auf der ursprünglichen Timeline. Gehen Sie so nah wie möglich zu diesem Datum zurück ... und halten Sie mich auf.«

»Wie können wir ...«

Ein weiterer Blitz, Hundert Meilen weit südlich, lässt das ganze Meer aufstrahlen.

»Gehen Sie«, sagt Slade. »Wenn Sie es nicht zu Helena schaffen, bevor sie im Tank stirbt, werden Sie sich erst wieder erinnern, was ich Ihnen gesagt habe, wenn der nächste ...«

Aber Barry ist schon aufgesprungen und rennt den Hang hinunter zum Haupthaus. Im Laufen wühlt er das Handy aus der Tasche, fällt hin, rappelt sich wieder hoch und wählt schließlich Helenas Nummer.

Er drückt das Telefon ans Uhr und läuft auf die Lichter ihres Hauses zu.

Es klingelt.

Klingelt.

Die Schallwelle der zweiten Explosion erreicht ihn.

Das Telefon klingelt immer noch.

Und schaltet auf die Voicemail.

Er wirft es weg, als er auf ebenem Gelände ist. Der Schweiß brennt ihm in den Augen, und das Haus ist geradeaus vor ihm.

»Helena!«, schreit er. »Warte!«

Das Haus ist ein massives Ranchhaus am Ufer eines Baches, der durch das Tal mäandert.

Barry springt auf die Veranda und stürmt ins Haus. Er ruft Helenas Namen und rennt durch das Wohnzimmer, wirft einen Beistelltisch um. Ein Glas Wasser zerspringt auf den Fliesen.

Weiter geht es durch den Korridor durch den Ostflügel, vorbei am Hauptschlafzimmer bis zum Ende des Ganges, wo die Tresortür zum Labor offen steht.

»Helena, halt!«

Er springt die Treppe hinunter zu dem unterirdischen Labor mit dem Erinnerungsstuhl und dem Deprivationstank. Sie haben die Antwort. Oder wenigstens etwas, das sie ausprobieren können, ohne wieder dreiunddreißig Jahre zu warten. Slades Gesicht im Licht der fernen Nuklearfeuer war nicht das Gesicht eines Lügners, sondern das eines Mannes, der sich plötzlich abgefunden hat mit dem, was er getan hat. Mit dem Schmerz, den er verursacht hat.

Barry lässt die letzte Stufe hinter sich. Helena ist nirgends zu sehen, was bedeutet, dass sie bereits in der Deprivationskammer ist. Das bestätigen auch die Displays am Terminal. Auf einem blinkt eine rote Schrift: DMT FREISETZUNG ENTDECKT.

Er hat den Deprivationstank erreicht und streckt die Hände aus, um den Lukendeckel zu öffnen …

Die Welt kommt knirschend zum Stehen.

Das Labor verliert alle Farbe.

Er schreit innerlich. Er muss verhindern, dass es geschieht. Sie haben die Antwort.

Aber er kann sich nicht rühren, kann nicht sprechen.

Helena ist fort, genau wie diese Realität.

Ihm wird bewusst, dass er in absoluter Dunkelheit auf der Seite liegt.

Er richtet sich auf, und diese Bewegung schaltet eine Deckenleuchte über ihm ein, matt erst, aber langsam heller werdend, wärmer, lebendig.

Er wirft die Decke zurück und steht auf.

Unsicher auf den Beinen geht er zur Tür und tritt hinaus in einen sterilen Korridor, der nach fünfzehn Metern in eine Hauptader mündet, von der dieser und drei andere Gänge abzweigen, während es auf der anderen Seite eine Etage hinunter zu einem Wohnraum geht.

Er sieht eine vollausgestattete Küche.

Tischtennis- und Billardtische.

Und einen großen Fernseher mit dem Gesicht einer Frau auf dem Bildschirm. Das Bild ist angehalten. Die Frau kommt ihm unbestimmt bekannt vor, aber ihr Name will ihm nicht einfallen. Seine ganze Lebensgeschichte lauert dicht unter der Oberfläche, aber er bekommt sie nicht zu fassen.

»Hallo?«

Seine Stimme hallt durch die Räume.

Niemand antwortet.

Er geht den Hauptflur hinunter, vorbei an einem Plakat an der Wand neben dem Durchgang zum nächsten Korridor.

Flügel 2 – Ebene 2 – Labor

Und da ist noch eins.

Flügel 1 – Ebene 2 – Büros

Es geht eine Treppe hinunter zur Hauptebene.

Vor ihm liegt ein leicht abschüssiger Vorraum, in dem es mit jedem Schritt kälter wird. Endlich steht er vor einer Tür, die so komplex aussieht, dass man damit ein Raumschiff verschließen könnte.

Eine digitale Anzeige an der Wand daneben informiert über die aktuellen Bedingungen auf der anderen Seite.

Wind: aus Nordost 56,2 m/h, 90,45 km/h
Temp: -51,9° F, -46,6° C
rel. Feuchte: 27%

Er trägt nur Socken an den Füßen, und sie sind eiskalt. Hier drin klingt der Wind wie das Stöhnen einer dunklen Geisterstimme. Er packt den Hebel an der Tür, folgt den grafischen Anweisungen und drückt ihn gegen den Uhrzeigersinn herunter.

Mehrere Schlösser öffnen sich, und die Tür schwingt in ihren Angeln auf.

Er schiebt sie nach außen, und der kälteste Lufthauch, den er je erlebt hat, weht ihm ins Gesicht – ein Gefühl, das mit Temperatur nichts mehr zu tun hat. Es ist, als krallten sich Fingernägel in seine Haut. Er spürt, wie seine Nasenhaare sofort gefrieren, und als er einatmet, schnürt ihm der Schmerz in der Luftröhre den Atem ab.

Durch die offene Luke sieht er einen Laufgang, der von der Station schräg hinunter zur Eisdecke führt. Die Welt ist in Dunkelheit gehüllt, und nadelspitze Schneeflocken wirbeln durch die Nacht und treffen sein Gesicht wie Schrapnell.

Die Sichtweite beträgt weniger als eine Viertelmeile, aber im Mondlicht kann er die anderen Bauten in der Umgebung erkennen. Eine Reihe von großen zylindrischen Tanks ist vermutlich eine Wasseraufbereitungsanlage. Ein schwankender Turm ist entweder ein Kran oder ein Bohrgerüst. Ein Teleskop, abgesenkt zum Schutz vor dem Schneetreiben. Kettenfahrzeuge von unterschiedlicher Größe.

Er hält es nicht länger aus. Mit Fingern, die allmählich schon steif werden, packt er die Tür und zieht sie gewaltsam zu. Die Riegel rasten ein. Das Heulen des Windes senkt sich wieder auf ein anhaltendes gespenstisches Stöhnen.

Er geht aus dem Vorraum zurück in das Licht der makellosen und scheinbar leeren Station, und sein Gesicht brennt, als es aus der beginnenden Erfrierung erwacht.

In diesem Augenblick ist er ein Mann ohne Erinnerung, und das Gefühl, haltlos in der Zeit zu treiben, ist ein erdrückender, existenzieller Horror wie das Erwachen aus unruhigem Schlaf, wenn die Grenze zwischen Realität und Traum noch unscharf ist und man zu Geistern spricht.

Alles, was er hat, sind sein Vorname und ein unscharfes Gefühl seiner selbst.

Im Sitzbereich vor dem Fernseher sieht er eine offene DVD-Schachtel und eine Fernbedienung. Er setzt sich auf eins der Sofas, nimmt die Fernbedienung und drückt auf die Playtaste.

Die Frau auf dem Bildschirm sitzt genau da, wo er jetzt sitzt. Sie hat eine Decke über die Schultern gelegt, und auf dem Tisch vor ihr dampft eine Tasse Tee.

Sie lächelt in die Kamera und streicht sich eine weiße Haarsträhne aus dem Gesicht. Sein Herz macht einen Satz, als er sie sieht.

»*Das ist verrückt.*« Sie lacht nervös. »*Du solltest das hier am 16. April 2019 sehen – an unserem Lieblingstag in der Geschichte. Dein Bewusstsein und die Erinnerungen aus der letzten Timeline haben sich soeben hierher verschoben. Das sollten sie zumindest. Mit jeder neuen Wiederholung kommen deine Erinnerungen langsamer und unberechenbarer. Manchmal entgehen dir ganze Leben. Deshalb habe ich dieses Video gemacht – erstens, um dir zu sagen, du sollst keine Angst haben, denn du fragst dich wahrscheinlich, warum du in einer Forschungsstation in der Antarktis bist. Und zweitens, weil ich dem Barry, der sich an alle Timelines erinnert und der ganz anders ist als der, mit dem ich jetzt zusammenlebe, etwas sagen will. Also drück bitte auf die Pausentaste, bis deine Erinnerungen da sind.«*

Er hält das Video an.

Es ist so still hier.

Nichts als das Tosen des Windes.

Er geht in die Küche, und als er sich einen Kaffee macht, wird es eng in seiner Brust.

Ein Sturm der Gefühle droht am Horizont.

Es pocht in seinem Hinterkopf, und seine Nase blutet.

Die Bar in Portland.

Helena.

Wie sie langsam offenbarte, wer sie war.

Der Kauf dieser alten Forschungsstation um die Jahrtausendwende.

Sie renovierten alles, und dann flogen sie den Stuhl und alle seine Komponenten mit einer privat gecharterten 737, die auf der antarktischen Landebahn eine zermürbende Landung hinlegte.

Sie brachten ein Team von Partikelphysikern mit, die sie anscheinend schon in einer früheren Timeline ausgesucht hatten und die keine Ahnung von der wahren Natur ihrer Forschung hatten. Sie bohrten Kerne mit einem Durchmesser von einem halben Meter zweieinhalbtausend Meter tief aus der Polarkappe und ließen hochempfindliche Lichtsensoren eine Meile weit hinunter unter das Eis. Die Sensoren sollten Neutrinos entdecken, die zu den rätselhaftesten Partikeln im Universum gehören. Neutrinos haben keine Ladung, sie interagieren nur selten mit normaler Materie und gehen typischerweise aus kosmischen Ereignissen hervor (auf die sie infolgedessen hinweisen), beispielsweise Supernovae, galaktische Zentren und schwarze Löcher. Wenn ein Neutrino auf ein Atom auf der Erde trifft, entsteht ein Partikel namens Myon, das sich schneller als das Licht durch feste Materie bewegt, wodurch das Eis Licht aussendet. Diese von Myonen auf dem Weg durch das feste Eis hervorgerufenen Lichtwellen waren das, was sie suchten.

Barrys Theorie, die in früheren Timelines entstanden war, besagte, wenn mikrokleine Wurmlöcher und schwarze Löcher zwischen Existenz und Nichtexistenz oszillierten, während jemandes Bewusstsein in einer früheren Erinnerung wiedererwachte, würden diese Lichtsensoren die Lichtwellen registrieren, die von Myonen hervorgerufen wurden, die von Neutrinos hervorgerufen wurden, die von den schwarzen Löchern ausgesandt wurden und in den Nukleus erdgebundener Atome prallten.

Es führte nirgendwohin.

Sie entdeckten nichts.

Die Partikelphysiker flogen wieder nach Hause.

Sechs Menschenleben lang hatten sie versucht, ein tieferes Verständnis des Erinnerungsstuhls zu finden, aber es war ihnen lediglich gelungen, das Unausweichliche hinauszuschieben.

Er schaut hinauf zum Fernseher, wo Helena mitten in der Bewegung erstarrt ist.

Jetzt kommen die toten Erinnerungen an frühere Timelines. Ihr Leben in Arizona, Denver und an der zerklüfteten Küste von Maine. Sein Leben ohne sie in New York, ihr gemeinsames Leben in Schottland. Aber da sind immer noch Löcher. Er hat den einen oder anderen Flash aus der Timeline bei San Francisco, aber sie ist unvollständig – an ihre letzten Tage, in denen die Welt sich erinnerte, kann er sich nicht erinnern.

Er drückt auf die Playtaste.

»Du hast dich erinnert? Gut. Du siehst das hier nur, weil ich fort bin.«

Tränen fließen. Es ist eine gespenstische Situation. Während der Barry dieser Timeline weiß, dass sie tot ist, fühlen die Barrys der früheren Timelines zum ersten Mal den Schmerz über ihren Verlust.

»Es tut mir leid, Schatz.«

Er erinnert sich an den Tag, an dem sie gestorben ist, vor acht Wochen. Da war sie schon fast wie ein Kind gewesen, ohne jeden Verstand. Er hatte sie füttern, anziehen, baden müssen.

Aber dies war besser als beim vorigen Mal, als sie noch über hinreichende kognitive Funktionen verfügte, um sich ihrer vollständigen Verwirrtheit bewusst zu sein. In klaren Augenblicken beschrieb sie das Gefühl so, als habe sie sich in einem traumartigen Wald verirrt – ohne Identität und ohne zu wissen, wann sie wo war. Dann wieder sei sie absolut sicher, sie sei fünfzehn Jahre alt und lebe bei ihren Eltern in Boulder, und sie sei ständig bemüht, ihre fremdartige Umgebung mit ihrem Gefühl für Ort und Zeit und sich selbst in Einklang zu bringen. Sie hat sich oft gefragt, ob ihre Mutter sich in ihrem letzten Jahr so gefühlt hat.

»Diese Timeline – bevor mein Verstand zu bröckeln anfing – war die beste von allen in meinem sehr langen Leben. Erinnerst du dich an die Reise, die wir gemacht haben – ich glaube, in unserem ersten Leben zusammen –, um die Wanderung der Kaiserpinguine zu sehen? Erinnerst du dich, wie wir uns in diesen Kontinent verliebt haben? Wie wir das Gefühl hatten, wir wären die einzigen Menschen auf der Welt? Irgendwie passend, oder?« Sie blickt an der Kamera vorbei und sagt: *»Was? Sei nicht eifersüchtig. Du wirst dieses Video eines Tages sehen. Du wirst das Wissen über jeden Augenblick, den wir miteinander verbracht haben, in dir tragen, alle hundertvierundvierzig Jahre.«*

Sie schaut wieder in die Kamera. *»Ich muss dir sagen, Barry, ich hätte es ohne dich nicht so lange geschafft. Ich hätte nicht immer wieder versuchen können, das Unvermeidliche aufzuhalten. Wie du inzwischen weißt, habe ich die Fähigkeit verloren,*

Erinnerungen zu kartieren. Wie Slade habe ich den Stuhl zu oft benutzt. Also werde ich nicht mehr zurückreisen. Und selbst wenn du zu einem Punkt auf der Timeline zurückkehrst, an dem mein Bewusstsein noch jung und nicht gereist wäre, gibt es keine Garantie, dass du mich überreden könntest, den Stuhl zu bauen. Wozu auch? Wir haben es mit allem versucht, mit Physik, Pharmakologie, Neurologie. Sogar mit Slade. Es ist Zeit zuzugeben, dass wir gescheitert sind, und zuzulassen, dass die Welt sich selbst zerstört, worauf sie anscheinend ganz versessen ist.«

Barry sieht, wie er selbst ins Bild kommt und sich neben Helena setzt. Er legt ihr den Arm um die Schultern, und sie schmiegt sich an ihn und legt den Kopf an seine Brust. Was für ein surreales Gefühl, sich jetzt an den Tag zu erinnern, an dem sie beschloss, eine Videonachricht für den Barry aufzuzeichnen, der eines Tages in sein Bewusstsein einmünden würde.

»Wir haben noch vier Jahre bis zum Weltuntergang.«

»Vier Jahre, fünf Monate und acht Tage«, sagt der Barry auf dem Bildschirm. *»Aber zählt das jemand?«*

»Wir werden diese Zeit miteinander verbringen. Du hast diese Erinnerungen jetzt. Ich hoffe, sie sind schön.«

Sie sind es.

Bevor ihr Verstand restlos zusammenbrach, hatten sie zwei gute Jahre miteinander, frei von der Last, versuchen zu müssen zu verhindern, dass die Welt sich erinnerte. In diesen Jahren führten sie ein einfaches, stilles Leben. Wanderungen über die Eiskappe, um die Aurora australis zu sehen. Spiele, Filme und Kochen hier unten auf der Hauptebene. Gelegentliche Ausflüge zur Südinsel Neuseelands oder nach Patagonien. Einfach zusammen sein. Tausend kleine Augenblicke, aber genug, um das Leben lebenswert zu machen.

Helena hatte recht. Es waren auch für ihn die besten Jahre seines Lebens.

»*Es ist komisch*«, sagt sie. »*Du siehst dieses Video jetzt, vermutlich in vier Jahren, aber ich bin sicher, du wirst es dir schon vorher ansehen, um mein Gesicht zu sehen und meine Stimme zu hören, wenn ich nicht mehr da bin.*«

Das stimmt. Das hat er getan.

»*Aber mein Augenblick fühlt sich genauso real an wie deiner für dich. Sind sie beide real? Ist es nur unser Bewusstsein, das es real sein lässt? Ich kann mir vorstellen, wie du in vier Jahren da sitzt, obwohl du jetzt, in diesem Augenblick, in* meinem *Augenblick, neben mir bist, und ich habe das Gefühl, ich kann durch die Kamera greifen und dich berühren. Ich wünschte, ich könnte es. Ich habe mehr als zweihundert Jahre lang experimentiert, und letzten Endes glaube ich, Slade hatte recht. Es ist nur ein Ergebnis unserer Evolution, wie wir Realität und Zeit von Augenblick zu Augenblick erleben. Wie wir zwischen Vergangenheit, Gegenwart und Zukunft unterscheiden. Aber wir sind intelligent genug, um uns der Illusion bewusst zu sein, selbst wenn wir darin leben, und in Augenblicken wie diesem – wenn ich mir vorstellen kann, wie du genau da sitzt, wo ich sitze, und mir zuhörst, mich liebst und mich vermisst – ist es eine Qual für uns. Denn ich bin eingeschlossen in meinem Augenblick und du in deinem.*«

Barry wischt sich über die Augen, und das ganze emotionale Gewicht der letzten zwei Jahre mit ihr und der beiden Monate, die er allein war, bedrückt ihn. Er hat das Erlebnis des Wiederherstellungspunkts in dieser siebten Timeline nur abgewartet, um zu erfahren, wie es sich anfühlt, ein Mensch mit zahlreichen Vergangenheiten zu sein. Um sich selbst vollends zu verstehen. Es ist eine Sache zu hören, dass man eine Tochter hatte, aber eine ganz andere, sie lachen zu hören. Sie in den ersten Sekunden im Arm zu halten. Die Gesamtheit all dieser Augenblicke ist zu viel für ihn.

»*Komm nicht wieder zurück meinetwegen, Barry.*«

Er hat es schon getan. An dem Morgen, als er sich umdrehte und sie tot neben sich im Bett fand, ist er mithilfe des Stuhls einen Monat zurückgereist, um noch ein bisschen länger mit ihr zusammen zu sein. Und als sie dann starb, hat er es wieder getan, und dann noch einmal. Hat sich zehnmal im Tank umgebracht, um die große Stille und Einsamkeit des Lebens ohne sie an diesem Ort weiter hinauszuschieben.

Helena sagt: »›*Nun ist er mir auch mit dem Abschied aus dieser sonderbaren Welt ein wenig vorausgegangen. Dies bedeutet nichts. Für uns gläubige Physiker hat die Scheidung zwischen Vergangenheit, Gegenwart und Zukunft nur die Bedeutung einer wenn auch hartnäckigen Illusion.*‹ *Das hat Einstein über seinen Freund Michele Besso gesagt. Hübsch, nicht wahr? Und ich glaube, er hatte recht.*«

Der Barry auf dem Bildschirm weint.

Der Barry dieses Augenblicks weint.

»*Ich würde sagen, es war es wert, unabsichtlich einen Stuhl zu bauen, der die Welt zerstört, denn er hat dich in mein Leben gebracht, aber das würde sich wahrscheinlich nicht gehören. Wenn du am 16. April 2019 aufwachst, und aus irgendeinem Grund erinnert die Welt sich nicht und implodiert auch nicht, dann wirst du hoffentlich ohne mich weitermachen und ein fabelhaftes Leben führen. Suche dein Glück. Du hast es mit mir gefunden, und das bedeutet, es ist erreichbar. Wenn die Welt sich erinnert, haben wir immerhin getan, was wir konnten, und wenn du dich am Ende allein fühlst, Barry, dann musst du wissen, ich bin bei dir. Vielleicht nicht in deinem Augenblick, aber ich bin es in diesem. Mein Herz.*«

Sie küsst den Barry neben ihr und wirft eine Kusshand zur Kamera.

Der Bildschirm wird schwarz.

Er schaltet die Nachrichten ein und verfolgt fünf Sekunden

lang, wie ein aufgeregter BBC-Moderator berichtet, dass das amerikanische Festland von mehreren Tausend Atomsprengköpfen getroffen worden ist. Dann schaltet er den Fernseher ab.

Barry geht durch den Vorraum zu der Tür, die ihn vor der mörderischen Kälte beschützt.

Er hat eine uralte Erinnerung an Julia. Darin ist sie jung, und er ist es auch. Meghan ist bei ihnen, und sie zelten am Lake Tear of the Clouds, hoch oben in den Adirondacks.

Der Augenblick ist zum Greifen nah. Der Duft der immergrünen Bäume. Die Stimme seiner Tochter. Aber der Schmerz dieser Erinnerung erfüllt seine Brust wie eine schwarze Wolke.

In letzter Zeit hat er die großen Philosophen und Physiker gelesen. Von Platon bis Aristoteles. Von Newtons absoluter Zeit bis zu Einsteins Relativitätstheorie. Eine Wahrheit scheint sich aus der Kakofonie der Theorien und Philosophien zu ergeben: Niemand hat den leisesten Schimmer. Der heilige Augustinus hat es im vierten Jahrhundert perfekt formuliert: »Was ist Zeit? Wenn niemand mich danach fragt, weiß ich es; wenn ich es einem Fragenden erklären will, weiß ich es nicht.«

An manchen Tagen fühlt sie sich an wie ein Fluss, der an ihm vorbeifließt. Dann wieder wie etwas, auf dessen Oberfläche er hinabgleitet. Manchmal ist es, als sei alles bereits geschehen und er erlebe es in inkrementellen Abschnitten, Augenblick für Augenblick. Sein Bewusstsein ist wie die Nadel in der Rille einer Schallplatte, die bereits existiert – mit Anfang, Mitte und Ende.

Als ständen unsere Entscheidungen, unser Schicksal, vom ersten Atemzug an fest.

Er liest die Anzeige neben der Tür:

Wind: Ruhig.
Temp: -83,9° F, -64,4° C
Windchill: -83,9° F, -64,4° C
rel. Feuchte 14%

Aber in einer Nacht wie dieser, mit rastlosen Gedanken und Träumen von Geistern, erscheint die Zeit zweitrangig hinter der eigentlich treibenden Kraft – der Erinnerung. Vielleicht ist die Erinnerung das Grundlegende, das, woraus die Zeit entspringt.

Der Schmerz der Erinnerung ist vergangen, aber er bereut nicht, dass sie da war. Er hat lange genug gelebt, um zu wissen, dass sie geschmerzt hat, weil er vor vielen Jahren in einer toten Timeline einen perfekten Augenblick erlebt hat.

Es ist unwichtig, was die Zeit ist. In den nächsten sechs Monaten ist es immer Nacht.

Der Wind weht nicht mehr, aber die Temperatur ist auf -62 Grad Celsius gefallen, und sie lässt die Wimpern gefrieren. Die Forschungsstation ist eine halbe Meile weit entfernt, der einzige Funke von menschengemachtem Licht in der endlosen Polarwüste.

Die Landschaft hat keine nennenswerten Konturen. Da, wo er sitzt, sieht er nur eine flache weiße Ebene, vom Wind aus Eis geformt, die sich ringsum bis an den Horizont erstreckt.

Hier draußen, wo er ganz allein in der vollkommenen Stille sitzt, erscheint es unmöglich, dass der Rest der Welt in Stücke geht. Noch seltsamer, dass es alles nur wegen eines Stuhls geschieht, der zufällig von der Frau konstruiert wurde, die er liebt.

Sie ist neben ihm im Eis begraben, anderthalb Meter tief in einem Sarg, den er in der Werkstatt aus Kiefernholzresten gebaut hat. Aus dem besten Stück Eichenholz, das er finden konnte, hat er ein kleines Grabkreuz gemacht und eine Inschrift hineingeschnitzt – seine einzige Beschäftigung in den letzten zwei Monaten:

Helena Gray Smith
geb. am 13. Oktober 1970 in Boulder, Colorado
gest. am 14. Februar 2019, östliche Antarktis
Ein tapferes, schönes Genie
Geliebt von Barry Sutton
Barry Suttons Retterin

Er schaut hinaus über die Eiskappe.

Kein Windhauch.

Nichts regt sich.

Eine vollständig erstarrte Welt.

Außerhalb der Zeit.

Meteore ziehen über den Himmel, und eben hat das Südlicht angefangen, am Horizont zu tanzen – ein flackerndes Band, grün und gelb.

Barry späht über den Rand der Grube neben der von Helena.

Er atmet die eisige Luft ein, schiebt ein Bein über die Kante und lässt sich unter die Oberfläche der Ebene sinken.

Seine Schultern berühren die Seitenwände, und zwischen seiner und Helenas Grube ist ein Loch. Er kann die Hand hindurchschieben und Helenas Kiefernholzsarg berühren.

Es ist ein gutes Gefühl, ihr wieder nah zu sein. Oder dem, was sie war.

Die Abmessungen seines Grabes begrenzen den Himmel.

Aus der Antarktis in den Weltraum zu schauen fühlt sich an, als schaute er aus dem Weltraum in den Weltraum. In einer Nacht wie heute – ohne Wind, ohne Wetter, ohne Mond – sieht der Streifen der Milchstraße eher aus wie ein himmlisches Feuer, randvoll von Farben, die man nirgendwo anders auf der Erde sehen würde.

Der Weltraum ist einer der wenigen Orte, wo die Zeit ihm einleuchtet. Auf der intellektuellen Ebene weiß er, dass er, wenn er irgendeinen Gegenstand anschaut, in die Zeit zurückschaut. Bei seiner eigenen Hand braucht das Licht eine Nanosekunde – eine milliardstel Sekunde –, um das Bild zu seinen Augen zu transportieren. Wenn er aus dem Abstand von einer Meile zur Forschungsstation hinüberblickt, sieht er das Gebäude, wie es vor 2.640 Nanosekunden war.

Unverzüglich, möchte man denken, und in jeder Hinsicht ist es das auch.

Aber wenn Barry in den Nachthimmel schaut, sieht er Sterne, deren Licht ein Jahr, einhundert oder eine Million gebraucht hat, um ihn zu erreichen. Die Teleskope, die ins Weltall hinausspähen, sehen das zehn Milliarden Jahre alte Licht von Sternen, die kurz nach dem Ursprung des Universums zusammengeflossen sind.

Er schaut zurück, nicht nur durch den Raum, sondern auch durch die Zeit.

Ihm ist jetzt kälter als auf den Weg heraus zu ihrer Grabstätte, aber noch nicht kalt genug. Er wird seinen Parka öffnen und ein paar Kleidungsstücke ablegen müssen.

Er setzt sich auf, zieht die Außenhülle seines rechten Handschuhs ab und wühlt in seiner Tasche herum.

Und zieht eine Taschenflasche Whiskey heraus, die in der Nähe seines Körpers und in der Luft zwischen den Schichten seiner Kleidung halbwegs warm geblieben ist. Draußen ist es mehr als kalt genug, um den Whiskey innerhalb einer Minute gefrieren zu lassen.

Als Nächstes holt er das Röhrchen Oxycontin heraus. Es enthält fünf Tabletten mit 20 mg, und wenn die ihn nicht sofort umbringen, werden sie ihn auf jeden Fall in einen tiefen Schlaf versetzen, während die Kälte ihn erledigt.

Er öffnet das Röhrchen und lässt sich die Tabletten in den Mund fallen. Er spült sie mit ein paar Schluck von dem eiskalten Whiskey herunter, der auf dem Weg in den Magen immer noch brennt.

Wie besessen hat er sich diesen Augenblick immer wieder ausgemalt, seit Helena gestorben ist.

Die Einsamkeit ohne sie war unerträglich, und darüber hinaus hat die Welt ihm nichts mehr zu bieten, falls sie überhaupt noch existieren sollte. Er will nicht länger wissen, was als Nächstes passieren wird.

Er lässt sich in das Grab zurücksinken und denkt sich, er wird noch warten und seine Jacke erst öffnen, wenn er die erste Wirkung der Tabletten spürt, als die Erinnerung kommt.

Er hat gedacht, er habe sie schon alle, aber erst jetzt strahlen die letzten Augenblicke der vorigen Timeline auf.

Slade sagt …

»Man muss zu dem zurückkehren, was als Erstes passiert ist.«

»Das haben wir versucht. Viele Male. Helena ist nach 1986 zurückgereist …«

»Denken Sie nicht linear. Nicht bis zum Anfang dieser Timeline. Nicht mal der letzten fünf oder sechs. Sie müssen zu dem Ereignis zurück, das all das ausgelöst hat, und das liegt auf der ursprünglichen.«

»Die ursprüngliche Timeline existiert nur in toten Erinnerungen.«

»Genau. Man muss zurück und sie erneut starten. Nur so kann man verhindern, dass die Menschen sich erinnern. Ich habe Helena am 5. November 2018 umgebracht, auf der ursprünglichen Timeline. Gehen Sie so nah wie möglich zu diesem Datum zurück … und halten Sie mich auf.«

Fuck.

Er erinnert sich, wie er den Hang hinunter und ins Haus gerannt ist und ihren Namen gerufen hat. Wie seine Hände an der Luke der Deprivationskammer erstarrten, als die Timeline endete.

Was, wenn Slade recht hatte? Wenn diese alten Timelines immer noch da draußen sind? Seine Erinnerungen an den Lake Tear of the Clouds, zum Beispiel? Er kann Julias und Meghans Gesichter ganz deutlich sehen. Er erinnert sich an ihre Stimmen. Was, wenn er eine tote Erinnerung nur durch die reine Kraft seines Bewusstseins in Gang bringen könnte, die das Grau mit Leben und Feuer erfüllte?

Besteht die Chance, dass es auch das Bewusstsein aller anderen in diese tote Timeline zurückverschiebt?

Und wenn er zurückkehren könnte – nicht nur in eine frühere Timeline, sondern in die ursprüngliche, dann gäbe es keine falschen Erinnerungen aus folgenden Timelines und auch keine aus früheren.

Denn es gibt keine Timelines, die der ursprünglichen vorausgehen.

Es würde sein, als wäre nichts von alldem passiert.

Er hat die Tabletten schon genommen. Wahrscheinlich hat er noch eine halbe Stunde, vielleicht mehr, bis das Mittel wirkt.

Er richtet sich im Grab auf und ist hellwach.

Seine Gedanken überschlagen sich.

Vielleicht hat Slade gelogen, aber wenn er hierbleibt und sich neben Helenas Leichnam umbringt, während er in den Erinnerungen an sie ertrinkt, fetischisiert er seine Nostalgie doch genauso, wie er es bei Meghan getan hat, oder nicht? Es wäre doch nur ein weiterer Fall von Sehnsucht nach einer unerreichbaren Vergangenheit, nicht wahr?

Als er wieder in der Station ist, rafft er eine Schädelkappe und das Tablet an sich, das als Fernsteuerung für das Terminal dient. Er setzt sich auf den Stuhl, senkt das MEG-Mikroskop auf die Kappe herunter und schließt es an. Die Kappe fängt an, leise zu summen.

Er hat die halbe Meile von Helenas Grab bis zur Station im Sprint zurückgelegt. Jetzt hat er noch schätzungsweise zehn bis fünfzehn Minuten Zeit, bevor das Oxycontin wirkt.

Er hat die Ereignisse der ursprünglichen Timeline inzwischen mehrmals erlebt – Julia, Meghan, den Tod seiner Tochter, seine Scheidung, sein Leben als Polizist in New York. In seinem Kopf überlagern die toten Erinnerungen einander, und jedes dieser Leben manifestiert sich vor seinem geistigen Auge als graues, spukhaftes Tableau. Je älter die Timeline ist, desto dunkler wird sie – wie Whiskey in einem Fass. Schließlich umkreist er die älteste Timeline. Sie ist dunkler als der düsterste Film noir und besitzt die greifbare Tiefe des Originals.

Er weckt das Tablet aus dem Stand-by-Modus und legt eine neue Datei für die Aufzeichnung der Erinnerung an.

Die Zeit wird knapp.

Er erinnert sich nicht an den 5. November 2018. Es ist nur ein Datum in seinem Kopf, das er von Slade hat und aus einem Gespräch mit Helena vor vielen Leben.

Aber der 4. November ist Meghans Geburtstag. Wo er da war, weiß er genau.

Er startet die Aufzeichnung und erinnert sich.

Als er fertig ist, wartet er darauf, dass das Programm die Synapsenzahl der Erinnerung berechnet. Ihm wird klar, dass er sich, wenn die Zahl zu klein ist, in die Software hacken und die Firewall abschalten muss, und das wird mehr Zeit kosten, als er hat.

Auf dem Tablet blinkt eine Zahl.

121.

Nur knapp im sicheren Bereich.

Barry legt eine Kanüle an seinem linken Unterarm an und lädt den Drogencocktail in den Apparat.

Immer wieder glaubt er, die ersten Anzeichen für die Wirkung des Oxy zu spüren, als er die Erinnerungsreaktivierungssequenz am Terminal eingibt, aber dann ist er nackt und klettert in den Tank.

Er schwebt rücklings im Wasser, hebt die Hand und schließt die Luke über sich.

Seine Gedanken wandern in Tausend verschiedene Richtungen.

Das hier wird scheitern, und du wirst einfach sterben in diesem Tank.

Scheiß auf die Welt und rette Meghan.

Steig wieder hinaus und stirb neben deiner Frau, wie du es seit zwei Monaten planst.

Du musst es weiter versuchen. Helena würde es so wollen.

Er spürt ein leichtes Vibrieren in seinem linken Unterarm. Er schließt die Augen, atmet tief durch und fragt sich, ob dies sein letzter Atemzug ist.

BARRY

Die Welt ist starr wie ein Gemälde – ohne Bewegung, ohne Leben, ohne Farbe –, aber dennoch ist er sich seiner eigenen Existenz bewusst.

Er kann nur in die Richtung sehen, der er zugewandt ist. Sein starrer Blick geht über eine Ansammlung von Tischen hinweg nach Westen zum Fluss, dessen Wasser beinahe schwarz ist.

Alles ist erstarrt.

Alles ist grau in verschiedenen Abstufungen.

Vor ihm trägt ein Kellner – eine dunkle Silhouette – einen Krug Eiswasser.

Leute sitzen an Tischen im Schatten von Sonnenschirmen, festgehalten im Augenblick des Lachens, Essens und Trinkens. Sie halten sich Servietten an den Mund, aber niemand bewegt sich.

Er sieht Julia, die schon an ihrem Tisch sitzt. Sie wartet auf ihn, erstarrt in einem Augenblick banger Versonnenheit, und er hat schreckliche Angst, sie könnte bis in alle Ewigkeit warten.

Dies ist ganz anders als die Rückkehr in eine Erinnerung einer lebenden Timeline, denn das ist ein Prozess, bei dem man sich langsam verkörpert, während die Empfindungen der Erinnerung heranfluten. Man *landet* in Action und Energie.

Aber hier gibt es nichts davon.

Und dann kommt ihm ein Gedanke – ich bin endlich im Augenblick des *Jetzt*.

Was immer er ist oder geworden ist, Barry spürt eine Bewegungsfreiheit, wie er sie noch nie gekannt hat. Er befindet sich nicht mehr im dreidimensionalen Raum, und er fragt sich, ob es das ist, was Slade gemeint hat, als er sagte: *Das wird sich vielleicht auch nie ändern, wenn Sie nicht reisen können, wie ich es getan habe*. Ist dies das Universum, wie Slade es erlebt hat?

Es ist unmöglich, aber er dreht sich in sich selbst und blickt zurück durch …

Er weiß nicht genau, was es ist.

Jedenfalls nicht sofort.

Er steht unverrückbar am vorderen Rand eines, wie ihm scheint, zeitverzögerten Sternenweges, nur dass dieser ein Teil seiner selbst ist, eine Erweiterung seines Wesens wie sein Arm oder sein Geist, und er versinkt hinter ihm in spiralförmigen Windungen in einer leuchtenden, fraktalartigen Form, schöner und geheimnisvoller als irgendetwas, das er je gesehen hat. Und auf einer Ebene, die er nicht annähernd erklären kann, weiß er, dass dies seine ursprüngliche Weltlinie ist, die sein Dasein in ganzer Breite enthält, geformt von Erinnerungen.

Von jeder Erinnerung, die er hat.

Von jeder Erinnerung, die ihn geschaffen hat.

Aber dies ist nicht seine einzige Weltlinie. Andere zweigen davon ab, drehen und wenden sich um sich selbst durch die Raumzeit.

Er fühlt die Weltlinie der Erinnerungen, in der er Meghan von dem Autounfall bewahrt hat.

Ein Trio von unbedeutenderen Weltlinien, die alle drei mit seinem Tod in Slades Hotel enden.

Die folgenden Leben, in denen er und Helena versucht haben, das Ende der Realität abzuwehren.

Sogar die Zweige, die er in ihrem letzten Leben in der Antarktis geschaffen hat, speichenförmige Erinnerungsstrahlen seiner zehn Tode, die er im Tank erlitten hat, um wieder mit ihr zusammen zu sein.

Aber sie sind alle nicht mehr wichtig.

Die Timeline, auf der er sich befindet, ist die ursprüngliche, und er bewegt sich immer schneller stromaufwärts auf dem Fluss seines Lebens, bricht durch vergessene Augenblicke und begreift schließlich, dass er nur aus Erinnerungen besteht.

Wie alles nur aus Erinnerungen besteht.

Wenn die Nadel seines Bewusstseins eine Erinnerung berührt, beginnt sein Leben zu spielen wie eine Schallplatte, und er findet sich wieder in einem erstarrten Augenblick …

Der Duft von welkem Laub und die kühle Schärfe des Herbstes in New York, wo er im Central Park sitzt und weint, nachdem er die Scheidungspapiere unterschrieben hat.

Und er bewegt sich weiter …

Schneller jetzt …

Durch mehr Erinnerungen, als er zählen kann.

Zahlreich wie die Sterne – als spähte er quer durch ein Universum, das er selbst ist.

Die Beerdigung seiner Mutter. Er schaut hinunter in den offenen Sarg, auf seine Hände, die er auf ihre gelegt hat, auf die kühlen, steifen Hände. Er betrachtet ihr Gesicht und denkt: Das bist nicht du …

Meghans Leichnam auf dem Tisch. Ihr zerquetschter Oberkörper, bedeckt von einem schwarzen Bluterguss.

Und wie er sie am Straßenrand findet, nicht weit von Zuhause.

Warum diese Augenblicke?, fragt er sich.

Die Fahrt durch die Vororte an einem kalten, dunklen Abend zwischen Thanksgiving und Weihnachten, Julia neben ihm auf dem Beifahrersitz, Meghan hinten, und alle sind ruhig und zufrieden und betrachten die Weihnachtsbeleuchtung durch die Fenster – ein Ausatmen mitten auf dem Weg durch das Leben, zwischen zwei Unwettern, wo alles vorübergehend in Ordnung ist.

Wieder wird er fortgerissen, kopfüber durch einen Tunnel aus Erinnerungen, dessen Wände ihn beschießen.

Meghan am Steuer seines Camry, dessen hintere Hälfte das Garagentor durchbrochen hat. Sie ist rot im Gesicht, und Tränen laufen ihr über die Wangen. Ihre Fingerknöchel sind weiß, weil sie das Steuer so fest umklammert.

Meghans grasfleckige Knie nach einem Fußballspiel, sechs Jahre alt, rotwangig und glücklich.

Meghans erste wacklige Schritte in ihrem Apartment in Brooklyn.

Was ist die Realität dieses Augenblicks?

Wie er seine Tochter in einem Klinikzimmer zum ersten Mal berührt. Seine Hand an ihrer winzigen Wange.

Julia, wie sie ihn bei der Hand nimmt und ins Schlafzimmer ihres ersten Apartments führt. Wo sie ihn auf die Bettkante setzt und ihm sagt, dass sie schwanger ist.

Sind dies meine letzten Sekunden in dem Deprivationstank in der Antarktis, wo mein Leben an mir vorbeizieht, während es zu Ende geht?

Die Heimfahrt nach seinem ersten Date mit Julia. Das schwerelose Hochgefühl der Hoffnung, sie vielleicht lieben zu können.

Was ist, wenn dies nichts weiter ist als die letzten elektrischen Funken in meinem sterbenden Gehirn? Eine hektische neuronale Aktivität, die meine Wahrnehmung der Realität verbiegt und beliebige Erinnerungen heraufbeschwört?

Erlebt so etwas jeder, wenn er stirbt?

Den Tunnel und das Licht am Ende?

Diesen falschen Himmel?

Bedeutet das, es ist mir nicht gelungen, die ursprüngliche Timeline neu zu starten, und die Welt ist erledigt?

Oder bin ich außerhalb der Zeit und werde eingesaugt in das alles zermalmende schwarze Loch meiner eigenen Erinnerungen?

Seine Hände auf dem Sarg seines Vaters und die schroffe Erkenntnis, dass das Leben schmerzhaft ist und immer sein wird.

Als er mit fünfzehn ins Büro des Schulleiters gerufen wird, als seine Mutter weinend auf dem Sofa sitzt, und er weiß, dass seinem Vater etwas zugestoßen ist, bevor sie ein Wort sagen können.

Auf der Junior Highschool, die trockenen Lippen und zitternden Hände des ersten Mädchens, das er je geküsst hat.

Seine Mutter, wie sie den Einkaufswagen durch den Kaffeegang eines Supermarkts schiebt. Er trottet hinterher und hat einen geklauten Schokoriegel in der Tasche.

Wie er mit seinem Vater eines Morgens in der Einfahrt ihres Hauses in Portland, Oregon, steht. Die Vögel sind stumm, alles ist still, und die Luft ist kalt wie in der Nacht. Das Gesicht seines Vaters beim Betrachten der Totalität ist beeindruckender als die Sonnenfinsternis selbst. Wie oft erlebt man die eigenen Eltern im Augenblick der Ehrfurcht?

Wie er im ersten Stock des Farmhauses seiner Großeltern aus dem neunzehnten Jahrhundert in New Hampshire im Bett liegt, als ein Sommergewitter von den White Mountains herunterzieht und Felder und Apfelbäume durchnässt und den Regen auf das Blechdach prasseln lässt.

Wie er als Sechsjähriger mit dem Fahrrad gestürzt ist und sich den Arm gebrochen hat.

Das Licht, das durch ein Fenster hereinfällt, und die tanzenden Schatten der Blätter an der Wand über dem Kinderbett. Es ist Spätnachmittag – woher er das weiß, weiß er nicht –, und die Stimme seiner singenden Mutter dringt durch die Wand in sein Kinderzimmer.

Meine erste Erinnerung.

Er könnte nicht erklären, warum, aber es fühlt sich an wie die Erinnerung, die er sein Leben lang gesucht hat, und die verführerische Schwerkraft der Nostalgie zieht sein Bewusstsein an, denn dies ist nicht nur die Quintessenz der Erinnerung an Zuhause, es ist der Augenblick der vollkommenen Sicherheit – bevor das Leben wirklichen Schmerz in sich trug.

Bevor er gescheitert ist.

Bevor er Menschen verloren hat, die er geliebt hat.

Bevor er mit der Angst aufwachte, dass seine besten Tage hinter ihm lagen.

Vermutlich könnte er mit seinem Bewusstsein in diese Erinnerung schlüpfen wie ein alter Mann in ein weiches warmes Bett.

Für immer in diesem vollkommenen Augenblick leben.

Es gibt schlimmere Schicksale.

Und vielleicht kein besseres.

Ist es das, was du willst? Dich in dieses Stillleben einer Erinnerung fallen lassen, weil das Leben dir das Herz gebrochen hat?

So viele Leben hat er in einem Zustand beständiger Reue verbracht und ist besessen und destruktiv in bessere Zeiten zurückgekehrt, in Augenblicke, von denen er hoffte, er könne sie verändern. In den meisten dieser Leben hat er in den Rückspiegel gestarrt.

Bis Helena kam.

Der Gedanke ist fast wie ein Gebet: *Ich will nicht mehr zurückblicken. Ich bin bereit zu akzeptieren, dass meine Existenz manchmal Schmerz enthält. Schluss mit den Fluchtversuchen durch Nostalgie oder mit einem Erinnerungsstuhl. Beides ist doch das Gleiche, verflucht.*

Das Leben im Mogelmodus ist kein Leben. Unser Dasein ist nicht zu modifizieren oder zu optimieren, um Schmerz zu vermeiden.

Das ist es, was Menschsein bedeutet – die Schönheit und *der Schmerz. Das eine ist sinnlos ohne das andere.*

Und er ist wieder in dem Café.

Das Wasser des Hudson färbt sich blau und fängt an zu fließen. Farbe strömt in den Himmel, in die Gesichter der Gäste, der Gebäude, in alle Flächen. Er spürt die kühle Luft des Morgens, die vom Fluss heraufweht, auf seinem Gesicht. Es riecht nach Essen. Die Welt ist plötzlich lebendig, erfüllt vom Lachen und Reden der Menschen um ihn herum.

Er atmet.

Er blinzelt.

Lächelt und weint.

Und bewegt sich endlich auf Julia zu.

EPILOG

Das Leben kann rückwärts verstanden, muss jedoch vorwärts gelebt werden.

Søren Kierkegaard

BARRY

4. November 2018

Das Café liegt an einer malerischen Stelle am Ufer des Hudson im Schatten des West Side Highways. Barry und Julia umarmen einander kurz und behutsam, als wären sie beide aus Glas.

»Geht's dir gut?«, fragt sie.

»Ja.«

»Ich freue mich, dass du gekommen bist.«

Der Kellner kommt vorbei und nimmt ihre Getränkebestellung auf, und sie plaudern, bis der Kaffee kommt.

Es ist Sonntag, der Brunch ist in vollem Gange, und während des anfänglichen verlegenen Schweigens zwischen ihm und Julia unternimmt Barry eine schnelle Bestandsaufnahme seiner Erinnerungen.

Seine Tochter ist vor elf Jahren gestorben.

Julia hat sich kurz danach von ihm scheiden lassen.

Er ist weder Marcus Slade noch Ann Voss Peters je begegnet.

Er ist nie in eine Erinnerung zurückgereist, um Meghan zu retten.

Das False Memory Syndrome hat die Welt niemals heimgesucht.

Realität und Zeit sind in den Köpfen von Milliarden Menschen niemals aus den Fugen geraten.

Und Helena Smith hat er nie gesehen. Die vielen Leben, in

denen sie zusammen versucht haben, die Welt vor den Auswirkungen des Stuhls zu bewahren, sind in das Ödland der toten Erinnerungen verbannt.

Es gibt keinen Zweifel, das spürt er in den Knochen.

Diese Timeline ist die erste, die ursprüngliche.

Barry schaut Julia über den Tisch hinweg an und sagt: »Es ist wirklich schön, dich zu sehen.«

Sie sprechen über Meghan und malen sich aus, was sie vielleicht mit ihrem Leben anfangen würde, und Barry muss sich beherrschen, um Julia nicht zu erzählen, dass er es weiß. Dass er es in einer fernen, unerreichbaren Erinnerung aus erster Hand gesehen hat. Dass ihre Tochter so lebhaft, interessant und gutherzig geworden wäre, dass keine ihrer Spekulationen ihrem Andenken gerecht werden könnte.

Als das Essen kommt, erinnert er sich, wie Meghan bei ihnen am Tisch gesessen hat. Er könnte schwören, dass er ihre Anwesenheit fühlen kann wie den Phantomschmerz in einem amputierten Glied. Und auch wenn es wehtut, zerbricht es ihn nicht, wie es das einmal getan hätte. Die Erinnerung an seine Tochter tut weh, weil er etwas Schönes erlebt hat, das inzwischen nicht mehr da ist. Wie mit Julia. Wie mit allen Verlusten, die er je erfahren hat.

Als er diesen Augenblick mit Julia das letzte Mal erlebt hat, haben sie sich an einen Familienausflug in die Adirondacks zum Lake Tear of the Clouds erinnert, aus dem der Hudson River entspringt.

Und der Schmetterling, der immer wiederkam, ließ ihn an Meghan denken.

»Du siehst besser aus«, sagt Julia.

»Wirklich?«

»Ja.«

Es ist Spätherbst in der Stadt, und Barry findet, dass diese

Realität sich von Minute zu Minute solider anfühlt. Keine Verschiebung droht alles auf den Kopf zu stellen.

Er zieht seine Erinnerung an all die anderen Timelines in Zweifel. Selbst Helena ist eher eine verblassende Fantasiegestalt als eine Frau, die er berührt und geliebt hat.

Was sich in diesem Augenblick real anfühlt, ist nicht seine Phantomerinnerung an eine Druckwelle, die die Upper West Side dem Erdboden gleichmacht. Real sind die Geräusche der Stadt, die Menschen an den Tischen um ihn herum, seine Ex-Frau, die Luft, die er ein- und ausatmet.

Für alle außer ihm ist die Vergangenheit ein singuläres Konzept.

Keine widersprüchlichen Geschichten.

Keine falschen Erinnerungen.

An die toten Timelines voller Chaos und Zerstörung erinnert er allein sich.

Die Rechnung kommt, und Julia will bezahlen, aber er nimmt sie an sich und wirft seine Kreditkarte auf den Tisch.

»Danke, Barry.«

Er langt über den Tisch und nimmt ihre Hand, und er registriert die Überraschung in ihrem Blick bei dieser vertraulichen Geste.

»Ich muss dir etwas sagen, Julia.«

Sein Blick geht hinaus über den Hudson. Der Wind, der vom Wasser herüberweht, hat eine kühle Schärfe, und die Sonne scheint warm auf seine Schultern. Touristenboote fahren auf dem Fluss auf und ab. Der Verkehrslärm auf dem Highway über ihnen reißt nicht ab. Die Kondensstreifen von Tausend Flugzeugen ziehen sich kreuz und quer über den Himmel.

»Ich war lange Zeit wütend auf dich.«

»Ich weiß«, sagt sie.

»Ich dachte, du hättest mich wegen Meghan verlassen.«

»Kann sein. Ich weiß es nicht. Es war mir zu viel in jenen dunklen Tagen, dieselbe Luft wie du zu atmen.«

Er schüttelt den Kopf. »Ich glaube, wenn wir beide in die Zeit vor ihrem Tod zurückkehren könnten – selbst wenn wir ihn irgendwie verhindern könnten … du wärest trotzdem weggegangen und ich auch. Ich glaube, es war uns bestimmt, eine Zeit lang zusammen zu sein. Vielleicht hat Meghans Verlust diese Frist verkürzt, aber selbst wenn sie noch leben würde, wären wir jetzt getrennt.«

»Das glaubst du wirklich?«

»Ja, und es tut mir leid, dass ich an meiner Wut festgehalten habe. Es tut mir leid, dass ich das jetzt erst sehe. Wir hatten so viele vollkommene Augenblicke, und lange Zeit wusste ich sie nicht zu schätzen. Ich konnte nur bedauernd zurückblicken. Das ist es, was ich dir sagen wollte: Ich würde nichts ändern wollen. Ich bin froh, dass du in mein Leben gekommen bist, als du es getan hast. Ich bin froh über die Zeit, die wir miteinander hatten. Ich bin froh über Meghan und darüber, dass sie aus uns gekommen ist. Weil sie von zwei anderen Menschen nicht hätte kommen können. Ich würde keine Sekunde davon zurücknehmen wollen.«

Sie wischt sich eine Träne weg. »All die Jahre habe ich gedacht, du wünschtest, du hättest mich niemals kennengelernt. Ich dachte, du wirfst mir vor, dass ich dein Leben zerstört habe.«

»Es hat nur wehgetan.«

Sie drückt seine Hand. »Es tut mir leid, dass wir nicht füreinander bestimmt waren, Barry. Damit hast du recht, und alles andere tut mir leid.«

BARRY

5. November 2018

Das Loft ist im zweiten Stock eines umgebauten Lagerhauses in Dogpatch, San Francisco, einem alten Werftenviertel an der Bay.

Barry parkt seinen Mietwagen drei Straßen weiter und geht zu Fuß zurück zum Eingang des Gebäudes.

Ein dichter Nebel macht die Konturen der Stadt weich und liegt wie eine graue Schutzschicht auf allem. Er macht das Licht der Straßenbeleuchtung diffus und verwandelt die Lampen in ätherische Kugeln. In gewisser Hinsicht erinnert es ihn an die Farbpalette einer toten Erinnerung, aber es schafft eine Anonymität, die ihm gefällt.

Eine Frau, die am Abend noch ausgehen will, öffnet die Tür. Er schlüpft an ihr vorbei in den Flur, läuft die beiden Treppen hinauf und durch einen langen Korridor zum Apartment 7.

Er klopft und wartet.

Nichts rührt sich.

Er klopft noch einmal, lauter diesmal, und nach einer Weile dringt eine leise Männerstimme durch die Tür.

»Wer ist da?«

»Detective Sutton.« Barry tritt zurück und hält seine Dienstmarke an das Guckloch. »Kann ich Sie sprechen?«

»Worum geht's?«

»Machen Sie bitte einfach auf.«

Fünf Sekunden vergehen.

Er lässt mich nicht rein, denkt Barry.

Er steckt seine Marke ein, und während er noch einen Schritt zurückweicht, um die Tür einzutreten, wird die Kette auf der anderen Seite zurückgeschoben und der Riegel geöffnet.

Marcus Slade steht auf der Schwelle.

»Was kann ich für Sie tun?«, fragt er.

Barry geht an ihm vorbei in ein kleines, unaufgeräumtes Loft. Große Fenster eröffnen den Blick auf eine Werft, die Bay und die Lichter von Oakland auf der anderen Seite.

»Nett hier«, sagt Barry, als Slade die Tür schließt.

Er geht zum Küchentisch und hebt ein Sportjahrbuch aus den Neunzigern auf und als Nächstes einen schweren Band mit dem Titel *Historische Aktiencharts aus 35 Jahren.*

»Ein bisschen leichte Lektüre?«, fragt er.

Slade sieht nervös und verärgert aus. Seine Hände stecken in den Taschen einer grünen Strickjacke, sein Blick wandert hin und her, und er blinzelt unregelmäßig.

»Was machen Sie so, Mr Slade?«

»Ich arbeite bei Ion Industries.«

»Als was?«

»In der Forschungs- und Entwicklungsabteilung. Als Assistent einer der leitenden Wissenschaftlerinnen.«

»Und was produzieren Sie da?« Barry blättert in einem Stapel von frischen Ausdrucken von einer Website. *Historische Gewinnerlosnummern nach Staaten.*

Slade kommt heran und reißt Barry die Blätter aus der Hand. »Die Natur unserer Arbeit unterliegt der Geheimhaltung. Warum sind Sie hier, Detective Sutton?«

»Ich ermittle in einem Mordfall.«

Slade richtet sich auf. »Wer wurde ermordet?«

»Tja, das ist eine verrückte Sache.« Barry sieht Slade in die Augen. »Noch niemand.«

»Ich kann Ihnen nicht folgen.«

»Ich bin hier wegen eines Mordes, der heute Abend erst passieren wird.«

Slade schluckt und blinzelt. »Was hat das mit mir zu tun?«

»Er wird an Ihrem Arbeitsplatz passieren, und das Opfer heißt Helena Smith. Das ist Ihre Chefin, stimmt's?«

»Ja.«

»Sie ist außerdem die Frau, die ich liebe.«

Slade steht Barry mit weit aufgerissenen Augen gegenüber auf der anderen Seite des Küchentischs. Barry zeigt auf die Bücher. »Sie haben das alles auswendig gelernt? Mitnehmen können Sie es ja nicht.«

Slade öffnet den Mund und klappt ihn wieder zu. »Ich möchte, dass Sie gehen«, sagt er dann.

»Es klappt übrigens.«

»Ich habe keine Ahnung, wovon Sie …«

»Was Sie da planen. Es funktioniert bestens. Sie werden reich und berühmt. Leider verursacht das, was Sie heute Abend tun, großes Leid für Milliarden von Menschen und das Ende von Realität und Zeit, wie wir sie kennen.«

»Wer sind Sie?«

»Nur ein Cop aus New York.« Er starrt Slade volle zehn Sekunden lang unverwandt an.

»Raus mit Ihnen.«

Barry rührt sich nicht. Das einzige Geräusch im Loft ist Slades raues, schnelles Atmen. Dann vibriert Slades Telefon auf dem Tisch. Barry schaut hin und sieht eine neue Textnachricht von »Helena Smith« auf dem Display.

Natürlich können wir uns in zwei Stunden treffen. Was ist passiert?

Jetzt endlich geht Barry zur Tür.

Als er noch drei Schritte davon entfernt ist, hört er ein Klicken. Dann noch eins. Und noch eins.

Langsam dreht er sich um. Slade starrt verdattert auf den .357er Revolver, mit dem er Helena in ein paar Stunden erschießen wollte. Dann sieht er Barry an, der auf dem Boden liegen und verbluten sollte. Er richtet die Waffe noch einmal auf Barry und drückt ab, aber wieder klickt es nur.

»Ich bin heute hier eingebrochen, als Sie auf der Arbeit waren«, sagt Barry. »Habe leere Hülsen in die Kammern geschoben. Ich musste selbst sehen, wozu Sie fähig sind.«

Slade schaut zu seinem Schlafzimmer hinüber.

»Es sind keine scharfen Patronen im Haus, Marcus. Na gut, das ist nicht ganz die Wahrheit.« Er zieht die Glock aus dem Holster. »Meine Pistole ist voll davon.«

Die Bar ist im Mission District, San Francisco, ein behagliches holzgetäfeltes Lokal namens Monk's Kettle. Die Fenster sind beschlagen, denn der Abend draußen ist kalt und neblig. Helena hat ihm in mindestens drei ihrer Leben von dem Laden erzählt.

Barry tritt aus dem Nebel herein und fährt sich mit den Fingern durch das feucht am Kopf klebende Haar.

Es ist spät am Montagabend, und deshalb ist es fast leer.

Er entdeckt sie am hinteren Ende der Theke vor einem Laptop. Als er auf sie zugeht, machen seine Nerven sich bemerkbar – viel stärker, als er dachte.

Sein Mund wird trocken, und er bekommt feuchte Hände.

Sie sieht ganz anders aus als die Powerfrau, mit der er sechs Leben verbracht hat. Sie trägt einen grauen Pullover, aus dem ein Hund oder eine Katze Hundert kleine Maschen herausgezogen hat, und eine verschmierte Brille. Sogar ihr Haar ist anders – länger und zu einem praktischen Pferdeschwanz zusammengebunden.

Als er sie sieht, wird sofort offenkundig, dass sie vollständig besessen von ihrem Erinnerungsstuhl ist, und es bricht ihm das Herz.

Sie nimmt ihn nicht zur Kenntnis, als er sich auf den Hocker neben ihr setzt.

Er riecht das Bier in ihrem Atem und darunter den subtileren, elementaren Duft seiner Frau, den er überall und unter Millionen Menschen erkennen würde. Er bemüht sich, sie nicht anzustarren, aber der Aufruhr der Emotionen, den ihre bloße Nähe hervorruft, ist fast zu viel für ihn. Als er ihr Gesicht das letzte Mal gesehen hat, war er dabei, den Deckel auf ihrem Kiefernholzsarg zuzunageln. Jetzt sitzt er still neben ihr, während sie eine E-Mail schreibt, und denkt an all die Leben, die sie miteinander geteilt haben.

Die wunderbaren Augenblicke.

Die hässlichen.

Die Abschiede, die Tode.

Und die Hallos, wie dieses hier.

Wie die sechs Mal, die sie ihn in dieser Schmuddelbar in Portland angesprochen hat, als er einundzwanzig Jahre alt war. Sich an ihn heranmachte, jung, mit hellen Augen, schön und furchtlos.

Sie sehen aus, als wollten Sie mir einen Drink spendieren.

Er lächelt bei sich, denn in diesem Augenblick sieht sie nicht im Entferntesten so aus, als wollte sie von einem Fremden einen Drink spendiert bekommen. Sie sieht aus wie, na ja, wie Helena – vertieft in ihre Arbeit und verloren für die Welt.

Der Barkeeper kommt herüber, Barry bestellt, und dann sitzt er vor seinem Bier und stellt sich die Frage des Augenblicks: Was sagst du zu der tapfersten Frau, die du je gekannt hast, mit der du ein halbes Dutzend außergewöhnliche Leben verbracht und mit der du die Welt gerettet hast und die *dich* auf jede nur vorstellbare Art und Weise gerettet hat, aber die nicht ahnt, dass du überhaupt existierst?

Barry nimmt einen Schluck Bier und stellt das Glas hin. Die Luft ist elektrisch aufgeladen wie vor einem Gewitter. Eine Lawine von Fragen stürzt durch seinen Kopf …

Wirst du mich kennen?

Wirst du mir glauben?

Wirst du mich lieben?

Angstvoll, begeistert, mit hellwachen Sinnen und klopfendem Herzen dreht er sich endlich zu Helena um, und sie spürt es und sieht ihn an mit ihren smaragdgrünen Augen.

Und er sagt …

DANKSAGUNG

Ich hätte dieses Buch niemals ohne die grenzenlose Unterstützung meiner Partnerin auf dem Gebiet der Kreativität und des Lebens (und manchmal auch des Verbrechens) schreiben können: Jacque Ben-Zekry. Danke für die Tausend Gespräche (oftmals in unseren Lieblingsbars) über diese Story und ihre Figuren. Danke für deine Geduld, während dieses Buch unser Leben beherrscht hat, und für deine unentbehrlichen redaktionellen Beiträge, die die Geschichte in jeder Hinsicht besser gemacht haben.

David Hale Smith, Ninja-Cowboy-Killer und literarischer Agent, ist mir seit fast neun Jahren ein fabelhafter Beistand. Bruder, ich bin so dankbar, dass du in mein Leben getreten bist.

Und um noch einen Augenblick in der Inkwell-Management-Familie zu bleiben: High Five an Alexis Hurley, die dafür verantwortlich ist, dass meine Bücher den Weg in die weite Welt finden, an Nathaniel Jacks für die vorzügliche, fein ziselierte Vertragsarbeit und an Richard Pine für die sichere Hand auf dem Inkwell-Schiff.

Angela Cheng Caplan und Joel VanderKloot – was kann ich sagen, außer dass jeder Autor das Glück haben sollte, ein Team wie euch zu haben, das den Kampfpanzer durch den Irrsinn von Hollywood steuert.

Ich schreibe schon lange, und nie war die Erfahrung mit der Veröffentlichung besser als mit dem Team von Crown. Mein Lektor, Julian Pavia, meine Verlegerin, Molly Stern, Maya Mavjee, Annsley Rosner, David Drake, Chris Brand, Angeline

Rodriguez und die außerordentliche Pressechefin, Dyana Messina – sie sind einfach die Besten.

Ein doppeltes Hurra geht an Julian, der mich herausgefordert hat, diese Story in jeder Hinsicht so groß und überraschend zu machen, wie sie es verdient hat. Wie der *Leser* es verdient hat. Die Hingabe, mit der du diesen Roman in Form gezwungen hast, war ebenso groß wie meine eigene, und mehr kann ein Autor von einem Lektor nicht verlangen. Das Buch wäre eine leere Hülse ohne dein furchtloses Lektorenauge.

Wayne Brooks von Pan Macmillan in Großbritannien – ich bin begeistert, dich als Vorkämpfer für meine Arbeit auf der anderen Seite des Großen Teichs zu haben.

Rachelle Mandik hat außergewöhnliche Arbeit als Korrektorin der Endfassung geleistet.

Clifford Johnson, Ph.D., Professor in der Abteilung für Physik und Astronomie an der University of Southern California, hat in den letzten Stadien des Manuskripts unschätzbare Erkenntnisse beigetragen. Für alle Fehler, Mutmaßungen und verrückten Theorien bin ausschließlich ich verantwortlich.

Dies ist ohne Zweifel das schwierigste Buch, das ich je geschrieben habe, und ich habe mehr denn je über Freunde gelernt, als die Zeit kam, Feedback zu sammeln. Als Dank an diese unbezahlbaren Menschen, die ihre Anmerkungen zur Verfügung gestellt haben, und um anderen Freunden und Autoren, die ich sehr bewundere, meinen Tribut zu zollen, erscheinen ein paar ihrer Namensvettern in dem Buch wie folgt:

Barry Sutton = der unvergleichliche Barry Eisler, der sich in seinen Notizen selbst übertroffen und mir geholfen hat, mich in einem Augenblick, als ich seine Hilfe am nötigsten brauchte, mich in das Thema des Buches hineinzugraben.

Ann Voss Peters = die reizende und begabte Ann Voss Peterson, die so viele meiner Bücher mit ihren wohlüberlegten Einsichten speziell, was die Motivation meiner Figuren betrifft, besser gemacht hat.

Helena Smith = die energische britische Thriller-Autorin Helen Smith, die zufällig die beste Vorlesestimme der Welt bei »Cards against Humanity« hat.

Jee-woon Chercover = Sean Chercover, der wohlriechendste Autor, den ich persönlich kenne, und einer der liebsten Menschen der Welt für mich.

Marcus Slade = Marcus Sakey, mein brainstormender Bruder, der mir an diversen Meilensteinen am Weg dieses Buches unendlich große Hilfe geleistet hat.

Amor Towles = Amor Towles, der geniale Autor von *Ein Gentleman in Moskau*, meinem Lieblingsbuch der letzten fünf Jahre.

Dr. Paul Wilson = der große Dr. F. Paul Wilson, Titan der Science-Fiction- und Horror-Literatur, der außerdem den Genuss von Schlangenschnaps ablehnt.

Reed King = Reed Farrel Coleman, Poet noir von Long Island und gütiger Pate der Krimi-Community.

Marie Iden = Matt Iden, der Washingtoner Romancier, Bewunderer von BoJack (meinem Hund) und vielleicht größter Fan der Hauptstadt Washington.

Joseph Hart = der brillante SF-Autor und Herr der nördlichen Wildnis von Minnesota, Joe Hart.

John Shaw = Johnny Motherfucking Shaw, Eigentümer der mächtigsten Augenbrauen im bekannten Universum und einer unserer besten Kriminalschriftsteller.

Sheila Redling = Sheila Redling, die wunderbare Autorin aus West Virginia und einer der komischsten Menschen, die ich kenne.

Timoney Rodriguez = Timoney »cool cool« Korbar, die Einzige in dieser Gruppe, die keine Romane schreibt, aber eine eigenständige, erstaunliche Kreative/Producerin und in jeder Hinsicht übermenschlich ist.

Von Herzen danke ich auch Jeroen ten Berge, Steve Konkoly, Chad Hodge, Olivia Vigrabs, Alison Dasho und Suzanne Blue, weil sie sich die Zeit genommen haben, in verschiedenen Stadien der Arbeit ihr Feedback zu geben.

Umarmungen und Küsse für meine leuchtenden Kinder – Aidan, Annslee und Adeline. Ihr seid meine ganze Inspiration.

Und schließlich: Um das Weihnachtsfest des Jahre 2012 herum implantierten Steve Ramirez und Xu Liu, zwei Neurowissenschaftler am MIT, eine falsche Erinnerung in das Gehirn einer Maus. Aus dieser atemberaubenden Leistung ist die allgemeine Struktur des »Erinnerungsstuhls« entsprungen, den Helena konstruiert. Ich bin dafür zutiefst dankbar, ihnen und allen Wissenschaftlern, die ihr Leben der Aufgabe gewidmet haben, das wunderschöne Geheimnis unserer Existenz zu entwirren.